聖女のおまけは逃亡したけど違った？
でももう冒険者なんで！

Hana Saibara

さいばら花

Ruby collection

Contents

登場人物紹介
ケビン
パギンス伯爵家子息で王城の第一騎士団の騎士だったが、父親から廃嫡され冒険者となり、なりゆきでカイトの保護者に。心優しく世話焼きな美青年。
カイト　本名：東《ひがし》風上《ふうじょう》海《かい》斗《と》
異世界召喚に巻き込まれた転生者。王宮で出会ったケビンについて行き、冒険の旅へ。チート級の魔力が覚醒し、あちこちで奇跡を起こすことになり…!?

カリュオスト王子
第一王子。タイランからの上申を受け、損得よりも民の安全を第一に判断ができる優秀で聡明な王子。
タイラン
若くして魔法省長官に抜擢された有能な魔法師。カイトの魔力にいち早く気づき、来たる日に備える。
トリヤ
魔法省勤めの若手魔法師。タイランの部下。伯爵家の次男で学生時代からのケビンの友人でもある。
マナ 本名：近藤真奈《こんどうまな》
カイトとともに異世界召喚された女子高生。第二王子によって聖女に担ぎ上げられ、贅沢三昧遊び暮らす。
マイロスト・ジョーウェル
ジョーウェル辺境伯。ケビンの伯父。情に篤い商売人かつ、S級ランクの腕を持つ凄腕の冒険者。

聖女のおまけは逃亡したけど違った？
でももう冒険者なんで！

召喚？

「聖女様！」
「聖女様が降臨なされた！」
「召喚は成功した！」
「成功だ！」

すぐ近くで大人達が騒いでいる。

ローブ姿の人、騎士服の人、豪華なマントを羽織った人。たくさんの人が殺到していて、中心にいる人は見えない。

こ、これはもしや……。

僕は尻餅《しりもち》をついた姿勢のまま、じりっと後退《あとずさ》った。

石造りの建物の中。壁も床も大理石で出来ているみたいで、ツヤツヤでぴかぴかしている。

尻を滑らせるように床を蹴《け》ると、するっと移動できた

喧騒《けんそう》の中、こちらに注目されていないのを慎重に確認しながら、僕はじりっ、じりっと薄暗い壁際まで行く。

そっと立ち上がり、壁に背をつけた体勢でじりじりと横移動して、出入口まで辿《たど》り着《つ》く。

出入口の扉はほんの少し開いていた。するりと抜け出して廊下に出る。

廊下には誰もいなかった。

そこで僕はやっと息をつき、この状況について冷静に考えを巡らせた。

あの人達……たくさんの人達……。

聖女様って言っていた。召喚成功だって。

あれはもしや、本でよく読んだ聖女召喚の儀式？

人の輪の真ん中に女の子がいたと思う。

ちらっと見えた視界の端に、どこかの高校？　の制服が見えたから。

つまり僕は召喚に巻き込まれたオマケ。

どうしてそうなったか分からないけど、僕は巻き込まれて別の世界に来た？

だってあんな服を着た人達、今まで見た事ない。アニメや映画の世界だ。昔の西洋風だった。

僕は知っている。病室のベッドで、タブレットでたくさんの本を読んだから。

大体そういう場合、オマケは冷遇されて酷《ひど》い目に遭うんだ。要《い》らないって言われてポイッとされる。だからこっちに注目している人がいないうちに、じりじりと逃げた。そして部屋からの脱出に成功した。

天井の高い、大きな窓が続く長い廊下。日の光が眩《まぶ》しいほど差し込んで、大理石に反射している。

「キラキラだ〜」

僕はテンションが上がって駆け出した。走っても息が苦しくない。

凄《すご》い！　凄いよ！

「あは、あはははははは」

ずっと寝たきりで少し歩くだけでも息を切らしていたのに、嘘《うそ》みたいに体が軽い。本能の赴くまま、僕は走り続けた。

廊下を曲がると出られる場所があったので、そのまま庭へ出る。

庭も物凄く広かった。誰もいない。

きちんと刈り込まれている生け垣の間を抜けて、真《ま》っ直《す》ぐ続く石畳を駆ける。

やがて石畳が途切れて芝生になった。

芝生はふわふわで気持ちよくて、僕は靴を脱いで手に持った。裸足《はだし》の足で何度か足踏みする。

足裏に当たる感触が気持ちいい。スリスリと擦《こす》ったり、しゃがんで芝生を手のひらで撫《な》でてみたりした。

噴水が見えたので駆け寄る。

縁に両手をついて覗《のぞ》くと、水草で底が見えない。水面を手のひらで叩《たた》くと、水飛沫《みずしぶき》があがった。水飛沫が日の光に反射してキラキラ輝く。

「あはははははははは」

水を掬《すく》って空中に放り投げると、飛沫《ひまつ》が更に輝いた。

僕は嬉《うれ》しくなって、何度も何度も同じ動作を繰り返す。

美しい光景に夢中になっていた僕は、背後から人が近付いてくる気配に全く気付いていなかった。

僕がばしゃばしゃと水遊びに夢中になっている最《さ》中《なか》、突然、後ろから声がした。

「坊主、何をしている？」

「ひゃっ！」

僕は驚いて飛び上がった。

「庭師の子供か？　こんな所で遊んでいたら叱られるぞ」

振り返った所にいたのは騎士だった。まだ若い。腰にある剣は抜かないまま、心配そうに眉《まゆ》を顰《ひそ》めていた。

「ここで遊んじゃ駄目なの？」

「駄目だな。どこの子だ？　貴族の子か？」

「分かんない……」

「え？　お父さんの名前は？」

「こっちにはいないと思う」

「こっちにはいないって、どういう意味だ？」

「多分、僕だけこっちに来た」

「こっちとは……」

騎士のお兄さんは芝生に膝《ひざ》をついて、僕と視線を合わせてくれた。

優しそうな瞳《ひとみ》だ。緑色の宝石みたいな綺麗《きれい》な瞳。金色の髪の毛もサラサラでキラキラしていて、とっても綺麗。

「お兄さん、綺麗だね」

「え？　ありがとう？」

「僕、多分死んだ」

「え？」

「違うのかな？　死んでいないのかな？　治ったのかな？」

「えっと……」

「走っても苦しくないから！　前は走るの駄目って言われていて一度も走れなかったの！　でも今は僕、走れるんだよ？　凄いでしょ！」

「あ、うん。凄いね」

僕はお兄さんににっこり微笑《ほほえ》むと、くるりと振り返って噴水に両手を浸《つ》けた。

冷たくて気持ちいい。

「あ、駄目だよ。噴水で遊んでは」

「誰もいないよ？」

「それでも駄目なんだ」

「そう……」

僕は自分のパジャマで濡《ぬ》れた手を拭《ぬぐ》うと、転がしていた靴を手に取った。

大木を見付けたので、そちらへ駆け出す。

「あ、こらっ」

すぐにお兄さんに捕まってしまい、抱え上げられた。

「逃げちゃ駄目だよ」

「逃げないよ？　走りたくなったの」

「走るのは後にして、今はお兄さんとお話ししようね」

「うん？」

「僕、お名前は？」

「ひがしふうじょう、かいと」

「え？　ヒガシ……？」

「ひがしふうじょう、かいと」

「かいと……カイトだな？　了解。ええと、何歳？」

「十四歳」

「え？　もっと幼いかと」

「僕、生まれてからずっと病院にいたんだ。治らない病気で身体《からだ》の発育がよくないの。ずっとベッドの上で暮らしていた」

お兄さんは絶句した。緑色の綺麗な瞳が大きくなった。

「きっとよくなるって言われていたけど、僕、分かったんだ。お母さんもお父さんも目を赤くしていて、泣いたの隠していて、だからもう長くないんだなって。薬の量も増えたし、あちこち痛かったし吐き気も凄かったし、看護師さんに頼んだら注射してくれるけど、痛み止めは一時凌《いちじしの》ぎでしかないって」

「え……」

「お父さんとお母さんにお別れを言ったんだけど、まだ何日か猶予があったみたい。気分転換しようと思って、看護師さんに庭に連れて行ってってお願いしたんだ。車椅子で」

「…………………」

「庭で風に当たりながら花を眺めていた筈《はず》なんだけど、目が覚めたらここにいたんだ。走れるの。元気になったの。凄いでしょ？」

「ああ、凄いな」

お兄さんは僕を下ろしてくれた。

そのまま手を繋《つな》いで歩き出す。

「どこへ行くの？」

「とりあえず医務室かな？」

「お兄さん、具合悪いの？」

「俺じゃなくて君の検査ね。一応、念のため」

「分かった」

医務室【見回り騎士視点】

ケビンがその子を見掛けたのは偶然だ。

職務中。城内の見回りをしている最中だった。

今朝《けさ》の朝礼で、普段、使わない別棟を警備しろと命令された。

基本的に第一騎士団は城内の警備担当。

ペアを組んで職務に当たるようになっていて、他にも何組か動員されていた。

何を守るのか。警備対象が何をしているのか知らされる事はなく、ただ警備しろと言われる。

よくある事なので詮索《せんさく》はしない。

他のペアは別棟内部、大部屋の警備を言い渡されていた。

ケビンと相棒は部屋の外。別棟内と建物周辺を任された。範囲が広いので、相棒とは別行動でそれぞれ見回る事にした。

その時だった。

たまたま通りかかった通路の先、突き当たり部分にあたる箇所で、ケビンの目の前を右から左へ小さな影が横切ったのだ。

なんだ？　と訝《いぶか》しんだ。

それは大声で笑いながら走り抜け、庭へ飛び出して行った。

こんな所に子供……？

慌てて追いかけた。こんな場所に子供がいるのは不自然だし、大人がついていないのも変だ。

あの年頃の王子はいないし、貴族の子息だとしても護衛がついていないのはおかしい。

使用人の子供か？　それでも一人なのはおかしい。

とりあえず捕まえておく事にした。

迷子かもしれない。

噴水の所で話を聞いてみれば、身長の割には幼くて言葉もたどたどしい。

手足ばかりひょろ長く、とても十四歳には見えない。瞳の色も髪も濃い茶色で、顔色は青白くて、病弱だという話も頷《うなず》けた。

しかし親がいないのはどうなのか？　お別れをしたと言っていたが……。

それによく聞き取れなかったが家名があるようだし、平民ではないようだ。

着ている物も清潔で丈夫そうで仕立てもよい。縦縞《たてじま》の模様が入っている上下お揃《そろ》いの見慣れない衣類だ。肌触りのよい素材が何なのかよく分からないが……。

繋いだ手も傷ひとつなく荒れてない。

小さな手のひらでぎゅっと握り返されて、ケビンは視線を落とす。

小さな子供みたいなカイトは、走り回って興奮した頬を上気させている。

とても嬉しそうだ。にっこりと笑っている。

ケビンはとりあえず騎士団の医務室へ連れて行く事にした。そこには顔馴染《かおなじ》みが居たので。


「子供を拾った？　城内で？」

「ああ」

「どこの子か分からない？」

「カイト、名前をもう一度教えてくれ」

「ひがしふうじょう、かいと」

「ヒガ……？」

「ひがしふうじょう、かいと」

「そんな家名ないよな？」

「聞いた事ない」

医務室の医師もお手上げだ。

城の医務室は二つあって、大まかに分けると文官用と騎士団用。

騎士団はもちろん怪我《けが》が多く、治療薬も常備されている。

カイトの場合、文官用の城内の医務室の方がよかったかもしれないが、軽い健康診断ならこちらでもいいかと気安い方に連れて来た。

騎士団担当の医師ガリエルはカイトの目を覗き込

み、口を開かせて喉《のど》を確認し、首を触ったり、手首を持ったり、足を動かしたりした。

「何の異常もないな」

「でしょう？　僕は元気になったんだよ！」

嬉しそうなカイトが両手を上げる。

興奮して駆け出さないように、ケビンはカイトと手を繋いだ。

「ガリエル。これからこの子をどうしたらいいんだ？」

「カイトくん、文字は書けるかい？」

「文字？」

「そう。読めるかな？」

ガリエルが医学書を手に取ると、表紙の文字を読むように指で示す。

カイトは顔を近付けてじっと凝視した。

「『初めての医学……入門編』？」

「あたり。読めるようだな」

「何で読めるの？」

「こっちが訊《き》きたいがな？　親か家庭教師に教わったのかい？」

「知らない」

ぷるぷると首を振るカイトは何かを隠しているように思える。

怪しい素振《そぶ》りだが、嘘をつけない子供みたいな顔に、ケビンは思わず笑ってしまった。

「とりあえず、この子の身内がいないか尋ねて回るか」

「いないよ？　僕ひとり」

不思議そうに首を傾《かし》げるカイトに、ケビンとガリエルは顔を見合わせる。

「何であんな所に一人でいたんだ？」

「……分かんない」

「さっき病院にいたと言っていたが？」

「そうなの。何でここにいるんだろう？　よく分かんない。車椅子に乗って、花を眺めていたはずなのに……」

「くるま椅子とは何なんだ?」

ガリエルが尋ねると、カイトは目を瞠《みは》った。

「自力では歩けない人が座る椅子だよ?　車輪がついていて後ろから押して貰《もら》うの」

「ほう?」

実際に目にした事はないが、何となく想像がつく。

そんな物があったら便利だ。

ガリエルはどこかの工房へ製作依頼を出そうかと一瞬思案するような顔をするが、それは後回しにして質問を続ける。

「カイトはどうしてそれを知っているんだ?」

「え?」

「ここは王都の城だ。そこの医師である俺さえ知らない物なのに、何故《なぜ》カイトは知っているんだ?」

カイトはあからさまにマズいという表情になり、口をぱくんと閉ざした。そして目を泳がせながら否定する。

「し、知らないもん」

「カイト……」

ケビンもガリエルも苦笑した。

その顔は隠していますと言っているようなものだ。

その後も二人がかりで追及したが、意外に頑固な面を見せたカイトは口を割らなかった。

仕方ないので諦《あきら》めて、今後について話す。

「カイトの身柄をどうするか……」

「文官の所へ連れて行くか?　どの部署が担当なんだ?」

「どうなんだろう?　でも一応、迷子の届けが出てないか確認しないと」

「分かった。連れて行ってみるよ。ガリエル、ありがとうな」

手を振るガリエルに別れを告げて、ケビンはカイトの手を取る。

城の文官達が働く建物へと足を向けた。

大人《おとな》しくついて来たカイトと二人で本館に入ったが、そこで色んな部署をたらい回しされた。

基本的に警備の厳しい王城内で迷子が出る事などないので、皆が知らん顔するのだ。担当じゃないと。何があるのか知らないが、どこの部署も忙しそうにしている。

「困ったな……」

ケビンの顔を見上げて、カイトも不安そうにしている。繋いだ手をぎゅっと握ってきた。

ケビンは眉を下げた。

身寄りのない子供が行く場所は決まっている。

カイトの話が本当なら、親はいないのだ。となると……。

「孤児院へ行くしかないか……?」

ケビンは通路にあったベンチにカイトと並んで座りながら、カイトに尋ねる。

「カイト、本当に親がいなくて一人なら、孤児院に行く事になる」

「……うん」

「俺もどういう場所か知らないから説明してやれない。孤児院の場所は調べてやれるが……」

「うん。ありがとう、綺麗なお兄さん」

「…………」

カイトが駆け出さないよう手を繋いだままにしている。

ケビンは無邪気な笑顔を見下ろしながら、握った小さな手に力を込めていた。

俺にちゃんとした力があれば、使用人として家で雇えるのに。子供の一人くらい引き取ってやれるのに。

ケビンは無意識に唇を噛《か》む。

ケビンの身分は伯爵子息だ。しかも嫡男。

でもそれは名ばかりの地位。義弟が学校を卒業したら、次期当主としての教育が始まるのだろう。

ケビンは伯爵家に居場所がない。

子供の頃に母が亡くなって、義母が来てから父とも疎遠になった。すぐに生まれた義弟は可愛がられ、ケビンは冷遇された。よくある話だ。

だからケビンは学校を卒業する際、自立しなければならなかった。

身体を動かす事は好きだったので騎士を目指した。

目覚ましい才能はなかったが、自分の身を自分で守れるのは安心に繋がった。

王城の騎士団の入団試験に合格できたのは運がよかった。下っ端だが寮に入れたし、今後の見通しがついて心も充実した。

でもこの子を引き取る事はできない。自分の事で精一杯のケビンにそんな余裕はない。

出来ない出来ないと悲しんでばかりもいられない。

無邪気で少し頭の弱そうなこの子を孤児院に入れるのは不安だが、そうするしかない。

ケビンは頭を一振りして立ち上がった。

「おいで」

カイトは嬉《うれ》しそうに笑ってついて来た。

通路を行き交う文官を捕まえて担当部署を聞き出し、そこへ向かう。

この子の説明をして、王都にある一番近い孤児院について尋ねたが、見るからに面倒そうな顔をされた。

「お前達は担当じゃないと言うが、迷子の相手は騎士の仕事でもないと思うがな？」

カチンときたので厭《いや》みを言うと、文官達は気まずそうに目を逸《そ》らした。

まあいい。こんな奴《やつ》らにカイトを預けたくはない。

「教会に併設されている孤児院はいっぱいだと思うので、他の所の場所を書いておきました」

「分かった」

メモを受け取って、その足で城の外へ出た。

念の為に一番近くにあった教会併設の孤児院にも立ち寄ってみたが、満杯だと断られた。

次に近い孤児院へ歩いて向かう途中で、カイトが疲れてへたり込んだ。

「ごめんなさい。こんなに歩いた事なくて……」

「いや、すまない。ゆっくりでいいから」

はあはあと息を乱すカイトに不安を覚えながらも、ケビンは次の孤児院へカイトを送り届けた。

事情を説明すると、慣れている様子の職員は淡々とカイトを受け入れた。

孤児院の職員に預けても、カイトはにこにこと笑っていた。

「またね」

「ああ」

おそらく二度と会う事はないだろう。

元気に手を振ってお別れの挨拶《あいさつ》をするカイトに苦い笑みを返して、ケビンは寮に帰った。

面倒くさそうに対応した中年男の孤児院職員に不安を覚えたが、どうしようもない。

あの無邪気な笑顔がなくならないよう……ちゃんとした暮らしが出来るよう祈る事しか出来なかった。

孤児院【カイト視点】

孤児院でカイトは、中年男の言うまま書類にサインした。

日本語で自分の名前を漢字で書いたつもりが、こちらの言葉に自動的に変換されていて不思議に思った。

「凄《すご》い。これがチート？」

目の前にその紙を持ち上げて眺めていたら、不機嫌な職員に、寄越せとひったくられた。

そしてごわごわした衣類を押し付られた。胸元に抱えると、ついて来いと命令される。

言われるまま薄暗い廊下を進むと、大きな部屋に通された。

子供達が床に直《じか》に座っていた。

職員と見慣れないカイトを振り返って来たが、誰も興味がなさそうで、すぐに視線が離れていった。

大部屋の片隅に押し遣《おや》られて、ここで寝ろと言われる。

ベッドもない硬い床で寝具もない。

見渡すと、部屋の奥の一角を占領している集団がいた。

そこだけやけに荷物が多くて、硬い床に敷物を敷いている。布を丸めて椅子のように使っていて、ボス然と君臨している年長っぽい男の子がいた。

その周りに何人か男の子が集まっていた。下っ端みたいだ。

その集団がカイトを見てにやにや笑っている。とても感じが悪い。

あとは部屋のあちこちに、子供達がぽつんぽつんと間隔を空けて座っていた。みんな膝《ひざ》を抱えて蹲《うずくま》っている。無言だ。

まあ、分かりやすい力関係……。

どうやらここには男の子しかいないらしい。

カイトは手渡された衣類を皆が着ているのに気付いた。いま着ているこのパジャマを脱いでこれに着替えても寒そうだ。

迷ったが、頭からすっぽり被《かぶ》るタイプの上着だったので、パジャマの上に重ね着する事にした。下も同様。少しごわごわして動きにくいけれど、寒いよりはマシだから。

職員は無口なのか、大した説明もせず去っていた。気付いたら消えていた。

カイトは言われた通り、硬い石造りの床に腰を下ろす。他の子たちと同じように壁を背にして膝を抱える。

どうやら楽しくない場所に来てしまったようだ……。

その感想は夕飯時に確信に変わった。

他の子供達が部屋を出て行くのでついて行くと、別の大部屋に入って行った。

一列に並んでトレーとボウルを持ち、配給されるスープを注いで貰っている。

カイトも他の子供を真似《まね》して、大きなテーブルについて食事を始めた。

とてもまずかった。

ほとんど病院食しか知らないカイトは、美味《おい》しいと思って食事をした経験があまりない。

テレビやタブレットで美味しそうに食レポをするタレントを、羨《うらや》ましく見てきた。

そのカイトでさえ、ここの食事は最低に感じた。水みたいなスープは微《かす》かな塩味がするだけで、野菜の切れ端しか入ってない。

だからみんなガリガリなのか……。

カイトの手足もひょろひょろして頼りないが、他の子供も同じだ。顔色が青白くてまるで病人のようだ。

その夜はよく眠れなかった。

床が硬かったし、初めての世界で右も左も分からない。食事は不味《まず》いし、頼れる人もいない。

親がいないって大変な事なんだな……。

改めて実感して、心細くなって、少し涙が滲《にじ》んだ。

翌朝、起きたら子供達が清掃を始めた。

カイトも近くの子供に箒《ほうき》を突きつけられて受け取った。

カイトは掃除をするのも初めてだ。

他の子供がするのを真似てみるが、ここはいいと追いやられ、外へ行かされた。

仕方なくそこの石畳を掃いていると、そんな所はしなくていいと怒鳴られた。

昨日の部屋で威張っていた、年長っぽい子供が立っている。その取り巻きみたいな子供も二人いた。

「馬鹿じゃねえのか？　そんな事も分からないのか」

そいつらはここのボスなのか掃除をしていない。古株だからか年上だからか知らないが、好き勝手に振る舞っているようだ。

あのやる気のない職員もスルーしているのだろう。

「教わっていないのにどうしろと？」

カイトが言い返すと、相手は驚いた。

まさか言い返されるとは思わなかったようだ。ひょろひょろの外見から気弱に見えたのかもしれない。

しかしこう見えてもカイトは十四歳なのだ。子供が束になっても怖くはない。

「生意気な。新参者のくせに」

悔しそうに言うボスに、カイトも強気に言い返す。

「新しい子供が来たらいびるのか？　そういうのが好きなのか」

「うるさい！」

「イジメ反対！」

殴りかかってきたので箒を振り回した。

相手は素手だけど三人もいる。多少のハンデは仕方ないと思う。

カイトは喧嘩《けんか》もした事ないが、身を守るのを躊躇《ちゅうちょ》しなかった。

箒で相手の胴を薙《な》ぎ払《はら》い、足を打ち、頭を打った。

石畳に転がって泣きべそをかいた三人だが、カイトは油断しなかった。一人でも立ち上がって向かってこられたら一気に形勢逆転するからだ。

だから転がった耳元にバシバシと箒を叩《たた》きつけた。音による威嚇《いかく》だ。泣くまで続けた。

「降参するか！」

「する！」

「するからっ……」

カイトは手を止めた。

身を守れたがスッキリしない。

やらなければやられていた。それだけなのに気分が悪い。

「何をしている！」

職員を見ると、三人は泣きながら立ち上がり、縋《すが》りに行った。一方的に暴力を受けたという訴えを、職員はそのまま信じたようだ。

……というか、これまでこんな感じで暮らしてきたのだろう。この三人は職員のお気に入りのようだ。

職員はカイトを怒鳴りつけてきた。

「何という乱暴者か！」

「三人がかりで襲いかかった方は悪くないのか？」

カイトが憮然《ぶぜん》と言い返すと、職員は嫌悪を剝《む》き出《だ》しにした。

「こっちへ来い！　お仕置きだ！」

やだね、とカイトは踵《きびす》を返した。

そのまま庭を横切り、昨日入って来た扉へ向かう。

「生意気な！」

大股《おおまた》で追いかけて来た職員に肩を摑《つか》まれそうになって、カイトは腕を振り回した。

すると何かに押されたように、職員の身体《からだ》が後ろへ吹き飛んだ。

「な、なんだ？」

尻餅《しりもち》をついた職員が目を丸くしている間に、カイトは扉の内鍵《かぎ》を外して外へ出た。

そのまま当てもなく駆け出した。

カイトが孤児院にいたのはたった一日。それが限界だった。

魔法師【魔法師視点】

「おかしい……」

召喚の間で、魔法省長官であるタイランは眉《まゆ》を顰《ひそ》めた。床に描かれた半分消えかけている魔法陣に手を添えて、魔力の残滓《ざんし》を感じ取る。

「何がですか？」

背後に佇《たたず》む部下が不思議そうに首を捻《ひね》っていた。

「魔法陣は正常に起動しましたし、聖女様も問題なく顕現なさいましたよ？」

「その聖女の能力が低すぎるんだ」

「そうですか？」

「魔力量も使える魔法も平凡すぎて、わざわざ召喚するほどの人材ではない。かろうじて浄化魔法の素質はあったが、そんなのそこらの魔法師でも使える」

「タイラン様、誰が聞いているか分かりませんよ？」

別棟は普段使われていない。この大部屋にも自分たちしかいないが大きな声で言えない話題だ。

ひそひそと忠告する部下に、タイランは声を荒らげた。

「そもそも何故《なぜ》、この時期に召喚などしたんだ！　来年に予定されていた筈《はず》だ」

「ですからぁ……第二王子の命令で仕方なく……。役職のない、しがない魔法師に逆らえる筈がないじゃないですかぁ」

「あの色ボケくそ王子が！」

「あああ！　盗み聞き防止結界を張って下さいよ！　首が飛びますよ！　俺はまだ死にたくないです！」

「うるさい！　私の留守を狙ってわざとやりやがった癖に！　癪《しやく》に障る」

この国の第二王子は手柄を立てたくて仕方ないのだ。

玉座を狙っている第二王子は、子供の頃から野心を隠そうともせず、兄に敵意剝き出しなのは有名な話。

同じ母親を持つ実の兄弟だが、子供の頃から何かと張り合っている。というより第二王子が一方的に突っかかっているのだ。

しかし兄である第一王子は優秀で、個人の能力だけで第二王子は第一王子に勝てない。このまま順当にいけば次の国王になる。それを覆すには相当な何かが必要だ。

そして第二王子が目をつけたのは聖女召喚だった。自分の能力では兄に勝てないので、聖女を使って株を上げようと目論《もくろ》んだ。

この国は定期的に魔素が発生する。周期があるのだ。

歴史を振り返ると大体百年に一度。

魔素が濃くなると魔獣が狂暴化して町や村を襲う。瘴気《しようき》が満ちて人も病にかかりやすくなる。

それを防ぐ為に、いつの頃からか異世界から人を召喚するようになっていた。

異世界人はこちらの世界の優れた魔法師でも敵《かな》わない力を持っている。魔力量も使える魔法も桁違《けたちが》いとされている。

時に男性だったり女性だったりする。

男性の場合は聖人と呼ばれ、女性の場合は聖女と呼ばれる。

女性が多いと記録に残っていた。そして歴代の聖女は王族と結婚している。

「前の災害から九十年。そろそろ周期ではあるが、私のいない時を見計らって召喚しやがって！」

それだけ第二王子は聖女召喚に賭《か》けているのだろう。聖女を取り込んで結婚すれば、兄と張り合えるかもしれない。手柄によっては次の国王になれるかもしれないと。

「でもまあ、いずれ召喚するんですから……」

「責任者の私が留守中にか？　何かあったらどうするつもりだったんだっ！　万が一にでも失敗していたら……」

「結果論ですが、成功したからいいじゃないですか。太陽と星の動きと月の満ち引き、召喚の間に溜《た》まった魔力量、好条件が揃《そろ》っていたのは確かです」

「成功なのか？　あんなポンコツ聖女を召喚しておいて？」

「これから勉強して訓練を積んだら成長なさるのでは？」

「無駄だ。やる前から分かっている。あの感じでは伸びてもそこそこだ。精一杯成長して、お前と同等ぐらいだ。だからおかしいんだ」

「何がですか？」

「この召喚魔法陣に残る魔力の残滓……これだけの魔力を消費して、あんな凡人しか召喚出来なかったのか？　おかしい……」

「でも現実はそうですから」

「もう一人いなかったか？」

「は？」

「これだけの魔力量……もう一人召喚していてもおかしくない。あの聖女は偽物で、本物がいたのでは？」

「私はその場にいましたが、第二王子と側近達がすぐさま聖女様に殺到して、取り囲んでしまいましたからね。よく見えなかったのは確かです。……でも第二王子達が聖女を連れて去った後に、残った人はいませんでしたよ？」

「つくづく無能者が！　私がその場にいれば確実に気付いたものを！」

「あぁ、言いましたね？　いなかったからしょうがないじゃないですか！　言いがかりですよ！　酷《ひど》いな、もう！」

「うるさい！」

不機嫌な上司は納得しない。口喧嘩《くちげんか》をしながら、部下も自分の正当性を主張した。

しかし上司の言い分にも一理あるのも確かだ。

聖女がポンコツだとしたら、この先、瘴気が発生した時に困るのでは？

何年後か分からないが、確実にその周期はやって来る。もしかしたら恐ろしい数の犠牲者が出るかもしれない。

実際に聖女を召喚したのだから失敗ではないが、不安になってくる。

「タイラン様……」

「なんだ」

「召喚する異世界人の条件って、何でしたっけ？」

改めて問われて、タイランは部下に胡乱《うろん》な目を向けた。

「今更それを訊《き》くのか？」

部下は口を尖《とが》らせる。

「魔法陣に組み込まれている文言を、読み解くのを禁止したのは誰でしたっけ？」

「私だ」

不機嫌上司は、気まずそうに頭を掻《か》いた。少し声を落として言う。

「あまり大声で言える内容ではないからな」

「そうなんですか？」

「考えてもみろ。こっちに召喚したものの、反抗的で言うことを聞かない性質の人間だと目も当てられないだろう？」

「……ですね」

「だから追加で条件づけされているのは『無邪気』『素直』『慈悲の心』だ」

「つまり、こちらの要望を疑いもせずに『素直』に聞いてくれる『無邪気』で『慈悲深い』性格の人間って事ですか？」

「そうだ。もちろん浄化魔法に適性があるのは最重要だが」

「あー……だったら、聖女様は本当に偽物かもしれません」

「何かあったのか？」

「私は召喚直後の姿しか見てないですが、第二王子に大歓迎された聖女様は、どう見ても『無邪気』ではなさそうで。……かしずく使用人を見下して、第二王子にはおもねるような笑顔を向けていましたから……」

「そうか。能力鑑定の為に第二王子の元に押しかけた私も、そのように感じた。まあ、王子にちやほやされて浮つくのは仕方ない。まだ若い少女なのだからな」

「でしょうけどね。少し気になったので」

上司はひょいと片眉を上げた。

「なんだ。ちゃんと違和感を覚えていたんじゃないか」

「そのようです」

「少し浮かれるのはしょうがないが、問題なのは魔法の授業に真剣に取り組もうとしない姿勢だ」

部下は目を見開いた。

「タイラン様が直々に授業を？」

「ああ。最初は聖女の能力鑑定と健康診断も兼ねて面会したが、その時に第二王子に頼まれてな。こっちも聖女の人となりを知りたかったから引き受けた。でも興味があるのはドレスと宝石と化粧だけ。第二王子が聖女聖女と甘やかすから調子に乗っているんだ。いくら私でも、やる気のない生徒はお手上げだ。真面目《まじめ》に魔法を学ぼうという気がない者はどうしようもない」

「そうですね」

「魔力量と適性は生まれつきが全て。精度は努力で研ぎ澄まされるが、そもそも魔法を使えるのはほぼ貴族だけ。その中でも浄化魔法を扱えるのはほんの一握り。……そんな状態で瘴気が国中に蔓延《まんえん》したら、どうなると思う？」

部下の顔が一気に青ざめる。

「それは……酷い事になるでしょうね」

どれほどの犠牲者になるのか想像もつかない。

部下のトリヤは伯爵家の次男なので、生まれ育った領地が脳裏に浮かんだ。

坊ちゃん坊ちゃんと可愛がってくれた領民達が、道端に倒れ伏す姿を思い浮かべるだけで背筋が凍る。

「我々だけでは力不足だ。だから先人の魔法師達が知恵を絞って、異世界から優れた才能を持つ者を招く召喚術を開発した」

「……はい」

「それなのに肝心の聖女があれでは、呆気《あっけ》なく瘴気の嵐に呑《の》み込《こ》まれてしまうぞ。大災害になる」

「俺、浄化魔法を鍛えます」

「そうだな。聖女があてにならないなら、他を鍛えるしかない」

タイランは国王と王太子殿下に面会を申し入れる決意をした。

面倒だが報告しなければならない。具体的な瘴気対策を立てるのは王族なのだから。

素質のある部下を改めて鍛える必要性もヒシヒシと感じた。

更に学校に赴いて、適性のある学生に目星をつけておかなければならない。その子達に特別授業を施すのも手だろう。

今後、数年は忙しくなりそうな予感に、タイランは溜《た》め息《いき》を零した。

料理長【料理長視点】

この間から、厨房《ちゅうぼう》に顔を出すようになった庭師の子供がいる。

栄えある王城で料理長を務めるようになって約五年。この子供を追い払えない事情が出来てしまっていた。

「料理長のおじさん、お腹減《なかへ》った！」

「また来たのか、坊主」

ごわごわの粗末な衣類を身に付けた痩《や》せこけた子供を初めて見たのは、数日前。

昼食を提供した後の、下働きの者が遅めの食事を摂っている最中だった。

王族や高位高官への食事を作る厨房では、昼食提供後から夕食調理前までの短い時間に休憩している。

いつも余裕がないのでかき込むように食べる。無駄話などしている暇もない。

だから全員、気付かなかったのだ。子供が紛れ込んで来ているのを。

突然ぐうううううと鳴った腹の音に皆が目を丸くした。

音の主はテーブルの端に立っていた。お腹を押さえながら、テヘヘと照れ臭そうに笑っていた。

「坊主、ここは立ち入り禁止だ」

王族の食事を作る場所なのだ。不審者を入れる訳にはいかない。

それに子供の身形《みなり》が明らかに貧しい物だったので、衛生面を心配したのもあった。

料理長は立ち上がってすぐに子供を追い払おうとしたが、あまりにも大きな音でぐうぐう鳴る音に負けた。

料理長は子供好きで、掴んだ子供の腕があまりにも細かったのもあった。

「どこの子だ？　城の中にいるんなら使用人……庭師の子供か？　ちゃんと見ていろよな」

住み込みで働いている使用人の子供がいるので、王城内に子供はいる。

でも親は入っていい場所といけない場所を教え込んでいるので、これまで厨房に子供が迷い込んで来た事はなかった。

子供の薄い身体を部屋の入口まで押し戻した料理長は、咄嗟《とっさ》に掴んだパンを手渡した。

「これでも食っていろ。でもここは立ち入り禁止だから二度と来ては駄目だ」

下手《へた》をすると親がクビになる。

料理長は厳しい顔で鋭く言ったが、子供は聞いていなかった。さっそくパンに噛《か》みついて唖然《あぜん》としていた。

「硬すぎて食べられない」

とても驚いているようだ。

料理長は首を捻《ひね》る。

「ありふれた普通のパンだが、子供の顎《あご》では無理か。スープもやるからこれに浸して食べろ」

料理長は廊下に視線を飛ばした。

ここで働く者には口止め出来るが、他の者には出来ない。幸い、この時間に部外者は近寄らない。

料理長は入口のすぐ傍《そば》の、廊下からは見えない場所の床に子供を座らせて食べさせた。

自分も急いで賄いを食べる。

食べたら立ち去ると思っていた子供は、食べながら厨房の中を観察していたらしい。料理長に質問してきた。

「ここのスープも塩味しかしない。ここではダシを取らないの？」

「だし？　何だそれは」

さっさと子供を追い払おうとしていた料理長は、スープの味に難癖をつけられたと感じた。

目が尖った料理長に気付く事なく、子供は隅に積まれている食材を指差す。

「あれはキノコでしょ？　キノコを水に浸したり、お湯で煮出したりするといいダシが出るのに。味に深みが増すのに」

「なに？」

「それとそこのゴミ箱……の鳥の骨みたいな物。それと剝《む》いた野菜の皮、それらも長時間煮るといいダシが出るよ。美味《おい》しいよ？」

「何だと？　ゴミが美味くなる筈がないだろう」

「やってみたの？」

「あ？」

「やった事ないのに否定するの？」

ぐっと言《い》い淀《よど》んだ料理長に、子供は不思議そうに言う。

「どうせ捨てるだけの物なら試してみればいいのに」

「坊主、俺達は暇じゃないんだ」

「マズいスープに満足しているの？」

「マズいだとっ？」

激怒した料理長は立ち上がった。

無言で二人のやりとりを聞いていた他の料理人達

に緊張が走る。

料理長は子供に歩み寄ると腕を摑《つか》んで立ち上がらせたが、意外にも子供は怯《ひる》んでいなかった。

挑戦的に目と目を合わせてくると、尚《なお》も言い募る。

「料理人なら美味しくする為に、何でも試すんじゃないの？」

「……坊主」

「どうせ捨てるんでしょ？　一回やってみてよ」

「…………………………」

料理長としてのプライドが、美味しい物への探究心に負けた。

一度だけだぞと冷たく言い放ち、子供が指示するまま寸胴鍋《ずんどうなべ》に廃棄予定の食材をぶち込んだ。

そうして数時間後。

灰汁《あく》を取りながら丁寧に煮込まれた液体が出来上がる。余分な物を漉《こ》して、一口飲んだ料理長の目が変わった。

それを普段と同じようにして作ったスープに足すと、明らかに旨《うま》みが増していた。

他の料理人にも試させて、皆の目が丸くなるのを見届けた。

「ね？　美味しくなったでしょ？」

「坊主、どこでこんな知識を……」

「前にいた場所。それとパンも柔らかくしようよ。さすがに硬すぎでしょ？　嚙み切れないよ」

「なんだと？　パン？」

「牛乳？　バター？……っぽいモノがあるから作れるでしょ？　僕はほんのり甘いパンが好き。砂糖もある？　高級品？　王様が食べるんだよね？　美味しければ贅沢《ぜいたく》しても怒られないでしょ？」

料理長は観念した。

スープが劇的に美味《うま》くなったのもあり、柔らかいパンも試してみたくなったのだ。

翌日も同時刻に現れた子供の言うまま、牛乳を足し、バターの分量を多くして、砂糖も加え、これまでのよりも小さめに丸めたパンを焼いてみた。

試食してみた結果は想像を越えていた。

「柔らかい。甘い……」

「うまっ」

「これはっ……」

料理長も含めた厨房の料理人、全員が驚いた。えへんと胸を張る子供に驚嘆の眼差《まなざ》しを向ける。

それから何度も試行錯誤をした改良版のスープとパンを王族方への食事として提供すると、すぐにいい反応があった。

国王だけでなく、王妃、王子達からもお褒めの言葉を頂いたのだ。

全部その子供……カイトの功績だが、部外者が厨房に入って指示したと馬鹿正直に言う訳にはいかない。

料理長は他人の評価を掠《かす》め取ったように感じて複雑だったが、当の本人が「ご飯くれるからいいよ」と笑っていた。

それ以来、カイトの存在は料理人達の秘密になった。

どこで学んだのか知らないが、それからも料理の改良は続いた。

カイトの不思議な知識は終わりがなく、カイトの方から初めて見る食材を見付けては、料理人に質問していた。

不思議な子供。カイトを料理長は庭師の子供と思い込んでいた。

身につけている衣類は貧しい物だったが、髪の毛も含めた全身は汚れておらず、いつも清潔だったからだ。

魔法師トリヤ【ケビン視点】

ケビンは学生時代からの友人から、久しぶりに飲みに誘われた。

二人の休日が重なった日、昼食時を避けて待ち合わせて王都にある食事処《どころ》へ出向く。

真っ昼間から酒を注文した友人トリヤにケビンは驚いた。

「どうした？　何かあったのか？」

「聞いてくれよ〜」

トリヤの愚痴がいきなり始まった。直属の上司への不満が溜《た》まっているようだ。

トリヤは優秀な魔法師だ。

まだ若いのに魔法省の長官に気に入られて直属の部下になったと聞いている。

長官もまだ若くて二十代で、あまりにも優秀なせいで何段階も飛ばして長官に抜擢《ばってき》されたと聞いている。

だから他の古株の魔法師達に妬《ねた》まれていて、年齢的にも近い二人は自然と一緒に行動するようになったようだ。

副長官は頭に白髪が混じる壮年の方なので、若い上司に不満を抱くのは仕方ないかもしれない。

「もう〜、俺だって頑張っているんだよ？　タイラン様が凄《すご》すぎるんだよ。あのレベルを要求されても、なぜ出来ないんだって叱られても、無理なものは無理なんだよっ」

トリヤの上司は魔法に関して厳しいらしい。延々と愚痴が続く。

他の魔法師みたいな陰湿さはないが、自分基準で能力をはかるからトリヤは苦労しているようだ。

「そもそも聖女様があれじゃなかったらな〜。本物だったら俺達が苦労する事もないのに……」

「……トリヤ」

酔いが進んだせいで、何だかマズい事を漏らした気がする。

ケビンは慌てて周囲を見渡した。

幸いにも時間帯のせいで人はまばらで、こちらに注目している人はいない。

ケビンはトリヤの頭を軽くはたいて黙らせた。

「おい、トリヤ」

「分かっている。ケビンなら大丈夫だろ……」

小声になったトリヤは我に返ったようだが、口は止まらなかった。ぼそぼそとケビンだけに聞こえる音量で、重大機密を暴露する。

「聖女様が偽物……？」

驚愕《きょうがく》したケビンも小声で返す。

少し前に国王から発表があった。

時期的にまだ早いが、聖女の召喚に成功したと。

今後、瘴気《しょうき》が発生しても対処できると。

それなら百年周期のあれがきても、今回は安心だなと思っていた。

でもトリヤから詳しい経緯を聞いたケビンは蒼白《そうはく》になった。

「あの日だったのか。あれは召喚の儀式をしていたのか……」

「ん？　どうしたケビン」

「もしかしたらあの子は……」

「あの子？」

あの日、別館で警備担当だったケビンはカイトを保護した経緯を話した。

見る見るうちにトリヤまで真っ青になる。瞬時に酔いが覚めたようだ。

「ケビンそれは本当かっ」

カッと目を見開いたトリヤに胸倉を掴まれて、ケビンは息苦しさに顔を顰《しか》めた。

「お、落ち着け」

興奮したトリヤを宥《なだ》めながら、ケビンも呼吸を整えて、落ち着こう落ち着こうと努力した。

でも二人の顔色は悪いままだ。

どうしよう……と戸惑《とまど》っていると、トリヤがおもむろに立ち上がった。

「タイラン様に報告だ！　ケビンも来い！」

「ああ。でも違うかも。使用人の子供が迷い込んでいただけかも……」

「それでも真偽を確かめなければっ」

「お、おう」

人が変わったように物凄い形相になったトリヤに引《ひ》き摺《ず》られて、ケビンは王城へ向かった。

初めて足を踏み入れる魔法省の建物にどぎまぎしたが、トリヤに耳打ちされた長官の剣幕に肝を潰《つぶ》しそうになった。

「何だとっ？　それは本当か！」

ガタンと音を鳴らして椅子が転がった。

「今すぐ確かめに行きましょう！」

怒号に首を縮めたケビンは、他の魔法師達が注目しているのを横目にしながら、部屋を後にした。

二人に急《せ》き立てられて孤児院へ向かう。

しかしそこにカイトの姿はなかったのだった。

聖人様

「一日……たった一日でカイトは逃げ出したのか」

ケビンは落ち込んだ。

三人で突然押しかけた孤児院で。カイトの消息を尋ねると、中年の職員は吐き捨てるように「逃げた」と告げた。

鬼のような形相の長官は、カイトに書かせた書類を確認していた。

その横で、ケビンとトリヤは室内に目を走らせていた。

明らかに劣悪と分かる環境。怯《おび》えた目をした痩せた子供達が、三人を遠巻きにしている。

ケビンはここにカイトを連れて来たのを後悔した。

ちゃんと中まで入って確かめるべきだった。こんな……こんな所に置いていったなんて……。

ケビンは世間知らずの自分を恥じた。

貴族の子息が孤児院の内情を知る機会などほとんどない。それでも知らなかったからしようがないとは思えなかった。

萎《しお》れるケビンだったが、また引き摺られるようにして王城へ戻る。

長官は文官棟へ向かった。

孤児院を管轄する部署にあの施設の劣悪環境を報告して、立ち入り検査するよう要請した。

後日、あの施設の中年職員はクビになったそうだ。

本来、子供達に使われる筈《はず》の経費を着服していたという。当然逮捕された。

子供達は医師の診察を受けて、別の職員が派遣された。これから改善していくだろう。

王城に戻った三人は、魔法省長官の執務室に立て籠《こ》もった。

他の魔法師達に聞かれないよう、長官が盗み聞き防止結界を張った。

「それでケビンだったか？　そのカイトという男の子の事を詳しく聞かせてくれ」

「はい。でも俺もそんなには……」

別棟の警備をしている最中、子供を見かけたこと。病人のように痩《や》せていて言動も幼く見えるが、十四歳だと言っていたこと。見慣れない縦縞《たてじま》の衣類を着ていて、親はいないと言っていたこと。

「ひがしふうじょう、かいと。珍しい名前だ。ひがしふうじょうという家名はないよな？」

「はい」

長官は孤児院から奪ってきた書類に目を落としている。

「恐らく、この子が本物だと思う」

「やはり……？」

「そうであって欲しいという私の希望的観測もあるが。居場所が分からないのが痛いな」

「すみません……」

肩を落としたケビンが謝るが、長官は気にしてないという風に手を一振りした。

「何も持たず、頼れる人もいない。どこへ行ったのか……」

「どこかのいい人に偶然拾われて、保護されたとか、ないですかね？」

トリヤが甘すぎる希望を口にしたが、そんな奇跡はまず起きないと、みんな分かっていた。

平民は自分たち家族だけで精一杯の暮らしをしている。裕福な貴族や商人は数が少ない。

そのごく僅《わず》かの確率で、たまたま余裕のある人に拾われる可能性はどれほどのものか。考えなくても分かる。

悪い方に考えればいくらでも浮かぶ。犯罪組織……人身売買に手を染める者に拐《かどわ》かされる子供もいる。最悪の場合、路地裏で野垂れ死ぬ。

三人の頭に色々浮かんだが、誰も口にしなかった。言葉にすると現実になりそうで怖かったのだ。

「それでも確認しなければな。王都の憲兵に子供の死体が見つかっていないかと」

俺が明日確認してきます、とトリヤが答える。

「はあ。わざわざ召喚した聖人様をそのように失うなんて……。私の不在を狙って召喚を強行した第二王子のせいだ。恨んでも恨み足りん」

長官が頭を抱える横で、トリヤが不思議そうに首を捻った。

「でもあの時、男の子を見てないんですけど」

「第二王子と貴族どもが聖女に殺到して、よく見えなかったんだろう？」

「そうですが。それにしてもですよ？　聖女様が連れ去られた後には誰も残ってなかったんです」

「だから聖女召喚に喜んでいる間に、カイト様は部屋を抜け出したんだろう」

「どうしてですか？　何で逃げる必要があったんです？」

「それは分からない」

ケビンも不思議に思った。

なぜカイトはあの時、庭で走り回っていたのだろう？

楽しそうに……走れるのが嬉《うれ》しいと溢《あふ》れんばかりの笑顔だった。

結局、よい案が浮かぶ筈もなく解散となった。

「せっかくの休日に悪かった」

長官に気遣われて、その場を後にした。

ケビンは兵舎に戻ってからもずっしりと落ち込んでいた。

カイトが本当に聖人様で、自分のせいで野垂れ死になんて事になったら、後悔してもしきれない。償いようがない。

ひたすら見付かる事を祈るばかりだった。

発見

悲愴《ひそう》な心中《しんちゅう》のケビンだったが、不安はあっさりと晴れることとなった。

いつもの職務中。見回り勤務を次の組に引き継いで交替した。

休憩時間になったので相棒と兵舎まで戻って来たが、視界の端に何か横切ったのを感じて足を止めた。

「あ、先に行っててくれ」

相棒を食堂に送り出して、ケビンは周囲を見渡す。

訓練場に寮、執務室や医務室がある管理棟などが並んでいる。ケビンの同僚達があちこち歩いているのが見える。

これといって変わりのない、日常風景だ。それなのに何が引っかかったんだろう？

ケビンは自分でも分からないまま、周囲を探索した。

すると疎《まば》らに植えてある樹木の間を、何かが通り抜けたのが見えた。

ケビンは反射的にそれを追いかける。すぐに子供だと分かった。

「カイト……？」

「あれ？　綺麗《きれい》なお兄さん！」

驚愕にケビンの足が震えた。

信じられないが……目の前にカイトがいる。

「本当にカイト……？」

カイトは嬉しそうにケビンの元へ駆け寄って来た。

ケビンが手を伸ばして恐る恐る触ってみると、実体がある。

「綺麗なお兄さん、また会えたね！」

嬉しそうに破顔するカイトに、ケビンは涙が溢れそうになった。

「カイト……どうしてここに……」

「ん？　あ……」

何か思い出したのか、カイトは顔を寄せて来ると、内緒だよと耳元で囁《ささや》いた。

「ここの浴場を使わせて貰《もら》っているの。人がいない時に」

「え？」

「あ、あの孤児院はね。脱走したの。暴力を振るわれそうになったから」

「え？　暴力？」

「そう。職員まで一緒になってね。意地悪なボスがいて悪質だったんだよ？　ベッドはないし、食事はマズいし、少ないし」

「すまないカイト。そんな所へ連れて行ってしまって……」

「謝らないで。知らなかったんでしょ？　お兄さんのせいじゃないよ？　大丈夫だよ。僕はここで楽しくやっているから」

「ここで楽しく？」

「うんっ。ここは広いから走り回れるし、木登りも出来るんだよ？　噴水も綺麗だし」

「また庭を走り回っているのか？」

「うんっ。これまでずっと身体《からだ》を動かせなかったから嬉しいの！　息が切れると苦しいけど、だんだん長く走れるようになって来たんだよ？」

「食事はどうしているんだ」

ふと思いついて尋ねると、カイトは一瞬マズいという顔をしたが、小声で「ご飯をくれる人がいるんだ」と白状した。

「そうか。よかった」

ケビンはホッとした。出会った時よりも元気溌剌《げんきはつらつ》な様子から何となく察していたが、食事をきちんと摂れているようで安心した。

そして魔法省長官の顔とトリヤの顔が脳裏に浮かんだ。

ケビンはカイトの手を取ると、ぎゅっと握った。

「お兄さん？」

「カイト。話さなければならない事があるんだ」

ケビンは魔法省長官が探している事を教えた。

カイトは聖人として、この世界に召喚されたという事も。

カイトは驚かなかった。冷静なまま、ケビンの目を真っ直《ます》ぐ見詰めてきた。

「あのね。仮に僕が本物で聖女様が偽物だとして……いま僕が名乗り出ても信じて貰えないと思うんだ」

「カイト？」

「僕は聖女様のオマケでしょ？　元の世界の本でよく読んだの。こういう場合のオマケは冷遇されるって」

「そんな……」

「王様も王子様も、みんな聖女様が本物だと信じているんでしょ？　それなのに今更僕がのこのこ聖人だと名乗り出ても、何だコイツって思われるだけだよ」

それにもう発表してしまっている。もしそれが間違いだと主張するなら、相応の覚悟が必要だ。

聖女を支援している第二王子など、死に物狂いで反論してくるだろう。絶対に認めない。

やっぱり違っていました。聖人様が他にいました……なんて、自らの無能さを世間に露呈するようなものだからだ。

はっきり言えば、カイトが本物だろうが関係ない。一度した発表を覆すのはほぼ不可能なのだ。

想像してみたケビンも黙るしかなかった。

いかにもありそうな事だったからだ。

「召喚した場所で僕を目撃した人は一人もいない。既に聖女様がいる。僕は要《い》らない存在だよ？　だから冷遇されるに決まっている」

「し、しかし……」

「偽物って言っても聖女様も魔法が使えるんでしょ？　僕も使えるみたいだけど、僕の能力の方が低いかもよ？　僕の方が偽物かもよ？」

「それは……魔法省長官に会ってくれないか？　そうすればすぐに分かる」

カイトはその申し出に、う～んと首を捻《ひね》った。

「それはお断りかな？」

「カイト……」

「僕はお兄さんは信用しているけど、他の人は……ね。この世界のこと知らないし、お偉いさんには要注意だと思うんだ。いきなり牢《ろう》に入れられても困るしね」

「牢に？　そんな事はしないと思うが」

「言い切れないでしょ？　僕はこの世界に家族はいないし、味方は一人もいない。どんな扱いされたって文句も言えない。地下牢に監禁されて奴隷のように扱われても、誰も助けてくれないんだ」

「カイト……」

ケビンは胸を抉《えぐ》られたような痛みを覚えた。

「だからお偉いさんに会うのはナシ。お兄さんは信用しているけどね」

またね、と言い残してカイトは姿を消した。

ケビンは追いかけられなかった。

淡々と告げられた言葉に衝撃を受けて何も言えなかったのだ。

隠蔽魔法《いんぺいまほう》

その日の勤務が終わってすぐに、ケビンは魔法省のトリヤを訪ねた。

青い顔でふらふらしているケビンに驚いたトリヤだったが、何か察したのか、何も説明しなくても長官の執務室へ招き入れた。

長官も目を瞠《みは》った。

「どうした？　何かあったのか？」

「カイト様を見付けました」

「なに⁉」

「この城の中で暮らしておられるようです」

ケビンは先程の話をした。カイトから言われた衝撃的な話も。

長官も腕を組んで、う〜んと唸《うな》った。

「確かに。召喚した時に誰も姿を見てないから、偽物扱いされるのはカイト様かもしれない」

「そうですね」

トリヤも青い顔をしている。

「鑑定魔法を受けて下さったらはっきりするんだが。権力者が怖いのも分かる」

「そうですよね。カイト様は我々を知らないのですから」

「むしろケビンがそこまで信頼されているのが驚きだな。何をしたんだ？」

ケビンは目を見開く。

「いいえ、特に何もしていませんが」

「しかしこれでハッキリした」

自信満々で断言した長官に、トリヤは胡乱《うろん》な目を向けた。

「何がです？」

「カイト様はおそらく隠蔽魔法を使っておられる」

「隠蔽魔法？」

「そうだ。召喚の間から誰にも見咎《みとが》められずに姿を消した。そこからして不自然だったが、そう考えれば辻褄《つじつま》が合う。孤児院から逃亡した後、どうやって城の中へ入るんだ？　門番がいるのに。あそこはどうしたって突破するのは無理だ」

トリヤもケビンもハッとした。

「確かに……」

「それに城内の庭がいくら広いとはいえ、誰にも見咎められないのもおかしい。隠蔽魔法があるから、これまで騒ぎにならなかった。今回、姿を現して話をして下さったのは相手がケビンだからだ」

「なるほど……」

「という事は、俺やタイラン様がいくら捜索しても見付からないって事ですか？」

「その可能性が高い」

「う〜ん……」

三人は黙り込んだ。

またも八方塞《はっぽうふさ》がりと思われたが、今度は少し事情が違う。

カイトの居所が知れた。路地裏で野垂れ死ぬ可能性はなくなった。それだけでも大きい。

「もしそれが当たりなら、隠蔽魔法を呪文詠唱なしでいきなり使われたという事です。凄《すご》い才能じゃないですか？　聖女様は隠蔽魔法など使えないでしょう」

「そうだな。隠蔽魔法など私でも無理だ。昔の魔法指南書に名前だけ記録されている失われた魔法だ。おそらく悪用された事があったのだろう。呪文の記載がなかった。高度な技術と精細な魔力操作が必要な魔法らしい」

魔法の事はよく知らないケビンは驚いた。

「そうなのですか？」

「ああ。やはりカイト様が本物だと思う」

断言した長官に、トリヤもケビンも同意した。

「どちらにせよカイト様に無理を言って怖がらせたくない。カイト様と連絡がつくのはケビンだけ。となると、私が出来る事は必要物資を用意する事くらいか」

「必要物資？」

「カイト様は何を着ておられる？」

「あ……」

「せめてまともな衣類を用意しなければ。それと食事。誰かに貰っているという話だが……」

そこで長官はハッとした。

「そうか！　もしやあれはカイト様の入れ知恵かっ？」

いきなり興奮した長官に、トリヤもケビンも驚いた。

「分かったぞ！　そういう事だったのかっ」

爛々《らんらん》と目を光らせた長官は、カイト用の衣服を手配するようトリヤに命令すると、自分はどこかへ行ってしまった。

残されたトリヤとケビンは顔を見合わせたが、命令通り、衣服を手に入れる為に王都の店へ足を運んだ。

カイトが次に姿を現した時に、すぐに渡せるように。迅速に準備した二人だった。

廃嫡

隠蔽魔法を駆使して城内で暮らすカイト様を、唯一信頼されているケビンが窓口になって手助けをする。

長官はそのつもりだったが、そうできない事情が出来てしまった。

またも勤務時間後に、悄然《しょうぜん》と項垂《うなだ》れたケビンがトリヤの元を訪ねてきた。

今度は何事かと招き入れれば、想定外の話をされて驚いた。

「父に廃嫡されました。辞職してここを出て行かなければなりません」

ケビンの顔色が青白い。

前々から事情を聞いていたトリヤは、とうとうその日が来たかと顔を歪《ゆが》めたが、長官はすんなりと理解出来なかった。

「廃嫡とはどういう意味だ？　伯爵家の嫡男だったよな？」

「はい。ですが父は今の継母との間に生まれた義弟を跡取りにしたいのです。俺の性格に問題があって貴族として相応《ふさわ》しくないと、貴族籍から抜かれました。平民では王城の騎士団に所属できません。辞職するしかないのです」

「何だとっ？」

「予想はしていました。義弟が学校を卒業したので、これから本格的に次期当主としての教育を施すつもりなんでしょう。俺が残っていたら都合が悪いのです。何年も前から分かっていた事なので準備はしてきましたが、カイトの事は想定外で……」

「そんな、嘘《うそ》だろう？」

ケビンがいなければカイトは姿を現さない。連絡が取れなくなってしまう。

あれから何度か、カイトはケビンの前に現れた。まともな衣服を渡せて、日持ちのする食糧や日常生活に必要と思われる物資を詰めた鞄《かばん》を渡す事も出来た。

　カイトは喜んだそうだ。

「トリヤを紹介して引き継ぐか？　俺が出て行く前に現れて下さればいいんだが……」

「どうだろうな……」

　カイトはケビンにすぐに懐いた。でもトリヤにもそうなるとは限らない。

「出会えれば何度でも頭を下げて、お願いしておくけれど……」

「私からも料理長に言伝《ことづて》を頼んでおく。カイト様は料理長とも顔見知りだ」

「そうなのですか？」

「料理長は平民出身だから、なるべくカイト様の事は詳しく知らせないままにしておきたかったんだ。問題になった時に知らなかったと切り抜けられるようにと。料理長は今もカイト様を庭師の子供だと思っている」

「ああ、なるほど」

「ケビンは伯爵家の子息だから、何とかなると思っていたんだ」

「あ、それはすみません」

「謝らなくていい。どうしようもないからな」

　貴族の家は当主の意向で全てが決まる。

　当主が息子《むすこ》を不適格と見做《みな》せば、どうしようもないのだ。たとえそれが真実でなくても。

「継母と義弟か。よくある話だが、やりきれんな」

「仕方ありません」

　覚悟を決めたケビンの横で、トリヤは辛《つら》そうに顔を背けていた。

　長官もそれを見ながら、悲しげに眉《まゆ》を下げた。

◆

『綺麗なお兄さんがいなくなる』

　料理長には意味不明の伝言だが、それを聞いたカイトは愕然《がくぜん》とした。

慌ててケビンを探した。

「綺麗《きれい》なお兄さん、いなくなっちゃうの？」

既に業務から外されたケビンは、寮の自室で荷物を片付けていた。

そこに突然カイトが現れた。

神出鬼没なカイトに、ケビンは目を丸くした後、微笑《ほほえ》んだ。

「そうだよ。お別れだ」

カイトは泣きそうな目をして縋《すが》り付いてきた。

「ここを出てどこへ行くの？」

「亡くなった母の故郷へ行こうと思っている」

「お母さんの？」

「ああ。俺が小さい頃に亡くなったから、あまり記憶にないけれど。……見たい風景があってね。冒険者として旅をしながら、ゆっくり向かおうと思っている」

今後の予定を正直に話すケビンに、カイトは弾《はじ》かれたように顔を上げた。

「僕も、僕もついて行って良い？」

「え？」

「僕も冒険者になる！　なってお兄さんについて行く！　駄目？」

驚きのあまり言葉を失ったケビンだったが、必死の眼差《まなざ》しで訴えられて、それもいいかなと思った。

「俺は構わないが、いいのか？」

「僕も行く。冒険者になる。お兄さんの足手纏《あしでまと》いにならないように頑張る」

「母の故郷は辺境で遠いんだ。とても寒い時期もあるよ？」

「大丈夫。お兄さんと一緒がいい」

「そうか。ではそう長官に説明しておくよ」

「僕も料理長にお別れをしなきゃ」

二人は顔を見合わせて、にっこりと微笑んだ。

◆

自分でもおかしいと思うほど、ケビンはすんなり申し出を受けてしまった。

何故《なぜ》だろう？

カイトとは知り合ったばかり。友人とも呼べないくらいなのに、お願いされて断れなかった。

それはやはり罪悪感が大きかったのだと思う。

あんな劣悪な孤児院に放り込んで、二度と会わないつもりだった。あの時の過ち。

カイトが逃げ出さずにあのまま残っていたら、どうなっていたことか。

暴力を振るわれそうになったと言っていた。カイトが酷《ひど》い目に遭って傷だらけにされても、自分はそれを知らずにのうのうと生きていたのだ。

知らなかったではすまされない。

もう少し対処の仕様があったのに。後で反省しても遅かった。

だから今度こそ間違った選択をしたくなかった。

カイトの必死なお願いを断りたくなかった。

また小さな手を放り出すくらいなら、自分で面倒をみた方がましだと思ったのだ。

それと自分の境遇の事もある。

実の父親から家を追われて、身分や職も失って何もなくなってしまった。

そんな空っぽな自分でも出来る事があるのなら、カイトが慕ってくれるなら、それもいいかと思った。

自分についてきてもいい事なんて何もないかもしれないのに、二人なら悪くないと思ったのだ。

何度か考え直してみたけれど、やはり後悔はない。

むしろ楽しみだ。

だからこれでいいのだ。

思いがけず道連れが出来て、ケビンは嬉《うれ》しかった。

旅立ち

カイトがケビンと一緒に旅に出ると聞いて、長官とトリヤは驚いた。

しかし行き先が決まっているせいか反対されなかった。

反対しても無駄だと思ったのかもしれない。カイトを縛り付ける訳にはいかないのだから。

「カイト様を頼むぞ」

かけがえのない御方なのだと言う長官に両肩を摑《つか》まれながら、強い目力に圧倒されながら、ケビンは頷《うなず》いた。

「力の及ぶ限り」

騎士として並みの戦力だと自己分析するケビンに、何が出来るのか。

命をかけてお守りするつもりはあるが、大した力にはなれないかもしれない。

王城の中で隠れるように暮らすカイトの今の環境も、いいとは言えなかった。

何かの弾みで不審者として見付かれば、大ごとになる。

それこそ犯罪者として逮捕されて地下牢《ちかろう》行きだ。カイトをそんな目に遭わす訳にはいかない。

それならケビンと一緒に旅をして、様々なものに触れて、人と関わって、楽しく旅ができたらいいなと思う。

もちろん無理をするなと確約させられたが。

二人は城門の前で待ち合わせをして、王都を出た。

長官とトリヤは急な出張が入り、見送りに来られなかった。貴族の要請で領地への派遣だった。

長官は出発前にカイトに鑑定魔法をかけさせて欲しいとお願いするつもりだったようだが、結局、機会を失った。

隣町まで徒歩で向かう。

そこの冒険者ギルドで登録する予定だ。

王都のギルドには本部があり、そこでも可能だった。

一般的にはそこで登録する者が多いのも知っていた。でもあえて隣町を選んだのだ。

ケビンは早く王都を出たかった。

王都には知り合いも多いし、顔見知りの貴族もいる。平民となった経緯をいちいち説明するのも面倒だった。

特に家族とは会いたくなかった。

平民となったからには貴族とそうそう出くわさないが、全くない訳じゃない。

それに屋敷で働く使用人もいる。彼らとも会いたくなかった。

だから早々に王都を出る事にしたのだ。

カイトも了承してくれた。

道中で約束をした。

これから二人は冒険者として生きるので、ざっくばらんでいこうと。

カイトはこれもあっさり了承した。

「仲間だもんね」

「俺の事もケビンと呼んでくれ」

「うん！」

そして隣町に着いてまず、宿を取った。

そこでしばらく滞在して、ある程度ランクを上げるつもりだったので、最初から一カ月分の宿代を払った。長期契約だと安くなるからだ。

カイトから目を離すのが怖かったので二人部屋である。

ケビンは旅費を計画的に貯めていた。

廃嫡されると薄々気付いていたので、これまでの給料を無駄遣いせずにコツコツと貯めてきたのだ。

一般的に王城勤めはエリートで、給料も市井で働くよりはいい。

それにカイトの旅費は魔法省長官が自腹を切って持たせてくれた。ケビンが預かった。

最初、カイトは驚いて受け取ってくれなかったが、こちらが勝手に召喚したのだからと、当然の必要経費だと説得した。

それでも国庫ではなくて長官の自腹というのに難色を示していたが、気になるならいずれ出世払いで返せばいいと言うと、何とか受け取ってくれたのだ。

そして到着した冒険者ギルドは、昼過ぎという時間帯もあって人はまばらだった。

すんなりと受付へ行き、冒険者登録をした。

ベテランらしい中年職員が丁寧に教えてくれる。

水晶みたいな鑑定球に手を載せて、犯罪歴がないのを確認された。それで審査は終わりらしい。

それと血を一滴垂らして個人情報を登録する。

それというのも冒険者ギルドにはお金を預ける事が出来るらしいのだ。

単純に大金を持って旅をするのは危険だし、報酬を受け取るにも口座があると便利だからだ。

国中のあらゆる場所、あらゆる店でも冒険者カードで支払いが出来るらしい。

「クレジットカードみたいだ……」

カイトが小さく呟《つぶや》いたが、職員の耳には届かなかったようだ。

ケビンは聞き慣れない言葉を不思議に思ったが、説明が続いたのでそちらに集中する。

「ただし高額な買い物をする時は本人確認が必要になる。今みたいに血を一滴垂らすんだ」

「なるほど」

ケビンとカイトは受付の中年職員に勧められるまま、口座を作ってお金を預けた。

「よかった。現金を持ち歩くのは怖いからね」

カイトは長官からまとまったお金を渡されたので落ち着かなかったようだ。

お金と引き換えに冒険者カードを手にして、大事そうに懐にしまった。

「初心者はランクＥからスタートだ。昇格試験に合格する毎に、D、C、B、Aと上がっていく。更に上のSランクもある。数えるほどしかいない特別な人達で、Sランクになると国の強制召集がかかる場合がある」

「強制召集?」

「国の危機とか、戦争とか。一大事の時だな。国王が一時的に召し抱えるんだ。当然、報酬は物凄《ものすご》い。更に名誉報酬を受け取れる場合もある。平民が貴族の身分を賜る事もあるんだぞ」

凄いだろうと言わんばかりの口調だったが、ケビンもカイトも興味はなかった。

むしろS級まで上がる必要はないなと思った。

冒険者ギルド

「昇級試験はここで受けられるの?」

カイトの質問に、もちろんだと職員が頷く。

「そちらのケビンは腕に覚えがありそうだが、冒険者になりたては慎重に『採取』から始めた方がいい。みんな『討伐』の方が報酬いいし、冒険者っぽいからそちらの依頼を受けたがるんだが」

「無理はしないよ。堅実にいく」

カイトの安全が一番だからと心の中で呟くケビンに、職員は満足そうに口角を上げた。

「最初のEランクは受けられる依頼も限られるが、壁に貼ってあるから見てみるといい」

「ありがとう」

二人は礼を言って受付カウンターから離れた。

言われた通りに壁の掲示板を眺めると、常時買取り中の薬草や果物、木の実などの採取依頼が貼られていた。

カイトは掲示板に目を向けたまま、小声でケビンに尋ねてきた。

「ここでの治療行為ってどんな感じ？　治癒魔法とかあるの？」

ケビンは軽く目を見開いた。

「まさか。そんな便利な魔法はないよ。基本的に、効能のある薬草から作った薬で治療する」

「薬草の種類がやけに多いと思った。じゃあ薬を作る薬師みたいな職業の人がいるんだ」

「そうだ。薬師がいないと医者も困るな」

「分かった」

カイトはカウンターに戻り、先程の職員に尋ねた。

「薬草図鑑ってある？」

「もちろんだ。載っているのは薬草だけじゃないから植物図鑑になるが、買うかい？」

「買う」

職員がすぐ後ろの棚から取り出したのは分厚くて重そうな図鑑。

即決したカイトは、早速ギルドカードで支払いをした。決済用の水晶に当てると小さく光る。

「あと魔法を習いたいんだけど、誰か教えてくれる人を知らない？」

「カイトは魔法を使えるのか。魔法なら冒険者に依頼して教えて貰《もら》うのが一般的だが、基本だけならギルド職員でも教えられるぞ」

「ほんと？　じゃあお願いしたいんだけど」

「じゃあ明日の朝にまた来てくれ。魔法が得意な職員に頼んでおいてやる」

「ありがとう」

にっこりと笑ったカイトと連れ立ってギルドを出て、すぐ隣の食堂へ入った。

遅い昼食を摂りながら、これからの予定を確認する。

「ケビンも魔法を使えるの？」

「学校で少し習ったが、初級レベルだ。水魔法と風魔法だけ、ほんの少し使える」

「それでも使えないよりはいいね」

ケビンは店内に視線を走らせて、誰にも聞かれないよう小声で確かめた。

「本格的に魔法を習うつもりか？」

「うん。自分に何が出来て何が出来ないのか、きちんと把握しておかないと。いざという時、僕のせいでケビンが危険に晒《さら》されるのは堪えられないから」

「そうか」

その心意気はありがたい。ケビンは思わず微笑んだ。

薄々感じていたが、カイトはしっかりしている。自分という芯《しん》を持っている。

初対面では本当に幼く感じたが、その印象はどうやら間違っていたようだ。内面を知れば知るほど、いい意味で覆される。

一方的にケビンが守らなければならない存在ではなく、隣に立つ冒険者として何をすべきか考えている。

「とりあえず明日は魔法の授業を受けて、時間が取れたら採取に行って。薬局？　薬師さんの店？　にも行ってみたい」

「薬師の店？」

「薬は常備してないといけないよね？　何があるか分からないし。すぐに医者の所へ行けないかもしれないし」

「そうだな」

これまでケビンは怪我《けが》をしたら騎士団の医務室へ駆け込んでいた。すぐに治療して貰えたが、これからはそうはいかない。

応急処置くらいは自分達で出来るようにしておかなければ、酷い怪我の時に困るかもしれない。

ケビンは自嘲《じちょう》した。

そんな事すら思いつかなかった自分は、冒険者としての自覚が足りないのかもしれない。

「ごめんな。カイトが思いつく前に、俺がちゃんとしておくべきだった」

苦笑いをしながら謝るケビンに、カイトは目を丸くした。

「謝らないで。仲間でしょ？　気付いた方がフォローすればいいよ。僕にも至らない所があるだろうし。お互いさまだよ」

「そうか」

それから宿屋に戻って部屋に落ち着くと、カイトはすぐに植物図鑑を読み始めた。

「止血用の薬草、炎症に効く薬草、熱冷ましの薬草、痛み止めの薬草、ちょっと開いただけでもこれだけの種類があるよ。凄いね。この町の近くの、ブブカッタの森でも採取できるみたい」

「危険な生物がいなければ採取に行こう」

「うん。ギルドで確認してからだね」

カイトは熱心に植物図鑑を読み込んでいた。真剣な眼差しでじっくりと目を通している。

集中しているようなので、ケビンは剣の手入れをする事にした。

今日の出来事を振り返りながら、冒険者ギルドの職員にされた説明を反芻《はんすう》する。

最初は危険のない場所での『採取』から始めるが、安全とされている場所でも何が起こるか分からない。カイトが『採取』している間、周囲を警戒しておかなければならない。

場合によっては『討伐』もあり得る。

「防具も必要になるだろうが、それは少し様子を見てからだな」

カイトの装備も充分とは言えない。

とりあえずの目標は、安全第一で、初心者用の依頼をこなすことだった。

カイトの独白【カイト視点】

うわ〜、うわ〜、綺麗《きれい》なお兄さんと旅に出る事になったよ！　嬉しい！

ダメ元で言ってみたけど、あっさりＯＫ貰えるとは思ってなかったんだ！

しかも冒険者だよ！　これぞファンタジー！　異世界だね！

僕はわくわくを抑えられなくて、王城の庭を駆け回っちゃった。

勢いで孤児院を脱走してはみたものの、右も左も分からない異世界。どうしようと途方に暮れたけど、知っている場所に戻る事にしたんだ。

つまり王城だね。

門番が二人立っていて、入る人や馬車を検閲していたけど、その隙に後ろを通り抜けても見咎《みとが》められなかったよ。

門番さんの目は節穴かな？　なんてその時は思ったんだよね。

それからお腹《なか》が空《す》いたからいい匂いのする方へふらふらと足を向けたら、料理長と顔見知りになれた。

ご飯の心配が要《い》らなくなって、徐々に美味《おい》しい物が食べられるようになってラッキーだった。

でも一度、城内を見回りしている二人組の騎士に出くわした事があったんだ。

厨房《ちゆうぼう》を出たすぐ傍《そば》の廊下でだよ。あの時は隠れ場所もなくて焦った！

一瞬ヒヤッとしたけど、二人組は不思議そうな顔をしながら、僕の横を通り過ぎたんだ。

「今ここに子供がいなかったか？」

「俺も見たような気がするが……いないな。気のせいか？」

二人組は顔を見合わせながら不思議そうに首を傾《かし》げていた。錯覚だと結論づけてその場を去って行った。僕は目の前にいたのに。

その時、僕は無意識に魔法を使っているかもしれないと自覚したんだ。

契機は僕の意思。僕が隠れようと思うと発動するみたい。

その時に心臓の辺りがじんわり熱くなるのを発見した。

もしかして魔法を使うと体温が上がるのかな？　分かりやすい身体《からだ》の変化があってよかった。

それから僕は精力的に城の中を探索したよ。

城の本館？　と思われる建物の内部は人が多いから必要以上に立ち寄らなかったけど、別棟になっている建物は結構、好き勝手に歩き回った。

特に騎士団の建物の周囲はいつも徘徊《はいかい》していた。浴場に行きたかったし、服も洗濯したかった。

こっちには洗濯機がなくて、使用人の人達が手洗いしているのを見て大変そうだなと思ったよ。

僕も最初は見よう見まねで洗おうとしたんだけど、人に見咎められる確率が上がるし、衣類を乾かす場所もなかったから断念した。

だから魔法で何とかならないかと思ったんだ。

頭の中で想像してみた。着ている衣類を水で洗って、風で素早く乾かす。

するとすんなり出来たんだよ！

凄いよね、僕！

意識して髪の毛にもやってみたんだよ。

汚れが落ちるのが分かりやすかったからね。ちょっと念じただけでサラサラになって感動したよ。

洗浄魔法というやつ。なんて便利なんだ！

それを発見してから身体も衣服も清潔を保てて、気持ちよかったよ。

それでもたまに浴場で体を洗いたくなったんだけど、何でかな？　気分？

身体を動かすのが楽しいから、騎士の訓練の様子をよく見学していた。離れた距離で、一緒になって身体を動かしていたよ。

綺麗なお兄さんの所属部署とは違ったのか、そこで姿を見る事はなかったんだけど、移動中に見付かっちゃった。

綺麗なお兄さんには、僕の隠れる魔法が効かないのかな？　それとも僕が喋《しゃべ》りたいと思うから、自然と解除しちゃったのかな？

まあどっちでもいいや。もう隠れる必要はなくなったからね。

綺麗なお兄さんと旅に出られたのはいいけど、僕のせいで怪我をさせたくない。

僕も強くならなくちゃ。

僕は腕力がないから剣は使えそうにないけど、魔法だったら何とかなるかもしれないもんね。

だから頑張るんだ。

まずは薬草の知識から。出来るだけ覚えて、もしもの時に対処できるようにしとかなくちゃ。

図鑑の総ページは約五百。一ページに絵柄つきで三種類載っている。

僕は特徴と効能、絵柄を頭に叩《たた》き込《こ》んでいった。

魔法の授業

翌日、二人は冒険者ギルドを訪れた。

昨日の職員が話を通してくれていて、少し年嵩《としかさ》の別の職員を紹介された。

彼について行くと、建物の地下へ案内された。

「俺が教えてやれるのは基本だけ。もっと高度な魔法技術を学びたかったら冒険者を紹介できるぞ」

「ありがとう。とりあえず体験してから考える」

「分かった。じゃあこっちへ」

冒険者ギルドの地下は結構広かった。

何部屋かに分かれていて、ここが一番広い部屋なのだという。

「魔法を使うから念の為だ。じゃあ始めるぞ。俺が言う呪文を真似《まね》してくれ。まずは火魔法の初級から。身体の中の魔力に意識を集中しながら、指先に小さな種火が灯《とも》るのを想像しろ」

「はい」

カイトはギルド職員と並び立ち、彼と同じように片腕を伸ばして呪文を唱えた。

「火の神よ。我にその御力を」

「火の神よ。我にその御力を」

カイトの指先に小さな炎が灯る。

一発で成功したのを見て、ケビンは思わず拍手した。

学校の魔法授業で苦労したのを思い出したケビンは、密《ひそ》かに苦笑する。

「おお、最初からこんなに上手くいくとは！　才能があるぞ！」

「不思議。熱くないよ？」

「初級だからな。中級からは熱を感じるから要注意だ。……じゃあ次は炎の大きさを大きくしよう。目の前に両腕で抱えられそうな物、そのくらいの大きさをイメージしてくれ。いくぞ」

先程の呪文と少し違っていたから、火魔法の中級だとケビンにも分かった。


カイトは言われるまま職員を真似て、今度も一発で成功させた。

「凄い！　中級をこんなにあっさりと成功させるなんて！」

職員は嬉《うれ》しそうだった。その目が悪戯《いたずら》っぽく輝く。

「でも次はどうだろう？　上級にいくぞ？」

「はい」

気合いを入れた職員が先程よりも長い呪文を呟《つぶや》くと、人間の等身大の大きさの炎が少し遠くで燃え上がった。距離を置いた場所に出現させたのは熱があるからだろう。

上級魔法を駆使しながら炎の調整をしていた職員は気付かなかったようだが、カイトは意図的に呪文を途中で止めた。

ケビンはおやと思ったが、口出ししなかった。

今度は不発だった事に、職員は慰めるように微笑《ほほえ》んだ。

「やっぱりいきなり上級は無理だったか？」

「うん。これから頑張って練習するよ。次は風魔法をお願い」

しおらしい態度のカイトを不審がる事もなく、職員は風魔法の呪文を教えていく。

先程と同じように初級から始めて、中級、上級へと実践してみる。

風魔法の場合は、風が渦巻く透明な球体を大きくしていくものだった。

今度も同じように一発で初級と中級をクリアしたが、上級は不発で終わった。

職員は「ん？」と眉《まゆ》を顰《ひそ》めたが、カイトは涼しい顔をしている。

「次は水魔法をお願い」

「すまん。俺は水魔法に適性がないんだ。呪文だけなら教えてやれる」

「じゃあそれでお願い」

職員は懐からメモを取り出して呪文を口にした。

カイトはそれを繰り返しながら、自分の指先に水の塊を作り出す。

中級の呪文で作り出したのは、火魔法の時と同じ大きさの水の球体。

問題なく一発で次々と成功させていくカイトを、職員はさすがに不審に思ったようだ。気付いたら彼の表情が真剣なものになっていた。

ケビンはそうだろうな、と苦笑する。

魔法を使える人材はそう多くない。

平民のほとんどは使えないし、貴族にも多くない。適性のない貴族も多いから、魔法使いは重宝されるのだ。

ケビンの友人があの年齢で魔法省の役人になれたのも、優れた才能を示したからだ。

職員の鋭い視線を躱《かわ》すように、カイトは冗談っぽく言った。

「上級は呪文だけ教えて貰えればいいや。どうせ成功しないしね」

「……本当か？」

「うん。次は土魔法をお願い」

職員の適性は火魔法と風魔法だけだったようで、土魔法も呪文だけだった。

カイトは砂粒の塊を指先に出現させた後、中級では土で出来たであろう大量の礫《つぶて》を出現させた。

今度もまた最初の火魔法の中級で出現させた炎と、全く同じ大きさの透明な球体に収まるものだった。

狙ってやっているのなら物凄《ものすご》い精度だ。ケビンは密かに感心した。

土魔法の上級も呪文だけ教えて貰《もら》って、カイトはお礼を言った。

魔法授業はこれで終わりとなる。

職員は真顔でカイトを見下ろしていた。

「名前はカイトだったな」

「うん」

「何者だ……と聞いちゃいけないんだろうな」

「うん？　ただのカイトだよ？」

無邪気な微笑みを向けられて、職員は一瞬目を丸くした。

毒気を抜かれたのか苦笑して、カイトの頭をさっと撫《な》でた。

「大したもんだ」

「親切にありがとうね」

「いや。優秀な冒険者が増えてくれるのはいいことだ」

「頑張るね」

「おう。しばらくこの町にいるのか？」

「うん。ランクを上げてから移動するつもり」

「そうか。この実力ならすぐに上がりそうだ」

ケビンからもお礼を言って、職員と別れた。

採取

　昼までもかからなかったので、午後は採取の依頼をこなすことにした。

　魔法の授業が上手くいったので、移動中、上機嫌で鼻歌を歌っていたら、ケビンが不思議そうな顔をした。

「そのふんふん言うの、何だ？」

「え？」

「ちょっと前から気になっていたが、機嫌のいい時、カイトはよくふんふん言っている。何か意味があるのか？」

「え……？」

　まさか鼻歌にツッコまれるとは思わなかったカイトは、しばらく言葉を失った。

「あ、もしかしてここには歌がない？」

「うた？」

「そう。歌手っていう職業の人、いない？」

「かしゅ？　何だそれは」

「いないんだね。じゃあ歌もない？」

「うた……？」

　ケビンはひたすら不思議そうに首を傾げている。

「楽器は？　まさか楽器もない？」

「楽器……魔獣の皮を張った太鼓と、木の枝を刳《く》り貫《ぬ》いた横笛ならある。学校の授業で習った。地方の祭りで使用されるそうだ」

「地方の祭り……」

　お囃子《はやし》みたいなものか。

　この世界の音楽はまだ発展途上らしい。

　カイトは悄然《しょうぜん》と肩を落とした。

「歌……歌ったら駄目なんだ。異世界のものなんだ。バレちゃうんだ……」

「ああ、そうなるな」

　申し訳なさそうに眉を下げたケビンに、カイトは仕方ないよと力ない笑みを返す。

　これからは鼻歌も気をつけなければ……。近くにいるケビンにしか聞こえないかもしれないが、慎重になった方がいいだろう。

「はあああ……」

好きな時に歌えない。鼻歌も控えなきゃいけないなんて……。

項垂《うなだ》れたカイトは大きな溜《た》め息《いき》を零《こぼ》した。


その後、予定通り、昼食を摂ってから近くのブブカッタの森へ向かった。

凶暴な生物はいないそうだが、ケビンは警戒を怠らないよう心掛ける。

森へ向かう道中、並んで歩きながら尋ねてみた。

「上級魔法をやらなかったのはわざとか？」

「うん。さすがに色んな種類の魔法の、上級までやったら目立つでしょ？」

「いや？　あれでも結構目立つぞ？」

「え？　あれで？」

「四つも適性がある魔法使いは、そんなにいない」

「え、ヤバ。もっと控えめにしなきゃいけなかったのか」

「悪い。俺があらかじめ説明しておくべきだった」

カイトはこちらの世界の常識に疎い。知っていたのに。

これはケビンの落ち度だ。

「すまん。俺のせいだ」

「ううん。ちゃんと基本を習ってよかったと思うよ。隠すのを優先して、何か起こってから後悔しても嫌でしょ？　それにどうせ人前で使ったらバレるんだし」

ありがとう、とカイトの気遣いに感謝する。

「それで、上級まで使えそうか？」

「使えると思う」

森に到着して、樹木が生えている手前の拓《ひら》けた場所に来た。

他に人がいないか確認した後、カイトがやってみると言った。

ケビンはカイトの隣に立って観察する。

「火の神よ。その偉大な御力を崇《あが》め奉る者に行使する権利を与えたまえ」

上級の火魔法の呪文が紡がれると同時に、とてつもなく巨大な炎が上空に出現した。

ケビンは呆気《あっけ》に取られた。

「うえっ？」

カイトも驚いたらしく、すぐに消滅させた。

「なんて大きさだ。職員が出した炎とは桁違《けたちが》い。あの地下でやらなかったのは正解だったな」

「う、うん」

ケビンとカイトは青い顔を見合わせながら、コクコクと頷《うなず》いた。

「あ、もう一つ確かめたかったんだ」

カイトは再度顔を上げると、上空を見上げた。

今度は呪文を唱えていないのに、また巨大な炎が出現する。

愕然《がくぜん》とするケビンを前に、カイトはうんうんと頷いた。すぐに消滅させた。

「やっぱり詠唱なくてもいけるね」

「無詠唱？　凄《すご》い……」

「え？　珍しいこと？」

「普通は出来ない。魔法省の役人でも出来るかどうか。長官はもしかしたら出来るかもしれないが」

「そうなんだ。じゃあ何かあった時は、それらしく唱えるフリをしなくちゃね」

「凄い」

さすが聖人様と言うべきか……。

四つの種類の魔法を駆使した上に、上級魔法まで無詠唱で。いとも簡単に。

カイトは風魔法、水魔法、土魔法の上級をそれぞれ試して、無詠唱も成功させた。

ケビンは凄いと改めて舌を巻いた。

「魔力切れはどうだ？　目眩《めまい》してないか？」

「大丈夫。魔力切れになると目眩がするの？」

「人によっては息切れや吐き気なんかもあるらしい。

酷《ひど》い時は気絶する」

「うわ、しんどそう。気を付けるね」

そしてようやく採取に取りかかった。

まず探すのは一番よく使われる鎮痛剤用の薬草、プチナだ。

「プチナはサザビーリの木の根元、日の当たる場所に自生する」

図鑑を取り出すまでもなくすらすらと説明するカイトに、ケビンは少し驚いた。

「サザビーリ？」

「常緑樹で尖《とが》った葉っぱの背の高い木。あ、あれだ」

人が踏みしめた獣道に沿って森に踏み入ると、道から少し分け入った場所にその木はあった。

しゃがんで根元を探すと、目当ての薬草が密生している。

「あった」

初めてだというのに、呆気なく発見した。

カイトは慣れた仕草で薬草を摘み取ると五枚ずつ束にしてまとめた。それを三束作ると満足そうに鞄《かばん》に仕舞った。

「後はケルータとトンアセは欲しいんだけど……」

ぶつぶつと呟きながら、カイトは森の奥へ歩いて行く。

ケビンも周囲を警戒しながら、方角を見失わないように心掛けながらついて行った。

ブブカッタの森は冒険者が頻繁に訪れるので、初心者向けである。割と奥まで進んでも人が踏みならした跡があるので、迷って帰れなくなるという事はなさそうだ。

それでもケビンは慎重に歩を進めた。

遠くにチラホラと他の冒険者の姿が見える中、カイトは短い時間に次々と目当ての薬草を見付けていった。

「とりあえず今日はこのくらいでいいかな？」

カイトが採取した物を見せてくる。

「プチナは痛み止め、ケルータは毒消し、トンアセは炎症を抑える薬に使われる」

「凄いな。もう覚えたのか」

「一般的な物だからね」

ケビンもそれらの葉をよく観察して記憶しておく。薬を切らした非常時、覚えていれば応急処置が出来る。

薬の原料で有名なこれらの薬草は、ケビンも覚えておいた方がよさそうだ。

「あ、いいもの見付けた！」

森の出口に向かっている最中、カイトが低木の後ろの繁《しげ》みに注視して瞳《ひとみ》を輝かせた。

黄色い手のひら大の丸い果実をもいでいる。

「小さいのは残しておくね」

カイトに手渡されて、三個ほどケビンの鞄に仕舞った。カイトの鞄にも二個入っている。

「今のはニタカの実。甘くて美味《おい》しい果実だよ。買取り価格も高いって書いてあったからラッキーだったね」

「よく覚えているな」

図鑑を買ったのは昨日。

薬草はまだしも、既に果実まで記憶しているとは……。

「美味しそうだなって思ったから」

「そうか」

買取り

ギルドへ戻ると、さっそく受付カウンターへ向かった。

空いた場所を探していたら、最初に世話になった中年職員クグンダと目が合って手招きされた。

そこへ吸い寄せられるように二人で座る。

薬草は全て常時買取り中の物だったので、すぐに値がついた。

カイトは二束ずつ売り、一束ずつ手元に残した。

何か考えがあるのだろう。

それと依頼達成の記録も、二人にそれぞれつけるようカイトが言う。

ケビンが口出しする間もなかった。

ケビンはついて行っただけで、ほとんどカイトがやった事だ。ケビンだけでは薬草がどんな形で、どんな所に生えているのかも分からなかった。

それでも冒険者カードを出すよう言われて、ケビンとカイトそれぞれの実績になった。

「『討伐』ではケビンがほとんど働く事になるでしょ？　だから同じ事だよ。二人でランクを上げていこうよ」

「分かった」

ケビンは渋りながらも頷いた。

もしかしたら『討伐』も怪しいかもしれない。カイトの魔法が凄いからだ。

いずれ剣の出番はあるだろうと、ケビンは何とか自分を納得させた。

「あとこれ。掲示板にはなかったけど買取りしてくれる？」

「お、なんだ？」

カイトが鞄から黄色い実を取り出すと、職員が興味深そうに目を輝かせた。

「お？　ニタカの実か!?　珍しい！」

「珍しいの？」

「いきなり凄い物を採ってきたな」

職員が驚嘆している。

その声が聞こえた他の職員と冒険者達も、一気に注目して身を乗り出してきた。

「ニタカの実!?」

「いまニタカの実って言ったか?」

ざわざわと周囲が騒がしくなった。

カイトとケビンは顔を見合わせる。

「そんなに珍しいのか?」

ケビンが不思議そうに問うと、職員は大きく頷いた。

「ちょっと前までブブカッタの森でよく採れたんだが、金になるからって採り過ぎたんだ。採れなくなって三年は経《た》っている。絶滅したと思われていたんだが」

「そんなに?」

カイトもケビンも驚いた。

「ああ。間違いない。ニタカの実だ。大きさも丁度いい」

職員は嬉《うれ》しそうに微笑《ほほえ》んだ。

「どこで採れた……とは訊《き》かない方がいいか?」

高価買取りの物なら、冒険者が採取場所を秘匿しようとしても不思議ではない。

でも職員のその気遣いはあまり意味がなかった。以前ブブカッタの森でよく採れたのなら、誰もがそこへ探しに行くからだ。

だからカイトもあっさり答えた。

「ブブカッタの森だよ」

「そうか。買取り価格はちょっと待ってくれ。ギルマスと相談してくる」

「うん」

ケビンとカイトが大人《おとな》しく待つ後ろで、冒険者達が騒々しく出て行く物音が聞こえる。

もうすぐ日が暮れるが、今からブブカッタの森へ向かうのだろうか?

「食べようと思っていたけど、どうしよう?」

「珍しい物なら食べてもいいんじゃないか? 二度

と手に入らないかもしれないし。カイトは食べたいんだろう？」

「うんっ」

「じゃあ食べよう。一個は残して、後は売ればいいよ」

「ケビンもだよ。僕だけ食べるのは気が引ける」

「じゃあ一つを半分ずつ食べて、美味しかったらもう一つ食べようか」

「そうする！」

二人で相談していたら、隣の受付にいた職員が小声で尋ねてきた。

「全部で何個あるんですか？」

「五個です」

「五個？　そんなに？　では売るのは三個？」

「……か四個。ううん、やっぱり三個。滅多に食べられないみたいだから二個残す」

「う〜ん。凄い。あのニタカの実を」

ボソボソと顔を寄せて話していたら、先ほどの中年職員が戻って来た。後ろに肩幅の広い迫力満点の巨漢の男を連れて。

「ここのギルドマスターをしているマーリックだ」

どーんと目の前で立ちはだかりながら、じろりと見下ろされて、カイトがビクッとなる。

騎士団で大男に慣れているケビンは怯《おび》えなかったが、その品定めをするような視線を不快に感じて目を眇《すが》めた。

それでも挨拶《あいさつ》はきちんとする。

「カイトとケビンです」

「ニタカの実だって？　どうやって手に入れた？」

「どうやったって……森を歩いていて見付けただけですが？」

「よくニタカの実だと分かったな。昨日、冒険者登録をしたばかりの初心者が」

「初心者だからでは？　昨晩、カイトは熱心に植物図鑑を見ていたので」

「それでも運がいい」

ギルドマスターはニカッと笑った。

首を縮めているカイトに向かって手を伸ばして「坊主、凄いな」と頭を撫《な》でた。

そしてドカッと席に座ると、後ろの職員と相談し始める。

と、幾らが妥当かな……

「ニタカの実か。金持ちは幾らでも出しそうだ。銀貨五枚でどうだ？」

「五枚!?」

驚いた職員が声を上げたが、ケビンも目を剝《む》いた。

「少ないか？」

「いえ、一般的な果物が銅貨で取り引きされているので破格かと」

「前は幾らだったかな？」

「銀貨一枚……高い時で銀貨二枚だったかと」

「そうか。じゃあやっぱり今は銀貨五枚が妥当だな」

「はい」

「もしもこれからどんどん採れるようになったら下げていけ」

「承知しました。という事で、こちらのニタカの実は銀貨五枚で買取らせて頂きます」

またもカイトとケビンは顔を見合わせた。

「あの、あと三個あるんですけど」

「え？　これだけではなくて？」

「はい」

二人は鞄からニタカの実を取り出した。カウンターの上に五個の果実が並ぶ。

「二個は僕らが食べるんで、三個売ります」

カイトが二個鞄に戻す。

「ニタカの実が三個も。ありがとうございます」

ギルドマスターが黄色い実を大事そうに抱えて「ありがとうな、坊主」と言い残して立ち去った。

中年職員が席に戻り、改めて手続きをする。

「現金ですか？　それとも口座へ？」

「口座にお願いします。あ、二人で割れない」

「割り切れない余りはカイトの方へお願いします」

本当なら全額カイトへと言いたい所だが、きっと反対される。だからケビンは間髪を容《い》れずお願いした。

「承知しました」

中年職員は微笑みながら手続きしてくれた。

「夕食の時に食べようね。どんな味なんだろう。楽しみ」

ほくほく顔で嬉しそうなカイトと宿へ戻る。

ケビンも初めて食べる果実なので楽しみだ。

その背中をじっと見詰めて見送る者がいるのを、二人は全く気付かなかった。

バレバレ【ギルマス視点】

「あれが例の冒険者か」

「はい」

冒険者ギルドの建物の陰から、二人の男がカイトとケビンの背中を見送っていた。

先ほどのギルドマスターと職員。カイトに魔法を教えた者だ。

二人は裏口から建物内に戻ると、クグンダにも来るように促して、ギルドマスターの執務室へ入った。

ドカッと音を立てながら自分の席についたギルマスは、ソファに座った職員に険しい顔を向けた。

「まだ子供じゃないか」

「ええ。でもカイトくんが凄いのは魔法の能力だけじゃなく、その実力を隠そうとした事です。人に知られるとマズいと分かっているんです」

興奮気味の同僚に、最初に担当したクグンダがしみじみと呟《つぶや》く。

「カイトはそんなに凄い魔法使いなのか」

「たった一度であっさり成功したんですよ？　四つもの属性、しかも中級まで！　そんなのが出来るのは魔法省のエリートくらいです。きっと上級も使えるのでは？　あからさまに隠されましたけど」

ギルマスは腕を組んで唸《うな》る。

「もし本当にそうなら何で冒険者なんかしているんだ？」

「貴族ではないから？　基礎を習うという事は学校に行っていないんですよ」

「平民なのにそんなに凄い魔法使いなのか。どこぞの貴族の落《お》とし胤《だね》かな？」

「可能性はありますね」

「もう一人の綺麗《きれい》な兄ちゃんは確実に貴族だよな？所作がまるっきりそれだ」

「ええ。きっと訳ありなんでしょう。貴族崩れが冒険者になるのは定番じゃないですか」

「あの美貌《びぼう》は……あれはあれで厄介だがな。悪目立ちしすぎる」

「剣の腕は立ちそうなので、そちらの方面の心配は無用では？」

「カイトを連れているからどうだろうな？」

「大丈夫だと思います。カイトは幼く見えますが、しっかりしているので」

「そうか。冒険者同士のトラブルは面倒なんだが」

「新参者はどうしても悪目立ちしますからね。既にニタカの果実で目立ってしまいましたし」

「ちゃんと目を光らせておけよ？」

「分かっています。有望そうな冒険者は伸びて欲しいですから。このギルドで潰《つぶ》されるのは見過ごせません」

「あの様子だと、すぐに昇級しそうだ」

「そうですね。E級からD級への昇級条件を早めに教えておきます」

うむ、と満足げに口角を上げたギルマスは、机の上にあるニタカの果実をどうしようかと考えを巡らせた。

「一つは俺が買取ろうかな」

ぽつりと漏らしたギルマスに、二人が目を剝く。

「あ、ずるいです！」

「職権濫用！」

「まあ、そういきり立つな。職員で分けて食べようかなと思っただけだ」

「ありがとうございますギルマス！」

喜んだ職員の横で、クグンダは素早く立ち上がる。

「支払いは迅速にお願いしますね！　では俺はこれを切ってきますので！」

ギルマスの奢《おご》りでニタカが食えるぞ！　と言い触らしながら厨房《ちゆうぼう》へ向かうクグンダに、ギルマスは苦笑した。

「そうしようかなと呟いただけだったんだが？」

「もう遅いですね。嬉しそうな職員が集まって来ていますよ？」

「ギルマスありがとう！」

「一生ついて行きます！」

「うるせえ！」

調子のいい部下達を小突きながら、ギルマスは笑った。

面白そうな新人冒険者がやって来た。

一カ月はこの町に滞在するようなので、じっくりと観察してみようと決意したギルマスだった。

薬屋【カイト視点】

翌朝、カイトの希望で薬屋に行った。

冒険者ギルドの近く、町の中心部にあった。

「ごめんくださ〜い」

「はいはい」

店頭でカイトが呼びかけると、すぐに奥から細身の男性が現れた。柔和な顔つきで、いかにも優しそうな雰囲気の人だった。

「薬作りを見学させて貰《もら》いたいんですけど、お忙しいですか？　薬草は持参しました」

「見学とは珍しい」

店主はおっとりと首を傾《かし》げた。

「薬師になりたい訳じゃないのに？」

「冒険者になりたてなんです。薬を切らした時の、万が一の対策として覚えておきたくて。あと単純に興味があるっていうのもあるんですけど」

「ほう」

「プチナとケルータ、トンアセを持っています。駄目ですか？」

「別に大した手間じゃないが。お前さん達もやってみるかい？」

「いいんですか？」

「なに。一人で黙々と作業するより、三人でわいわい喋《しゃべ》りながらの方が楽しいだろう？」

「わ〜い。ありがとうございます」

思っていたより簡単に許可が下りて、カイトは店の奥へ足を踏み入れた。

ケビンもそれに続く。

店の奥は作業場になっていて、棚にびっしりと瓶が並んでいた。何が入っているのか分からないが、きれいに区別されて整然としている。

作業机の上には加工途中と思われる薬草の欠片《かけら》も置いてあった。何に使うか分からない道具も所狭しと並んでいる。

店主は手前にあるテーブルに二人を招き、ベンチに座らせた。

店主は重い石の道具を二人に手渡しながら説明してくれる。

「これらは基本、作り方は同じだ。磨《す》り潰して粉々にして乾かすだけ。よく知られている物だからな。高価な薬は複雑になる」

店主はカイトとケビンにすり鉢を渡して、自分はプロ用と思われる専門道具を使った。確かにそちらは一度に大量の薬草が潰せそうだ。

店主がプチナ、カイトがケルータ、ケビンがトンアセを担当する。

一束五枚ずつあったが、磨り潰したら僅《わず》かな量にしかならなかった。

結構な時間がかかったが、これで出来るのは頓服《とんぷく》一回分らしい。

「大変ですね」

「いや、慣れたらそうでもないよ」

乾燥するまで待てないので、作業はそこで切り上げた。

カイトとケビンが使った道具は洗って片付けておく。

乾燥から製品になるまでの行程は店主にお任せした。

「本当に薬草の買取り代金は要《い》らないのかい？　作業までして貰ったのに」

「授業料です。それと既に出来ている薬を買わせて下さい」

「何だか悪いねえ」

「いいえ。こっちこそお忙しい中、お世話になりました」

にこにこと笑顔で薬屋を後にする。

薬は鎮痛剤と解毒剤、炎症止めを二人分手に入れた。

カイトはほくほく顔で、ブブカッタの森へ行こうと言い出した。

言われるままついて行ったケビンは驚いた。

昨日と同じようにして薬草を採取したカイトは、周りに人がいないのを確かめた。

まずプチナの束を手に取ると、小さな水球を作り出して薬草を洗った。

それから魔法授業の風魔法、初級の時と同じ透明な球……小さな風が渦巻く球を作り出すと、その中へビチャビチャの薬草を放り込んだ。

ケビンの目の前で、あっという間に粉々になる。乾燥と同時にしたらしく、気付いたら緑色の粉が出来ていた。それらを更にぎゅっと固めて二つの塊にした。

「錠剤の方が持ち運ぶのには便利」

うふふと満足げにカイトが笑う。

ケビンはまた驚かされた。

「錠剤というのか」

「うん。ただ固めただけだけどね。効き目が早いのは粉薬の方かもしれない」

カイトは空中に浮かんだそれを、買った薬と同じ場所に仕舞い込んだ。

同じようにして、ケルータ、トンアセも作っておく。

「カイトは凄《すご》いな。魔法で薬まで作り出せるなんて」

「単純な作り方のものだけだよ。高い鎮痛剤は他の薬草と調合するから、もっと複雑なんだろうね」

「そうだな」

ケビンにも手渡したが、手の中の錠剤を見てしばらく戸惑《とまど》っていた。

「どれがどの薬なのか分からなくなりそうだ」

「あ、そうだね。宿屋に帰ったら分類しておこう。紙に包んでメモしておけば大丈夫」

「そうだな。そうしよう」

記憶力のいいカイトは微妙な色の違いや粒の混ざり具合で区別できるかもしれないが、ケビンには無理だ。きちんと管理しておかなければならない。

「次は別の薬草と果物を探してみようか。お昼は弁当を作って貰えたし」

「ああ」

ケビンは昨晩の事を思い出して笑った。

宿で夕食を摂った後、ニタカを食べようとカイトが鞄《かばん》から取り出した。

テーブルに二つ並べて悩む。

『どうやって食べるんだろう？　皮を剝いて？』

『とりあえず半分に切ってみるか？』

二人が相談していると、宿屋の店主が目敏《まざと》く見付けたのだ。テーブルの上のニタカを。

『お？　それはもしかしてニタカ？』

『うん。どうやって食べるの？』

『切ってやるよ。あと欠片をほんのちょっとでもお裾分《すそわ》けしてくれたら嬉《うれ》しいんだが、駄目かな？』

本当に申し訳なさそうに眉《まゆ》を下げる店主に、カイトとケビンはいいよと笑った。

『悪いな。普段はこんなことお客様にお願いしないんだが、なんせニタカだから』

『そんなに美味《おい》しいの？　これ』

『ああ、もちろんだ！』

まだ早めの時刻で、他の泊まり客が食堂にいなかったのは幸いだった。

店主に八等分して貰ったニタカを食べたカイトとケビンは、一口頰張るなり大きく目を見開いた。

『甘い！　美味《うま》い！』

『本当だ。これは瑞々《みずみず》しくてとても美味しい。微《かす》かな酸味が更に甘味を増しているように感じる』

『さくさくの食感も口当たりいいよ？　すんごく美味しい！　僕これ好き！』

『そうだろう？　美味いだろう？』

『店主さんも食べて！』

『ありがとうよ！』

結局、カイトとケビンは夕食後というのもあって、一個のニタカで満腹になった。

だからもう一個は丸々、宿屋の主人にプレゼントしたのだ。

家族がいるそうなのでお裾分けだ。とても喜ばれたのは言うまでもない。

そして今朝《けさ》、朝食を食べに食堂に下りたら、昼食をどうするか向こうから尋ねてくれたのだ。

必要なら昨日のお礼で用意すると言われて、お願いしますと頭を下げた。

ありがたく好意を受け取った。

そして今カイトの手にパラミーナがある。

パンに野菜と薄切り肉が挟んである軽食だ。カイトは『さんどいっち』と呟いていた。

ケビンが美味いと頬張る隣で、カイトも大口開けて食べている。

カイトにはパンが少し硬く感じるらしいが、美味いと笑っていた。

「宿屋の人に親切にしといてよかったね」

「一カ月世話になる宿だしな。ニタカって本当に凄い果物だったんだな。気付いたカイトのお陰だ。ありがとうな」

「どういたしまして」

カイトのお陰で毎日が楽しい。

予想外の事がたくさんあるけど、それも含めて楽しく感じたケビンだった。

実はカイトは

ブブカッタの森は三年ぶりのニタカ発見のせいで、昨日より冒険者の姿が多かった。

それを避けて人のいない方へ入り、昨日とは別の物を採取する。

「とりあえず目に付いた物から採取していこうかな？」

独り言を呟きながらカイトは樹木の間を進む。

「あ、これハーディク。睡眠薬の元になる薬草」

「あ、この葡萄《ぶどう》に似た果物はトッピネク。高価買取りじゃないけど買取りしているかも。食べても美味いって書いてあったから採っておこう」

「あ、タナオリ発見！　これは毒消し効果の強い薬草なんだよ!?　これは売るのと錠剤にするのと分けとこう」

次々と見付けるカイトに、ケビンは恐る恐る尋ねた。

「もしかして図鑑の内容、ほとんど覚えているのか？」

「え？　あ、うん」

あっさり頷《うなず》かれて、ケビンは絶句した。

「本当に？　結構、分厚い本だったよな？」

「そう？　覚えられないほどじゃないよ」

「……………………え？」

「え？」

驚愕《きょうがく》するケビンに、カイトも驚く。

「みんな覚えるでしょ？　あれくらい」

「いや？　少なくとも俺は無理だ」

「…………えぇ？」

カイトは採取の手を止めた。本当に驚いているようだ。

ケビンは信じられない心地で説明する。

「徐々に採取の経験を積みながら……何年もかけてなら覚えられるかもしれない。でも一日や二日で全部覚えるなんて無理だ。ほとんどの人はそうだと思うぞ?」

「マジで……?」

「ああ」

カイトは愕然《がくぜん》としている。

ケビンも心臓がどきどきし始めた。

「カイトは天才なのか?」

「さあ? 知らない。学校にはほとんど通えなかったから」

「ちょっと座って話そうか」

地面に横たわった倒木に、カイトとケビンは並んで腰を下ろした。

水分補給しながら話をした。

カイトは生まれた時から病弱で、ほとんどの時間を病院で過ごした。

学校には通えなかったが、向こうの世界には便利な物がたくさんあった。『タブレット』で検索すれば、大抵の事は調べられた。

「ベッドの上で時間だけはたくさんあったから、タブレットを使って色々なジャンルの事を調べたよ。植物や動物、料理や外国語。医療やスポーツ。ほとんど無駄にしかならない知識でも、それしかする事がなかったんだ」

「そうか……」

「小さい時はドリルをやった。計算と漢字の書き取りの。でも学校でテストを受けた事はないから、自分の学力がどのくらいのレベルだったのか知らない。でもたまに看護師さんに記憶力がいいって誉《ほ》められたよ」

ケビンは悲しくなった。

病弱でなければ天才として持《も》て囃《はや》されたんじゃないか?

向こうの世界の学力レベルを知らないから断言できないが、記憶力がいいと誉められた経験があるなら、この信じられない記憶力は召喚の影響ではなく、元からカイトに備わっていた才能ではないか?

「カイト。君は凄い人だ」

「そうなの？　よく分かんない」

「カイトが植物図鑑の内容を覚えているから、こんなに簡単に『採取』が進む。俺みたいに知識がない人間がいくら森を彷徨《うろつ》いても苦労するだけだ。ニタカのように珍しい果物の横を通っても気付かない」

「そうかな？」

「そうだ。本当に凄いんだカイトは。俺はどれだけ助けられているのか……感謝しかない」

「ケビンの力になれているならよかった」

にこっと笑ったカイトに、ケビンは改めて感謝した。


その後も次々と採取して冒険者ギルドに戻った。

カイトとケビンの担当になったと思《おぼ》しき中年職員クグンダに手招きされて席に着く。

「お？　これはまた珍しい物を。ハーディクか？」

「うん。睡眠薬を作る薬草だよね？」

「そうだ。よく知っていたな。偉いぞ。後はタナオリとトッピネク？　ギナンバロにトトカータ？　珍しい物ばかりだな。カイトは採取の才能があるぞ」

「ありがとう」

誉められて素直に喜んだカイトは、ケビンを振り返って微笑《ほほえ》んだ。

ケビンも大きく頷いて同意する。

買取りと実績の事務手続きを終えたクグンダは、おもむろに話し出した。

「この調子ならすぐに昇級出来るぞ」

「昇級？」

「そうだ。E級からD級への昇級だ。条件は十種の『採取』完了だ。買取り対象の薬草、果物、木の実等の納入実績で上がれる」

「ええと、つまり今日までに九種類納めたから、あと一種類採ってくればいいってこと？」

「そうだ。物凄《ものすご》く早い。優秀だ」

カイトはケビンと顔を合わせて瞳《ひとみ》を輝かせた。

「じゃあれも購入しとこうかな？　生き物図鑑。生物や魔物、魔獣が載っている図鑑ない？」

「あるぞ。買うのか？」

「買う。危険な生き物は覚えておかないと」

「そうだな。ブブカッタの森は危険が少ないが、トーチニの森やホマック平原には魔獣が出るからな」

クグンダは後ろの棚から、植物図鑑と同じような分厚さの本を取り出した。

カイトがカードで支払いしようとしたのを止めて、ケビンが支払う。

「植物図鑑はカイトが払ったから、これは俺だ」

「そう？　ありがとう」

「俺も出来るだけ覚えないとな」

カイトと同じようには無理でも、努力はしないといけない。一方的にカイトの記憶力に頼るのは違うと思うので。


その夜、宿屋の部屋でさっそく生き物図鑑を開いて読み始めたカイトの横で、ケビンも植物図鑑を開いた。

今日、摘んだ薬草や、磨り潰《つぶ》し作業をした薬草が載っている。ニタカも載っていた。

細かな薬草の特徴や見分け方まで読み込んでいる時、カイトが採取の時に口に出していたのを思い出す。

カイトはこんな細かい所まで覚えているんだな。本当に凄い。

全て覚えるのは無理でも、パラパラと捲《めく》って見るだけでも面白い。

ケビンは集中しているカイトの邪魔をしないよう心掛けながら、自分も知識を頭に詰め込んだ。

学校を卒業したのにまた勉強するとは思わなかったと、ケビンは苦笑した。

病気？【ケビン視点】

翌朝、ちょっと思いがけない事が起こった。

いつものように、窓から日の光が差し込んでくるのと同時に何となく目を覚ますと、カイトの小さな悲鳴が聞こえたのだ。

ケビンは急いで起き上がった。

「どうした？　カイトっ」

慌ててカイトのベッドへ行くと、カイトは半身起き上がり、今にも泣きそうな顔をしていた。

「ケ、ケビンっ、僕、病気？」

「どうした？　具合が悪いのか⁉」

カイトは大きく捲ったシーツの中……茫然《ぼうぜん》と自分の股間《こかん》を見下ろしている。

服を着たままのそこは、じっとりと濡《ぬ》れているようだった。

「あ……」

ケビンは悟った。

「ぼ、僕、病気、治った、はず、なのにっ……」

「あー……カイト、それは病気じゃない」

「え？」

「カイトの身体《からだ》が大人になっただけだ」

「……え？」

大粒の涙が今にも零《こぼ》れ落ちそうだ。

不安げに揺れる瞳を見て、ケビンはベッドに腰掛けるとカイトの小さな頭を引き寄せた。しっかりと胸元に抱き込んで頭を撫《な》でる。

「病気じゃない。男なら誰でもそうなる。もちろん俺もだ」

「そうなの？　あ、もしかしてこれって精通？」

「そうだ」

「知識としては知っていたけど。そうか、これがそうなの……」

「大丈夫か？　落ち着いた？」

「うん。ありがとうケビン」

まだ来ていなかったのか。

ケビンはカイトを抱き締めながら、宥《なだ》めるように何度も頭を撫でた。

十四歳と言っていた。遅いと思うが、カイトは病弱だったというから、身体の成長も遅かったのかもしれない。

カイトは今にも死にそうな時に召喚されて、健康体になったという。王城の広い庭を駆け回っても大丈夫なくらいに。

カイトの肉体はこちらの世界に来て、少しずつ成長を始めたのか。だから精通もきた。健《すこ》やかな証《あかし》だ。

カイトは照れ臭そうに小さく微笑むと、濡れた股間に手を翳《かざ》した。

「もしかして今、魔法を使った？」

ケビンが尋ねると、カイトはうんと頷く。

「洗浄魔法。汚れをきれいにする魔法」

「そんな魔法まで使えるのか？」

洗浄魔法……聞いた事もない。驚くケビンに、カイトは説明する。

「王城に潜伏していた時に使えるようになったよ。水魔法と風魔法を使いながら、衣類を洗濯するのをイメージしたら出来たんだ」

「そんな前に？　独学で？　凄《すご》い」

「向こうの世界の小説もタブレットでたくさん読んだから、その影響もあるかも。ファンタジーも好きだったし。今は宿屋に泊まっているから問題ないけど、野営の時は重宝するかもね。ケビンも汚れが気になる時は遠慮なく言ってね。すぐにきれいにしてあげる」

「ありがとう。魔力切れの心配がない時にお願いするかもしれない」

「うん」

何となくカイトを腕の中に抱き締めたままだったので、さり気なく解放する。

そして迷いながらも、ケビンは口にした。

「宿の部屋、カイトを一人にするのが心配だったから、ずっと同室だったが。分けた方がいいか？　一人の時間も必要だろう？」

「え？　何で？」

「えっと、その、つまり、処理する時間とか。その……な……」

「あ………」

濁したケビンの言葉では伝わらないかと思ったが、察しのいいカイトは頬を染めた。

「僕は、その、知識だけはあるけど、経験がなくて。どうしたらいいの？　ケビンは個室がいい？」

「俺はどっちでも」

「でもケビンも同じなんでしょ？　一人の時間が必要じゃない？　これまで不便だったんじゃない？」

「いや？　別に不自由はしていない」

ケビンはすっかり忘れていた。

というか、色々ゴタゴタしていたのもあって、そういう欲求から遠ざかっていたようだ。

「まあ、俺の事は気にしなくていい。カイトに任せるよ。個室がいいならそうするし、同室でもいいならそうするし」

カイトはしゅんとなった。

大きく肩を落としたので、ケビンはまた小さな頭を撫でる。

「どうした？」

「僕はケビンと同室がいい。でもまた今朝みたいになって、ケビンに見られるのは恥ずかしい」

真っ赤になってもじもじするカイトは可愛かった。

ケビンはどきっとした。ざわめく胸を抑えて、何でもない口調を取り繕う。

「生理現象だ。恥ずかしがる事はない」

「でも、そうか。ケビンに見付かる前に洗浄魔法できれいにしてしまえばいいんだ。それならバレない」

「ん？　ああ、そうだな」

「これまでと同じように同室がいい。ケビンはそれで構わない？」

「ああ。じゃあこのままだな」

「うん」

部屋の問題は片付いた。

でも一人の時間は必要かもしれない。

ケビンはカイトから目を離すつもりはないが、プライバシーは確保しなくてはならない。カイトの身体が成長したのだから。

ケビンはこれから、そういう方面でも気を付ける事にした。

洗浄魔法が使えるカイトならケビンに悟らせないかもしれないが、念の為、気を付けておこう。

牽制《けんせい》

その日は朝から冒険者ギルドに立ち寄った。

依頼が貼ってある掲示板を見たかったが、人が殺到していて無理だった。早めに来たつもりだったのに出遅れた。

仕方なく空くまで時間を潰そうとしていたら、いつものクグンダが手招きしている。

カイトとケビンは受付カウンターに向かった。

「おはようございます。何か？」

「うん、おはようさん。ちょっと二人に忠告。ニタカの実を持ち込んだろう？　その情報に食いついた連中が探しに行ったが、誰も見付けられなかったそうなんだ」

「え？」

「それでブブカッタの森で採れたという情報が嘘《うそ》なんじゃないか、騙《だま》されたとか、ぶつぶつ漏らした奴《やつ》がいるらしい」

カイトがケビンを振り返ると、眉間《みけん》に皺《しわ》を寄せている。険しい顔だ。

「逆恨みしている連中もいるかもしれない。採った場所を無理矢理聞き出そうとする連中も」

「そういう輩《やから》に襲われたら反撃するけどいいよな？」

「正当防衛なら仕方ない。でも冒険者同士のトラブルは禁止されている。何かあったらすぐに教えてくれ。こっちで対処する」

「忠告ありがとう」

クグンダはあえて声を張り上げていたようだ。洩《も》れ聞いた冒険者達が注目していた。

ひそひそと囁《ささや》く声の間を抜けながら、カイトとケビンは隅の席へ移動した。

するとすぐに大柄な男がやって来て、目の前に立ちはだかった。

「お前さん達がニタカを？　へえ？　まだ子供じゃないか」

突然、見知らぬ人に話しかけられて、二人は無言で見詰めた。

この空気では警戒しても仕方ないだろう。ギルドの中なので妙な真似《まね》はしないと思うが……。

二人は相手を真《ま》っ直《す》ぐ見上げて、じろじろと観察してしまう。

大柄な男は鍛えているのか筋肉ムキムキで、背中に大剣を背負っていた。短く刈った髪に浅黒い肌。冒険者の見本のような出で立ちだ。

「俺はA級のサタラヤウだ。この町を拠点にしている。よろしくな」

にこにこと笑顔を向けられて警戒心が薄れる。どうやら友好的な人のようだ。

ケビンは差し出された大きな手を握り返した。

「ケビンです」

「カイトです」

「見掛けない顔だが、冒険者になりたてか？」

「そうです」

「それなのにニタカを？　凄いなあ」

「運がよかったみたいで」

「そうだな。俺も久しぶりにニタカを食いたくなった。ブブカッタの森に行ってみようかな。邪魔したな」

じゃあなと手を振った大男は、仲間と思しき人達の元へ戻って行った。何やら軽く話した後、ギルドを出て行く。

ケビンは小声でカイトに囁いた。

「今のは……もしかしたら牽制《けんせい》してくれたのかもしれない。俺達に手を出すなと。周りに向けたパフォーマンスだったのかも」

「あぁなるほど。今のはそういう意味が？」

「A級だと言っていたし、ベテランっぽいし、この町の顔なんだろう。あの人がああ言ったから、俺達に手出しするのは難しくなったんじゃないかな？」

「なるほど。凄いね。ベテランになるとそういう配慮もしてくれるんだね」

「ギルド職員に頼まれているのかもしれない。普段からきっとトラブルに目を光らせているんだ。A級に逆らうのは無謀だしな」

「A級の人って凄いんだね」

「そうだな。迫力が違うな」

佇《たたず》まいで強さが分かる。騎士団の団長みたいだ、とケビンは思った。

たまに家柄だけで上の地位に就く貴族もいるが、実力のある団長は迫力満点だった。黙って傍《そば》に立っているだけで息が詰まるし、手合わせしなくても負けると分かる。

そのままケビンは何となく、他の冒険者達を眺めていた。

強そうな人。そうでもなさそうな人。高そうな装備を身に付けている人。ベテランっぽい人。くたびれた雰囲気の人。年配の人。仲間とわいわい騒いでいる若い人。様々だ。

しばらくすると掲示板の前の人だかりが減ったの

で、カイトとケビンは見に行った。

「今日はホマック平原に行こうと思うんだけど、構わない？」

「もちろんだ」

「平原だから獣が接近してもすぐに気付くかなと思ったら、厄介な魔獣がいるんだって」

ケビンは軽く目を瞠《みは》った。

「どこでそれを聞いた？」

「宿の主人から。朝食の時、ケビンは少しの間、席を離れたでしょ？　その時に世間話のついでにね。ニタカのお陰で親切にして貰《もら》っている」

「そうだな」

「それで要注意なのが『ニニ』っていう魔獣。小さいから草が伸びている場所に潜まれると分からない上に、獰猛《どうもう》で襲いかかってくるんだって。角と牙《きば》で。怖いよね」

「足元に気を付けながら移動しないといけないんだな」

「うん。ニニの場合、とにかく接近されるのに早く気付くのが討伐のコツらしいよ。それに襲いかかって来る時にジャンプするから、斬りやすいんだって」

「分かった。ようやく俺の出番だな」

「肉も毛皮も小ぶりだけど、使い勝手がいいから常時買取り中みたい。単価は安いけど。肉は食べてみてもいいかな？　野営の練習もしてみたい」

「そうだな。もし狩れたらそうしよう」

そして二人で掲示板に貼られている紙の中で『至急』と書かれている物に注目した。

ほとんど討伐の依頼だが、採取の物もある。

「止血効果のある薬草サハップ、腹痛に効果のある薬草ラニーカ。この二つは僕も持っておきたいな。今日はこれをメインに探そうね」

「ああ」

カイトに同意しながら、ケビンはそれらの特徴を頭に叩《たた》き込《こ》んだ。

初討伐

そしてホマック平原にやって来た。

平原だから見通しがよく、他の冒険者達が散らばっているのがよく見える。

二人は彼らから距離を取り、人のいない方へ進んだ。

ケビンは足元を確かめる。草原というだけあって、緑色の草が密生していた。

「この中に混じって生えている薬草を見付けるのか？　見分けがつくか？」

「サハップは細長くて尖《とが》っている葉っぱだから、そんなに難しくないと思う。でもラニーカは紛らわしいかな？　似た草がたくさんあるから」

カイトがしゃがんで探す間、ケビンは周囲を警戒する。

他の冒険者達も這《は》い蹲《つくば》って探す人と、警戒する人と、役割を分担しているのが見えた。

「う〜ん。なかなか見付からないな」

カイトが一旦《いったん》立ち上がった時だった。

少し遠くの草が突然揺れ出したのを見て、ケビンは剣を抜いた。

「カイト！」

「うん」

カイトもほぼ同時に気付いたようだ。

ケビンと素早く立ち位置を入れ替えて、草に紛れながらこちらに突進してくるモノに注目する。

「ギャッ！」

鳴きながら飛び上がったのは想像通りニニだ。

黄土色の小さな塊を問題なく斬り捨てたケビンは、別の個体がいないか更に警戒した。

でもこれだけだったようだ。

ケビンは剣を布で拭うと、鞘《さや》に収めた。

カイトはしゃがんでニニの死骸《しがい》を確認している。

「これがニニか。鼠《ねずみ》くらいの大きさかと思っていたけど、それより大きい。小型犬くらいかな？　これなら接近したら気付けると思う」

　生き物の死骸など見た事も触った事もなさそうなカイトが、全く躊躇《ちゅうちょ》なく持ち上げたのを見て、ケビンは少し驚いた。

「カイトは怯《ひる》まないんだな」

「ん？　死骸のこと？　そうだね。苦手な人もいるだろうけど僕は大丈夫。向こうの世界にいる時に自分の病気について、しつこく調べたから。人体の中身……内臓や腸とか見慣れているんだ。画像でだけど」

「そうなのか……」

　意外な言葉にケビンは目を見開く。

　カイトは淡々としていた。

「これの処理は魔法でも出来るけど、どうする？」

「水辺を探そう。魔力は出来るだけ温存しておいた方がいい。いくらカイトの魔力量が多くても、いざという時に備えるのは冒険者の基本だ」

「そうだね。川が近くにあるといいんだけど……」


　その時、別の冒険者の動きに気付いた。

　彼らも何かに襲われたらしい。

　手に獲物らしき物をぶら下げた人達が、カイトやケビンのいる場所から更に離れて行くのが見えた。

「あっちにありそうだね」

「ああ」

　二人は距離を空けて、その方角へ向かった。

　案の定、しばらくすると微《かす》かな水音が聞こえてくる。

「川だね」

「小さな流れだけど、獲物を捌《さば》けそうだ」

　川幅の狭い、せせらぎといった穏やかな流れの小川だった。川上でさっきの冒険者達が獲物を捌いているのが見える。

　ケビンも小刀を取り出して、さっきのニニを捌いた。

　内臓を取り出して毛皮を剥《は》ぐ。カイトも目を背ける事なく、手順をしっかりと見学していた。

「肉は常温でどのくらいもつの？　クーラーボックスなんてないよね？」

「くーらーぼっくす？　……とやらは分からないが、半日くらいなら生で大丈夫だ。ギルドまで遠かったら、焼いて持ち込んでもいいと聞いた」

「これは自分達で食べるとして。魔法で冷やしておけるけど、どうする？　焼いておく？」

「そうだな。これ一つの為にわざわざ火を熾《おこ》すのも面倒だな。またニニに襲われるかもしれないし、昼時になったら焼いて食べようか」

「うん。でも僕の元の世界の衛生感覚では生肉は冷やしておきたいの。魔法を使ってもいい？」

　上目遣いのカイトに問われて、ケビンは苦笑した。

「もちろんだ。俺の許可は必要ない」

「うん」

　カイトはどうしようかな～？　と呟《つぶや》きながら、手にした肉を小袋に入れた。そのままその小袋を目の前に掲げて凝視する。

　しばらくすると、その周りに透明な粒がゆっくりと付着していくのが見えた。

「水を凍らせて細かな氷の粒を纏《まと》わせてみたよ、小袋に。これなら大丈夫そう」

　あっさりと言うカイトに、ケビンは目を剝《む》く。

「氷の粒？　水魔法の応用か？」

「うん。想像したら出来ちゃった」

　えへ、と小首を傾《かし》げるカイトの才能に、ケビンは目を見開いた。

　百年前とそれ以前の聖人様、聖女様に救われた話は伝説になっていて、小さな頃から冒険譚《たん》のように聞かされてきた。

　あまりにも荒唐無稽《こうとうむけい》なので半分作り話ではないかと言われているが、そうではないのをケビンはまざまざと思い知る。

「カイトは凄《すご》いな」

「そう？　でも僕の努力で手に入れた能力じゃない

からね。召喚された時に自動的にくっついてきた能力だから」

カイトがいつも淡々としているのは、そう思っているからか。

能力を鼻に掛けて偉ぶる者もいるが、カイトはそうじゃないらしい。とても謙虚だ。

ケビンは手を伸ばしてカイトの頭を撫《な》でる。

「それでも俺は、カイトの能力にいつも助けられている。ありがとうな」

「こっちこそ。いつもありがとう」

二人でにっこりと微笑《ほほえ》み合う。

カイトといるといつもこうだ。優しい気分になれる。

だから毎日が楽しいのかと、ケビンはカイトと出会えた幸運に感謝した。

探索に戻ろうとして、カイトがそれに気付いた。

「あ、サハップ！　こんな所にあった」

カイトがしゃがんで立ち上がると、その手に細長くて尖った葉っぱがあった。

目の前でじっくりと観察したカイトが、間違いないと断言する。

「納入する分と錠剤にする分。多めに採っておこう。でもこれだけじゃ足りないな～」

もっと密生していたらよかったが、そう都合よくはいかなかった。

ついでに川の傍を入念に探索したカイトは、別の薬草を手に入れた。

「これは依頼が出ていないけどココミラだ。麻痺《まひ》に効果がある。根ごと採取するんだ。多めに採っておこう」

カイトはさっと周囲を見回して人がいないのを確認すると、土魔法を使ってぼこっと掘り出した。土をはたいて落とし、別の収納袋にしまう。

道具を持っていないし、手で掘ったら時間がかかっただろう。魔法はつくづく便利だと思う。

それに一目見ただけで何の薬草か、どういう効果があるのか分かるのは、改めて凄いとケビンは思う。

昨晩、植物図鑑を読み込んでみたから尚更《なおさら》だ。ケビンはそんなに覚えられなかった。頭に入っていかないのだ。

それから場所を移動しながらサハップとラニーカを探した。

途中でまたニニに襲われたが、問題なく対処した。

川まで捌きに行くのは面倒だったが、その途中でラニーカを発見したので結果的によかった。

草原の中でも地面が剝き出しになっている場所があり、火を熾すのはそこだと他の冒険者が教えてくれた。どうやら場所が指定されているらしい。

「そうだよね。火事になったら困るもんね」

草原といっても全く樹木が生えていない訳ではなく、ぽつぽつと生えている。落ちている枯れ枝を集めて火を熾した。

木の枝を拾って小刀で削り、ニニの肉を突き刺した。火で炙《あぶ》ってみると、香ばしい匂いがしてくる。

「美味《おい》しそう」

「結構な量になったな。ギルドに持って帰るのもいいが、干し肉にするという手もある」

「そうだね。薄切りにしてちょっと水分を飛ばせばジャーキーの完成だね。試しにしてみたいけどいい？」

「もちろんだ」

うふふと笑うカイトは楽しそうだ。

水分を飛ばすのはカイトの風魔法だ。

錠剤を作った時と同じ要領でやれば、干し肉も簡単に作れる。

「俺も初級しか使えないが練習しようかな。風魔法と水魔法」

「魔力量はどのくらいなの？　無理しなくていいよ？」

「そうだな。倒れたら本末転倒。ぼちぼちやってみるよ」

「うん。魔法は任せて」

ニニの肉で昼食を済ませて、残りの肉を非常食に作り終えた時だった。

火の始末をしていると、こちらへ近付いてくる足音を耳にした。

カイトとケビンは振り返る。

三人の男たち……身形《みなり》と装備は冒険者のようだったが、どこかくたびれていて人相もよくない。

そいつらはニタニタと嫌な笑みを浮かべながら、カイトとケビンに向かって歩いて来る。

ケビンはすっとカイトを背中に庇《かば》った。

「何か用か？」

「おう、お前らだろう？　ニタカを納入したの」

「ニタカが採れた場所、俺達にも教えろよ」

「これから俺らが面倒みてやるからよぉ。いいだろ？　それくらい」

ケビンは顔を顰《しか》めた。

「ニタカはブブカッタの森だ。ここじゃない」

「だから案内しろって言ってるんだろうが！」

三人の中でもリーダーらしき男が威圧してきたが、ケビンもカイトも動じなかった。

「いやだね」

ケビンが答える前にカイトが言う。

「あんたらと話している暇はない。邪魔しないで」

ケビンが止める間もなかった。

三人の男たちは突然、突風に煽《あお》られたようにゴロンと後ろに転がった。

「なっ？」

「なんだっ？」

驚く男たちはそのままゴロゴロと、どんどん遠くへ転がされていく。立ち上がろうとしても身体《からだ》のバランスが取れなくて、抵抗出来ないようだ。

かなり遠くで止まった彼らに、カイトが声を張る。

「二度と話しかけないでね～！」

茫然《ぼうぜん》と地面に座り込んでいた連中は、我に返った途端、慌てふためいて後ろも見ずに駆け出した。

逃げ足は速いのか、あっという間に見えなくなった。

何をされたのか分からないから恐怖だったんだろう。

ケビンは尋ねる。

「風魔法か？」

「うん」

「無詠唱だと、魔法を使われたと分からないんだな」

透明な見えない何かに操られるのは恐怖でしかない。さぞ驚いただろうが、同情はしない。

カイトはもう切り替えたようだ。

「さ、探索に戻ろう。ギルドに戻る前に、もうちょっと採取したいんだ」

「ああ」


すぐに作業に戻った二人は、他の冒険者達が注視していたのに気付かなかった。

問題なく撃退できたので、すぐに忘れてしまったのだ。

◆

その場に居合わせた他の冒険者達は、全員集まって、ひそひそと話し込んでいた。

「また奴《やつ》らか……」

「あいつらは今朝《けさ》ギルドにいなかったんだな」

「サタラヤウさんが怒るぞ」

「でも彼ら、新人なのに強いな」

「ああ、驚いた。子供だと思っていたんだが……」

「剣を抜いたか？」

「いや？　抜かなかったように思う」

「じゃあ何であいつらは吹き飛んだんだ？」

「魔法？　どっちか魔法使いなのか？」

「詠唱していたか？」

「遠くだったからよく分からん」

同じ町で暮らす冒険者達は顔馴染《かおなじ》みなので、新人が来るとすぐに分かるのだ。

気付くと旅に出たり、いなくなったりして、冒険者は定期的に入れ替わる。

「今度の新人は凄そうだな」

「ニタカの件もあるしな」

「どうする？　今のことサタラヤウさんに話すか？」

「一応、サブギルマスにも報告しないと後で叱られるぞ」

「そうだな。俺が報告しとくよ」

「頼んだ」

冒険者達は話がまとまると、それぞれの仕事へ戻って行った。

冒険者は大きく分けて二種類いる。

町に住んで定着している者と、流れている者。

普通、流れ者は名前を覚える前に消えてしまう。

だからギルド職員ですら名前を記憶するのは滅多にない。

けれど彼等《かれら》はカイトとケビンの名前を覚えるようになる。それはもうすぐの事だった。

至急依頼

　夕方、日が暮れる前にギルドに戻った。受付にクグンダがいたので、今回もそこに向かう。

「ほう、至急の依頼を二つもこなしてくれたのか。ありがたい」

　サハップとラニーカを納品して、事務手続きをして貰《もら》った。

「さて、これでD級に昇級できるが、するかい？」

「「もちろん」」

　カイトとケビンは冒険者カードを受け取り、D級になったのを確認する。

「次の昇級条件を訊《き》いてもいいかな？」

「ああ。次は『討伐』五件と『採取』十件の実績だ。採取する物はこれまでの物と半分は被《かぶ》っていいが、半分は新規の物でなければならない。……さっきのサハップで十になって昇級だったから、ラニーカは次の実績としておこう」

「あ、それならニニの肉は食べたから毛皮しかないんだけど、実績にはカウント出来ないの？」

「いや？　毛皮があるなら証拠になる。見せてくれ」

　カイトは二頭分のニニの毛皮を鞄《かばん》から取り出して、クグンダに見せた。

「確かにニニだな。常時買取り中の物だ。納品するんだな？」

「うん」

「二頭ならカイトとケビン、それぞれにつけられる。カードをくれ」

「やった！　ありがとう」

　カイトとケビンは喜んだ。

　そしてまたカイトが、あっ、と思い出した。

「ところでココミラは買取りしていなかったよね？」

「ココミラ？」

「うん。麻痺に効く薬草」

「もしかして持っているのか？　でもあれは根ごと必要なんだが」

「根もあるよ。掘ったもん」

「ちょっと待て。確認してくる」

何故《なぜ》だか焦った様子のクグンダは、他の職員と話し込んだ後、すぐに戻って来た。

「明日の朝、ココミラの採取を至急で貼り出す予定だった。隣町で魔獣にやられた集団がいたらしく、この町でも薬が品薄になったんだ。助かったよ。どれくらいある？」

「う〜んとね、二十株。でも薬屋さんに持って行きたいから十五株でいい？」

「構わないが、薬屋に持って行くとはどういう意味だ？　ここの買取り価格とそう変わらない筈《はず》だが」

不思議そうなクグンダに、カイトが説明した。

「これを持参して、薬の作り方を教えて貰うの。作り方を知っておきたいんだ。いざという時の為に」

「そうなのか？　一般的に普及している薬なら作り方は単純だが、効能の優れたものや高い薬は作り方も複雑だぞ？」

「うん。もちろん高い薬は買うよ。もしもの時の為に知っておきたいだけ」

「それは何と言うか、勉強熱心だな」

「心配症なんだ」

カイトは五株だけ手元に残して、後は売った。

そのお陰で『至急』扱いだった依頼が普通のものに変わったそうだ。もう少し必要だから依頼は残しておくという。

「しかしタイミングがいいな。カイトは本当に運がいい」

至急扱いの依頼は買取り価格が普段よりも高くなるからだろう。感心するクグンダに、カイトは「僕もそう思うよ」と笑顔で答えた。

ココミラもカウントして貰って、昇級までの条件は、討伐が四件と採取が八件になった。そのうち五件は以前の物と被ってよい。

カイトは意外に早く条件達成できそうな予感がした。

ギルドを後にして、近くの薬屋に寄った。

カイトとケビンの顔を覚えてくれていたのか、店主は笑顔で迎えてくれた。

「いらっしゃい」

「今度はココミラを持って来たんだけど、薬の作り方を訊いてもいいかな？」

「ココミラ？　至急でギルドに依頼を出したが、持っているのか？」

店主は目を丸くした。

「さっきギルドに十五株納品したよ。ここに五株あるんだけど、どうかな？」

「あぁ、ココミラは前の物より加工に時間がかかるんだ」

申し訳なさそうな店主に、カイトは笑顔でお願いする。

「どっちみちこんな時間に押しかけたんだから、この前みたいに作業させてなんて言わないよ？　やり方だけ教えて欲しいんだ」

「それなら大丈夫だ」

店主は快く応じてくれた。

ココミラは根を切り刻んで天日干しして、粉々にした茎と葉っぱも混ぜて、いきなり熱湯から茹《ゆ》でるのだという。その時間も二分と決められていて、それを濾《こ》して固形物を取り出す。更にそれを乾燥させて出来あがり……だそうだ。

「本当に時間がかかるものなんだね」

「ああ。だから助かったよ。ココミラが手に入ってからも薬になるまで時間がかかるから」

「ありがとう。これは授業料ね。受け取って下さい」

店主は申し訳なさそうに眉《まゆ》を下げた。

「いいのかい？　こんなに……」

「いいよ。その代わり、落ち着いたら麻痺薬を買わせてね。急がないから、品薄が解消されてからでいいから」

「もちろんだとも。二人分、確保しておこう」

「無理を聞いてくれてありがとうね」

「いいや、こっちこそ助かったよ。ありがとう」

笑顔で薬屋を出て、ケビンはカイトに尋ねた。

「今回は魔法で作らないのか？」

「うん。乾燥は風魔法を使えば時間短縮できるけど、天日干しとか、いきなり熱湯とか、二分煮るとか、その辺が効能に影響しそうだからね。今回はやめておく」

「そうか」

「非常事態の時は試みるかもしれないけどね」

「そうだな」

ケビンも手帳に記しておくことにした。カイトの記憶力にばかり頼りたくないからだ。

その意識を失わないように、慣れないように、調子に乗らないように、ケビンは心掛けるつもりだ。

夜のギルド【クグンダ視点】

その夜、冒険者ギルドではA級のサタラヤウが険しい顔で仁王立ちしていた。

その場にはギルマスとクグンダも同席している。

他にもたくさんの冒険者達が酒を酌み交わしていた。

夜のギルドは受付終了すると普通は無人になるのだが、この町のギルドは違っていた。

隣に食堂があるせいだ。

夜は酒を提供するので客が長居する。

当然、座れない客が溢《あふ》れるので席が足りなくなる。

ほとんどの客が冒険者というのもあって、ギルドを開放しているのだ。

だから夜のギルドにもたくさんの人が溢れていた。

みんな酒を飲みながら、サタラヤウの前で土下座する三人の冒険者を囲んでいた。

中にはニヤニヤしながら、震え上がる三人を見ている者もいる。

「新人冒険者を脅したそうだな？」

サタラヤウが確認すると三人は必死に言い募る。

「そ、それはっ、ニタカを……」

「知らなかったんだ！　朝そんなお達しがあったなんて！」

「そうなんだ！」

「お前らは朝、ギルドにいなかったもんな」

「そう！　知らなかったんだ！」

「でも普段から冒険者同士のトラブルは禁止だと、言ってあるな？」

「……っ、そ……」

「それは……っ……！」

「お前達は前にも新人を脅したな？」

「っ……」

「……う……」

「前回のように新人だと見くびって、逆にやり返されたそうじゃないか。詳しく話せ」

三人は目を見交わした。

「なんだ。説明も出来ないのか？」

「いやっ、その！　何をされたのか、よく分からないんだ！」

「何だと？」

「ほ、本当だ！　気付いたら転がされていて……」

「そうだ！　本当によく分からないんだ！」

「よく分からないだと？」

怪訝《けげん》そうなサタラヤウに、目撃していた冒険者が口を挟んだ。

「俺も遠くから見ていたが、あの若い二人は動いていないのに、そこの三人はゴロゴロと転がって遠ざけられていたぞ」

「魔法か？」

「魔法だろうな」

「どっちだ？　剣士か？」

「子供みたいに幼い方か？」

これまで静観していた冒険者達が、口々に疑問を口にし始める。

ギルマスとクグンダは黙って見守っていた。

サタラヤウはそんな二人をちらりと振り返ると、三人に視線を戻した。

「お前達はギルマスの命令も、俺の命令も聞かないな」

「そ、そんなつもりはっ」

「違う！」

「でなければこう何度も同じ過ちを繰り返さないだろう？」

「……っ……」

「…………」

「今回はたまたま相手が上手《うわて》だっただけだ。次にまたやらかしたら追放だからな！　分かったな！」

「「はいぃぃぃ」」

「出て行け！」

「「はいぃぃぃ！」」


三人はお互いを支え合いながら、あちこちにぶつかりながらギルドを飛び出して行った。

「追放は次に持ち越しか？　何とも甘い事で」

サタラヤウのチームメイトが面白がって茶々を入れたが、サタラヤウは相手にしなかった。

受付カウンターを振り返り、そこで無言で佇《たたず》むギルマスとサブギルマスに、ちょっと来いと顎《あご》をしゃくってくる。

まるで自分の執務室のようにソファにドッカと座ったサタラヤウに、ギルマスもクグンダも大人《おとな》しく従った。

三人だけになってサタラヤウは尋ねてくる。

「それで？　あの子達は何者だ？」

「さあ？」

ギルマスは自分の席に座り、引き出しから酒を取り出して飲み始めた。

「さあじゃない。言え！」

「知らない。俺よりもクグンダが詳しい」

ギルマスに名指しされて、サタラヤウに睨《にら》まれて、クグンダは肩を竦《すく》めた。

「俺も詳しくは。ただ運のいい子たちだとしか」

「ふざけるな！」

厳《いか》つい大男の恫喝《どうかつ》も、クグンダには通用しない。

涼しい顔でしれっと言った。

「いくらA級とはいえ、個人情報をほいほい教えるのはマズいだろう？　そんなに知りたかったら個人的にお近づきになって、お前が直接教えて貰えばいい」

「ああん？」

「俺個人の印象なら教えてやれる。あの子たちは普通じゃない。特にカイト。あの子は幼い外見をしているから侮られがちだが、中身はとんでもないような……そんな感じがする」

サタラヤウの片眉が跳ね上がった。

「サブギルマスの印象か？」

「ああ。これでもたくさんの冒険者を見てきた経験がある。あながち間違ってはいないと思うぞ」

「ギルマスは？」

「さあ。俺はあまり接していないから、よく分からん」

「でもマークしているんだろう？」

「さあ？　ニタカもだが、色々と珍しい物を採取してくれるから、ありがたいと思っているだけだ」

「ほんと食えないなっ、お前らはっ」

「まあそういきり立つな。A級のお前が率先してガミガミしてくれるから、こっちの仕事がしやすくて助かっている」

「ふんっ。本来ならギルマスの仕事だろう？　それなのに何で俺が……」

「世話好きの血が騒いで放っておけない自分の性分を恨め」

「うるせえよ！　酒くらい奢《おご》れ」

「ほらよ。秘蔵の酒だぞ」

引き出しからグラスまで取り出したギルマスに、

クグンダがちくりと言う。

「仕事中に飲んでいませんよね？」

「当然だろう？」

仲良く酒盛りを始めた二人を横目に、クグンダはそっと溜《た》め息《いき》を零《こぼ》した。

実際の所、カイトとケビンが、悪評ばかりの例の三人組に絡まれたと聞いた時は肝が冷えたのだ。

そして混乱した。

夕方ギルドにやって来た二人は、いつもと変わらない様子だったので。

しかし絡まれた時、たまたま居合わせて目撃した冒険者に話を聞いて、とても驚いた。

あの三人組がいくら弱いとはいえ、一応、冒険者なのだ。素人《しろうと》とは訳が違う。

それなのにあっさり撃退したという。

誰も怪我《けが》をしなかったのは、かなり平和的な解決の仕方だ。

おそらくカイトが魔法を使ったのだと思う。

しかし怪我をさせずにゴロゴロと三人を転がした？

どんな精度で魔法を使いこなせば、そんな事が出来るのか……。

クグンダは魔法を使わないからよく分からないが、基礎を習ったばかりの初心者に？

可能だろうか？

明日、魔法の授業をしてくれた職員に尋ねてみよう。

やれやれと肩を竦めたクグンダは、結局仲良しの二人が酒盛りをしているのを横目に、そっと気配を消しながら帰宅した。

カイトの独白二【カイト視点】

うふふふ。もう昇級したよ？

凄《すご》く早くない？

冒険者としての僕とケビンの相性は凄くいいと思うんだ。ニニの討伐をした時、はっきりとそう感じた。

飛びかかってきた獣を斬り捨てた綺麗なお兄さん、格好よかった～。ビシッとしていて思わず見蕩《みと》れちゃった。

ケビンは綺麗な上に優しくて、とっても素敵な人なんだ。だから僕はしょっちゅうドキドキして困ってしまう。

また胸にぎゅうってしてくれないかな～。

あの精通事件の時、僕が取り乱したらぎゅっと抱き締めてくれて、宥《なだ》めてくれた。頭も撫《な》でてくれた。

ケビンの胸元は見た目よりしっかりとした筋肉がついていて、逞《たくま》しく感じた。

いつも夕食前に鍛錬しているから当然だよね。

とっても気持ちよくて安心できて、嬉《うれ》しかった。

またあんな風に抱き締められたいって思うのは変かな？

あの後、ケビンを想うと下腹が妙にざわざわするようになって、そういう時は早めに洗浄魔法をかけるようにしているんだ。なんとなくすっきりするから。

ああ冒険者って楽しい！

ケビンが一緒にいてくれるから余計だね！

宿の店主と雑談している時に聞いたんだけど、ケビンのお母さんの故郷の辺境はとても厳しい環境らしくて、冬は雪が物凄くて閉ざされちゃうんだって。

生息する魔獣も強いから、冒険者のランクは最低でもBじゃないと危険なんだそうだ。強者《つわもの》ばかりの土地柄で、A級の人がゴロゴロしてるって聞いた。

だから最低でもB級まで昇級して、雪で閉ざされる前に辺境に辿《たど》り着《つ》くのが目標なんだ。

今は初夏だから時間的には余裕があるけど、冒険者の昇級って上を目指すほど難しいらしいから、頑張らなきゃ。

場合によっては今年の冬は見送ってもいいって、ケビンは言っていた。

でも出来るなら早く行きたいよね。

ケビンがずっと行ってみたかった土地だもん。見たい風景があるんだって。

小さい時に亡くなったお母さんとの思い出はあんまりないけど、景色の話をしたのは覚えているんだって。

ケビンのお母さんは病気がちで、生活のほとんどをベッドで過ごしていたみたい。

懐かしそうに目を細めて窓の外を眺めていたお母さんの横顔……病床での美しい微笑《ほほえ》みを覚えているそうだ。切ない思い出だよね。

その景色は春から夏にかけてじゃないと見られないらしい。季節限定なんだよ。

だから雪で閉ざされる前に町に入って、春までそこで過ごす事になる。

だから宿代とか滞在費を貯めておかないといけないんだ。

辺境にも冒険者ギルドはあるけど、魔獣の強さが桁違《けたちが》いらしくって、依頼を受けても成功するか分からないんだって。

向こうで稼げれば問題ないんだけど、こればかりは現地に行ってみないと分からないからね。

ケビンと二人なら何とかなりそうな気もするけど、入念に準備しておくに越したことはないよね。心にゆとりが出来るもの。

頑張ろう。

僕もケビンのお母さんの言っていた景色を見てみたいから。

トーチニの森

翌朝、冒険者ギルドに顔を出すと、カイトとケビンは一斉に注目を浴びた。

いつもと変わらない朝。昨日と同じなのに、何だか向けられる視線が違うような気がする。

昨日よりも熱が籠《こ》もっているというか……何と言うか……。

カイトとケビンは思わず顔を見合わせた。

「なんだ……？」

でも誰も話し掛けてこない。喋《しゃべ》らない。

二人は首を傾《かし》げながら、今日はすんなり行けた掲示板の前に陣取った。

「今日は真新しい物を採取したいから、トーチニの森に行ってもいい？」

「ああ。あらかじめ生息する魔獣の種類をチェックしておこうか」

「うん。もう大体分かっているけど復習しておく。森の奥深くに行かなければ、そんなに強い魔獣はいない。それと水場の場所の確認をしとかないと。捌《さば》くのに必要だから」

「そうだな」

打ち合わせをしてギルドを出た。

真《ま》っ直《す》ぐトーチニの森へ向かう。

水場はすぐに見付かった。

森と平原の境界線をなぞるように、川が蛇行していたからだ。川幅はこの間のものより広く、流れも早くて水量も多い。

「人間が流されるほどじゃないな」

「もっと下流だと大きな川になっているかもしれないね」

トーチニの森はブブカッタの森よりも鬱蒼《うっそう》としていて、樹木の生えている間隔が狭かった。

見通しも悪いが、所々拓《ひら》けた場所があって、地面が抉《えぐ》れたり黒く焼けたりしている。

「これは戦闘の跡だな。なるほど、魔獣が生息しているとこうなるんだ」

「おお、初見の物がたくさんある。薬草よりは果物とキノコ、木の実が多そう。さっそく採取していい？」

「もちろんだ。警戒は任せろ」

「うん」

カイトは目に付く物をどんどん採取していった。

果物が多く、多めに採っている。

ギルドに納品した後の残りは自分たちで食べてもいいし、宿の主人に差し入れしてもいい。

ニタカをあげてからというもの、タイミングよく主人の手が空いていると、食事時に雑談する事が多くなった。

有益な情報をくれるので助かっている。

冒険者が多く泊まっているので、宿の主人には自然と情報が集まるのだろう。

特に辺境の情報は役に立った。

強くないとギルドの依頼が達成できないほど魔獣も手強《てごわ》いという。最低B級、可能ならA級になっておきたい。

周囲を警戒しながらそんな事を考えていたら、少し遠くの繁《しげ》みが急に動いた。

「カイト」

「うん」

ケビンは素早く剣を抜く。

カイトが立ち上がって後ろへ下がるのと同時に、魔獣が姿を現した。

それは四本足の中型野生動物、ウォンリーだった。

魔獣ではないが攻撃的で、頭に大きな角を二本持っている。足が速く、突進して角で突き刺してくるのが厄介だ。

「僕が土魔法で足止めする」

「了解」

カイトの魔法は精度が高く、宣言通りウォンリーの四本の足を地面に縫い留めた。

動きを止めたウォンリーは容易《たやす》くて、ケビンはその首を狙って剣を振り下ろした。

「凄く立派な角だね。大きい物は買取り価格もよかったはず。でもこれを捌いて、それを持って移動しながらの採取は大変だね」

「一度ギルドに戻るか？　それからまた――」

「ケビン！」

「ああ！」

倒したウォンリーを見下ろしながら相談していたら、別の何かが近寄ってくる音がした。

繁みを強引に駆け分けながら、さっきよりも大きな影がこちらへ迫って来る。

スピードはさっきよりも遅いが、人間よりも大きな黒い影……魔獣のフリプサイだった。

来る前に復習したからすぐに分かった。

森の奥に生息する魔獣で、本来はこんな場所にいない危険な魔獣だ。

ケビンは剣を握り直す。

「フリプサイの弱点は水。僕が水魔法で濡《ぬ》らすから、眉間《みけん》を狙って剣を突き刺して。毛皮が高価買取りの対象だから」

「了解」

カイトの言うように、少し離れた場所でフリプサイは突然ずぶ濡れになった。空中に出現した水球が上から落ちて来たのだ。

驚いたフリプサイは硬直して固まった。

その隙を逃さず、ケビンは剣を上段に構えて眉間に突き刺した。

カッと目を見開いたフリプサイは一瞬暴れたが、すぐに事切れた。大きな身体《からだ》が横倒しになる。

「熊……グリズリーによく似ている。こんなに牙《きば》が尖《とが》っていないけど。フリプサイは内臓に薬効があるから素人が捌かない方がいい。専門の人に任せた方が高値になる」

カイトが説明している最中、またも気配を感じた。

ケビンとカイトが同時に振り返ると、冒険者のチームがこちらへ駆け寄って来ていた。

「坊主、無事か!?」

A級のサタラヤウだった。

彼のチームの四人が揃《そろ》って焦った表情をしている。

すでに死骸《しがい》となったフリプサイを見下ろして驚いた。

「え、フリプサイを倒したのか」

「え？　新人だったよな？」

「凄《すげ》え。こんなすぐに」

カイトとケビンは首を捻《ひね》った。

「あの……？」

「ああ、すまん。お前達がフリプサイに襲われたのを見て助けに来たんだが。必要なかったみたいだな。驚いた」

サタラヤウが顎を擦《こす》りながらしみじみと感心している。

他の仲間も驚愕《きょうがく》に目を丸くしていた。

A級チーム【サタラヤウ視点】

サタラヤウは前日の事もあり、新人冒険者に注目していた。

今日はトーチニの森へ行くと小耳に挟んだので、彼らの動向を探る事にしたのだ。

初めて行く場所の下調べを済ませているが、更に魔獣の復習をするという。慎重な姿勢に思わずサタラヤウの頬が緩む。

懐かしい。自分の新人時代を思い出して微笑ましく感じた。

トーチニの森はサタラヤウ達の本拠地、狩り場と言っていいほど馴染《なじ》みの深い場所だ。

離れた場所から観察しながら、仲間とついて行った。

幸いトーチニの森は鬱蒼としているので、二人がこちらを気にする様子はない。

剣士が見張りをして、子供がしゃがんで採取する姿を遠くから見守る。

　すると仲間の一人が不思議そうに言った。

「森に入ってすぐからあんなに採取しているが、そんなに対象物があったかな？」

「え？　俺は採取が苦手でよく分からんが、そうなのか？」

「もう既にたくさん採取している」

　後衛で魔法使いのヤンダは採取にも詳しいが、そのヤンダが首を捻っている。

　他の者もつられたように周囲を見回すが、これといっためぼしい物は見当たらない。

　その時、遠くで繁みが揺れた。

「お、お出ましだぞ」

　片手剣使いが面白がった。

　見えたのはウォンリーだ。

　新人冒険者でも倒せない事はない。サタラヤウ達は黙って見守る事にした。

　すると驚くべき事に、彼らは実にあっさりとウォンリーを倒してしまった。早すぎて何が起きたか分からないほどだ。

「え？　もう討伐したのか？」

「早くねえ？」

「早いな。いい腕といい連携をしている」

「土魔法を使ったようだ」

　魔法使いだから分かったのか、ヤンダが断言する。

「ウォンリーの足を土魔法で固めて動きを封じた。鮮やかな手際だな」

「やはり魔法を使うのか。あの子供の方だな？」

「そうだ。僅《わず》かな魔力で実に有効な手段を選んだ。子供なのに全く慌てなかった。怯《おび》える事もなく、冷静に対処した。いい魔法使いだ。話をしてみたくなったな」

「そうか」

　穏やかに話をしていたら、突然、それは現れた。

　サタラヤウ達は一気に緊張した。

「嘘《うそ》だろ!?　フリプサイッ？」

「何でこんな所に！」

サタラヤウ達は一斉に駆け出した。

フリプサイは新人冒険者には無理な魔獣だ。凶暴で獰猛《どうもう》。身体も大きく、冒険者ランクはAかBじゃないと討伐できない。

「クソッ、間に合え！」

サタラヤウは悪態をつく。

遠くから見守っていたのが仇《あだ》となった。仲間達も真っ青になりながら全速力で走る。

ヤンダが途中で足を止めた。遠くから魔法で牽制《けんせい》するつもりだろう。

他の三人は脇目も振らず急いだ。

しかしその必要はなかった。

今度もあの新人二人の冒険者は、あっさりと倒してしまったのだ。

「……………………え？」

サタラヤウは目を疑った。

フリプサイの大きな黒い身体が横倒しになっている。

その前に立つ子供の声が聞こえてくる。

「………プサイは内臓に薬効があるから素人が捌かない方がいい。専門の人に任せた方が高値になる」

声の主が剣士ではなく、子供の方だというのにも驚いた。

二人はサタラヤウ達の気配を感じて振り返ってきた。

「すまん。お前達がフリプサイに襲われたのを見て助けに来たんだが。必要なかったみたいだな。驚いた」

「あ。いえ……」

フリプサイの死骸を確かめたサタラヤウは、更に驚愕した。

「え？　眉間を一突きで仕留めたのか？　これだけ？」

「え？　だって毛皮を傷つけたら買取り価格が下が

るでしょ？」

「そうだが。フリプサイの討伐は初めてだろう？　よくそこまで考えて……そんな余裕があったな。凄《すご》い」

普通、フリプサイの討伐は冒険者も必死になるからそこまで考慮できない。死に物狂いで討伐する羽目になる。

終わってから気付くのだ。今回は毛皮の傷が少ないから高値がつきそうだと。それなのに……。

「ずぶ濡れだが水魔法を使ったのか？」

「うん。水が弱点でしょ？」

「そうだが、よく知っていたな」

しみじみと感心しているヤンダに、子供は不思議そうに首を傾げた。

「え？　図鑑に載っていたよ？」

「そうだが。よく勉強しているな」

「え？　普通でしょ？　下調べをするのは当然だよね？」

子供は同意を求めるように剣士を振り返り、剣士は軽く頷《うなず》いた。

そして尋ねてきた。

「ええと、質問していいですか？」

サタラヤウは「何だ？」と応じる。

「フリプサイを捌くには、冒険者ギルドに持って帰って専門の人に任せるんですか？」

「そうだな。状態が悪ければ自分達でやってしまうが、これだけの上物ならギルドに任せた方がいい」

「いつもどうして運んでいますか？　四人で持ち上げて？」

「ああ、違う。うちは魔法使いがいるから運んで貰《もら》うんだ。風魔法で浮かせてな。……確かに運搬は二人だと難しいな。手伝おうか？」

「ええと……」

剣士が何やら言《い》い淀《よど》んでいる間に、子供が答えた。

「ううん、大丈夫。ありがとう」

子供は風魔法を使ってフリプサイの濡れた身体を軽く乾かすと、地面から少し浮かせた。

ついでとばかりにウォンリーも同じように持ち上げる。

サタラヤウ達は度肝を抜かれた。

無詠唱……無詠唱だったよな⁉

三人の視線がヤンダに集中するが、ヤンダは絶句して青ざめている。

「親切にありがとうございました」

剣士が丁寧に挨拶《あいさつ》して、子供も軽く頭を下げて、その場を去って行った。

そこには茫然《ぼうぜん》としたA級冒険者チームが残された。

「これはギルマスに報告しなければ」

彼らもギルドに帰る事にした。

驚きすぎて、このあと仕事をする気になれなかったのだ。

ギルドの混乱【カイト視点】

その日ギルドは騒然となった。

新人冒険者がフリプサイを討伐したという。

嘘みたいな話だが、現物を持ち込まれたのを見て、疑いをかけた冒険者達は口を噤《つぐ》んだ。

クグンダもさすがに驚いた。

「フリプサイか……」

「森の奥にいるって聞いていたのに出て来たんだよ？　驚いた」

口を尖らせたカイトが拗《す》ねた子供みたいな口調で言う。

クグンダは苦笑した。

という事は、二人はイキがって森の奥に踏み込むという無謀な行為はしていないのだ。

「専門の者に解体を任せると手数料がかかるが、それは？」

「大丈夫。任せる」

「では買取り価格から手数料を引いておく。ウォンリーはどうする。ついでにこちらで処理してもいいか？」

「うん」

「解体には時間がかかるが、どうする？　また夕方に来るか？」

「とりあえず採取した物も出していい？　たくさん採れたから」

「ほう。どれどれ」

カイトが袋から出したのは、果実三種類と茸《きのこ》二種類。大振りの木の実一つだった。

「また短い時間でこんなに。この木の実はもしかしてタンチュ？　また珍しい物を」

クグンダが査定して、事務手続きもしてくれた。

これで昇級に必要なのは、討伐二件と採取二件になった。新規五件をクリアしたので、後の採取は以前採取した薬草と被《かぶ》っても構わない。

「なんかすぐに昇級できそうだね」

「そうだな」

カイトとケビンがにこやかに会話するのを、他の冒険者と職員が何とも言えない複雑な表情で見ていたのに、二人は気付かなかった。

◆

二人が出て行くのと入れ違うように、A級チームのサタラヤウ達が帰って来た。

真《ま》っ直《す》ぐクグンダの前に来て、ギルマスに会わせろと言う。

「どうした？」

「話がある。今すぐにだ」

クグンダは逆らわずに、ギルドマスターの執務室へチームを案内した。

大勢がぞろぞろと入って来たので、ギルマスが何事かと顔を上げる。

「一体、何者だ？　あの坊や達は」

「いきなり何だ」

「フリプサイを簡単に討伐した上に、無詠唱の魔法だぞ？　文句も言いたくなる！」

「無詠唱っ？」

ギルマスとサブギルマスが揃って声を上げたが、サタラヤウは頭をガシガシしながら声を荒らげた。

「あの子たちを監視していたんだ。突然フリプサイが出て来たが、俺達が助ける間もなく討伐しやがった！　実にあっさりと！」

「ええ？」

さすがにギルマスもクグンダも絶句する。

「しかもフリプサイの死骸を風魔法で持ち上げる時、無詠唱だったんだぞ？　ウォンリーの時もそうだ。勘違いじゃない」

「無詠唱……それは凄い。想像以上だ」

クグンダがふうと溜め息《たいき》を吐《つ》いて顎《あご》を擦る。

ギルマスも無言で腕を組んだ。

「ギルドで個人的な身元調査などしない。訳ありの者が多いからな。でも剣士の方は見ただけで貴族崩れだと分かる。幼い方は何も分かっていない。貴族でないのはほぼ確定。魔法使いだが、この町に来てからここで初歩の魔法指導を受けたんだ」

「何だとっ？　そんな筈《はず》はない！」

魔法使いのヤンダが仰天したが、クグンダが首を横に振った。

「俺がキットリに頼んだ。基礎を教えてくれと」

「冗談だろう？　習ったばかりだって言うのか？　無詠唱なのに？」

「まあ、ちゃんと習った事がなかっただけで、自己流で元々使っていたのかもしれない。何せ本当の実力を隠していそうだったと、キットリが言っていたからな」

サタラヤウが唸《うな》る。

「本当に何者なんだよ、あいつら」

「そういえば、採取した物を納品しなかったか？」

「したよ？　何かあったか？」

「何を納品したか訊《き》いていいか？」

あの子供は短時間で色々採取していた。何を採っていたのかヤンダは気になっていたのだ。

採取が得意なヤンダの問いに、クグンダが答える。

「え？　他の果物はまだしも……タンチュ？　タンチュがあったのか？」

「ああ。珍しい木の実だから俺も驚いた」

「タンチュを知っているのが単純に凄いぞ。マイナーなのに。本当に凄いな、あの坊や。採取も優秀なのか」

ヤンダまで喉《のど》の奥で唸り始めた。

サタラヤウと仲間達は直接、あの二人が討伐するのを目撃した。しかもA級という実力者達なので、あの二人の実力にも気付いた。

もう新人冒険者扱いなど出来ない。

「すぐにA級まで上がって来そうだ」

「そうだろうな」

「楽しみでもある」

「何かの依頼で同行出来ないかな？」

「さすがにそれは先の話だろう」

「面白い」

口々に話し出す仲間を見ていたサタラヤウは、クグンダに確認した。

「ケビンとカイトだったよな？」

「ああ」

「よし。確実に覚えた」

握手をして自己紹介もしたのに、サタラヤウは軽く流していた。

冒険者の数が多く、いちいち覚えていられないから流す癖がついてしまっているのだ。

でもあの二人は覚えた。

サタラヤウは微笑《ほほえ》んだ。物騒に見える顔で。

実技試験【カイト視点】

その後、真面目《まじめ》に頑張ったカイトとケビンは無事C級に昇級した。

CからBへの昇級条件は討伐十件と実技試験だった。

「実技試験？」

いつものように受付カウンターに来たカイトとケビンは、クグンダに尋ねた。

にこりと微笑んだクグンダが説明してくれる。

「ギルドの地下室で、試験官を前に実技を披露して貰う。剣士なら試験官が選んだ相手との模擬戦を。魔法使いなら魔法の実技を」

「模擬戦をして、試験官がB級に上げてもいいって判断したら合格なのか？」

「そうだ」

「それって基準が曖昧《あいまい》なような」

「曖昧だな。でも誰でも試験官になれる訳じゃない。試験官に選ばれるのはギルド職員にとっても名誉な事なんだ。不正をすると厳罰が下る」

「厳罰……」

「例えば個人的に気に入らない冒険者の試験官になったとして、私怨《しえん》で合否を捻じ曲げようとしたら即馘首《かくしゅ》だ。不正は出来ない。人の目があるからな。冒険者は模擬戦を見学するのが大好きなんだ」

「見学……」

「試験官が故意に合否を捻じ曲げようとしたら、見学している冒険者からおかしいと声が上がる。目の肥えた冒険者達は絶対に誤魔化せない。その場で糾弾が始まるだろう。最悪その場で袋叩《ふくろだた》きだ」

「はあ。分かりました。不正は不可能なんですね」

「そうだ」

ケビンは自分が、騎士団の中で平凡だったのを知っている。冒険者の基準はよく分からないから不安だ。

カイトはカイトで不安そうだ。

「魔法の実技ってどうやるの？」

「簡単に言えば的当《まと》てだ。近距離から遠距離まで、合計六個の的を用意する。それを魔法で当てて貰う。時間制限があるから要注意だぞ」

「的当て……」

「なに、普段、討伐しているんだ。同じようにやればいい」

「はあ……」

気の抜けた返事をするカイトとケビンを、クグンダは「きっと大丈夫だ」と励ます。

「いつやる？　討伐を先に済ませてからでもいいし、先に試験を終えてもいいぞ」

カイトとケビンは顔を見合わせた。

「相談してから決めます」

「了解。決めたら早めに教えてくれ。職員のシフトの都合があるからな」

「はい」


相談した結果、ギルド職員の都合のいい日にして貰う事にした。

討伐を進めながらでもいいかと思ったのだ。

そして指定された日の朝ギルドへ行くと、人で溢《あふ》れ返っていて驚いた。地下に入りきらない人達が階段や上の階まで詰まっている。

そこにはギルマスもA級サタラヤウのチームもいた。

暇なのだろうか？

この町に所属する冒険者のほとんどが詰めかけているのではないかと思われるほどの人混みだった。

「おはよう」

地下ではクグンダが既に待機していた。

他の職員の姿もある。

「おはようございます。凄い人……」

「まあ、いつも多いけど、今日は特に多いかな？　気にしないでくれ」

「はあ……」

「さて、どっちから始める？」

「じゃあ俺からで」

ケビンが言うと、クグンダは後ろを振り返って手招きした。

冒険者の人混みの中から、一人だけ前に出て来る。

「俺が相手をする。B級のザンだ。よろしく」

「よろしくお願いします」

クグンダから木剣を手渡されたので、ケビンは腰の剣を抜いてカイトに預けた。

始め！　の合図で討ち合いを始める。

騎士団時代を思い出したケビンは、剣を振りながら無意識に相手の力量を探っていた。

カン、カン、と乾いた音が何度か上がった後、いけると踏んだケビンが仕掛ける。

隙を突いて一瞬で距離を詰めたケビンの素早い動きに、相手は対応できなかった。

カラン……と木剣を取り落とす。

「そこまで！」

周囲からワッと声が上がり、カイトは盛大に拍手した。興奮して頰が紅潮している。

ケビンがクグンダに木剣を返すと、にっこりと笑って「文句なしの合格だ」と言われた。

ケビンは相手をしてくれたザンにお礼を言って、カイトの元へ行った。

「凄いね！　やったね！」

喜ぶカイトから剣を返して貰い「次はカイトの番だな」と呟《つぶや》いた。

「あ、そうだった」

すっかり忘れていたらしいカイトは、クグンダの前に行く。

すると素早く職員が動いて的を用意した。

近距離、中距離、遠距離、満遍なく六つの的がばらばらに置かれた。

「順番はカイトの好きにしていい。ただし五分以内に全部の的に当てること。それで合格になる」

「分かった」

「魔法は何を使う？」

「何がいいかな？　分かりやすい土魔法がいいかな？　礫《つぶて》の大きさの指定はある？」

「ない」

「分かった」

「ではいくぞ。準備はいいか？」

「うん」

「では開始！」

カイトは小声で詠唱しているフリをしながら、手のひらの上に六つの礫を作り出した。

それを左側から順番に、的に向かって飛ばしていく。ダンッ、ダンッ、ダンッといい音が響き渡った。

おおっ、という響《どよ》めきが地下に響き渡る。

職員の一人が的に向かって駆け出した。

全部の確認を終えた後、両手で大きく丸を作った。

「一分もかからないか。さすがだな。合格」

「ありがとう」

ケビンと合流したカイトは、クグンダの後について上階へ向かった。

受付カウンターで試験合格を記して貰う。

「後は討伐を五件こなせば昇級だ。頑張れよ」

「はいっ」

「あ、それとB級になったらチーム申請が出来るようになるぞ。どうする？」

「チーム申請？」

「個人で受けられる依頼は限られるから、ある程度強くなった冒険者は大体チームを組むんだ。商人の護衛や危険な依頼もある。チームなら役割分担が出来るし、安全度が増すからな」

カイトはケビンと視線で会話すると、申請する！と意気込んだ。

「だろうと思った。ちなみに有名になると指名依頼が来る場合もある。その時の報酬は跳ね上がるぞ」

「そんなに有名になるつもりはないから大丈夫だよ」

「ん？　そうか」

もう既にこの町では名が知れているが……とクグンダは言わなかった。

まだ早い時間だからトーチニの森へ向かうという二人を、クグンダは笑顔で見送った。

◆

その頃、地下ではギルマスとサタラヤウが腕を組みながら唸っていた。

「全部の的、ど真ん中。あれ詠唱していたか？　早口で詠唱するフリして無詠唱だっただろう？」

「そうみたいだな」

ギルマスもふんふん頷《うなず》きながら感心している。

「剣士の方も大した腕じゃないか」

「あれはどこかの騎士団にいたな。剣筋がそうだ」

「元貴族の坊ちゃんなら不思議じゃないが……」

「まあしかし。ニタカの事があって早めに冒険者達を牽制《けんせい》したのは結果的によかったな。あれがなかったら、もっとトラブルが増えていた。自分のチームに入らないかって勧誘されまくっていた」

「そうだろうな。でも二人ともチームに欲しくなる気持ちは分かる」

「あの三人組以外の揉《も》め事《ごと》がなかったのが不思議なくらいだ」

「サブギルマスが可愛がっているのもあるんじゃないのか？」

「あるかもな」

ギルマスも含めて、その場にいる全員が、彼らはここでB級に上がると信じて疑わなかった。

しかし数日後、それを覆されたのだ。

遭遇【ケビン視点】

カイトとケビンは順調に討伐をこなしていた。

その日も無事にギルドへ帰って来て納品し、宿屋に向かっている途中だった。

「ケビン?」

もうすぐ日が落ちるという夕方の時刻。

大通りで不意に呼びかけられて、ケビンは反射的に振り返った。

「ケビン、この町にいたのか」

嬉《うれ》しそうに微笑んで近付いて来たのは、貴族の身《み》形《なり》をした年配の男。馬車に乗り込む所だったようで、使用人と思われる男を従えていた。

ケビンの顔色がさっと変わった。

「ご無沙汰《ぶさた》しております。リビュー様」

カイトを背中に隠して、ケビンは軽く頭を下げる。

静かに男から距離を置こうとしたが、男は無遠慮にずかずかと近寄ると、いきなりケビンの腕を摑《つか》んできた。

「家の事は聞いた。放逐されたと。もうお前は貴族ではないのだな」

「はい……」

ケビンは抗《あらが》うが、貴族相手に剣を抜く訳にはいかない。相手を刺激しないよう、やんわりとその手を振り払おうと試みる。

しかし男の握力は強かった。逃がさないと目力を強くしていた。

「いきなり平民とは無情な父親だな。大変だったろう? 私の所へ来なさい。住《す》み処《か》も仕事も与えてやれるから」

「いえ、お気遣い無用ですので」

ケビンが後退《あとずさ》るが、男はしつこい。

「そう遠慮するな。知らない仲じゃない。騎士団の仲間だったろう? 頼ってくれていいから」

「いえっ……」

力尽くで引っ張られてケビンは引《ひ》き摺《ず》られる。馬車に連れ込むつもりかと焦った時、不意に解放されてよろめいた。

「うわっ？」

男は誰かに押されたように地面に尻餅《しりもち》をついていた。しかしケビンと男の間には誰もいない。

何が起こったのか分からない男はきょとんとしていたが、すぐに立ち上がると周囲をキョロキョロと見回した。しかし男を突き飛ばした者はいなかった。

従者が慌てて駆け寄って来た。

「大丈夫ですか」

「ああ。今のは何だ？」

ケビンはその隙を逃《のが》さなかった。

無言で背後のカイトと視線を合わせると、人混みに紛れるように駆け出した。

「あっ！　ケビン！」

男が追って来る気配がしたが、路地に入って何とか逃げ切った。

急いで宿屋へ戻り、部屋に籠《こ》もる。

ケビンは自分のベッドに座って頭を抱えた。

カイトが心配して隣に座ってくる。

お茶を淹《い》れてくれたので、ケビンはありがたく茶器を受け取った。

「さっき、風魔法で吹き飛ばしてくれたよな？　ありがとう」

「ううん。貴族だから遠慮したけど、ホントはもっと遠くまで飛ばしたかった！」

空に吹き飛ぶあの男を想像したら、少し笑えた。

ケビンは憤慨するカイトの手を宥《なだ》めるように握る。

「すまない。カイトをトラブルに巻き込むところだった」

「訊《き》いていい？　さっきの誰かって」

「ああ。騎士団時代の上官だ」

「ただの上官じゃないよね？　あのいやらしい目付

き」

「はは。さすがに気付くよな」

ケビンの美貌《びぼう》は男女を問わず惹《ひ》きつけた。

家に籠もっていた子供時代は何も知らなかったが、学校へ上がると時々変な目で見られるようになった。

仲良くなった友人トリヤが教えてくれた。男を恋愛対象にする男がいるのだと。ケビンの顔は魅力的だと。

あの粘っこい嫌な視線の意味を、それで知ったのだ。

そしてその視線は騎士団に入団して顕著になった。

将来、自立する為に騎士になると決めたが、失敗したかと危ぶんだ。

一般的にも男同士のカップルは珍しくないと聞いたが、色事に疎いケビンにはよく分からない。

騎士団は男所帯だから、そのせいもあるのだろうかと思った。

他の部隊には女性もいると聞いたが、第一騎士団にはいなかった。第一騎士団の勤務地は王城の中。文官にも使用人にも女性は多くいて、閉ざされた環境でもない。

上官と新人騎士という上下関係では、無理を強いる者もいたかもしれないが、ケビンの耳には入らなかった。

ケビンをいやらしい目で見ても直接言い寄る者がいなかったのは、伯爵家の嫡男だったからだ。

普通は次期当主だと思う。要は身分が守ってくれていた。

嫡男なのに騎士団に？　と不審がられても曖昧に微笑《ほほえ》んで濁していた。

ところが今はそれを失った。平民は貴族に弱い。いくら理不尽でも貴族に目をつけられると難儀する。

さっきの上官のように、平民になったケビンを囲い込もうとする。

甘い言葉につられてノコノコついて行けば何をされるか、分かりきっている。しかもあの男は既婚者だ。

ケビンが廃嫡後すぐに王都を飛び出したのは、それも理由にあった。

こうしてみると、すぐに王都を出たのは賢い選択だったようだ。

「王都の隣町は近すぎる。明日ここを発《た》とうと思う」

ケビンの決意に、カイトも大賛成した。

「うん、そうしよう！　B級に上がるのは余所《よそ》のギルドでも出来るから。あの貴族に見つかる前に逃げよう」

「すまない」

「ううん。僕の一番の心配事は、あの貴族の顔をまた見たら、今度こそ遠くまで飛ばしかねないってこと！　そうなったら相手は貴族、面倒くさい事になるもんね！　だから逃げるが勝ち！」

「ありがとうカイト」

「ううん。変なのに絡まれて災難だったね。これからは僕がケビンを守るからね！　チームメイトだから当然だね！　安心して守られてね！」

明るく励ましてくれるカイトのお陰で、沈みそうになっていたケビンの心は温かくほぐれた。

救われたのを感じる。

気付いたら握ったままのカイトの手に、ぎゅっと力を込めていた。

「カイト、本当にありがとう」

「ううん。こっちこそ、いつもありがとう」

二人で、荷造りをした。

宿屋の主人に挨拶《あいさつ》をしておく。

「旅立つのか。そうか。寂しくなるな」

すっかり馴染《なじ》みになっていたカイトとケビンの旅立ちに、主人も残念そうに肩を落としていた。

翌朝、宿を後にした。

ギルドにも寄って、クグンダにも挨拶しておく。

突然の別れにクグンダはとても驚いていた。理由を訊かれて、変な貴族に目をつけられたからと正直に答える。

貴族相手ではどうしようもないと分かるのだろう。

クグンダは残念そうにしながらも、笑顔で見送ってくれたのだった。

手紙【トリヤ視点】

ケビンからの手紙が自宅に届いた。

トリヤは急いで開封する。

そこには隣町で冒険者をしていたこと。

登録してすぐE級からD級、C級と昇級して、もうすぐB級に上がれそうだと書いてあった。

あの人と一緒だから、こんなに早く上がれた。

あの人は凄《すご》い。詳しく書かない方がいいだろうから、とにかく凄いとだけ記しておく。

当たり前だとトリヤは言うかもしれないな。

元上官とばったり遭遇してしまい、囲い込まれそうになったから、この町を離れる事にした。

辺境へ向かいながら昇級を目指す。

また折を見て手紙を書くよ。

あの人は元気だから心配するな。ではな。

トリヤはほうっと息をついた。元気にしているようで何よりだ。

貴族から平民に。それがどんな困難な道か、トリヤには分からない。突然、何も持たずに放り出されたら路頭に迷ってもおかしくない。

ケビンは何年も前から予測して計画を立てていたから何とかなったようだが……。

それでもトリヤは身震いする。

自分がもしそうなったらと思うと、とてもじゃないが冷静でいられない。

ケビンは本当に凄い。

彼とは初めて学校へ行った日。たまたま隣の席だったから話すようになった。お互い伯爵家の子息で、余計な気遣いが無用だったのもある。

伯爵家の次男として何不自由なく育ったトリヤは、ケビンのどこか遠慮がちな静かな佇《たたず》まいがとても不思議だった。

トリヤと違って嫡男だというのに偉ぶった所はないし、身分的に下の貴族子息や令嬢にも丁寧に接していた。トリヤの兄が昔から横暴だったから、余計に違和感を覚えたのかもしれない。

ケビンと親しくなって、長い期間友人としての付き合いが続いてから、家の事情を打ち明けてくれた。

トリヤはその時、ようやく腑《ふ》に落ちたのだ。だからケビンはこうなのかと。

いつも何かを諦《あきら》めているような瞳《ひとみ》は、微笑んでいても陰があって。

自信のなさそうな背中には哀愁が漂っていた。

でも今は、短い文面からでも楽しそうな気配が伝わってくる。

あの人のお陰だろう。

家族というしがらみから解放されたのは、ケビンにとってよかったのかもしれない。

トリヤは大切な手紙を失くさないように大事に仕舞った。

報告【タイラン視点】

トリヤは翌日、上司のタイランに報告した。

二人とも元気でやっていると。隣町から移動したようだと。

「そうか。元気なら何よりだ。しかしもうB級になると。冒険者というのはそんなに簡単なのか？」

「自分も経験がないのでよく分からないですけど、多分、違うと思います」

「だよな。おそらくカイト様の助力が凄いんだ」

「手紙にもそう書いてありましたよ。濁してはありましたが」

「そうだろうな」

タイランは腕を組む。

以前、宰相に願い出て国王と第一王子に奏上した。まだカイトが見付かる前の事だ。

聖女の力が弱いこと。

今のままでは瘴気《しょうき》の嵐に太刀打《たちう》ち出来ないこと。

きちんと訓練して魔法の練度を上げる必要があること。

他の魔法師を育てる必要もあること。

早急に対策を立てなければ取り返しのつかない事態になりかねないこと。

必死に訴えたが流された。

聖女の力が弱いと言うが何を根拠に言うのか。

聖女なのだから、そう心配しなくても瘴気を浄化できる筈《はず》だ。

他の魔法師を育てるのは当たり前。

お前の仕事だ。

新たな予算をつける必要はない。

国王と宰相に頭ごなしに叱責されて、タイランは食い下がる事なく退席した。

タイランもそう簡単に耳を傾けてくれるとは思っていなかった。

しかしあまりにも頑《かたく》なな態度に「この国大丈夫か？」と心の中で呟《つぶや》いてしまった。

百年に一度くると分かっている大災害。

その瘴気対策なのに。過去にどんなに酷《ひど》い災害だったか、どれほど犠牲者が出たのか知っている筈なのに……。

その対応を聖女一人に丸投げ？

正気か？

タイランの中で国への忠誠心が薄れたのも仕方のない事だろう。

ただ気になったのは第一王子だ。

彼は無言で聞いていた。

しっかりとタイランを見据えて、国王と宰相が二人がかりでタイランを罵《ののし》る横で、じっと何かを考えているようだった。

だからカイトの存在が明らかになった後、第一王子にだけは報告したのだ。

第一王子は食いついた。

「本当にそのような者が？」

「はい。カイト様こそ本物の聖人様です。私は確信しております」

「そうか。しかし陛下も宰相も第二王子も認めないだろう」

「承知しております。カイト様もそう仰《おっしゃ》っていました。今更、名乗り出ても偽者扱いされるだろうと」

「そうか。しかしそれが本当なら、随分マズい事になったな」

「ええ……」

やはり第一王子は聡明《そうめい》な方だ。

聖女は王宮で遊んで暮らしていると聞く。

第二王子に甘やかされて、たくさんの宝石と贅沢《ぜいたく》なドレスに身を包んで。魔法の鍛錬など全くせずに。

第一王子も聞いているのだろう。

しかし第二王子が囲ってしまい、国王や宰相ですら聖女には容易に近付けないという。

「聖女様に関わる予算は、どこから出ているのですか？」

半分、分かっていて尋ねたが、第一王子は顔を歪《ゆが》めた。

「瘴気予算だ」

「では大災害になった時、たくさんの被害が出ても支援はないのですね。その為の予算を使い込んでいるのですから。……民は見殺しですか」

「っ……」

第一王子の顔が更に歪み、後ろに立つ側近が睨《にら》んできた。

タイランはしれっと無視する。

「現状で出来る対策は、もう進言いたしました。私に出来る事は限られております」

「そうだが……しかし」

「国を栄えさせるのも滅ぼすのも王族の仕事。私は指示に従うだけ。納得いかないならここを去るまでです」

「なにっ？　魔法省長官がいなくなるのは困る！」

「私ではない、別の長官はおりますよ。副長官を昇進させればよいのです」

「それはっ、結局、優秀な魔法師を一人失うのに変わりない」

「そうですね」

タイランは薄っすらと微笑んだ。

不敬だと咎《とが》められても、もうどうでもよくなっていた。だから内密な会合なのをいいことに、言いたい放題だ。

「瘴気に呑《の》み込《こ》まれると分かっていながら、ここに残る馬鹿はいないでしょう。私は自分の命を優先します。カイト様を追いかけて、あの方の傍《そば》に参ります」

「く、そうか。命を優先。それほど危険なのか。そうなりかねないのか……」

王族は逃げたくても逃げられなくて大変ですね、とはさすがに口にしなかった。

苦しそうな表情の第一王子は、それでも何とか足《あ》掻《が》こうとしている。

「こんな重大事項を陛下に黙っておくわけにはいかない。お伝えする」

「信じて貰《もら》えなくてもですか？」

「ああ。いま国を動かしているのは陛下だ。私ではないからな」

「ご自分の立場が悪くなるかもしれませんよ？　心証を害するかも」

「そうだな。それでも黙ってはおけない」

第一王子は誠実な人柄なのだ。

自己保身に走るなら、タイランの進言を無視して国王に迎合する。玉座を望むなら、そっちの道を選ぶだろう。

しかしこの第一王子は違ったようだ。

民の事を考え、心を痛めてくれる。

タイランは密《ひそ》かに胸を熱くした。

大袈裟《おおげさ》かもしれないが、肩に伸《の》し掛《か》かっている重い荷物を半分、受け持ってくれたように感じたのだ。

僅《わず》かに残った王族への忠誠心が、じわりと動いたのを感じる。

「しかしこうなると、聖女召喚に賭《か》けた第二王子殿下の策略は成功したようなものですね。聖女様を囲い込んだ第二王子殿下の株は、以前よりも確実に上がりましたから」

「なんだとっ？」

黙っていられなかったのか、後ろの側近が怒鳴ってきたが、タイランはまたも無視する。

「とりあえず今のところは、ですが。国が滅んでしまえば玉座も何もありません」

「…………………」

第一王子と側近は黙り込んだ。

言いたい放題言ってすっきりしたタイランはクビを覚悟していたが、それはなかった。

しばらくして、また第一王子に呼び出された。沈痛な面持ちだった。

「陛下にお伝えしたが、現状は変えられなかった」

「でしょうね」

何を今更というタイランの口調に、第一王子は食い下がった。

「まるで話が通じなかった訳ではない。カイトとやらの存在には興味を引かれたようだった。しかしその存在を自分の目で確認している聖女と、していない聖人。宰相をはじめ他の者を納得させられない」

「そうですね」

「しかも聖女の事は公示してしまっている。偽者かもしれないとは、今更言えない」

「でしょうね」

「だから第二王子が聖女の後ろ盾なら、私が聖人の後ろ盾になると申し出た」

「は？」

タイランは度肝を抜かれた。まさかそうくるとは思っていなかった。

「陛下にはそう約束して頂けた。もしもの時の備えだと説得した。今は瘴気の気配もなく平和だが、いずれ兆しが現れるだろう。その時、私は聖人の為に動く」

「…………え？」

思いがけない言葉に、タイランの喉《のど》が震えた。

「私の進言が間違っていて、もしも聖女様が本物なら、あなたは第二王子殿下に玉座を奪われますよ？それでも私を信じると？」

「何を今更。信じるに決まっている。聖女の評判を聞いていないのか？　酷いものだぞ？」

「ええと、そうなのですか？」

「あれが聖女かと絶望していた。でもお前は違うと言う。少なくとも異世界から召喚した者がもう一人いる。そのカイトとやらと会ってみたい」

「それは叶《かな》いません。辺境へ向けて旅をしておられますので」

「今すぐの話ではない。だがいずれ会う事になるだろう」

「ええ。そうですね」

「必要な経費は国庫から出せないから私の個人的な資産を使う。陛下の許可を得た。内密にするという約束だ」

国王はそれほど馬鹿ではなかったという事か？

でもそれは……。

眉《まゆ》を顰《ひそ》めたタイランを見て、第一王子は唇を曲げて笑った。

「分かっている。私が損をしているように見えるのだろう？　でもそれが何だ。国が滅びれば王族だの王子だの意味がなくなる。そうならないよう最善を尽くすまでだ」

豪快に言い放った第一王子に、タイランは深く頭《こうべ》を下げた。

「あなたに忠誠を。先日からの無礼な態度をお許し下さい」

第一王子は快活に笑った。

「なんだ。ズケズケと言ってくるお前だから面白いのに。畏《かしこ》まらなくてよいぞ」

「ではそのように」

頭を上げたタイランは、しれっと元の態度に戻した。

眉間《みけん》に深い皺《しわ》を刻んでいた側近は、そのやりとりを見て深く溜《た》め息《いき》を吐《つ》いていた。

移動【カイト視点】

移動に二日かけたので、王都から大分離れた町に辿《たど》り着《つ》いた。

乗り合い馬車に乗って移動したのだが、カイトは子供みたいにはしゃいでいた。

たまたま同乗していた商人が微笑《ほほえ》まし気に見守っていて、話し掛けてきた。

「兄弟ですかな？」

思いがけない質問だったので、ケビンとカイトは目を丸くした。

「いえ、冒険者です」

「えっ、冒険者？」

商人の連れが驚いている。聞けば護衛任務中の冒険者らしい。

「驚いた。若いのに冒険者か。ランクはどのくらい？」

「Cですが、もうじきBに上がる予定です。そうしたらチームを組むつもりなんです」

「B？　凄《すご》いな、その年齢で」

カイトとケビンはにっこりと微笑んだ。

護衛任務や装備の事など質問していたら町に到着したので、笑顔で商人達と別れた。

商人に聞いたお勧めの宿屋に行き、三日分の予約を入れる。

「もうここまで来たら大丈夫だと思うから、討伐して昇級しよう」

「うん。それと前から気になっていたんだけど、ケビンの防具を揃えようよ」

「え？」

「これから討伐メインになっていくと思うんだ。辺境に近付くにつれて、きっと魔獣も強くなる。だからきちんとした防具を買おう。幸い、お金は結構稼げているから」

「そうか？」

「うん。ここの冒険者ギルドでいい店がないか尋ねてみよう」

「分かった。カイトの防具も必要だしな」

「あ、僕は小刀が欲しい。獲物を捌《さば》くのに使うやつ」

「じゃあ武器屋にも寄らないとな」


その日は移動疲れを癒やす為に早めに就寝して、翌朝、この町の冒険者ギルドに行ってみた。

ギルドは大体どこも同じようで、建物の雰囲気も中の騒々しさも、馴染《なじ》みのあるものだった。

受付カウンターへ行って、この町に近い狩り場を教えて貰う。

あと少しの討伐でB級に昇級すると伝えると、その職員にも「まだ若いのに」と驚かれた。

冒険者カードに『B級実技試験合格済み』と記してあるので感心された。

「ここから行ける狩り場は、平原は初級向き、森は中級向き、山は上級向きになっている。分かりやすいだろう？」

「はい」

「慣れるまでは無理せずに、平原から行ってもいい。討伐する魔獣の強さは昇級に関係ないからな」

「ありがとうございます。ちなみにどんな魔獣がどこに生息しているのか訊《き》いても？」

「ああ。それくらい容易《たやす》い事だ」

カイトは説明された魔獣の名称を口の中で繰り返しながら、一つ一つ確認している。

きっと脳裏には、図鑑に載っている情報と姿絵が浮かんでいるのだろう。

ケビンには到底真似《まね》できない。

カイトとケビンはとりあえず掲示板を見ておく事にした。

至急の依頼が幾つかあって、討伐の依頼はB級以上が対象なので受けられない。

採取の至急が二つあったので、それを受ける事にした。

カウンターへ戻ると、職員から忠告される。

「これは他にも何人か受けているから早い者勝ちになる。常時買取りの薬草だから買取れるが、至急の値段ではなくなる可能性がある」

「それは大丈夫」

「なら頑張れよ」

「うん」

ここのギルド職員も丁寧で優しい対応をしてくれるのを見て、ケビンはふと思った。

もしかしたらカイトだから可愛がられるのかもしれない。

幼い顔立ちに、人懐っこい笑顔。冒険者ギルドの職員の目には新鮮に映るだろう。

何せ普段見慣れている冒険者はごつくて人相も悪いのが多い。カイトのような若者は、我が子や弟のように思えるかもしれない。

ケビン一人だったらどうなっていただろう？

顔につられた元上官のような好色男に絡まれたり、変に突っかかられて揉め事《もごと》に巻き込まれたり……そんなトラブルを想像してしまって、ケビンは頭を振った。

無理矢理いやな想像を消し去る。

カイトは隣で掲示板を見上げながらブツブツ呟《つぶや》いていた。

「至急の薬草を狙いながら、討伐も狙う。この二つの薬草は草原、森、山のどこにも生えているらしい。他の冒険者も探しているなら、平原はライバルが多いから却下。山は魔獣が強いから却下。となると森しかないね？」

「ああ。そこに行こう」

「今日は昼食も持って来ているから、ゆっくりと採取してもいいね。他にもめぼしい物があるかもしれないし」

「討伐次第だな」

今朝《けさ》、食事をしていたら、宿屋の主人に昼の軽食の用意をどうすると訊かれた。

頼めば用意して貰えるのかと確認すると、そうだと返された。

『お願いします。二人分』

『了解。早めに言ってくれると助かる』

『明日からそうします』

だから今日は鞄《かばん》に昼食が入っている。パンに肉や野菜を挟んだ軽食だ。

カイトはサンドイッチと呼んでいるが、カイトの顎《あご》には手強《てごわ》いらしい。こっちのパンは硬すぎると、いつも文句を言っている。

「王城は贅沢品《ぜいたくひん》も使い放題だったからパンを柔らかく出来たけど、市井は難しい。安い食材で何とかならないかな……」

パンを食べる度に文句を言うカイトに、ケビンはくすくす笑った。

B級

結局、その日一日で至急の採取と討伐を終えて、B級に昇級した。

至急の薬草は他の冒険者よりも早く納品できたので買取り価格は割高だった。

次の日、武器屋と防具屋に行ってみた。

武器はカイトの小刀だけだったので先に行って購入し、防具屋で吟味する。

「辺境に向かうんなら、きちんとした装備が必要だな」

防具屋の店主にも言われたが、どんな物がいいのか、二人ともよく分からない。

今のケビンは、肩から胸にかけて覆っているだけの胸甲《きょうこう》を着ている。

ケビンは前衛なので、もう少し重厚で腹まで覆う物がいいかもしれないが、甲冑《かっちゅう》は動きにくいから厭《いや》だとケビンは言う。

「そうなると皮鎧《かわよろい》になるが……」

皮鎧を選ぶ冒険者が多いのだろう。たくさん種類があって困ってしまった。

胸甲と肘当《ひじあ》てだけの物だったり、上半身を全て覆う物だったり、パーツごとに分かれて繋《つな》げてある物だったり。

店主に勧められて色々試着してみたものの、これといった物はなかった。

ケビンはゆっくり考えると言い、今回の購入を見合わせた。

でも二人ともブーツを新調する事にした。

これまでケビンはふくらはぎ、カイトは足首までのブーツだったが、膝上《ひざうえ》まである方が繁《しげ》みに入っても怪我《けが》をしにくいと気付いたからだ。

特にカイトは採取で膝《ひざ》をつく事が多い。

二人とも迷わず購入して、その場で膝上ブーツに履き替えた。

「ありがとう！　ぴったりのサイズがあってよかった！」

喜ぶカイトに店主は目尻《めじり》を下げて、素材の話をしてくれた。

「防具にこだわるなら、自分で素材を採って来てもいいぞ。加工はどこの防具屋でもしているからな」

「ちなみに何が人気なの？」

「トロードの鱗《うろこ》だな。中型の魔獣だが背中に大きな鱗が四つある。熱を加えるとよく曲がる鱗だから加工はしやすいが、討伐では剣を弾《はじ》かれてしまうから難しいんだ。A級指定の魔獣だ」

魔獣にもランクづけされているのを、カイトとケビンは先ほど知ったばかりだ。

次のA級に上がる条件は、A級指定の魔獣を二十頭討伐すること。

同じ種類が被《かぶ》っても構わない。カイトとケビンの二人それぞれだから四十頭ほど討伐しなくてはならない。

さすがにA級への昇級条件は難しい。

流石《さすが》にすんなりとは昇級できそうにない。時間がかかりそうだ。

「トロードはこの辺に生息している？」

「山にはいるかもしれないが、あまり聞かないな。他のA級ならいるが」

「トロード以外は何が防具に使える？」

「リーアントの毛皮とバッファの鱗、タミユの毛皮辺りか。でもやっぱりトロードが一番だな」

「分かった。教えてくれてありがとう！」

「どういたしまして」

翌日にこの町を発《た》つ予定だったので、その後、A級の魔獣を狙って山へ行ってみた。

たまたま遭遇した他の冒険者達にぎょっとされて、無理するなと忠告されたが、B級だと告げると驚かれた。

「本当に？　まだ子供なのに」

「子供じゃないよ。十四歳」

ギルドや宿屋や食堂などで何度も言われているので、カイトも慣れたものだ。ムキにならずにあっさりしている。

「十四歳でも凄いな。大したもんだ」

おじさん冒険者チームは親切な人達だったようで、にこやかな笑顔をカイトに向けると「気を付けるんだぞ」と念押しした。

彼らは慣れた足取りでずんずんと山を登って行ったが、カイトとケビンは麓《ふもと》をウロウロしてみた。

目に付く物を採取していると、獣の気配がする。現れた魔獣を討伐して水辺で捌く。それを繰り返してギルドに戻った。

今日、討伐したのはカフォルという魔獣で、爪の長い大きな鼠《ねずみ》のような姿をしていた。素早くて凶暴でA級指定されている。

昨日も担当してくれたギルド職員は、もうA級魔獣を討伐したのかと驚いていた。

「しかも三頭も。カフォルに襲われる旅人が多いんだ。助かるよ」

採取した物を納品して、買取りされなかった果物は宿に持ち帰った。

夕食後にデザートとして食べながら、カイトと今後の打ち合わせをする。

「まずまずの成果だったね」

「ああ」

カイトは生き物図鑑を広げて、防具屋で聞いた魔獣を調べている。

「トロードが多く生息する地域は辺境に近いみたい。B級になれたし、出来るだけ近くまで行って狙おうか」

「トロードにこだわらなくてもいいんだぞ」

「どうせ辺境に向かうんだから、ついでだよ」

「それもそうだな」

「辺境に入る前にA級に上がっておきたいね。思っていたより早く行けそう」

季節はまだ夏。

晩秋までに辺境入りしたかったので、よほどの問題でもなければ計画通り行けそうだ。

「カイトのお陰だよ。俺ひとりだと、ここまですんなりいかなかった」

「お互いさまでしょ？　僕もケビンがいてくれて助かっているもん」

にこやかに談笑して、その日も早めに就寝した。


乗り合い馬車に乗り、次の町へ向かう。

穏やかな旅は続き、徐々に辺境へ近付いて行った。

移動疲れした時は宿屋で連泊して、その町で討伐に勤《いそ》しむ。

着々と成果を上げて、討伐件数も増やしていった。

辺境の一つ手前の町に到着したのは夏の終わり頃。

そこでトロードが多く生息する地域が南にあると聞いて、ちょっと寄り道する事にしたのだ。

ナナリーという町

そのナナリーという町は他の地域より寂れていた。絵に描いたようなド田舎《いなか》で、町全体が小さく纏《まと》まっている。

宿屋も一軒しかなく、いつも空室があるようだった。

冒険者ギルドへ行ってみると、そこも閑散としている。いつもこんな状態のようだ。

それなのに掲示板には至急の依頼がたくさん貼り出されていた。

ギルド職員に尋ねる。

「何でこんなに至急が多いの？」

「うん？　そもそも冒険者が少ない上に、毎年、容赦なく冬はやってくるからだ。前もって備えとかないとこんな田舎では苦労する」

「……なるほど」

「あ、支払いの心配はないぞ？　ギルド本部から支援金が出ているから」

「僕達はトロードを狙ってここに来たんだけど、どんな感じ？　獲れる？」

「トロード？　また大物狙いだな。たまに坊主達みたいに流れの冒険者が討伐するが、そんなに獲れないぞ。A級魔獣だしな。そんな腕のいい冒険者は都会へ行ってしまう」

「そうか。でも生息しているんだよね？」

「ああ。山の麓の森なら遭遇する確率は上がるだろう。トロードが獲れたら幾らでも買取るから納品してくれ」

「念の為の確認だけど、トロードは鱗と皮と肉も買取り対象？」

「ああ。一番高価なのは鱗だが、皮も加工しやすくて人気がある。肉も美味《うま》いぞ。中型だからそんなに量がないのが残念なくらいだ」

「そっか。僕達の防具の分が確保できたら納品するつもりだけど。ここの防具屋さんは加工してくれる？」

「あー……それは辺境の手前の町まで戻った方がいいかもしれん。ここの防具屋が悪いという訳じゃないが、腕のいい職人はそっちの方が多いから」

カイトはゆるりと微笑《ほほえ》んだ。

「正直にありがとう。出来るだけ至急の物を優先して狙ってみるよ。頑張るね！」

「ああ。ありがとうよ」

ケビンは隣でそのやり取りを見ていたが、幼く見えるカイトはいつものように侮られているようだと感じた。

カイトも自分がB級だとわざわざ言わなかった。討伐すれば分かる事だからだ。

カイトとケビンはこの町の地図と狩り場、至急依頼の出ている討伐と採取の物、ここらに生息している魔獣の種類を頭に叩《たた》き込《こ》んだ。

最初は、本当に急いでいると思われる至急の薬草から採りに行く事にした。

「薬草が品薄なのはヤバいからね」

カイトの意見にケビンも同意する。

これまでに何度か小さな傷を負った。

薬を持参していたからすぐに対処できたが、一度は熱が出てカイトを心配させて看病までさせてしまった。

小さな傷だから大丈夫だと勝手に判断したケビンの失敗だ。

それ以来、どんな小さな傷でも報告するとカイトに約束した。

そして薬の重要性を再認識したのだ。

◆

いつも暇なギルド職員は、隣で丁寧に説明している先輩職員を横目で見ながら、どうせ説明しても無駄になるのにと心の中で呆《あき》れていた。

こんな小さな田舎町に珍しい冒険者がやって来

た。

防具を仕立てるのにトロードを狙っているのだという。

若いのに凄《すご》いというか無謀というか……。

腕のない若い冒険者が、格上の魔獣に挑むのはよくある話だ。

無謀だが冒険者は自己責任。何があっても……最悪、死んでも仕方ないのだ。

隣の受付で熱心に話している冒険者二人組をちらちらと盗み見る。

子供みたいな幼い顔立ちの少年と、貴族みたいな綺麗な顔立ちの青年。

どういう関係なのか、兄弟かもしれないが、どちらも若くて経験が浅そうだ。

装備がくたびれていない。使い込まれていないから分かる。

それなのに狙っているトロードはA級指定の討伐の難しい魔獣。

たった二人でどう攻略するつもりなのか。剣は効かないのに。

あ〜あ。死体の処理とか嫌だなぁ。やりたくない。

身の丈に合った依頼で満足しとけよ。こっちに迷惑かけんな！

内心で悪態を吐《つ》きまくっていたギルド職員は、翌日、自分が間違っていたと知って蒼白《そうはく》になった。

トロード【ケビン視点】

この町に到着したのが昼だったので、宿を取り、ギルドに顔を出したら夕方になった。

その日はゆっくりする事にした。

情報収集も兼ねて宿屋の主人と世間話をする。

大体、冒険者ギルドで仕入れた情報と同じだった。

ここは街道から大きく外れているので、あまり冒険者が立ち寄らないらしい。トロード狙いの冒険者がたまにやって来るくらいだという。

「依頼を独り占めしても怒られないかな?」

「遠慮なんて不要だ! 冒険者なんだから早い者勝ちだ!」

「そうだよね?」

元冒険者だという宿の主人は、豪快にワッハッハと笑った。

カイトが冗談を言ったと思ったらしい。

本気なんだが、とケビンは言わなかった。

それからこの町がいかに不便か、冬は大変かという愚痴になり、カイトとケビンは聞き役に徹した。

冬は閉ざされてしまう辺境が大変なのは有名だが、そこに近い町も冬を乗り切るには準備が必要だと。備蓄が大切だ、雪を舐《な》めちゃ駄目だと、繰り返し聞かされた。

ほとんど大雪を知らないケビンはそういうものかと漠然と思っただけだったが、カイトは何か考えていそうな表情をしていた。

後で聞いたら、カイトも病院の中にずっといたので大雪に困った経験はないという。

でも向こうの世界は情報が伝わるのが早かったので、他の地域で犠牲者が出たり、家が潰《つぶ》された映像などを見てきたらしい。

「雪が降り積もれば人の往来がなくなる。流通が止まっても大丈夫なように、余裕をもって備蓄するんだね。保存食も各家庭で用意しなきゃいけない。春が来るまでの備蓄って物凄《ものすご》い量になるね。家族が多い家は大変だ」

「そうだな」

「辺境は更に魔獣の脅威もあるんでしょう？　凄い過酷な地域だよね」

「ああ」

魔獣の脅威と隣国からの侵略を阻止しているから、辺境伯の地位は高い。

隣国と境を接する領地は他にもあるが、西端にある隣国は厄介だった。

とても大きな国で、間に険しい山脈があるにも拘《かか》わらず、何度か侵略戦争を仕掛けられて来た。

この数十年は静かだが、辺境伯の役割は大きかった。

だからその地位は伯爵家よりも上だ。

血統によっては侯爵家よりも上と見做《みな》される場合もある。

母はそんな過酷な環境で生まれ育ったのだ。晩年の病床の姿しか覚えていないケビンは、青白い顔の母が辺境育ちというのに違和感しかなかった。

翌日から本格的に活動した。

朝から山の麓へ行き、まず採取から始める。

ここは標高の高い山ばかりがずっと続いていて山脈になっている。辺境までずっと山しかない。

人が踏み固めた跡を追いかけるように進んでいると、すぐに薬草は見付かった。

「田舎へ行くほど効能の凄い薬草が多い。最初のプチナなんて王都に近い場所にしか需要ないよ。ここじゃ気安めにしかならない」

旅が進む度に、常備する薬の種類も変えてきた。今、常備している鎮痛剤はニョッモだ。至急で依頼も出ていた。

そそくさと採取し、少し奥へ踏み入る。別の薬草探しの最中、魔獣が現れた。

「う〜ん、メンランドか。残念」

以前、討伐した事のある魔獣でA級指定でもなかったが、肉が干し肉に加工出来るので討伐しておく。

水辺で捌《さば》いている最中、別の魔獣が現れた。

「これもトロードじゃない。でも使い道があるから討伐するよ」

「了解」

さくさくと倒して捌いて荷物が多くなったので、一旦《いったん》ギルドへ戻る事にした。

冒険者ギルドでは大層驚かれた。

「え、もう？　討伐も？」

「とりあえず至急の薬草からね。はいニョッモ。十束ね」

「十束？　いきなり凄いな」

驚くギルド職員に、カイトは怪訝《けげん》そうに眉《まゆ》を寄せる。

「それからメンランドとリュベン。これらは至急じゃないけど肉は買取り対象だったよね？」

「ああ、ちょっと待ってくれ」

我に返った職員が事務手続きを進めている最中、ケビンは隣の窓口の男がこちらを凝視しているのに気付いた。

目が合うと気まずそうに逸《そ》らされたが、何か用なのか？

不審に思ったが口には出さず、処理が終わるのを大人《おとな》しく待った。

事務手続きが終わった時、ちょうど昼前だったので腹ごしらえをしてから山へ戻る。

夕方まで粘って採取を続けていたら、日が暮れる直前、ようやくトロードが現れてくれた。

「やった！　ケビン、狙い所は眉間《みけん》ね！　土魔法と風魔法で足止めするよ！」

「了解！」

あらかじめ打ち合わせ済みだったし、大体このパターンで討伐してきたので、もう慣れたものだ。

トロードは鱗《うろこ》部分に剣が効かないからA級指定されているが、強い攻撃をしてこないので比較的楽な魔獣だ。眉間にはちゃんと剣が刺さる。

カイトの魔法の足止めが効果的で、あっさりと討伐できた。

「もう暗くなるし、このまま持って帰るか」

「そうだね。捌くのはギルドでもいいよね」

カイトとケビンはようやくトロードを討伐できたので、ほくほく顔で帰った。

冒険者ギルドでまたも驚かれて、遠巻きにされた。

鱗と皮は防具の加工用として手元に残すので、肉だけ納品しておいた。

美味《おい》しいと聞いていたので自分達で食べてもよかったが、ギルドの解体室で解体するのを大人数で見られて、何も納品せずに帰れない空気になってしまっていた。

「また討伐すればいいよ」

「そうだな」

あっさり話す二人を、他の冒険者やギルド職員が何とも言えない表情で見詰めていたが、カイトとケビンの視界には入っていなかった。

尾行

翌朝、ギルドに顔を出したらやけに注目された。

でもカイトとケビンはそういう視線にもう慣れているので、さくっと無視して真《ま》っ直《す》ぐ掲示板の前に行く。

「昨日、納品した幾つかの薬草は至急じゃなくなったね。でもまだあるよ。今日はそれを狙いつつ、トロード狙いで行こうか」

「そうだな」

装備を新調するのはケビンとカイトの両方だ。

後衛のカイトには過ぎた防具かもしれないが、辺境では何があるか分からない。

どうせ仕立てるなら一緒にしようと、話し合って決めたのだ。討伐したトロードはまだ一頭。全然足りない。

カイトとケビンは昨日担当してくれた職員に、目だけで挨拶《あいさつ》してギルドを出た。


真っ直ぐ山へ向かったが、何人かの冒険者チームが距離を置いてついて来た。

「何だろうね？」

「何だろうな？」

カイトとケビンは囁《ささや》き合いながらも、自分達の目的に集中する。

彼らは一定の距離を置いていて、採取の為にカイトが立ち止まっても近付いては来なかった。最低限のマナーは心得ているらしい。

というか、もしかして。

ケビンは眉を顰《ひそ》めた。

「横取りするつもりかな？」

えっ？　とカイトが驚く。

「討伐した獲物を横取り？　あ、もしかして僕達が若僧だから？」

「脅したらいけると踏んだのかもしれないな。こっちをやけに気にしているのは確かだ」

「人間が襲って来たらどうするの？　ギルドに報告

しなきゃいけないよね？　トラブル禁止って言ってたもんね」

「面倒だな。やっつけてギルドまで連行しなきゃならない。自分の足で歩ける程度に痛めつけるか？」

「ホント面倒」

とりあえず無視して採取を進める。

昨日よりも奥へ踏み入ると、斜面を登っている最中に魔獣が現れた。足場が悪かったのでカイトの魔法任せになってしまったが、風魔法を駆使して難なく討伐する。

遠くの方で、おおっという声が聞こえたが、無視して獲物を確保した。

「昨日もやったメンランドか。とりあえず水場を探して捌いておく？」

「そうだな」

後ろからついて来る連中がウザかったので、さっさとその場を立ち去った。

密集していた樹木で上手く隠れたようで、そこから連中の姿は見えなくなった。

無言で歩き続けて、川を見付けた。

しゃがんで獲物を捌きながら、カイトとケビンは小声で愚痴る。

「消えてくれてよかった。人間相手のトラブルは面倒くさい」

「そうだな。ここはほとんど地元の冒険者ばかりだから、揉《も》めたらこっちが出て行く羽目になるだろう」

「え？　あっちが悪い事をしても？」

カイトは驚いたが、ケビンは苦い顔で笑っていた。

「人の少ない集落だと、冒険者を頼る機会は多いと思う。特に過酷な冬がある地域だし。……だからこの冒険者は多少のズルをしても、ギルドが目を瞑《つぶ》っている可能性がある」

「え～？　ずるい。余所者《よそもの》の冒険者の獲物を横取りとか？」

「考え過ぎかもしれないが、あの尾行はちょっとな。厭《いや》な感じだった」

「うん。気持ち悪かったよね」

捌くのを終えて周囲を見回すと、川辺に薬草が幾つか生えていた。

「ええと、これはフブキナと。おうっ？　トマッカだ！」

カイトが目を輝かせて根から採取しているが、ケビンはトマッカが何なのか分からない。

カイトの反応から察するに、珍しくて貴重な物だろう。

いちいち尋ねずに、ケビンは黙って周囲を警戒した。

その日の成果は至急の薬草が幾つかとトマッカ、A級ではない魔獣三頭だった。

「すんなりトロードは出て来てくれないねぇ」

「そうだな。まあ焦らなくても大丈夫だ」

「最悪、僕の分はなくてもいいけど、ケビンの分は仕立てないと。預けてから出来上がるまでの時間も要《い》るし、先にケビンの分だけでも注文しとく？」

「えっと、一週間は様子を見てもいいんじゃないか？　それで獲れなかったら、また考えれば」

「そうだね。まだ二日だもんね」

相談しながらギルドへ戻ると、揉め事が起きていた。

騒動

ギルドの部屋の奥まった場所で、すらりとした男性二人を取り囲んで何やら騒ぎが起きている。

壁を背に立っているのはたったの二人。冒険者らしい服装で、今この町に着いたばかりといった雰囲気だ。

対して彼らを取り囲むようにして罵声《ばせい》を浴びせているのは、地元の冒険者らしい。凄《すさ》まじい剣幕で、怒号と罵声を浴びせている。

「だから！　余所者に何でそんな事を言われなきゃならねえんだ！」

「ここは俺達の町だ！」

「あんたらには関係ねえ！」

「すっこんでろ！　若僧！」

入口で立ち尽くしてしまったカイトとケビンは、顔見知りになった職員を探した。

彼はいつもの受付にいたが、心配そうに騒ぎを見守っている。二人はそこへ歩み寄った。

「何事ですか？」

「ええと、その……」

「言いにくい事ですか？」

「まあ、その。あまりよくない事なので」

「納品は後にした方がいいですか？」

「あ、承ります」

「お願いします」

騒ぎの原因は気になったが、カイトとケビンは関係なさそうなので、事務手続きを進めて貰《もら》った。

ギルド職員は喧嘩《けんか》の行く末が気になるようで、ちらちらとそちらに視線を飛ばしていたが、トマッカを見て怪訝そうな表情になった。

「これは……？」

「トマッカ」

「えっ？　トマッカ？」

それは根ごと採取したので一見するとキノコのように見えるが、カイトいわく植物らしい。効能が物凄い薬草で、滅多に発見されない貴重な物だという。

ギルド職員の驚きっぷりに、カイトはにんまりと笑った。

「凄《すご》いよね？　トマッカ見付けたんだよ？」

「本物ですか？　いや、じっくり見ます。少しお待ち下さい」

職員は机の引き出しから本を取り出して、実物と詳細図を比べている。

騒然としていた騒ぎも、職員の声が聞こえた後ろの方から人々が振り返って来た。

「トマッカ？」

「トマッカって言ったか？」

「嘘《うそ》だろ？」

「いや、まさか」

ざわめきが広がっていき、いつの間にかしんと静まり返っていた。

すると奥にいた二人組が、人を掻《か》き分けてこちらへやって来た。

「トマッカを見付けたのか？　坊主」

会話で判断したらしく、男は最初からカイトに視線を定めていた。

男は一見すると凡庸に見える顔立ちをしていたが、ケビンは男から感じる威圧感に目を瞠《みは》った。

細身だが鍛え上げられているのが分かる。強者《つわもの》の気配を肌で感じ取り、何者だと注視した。

「うん。ラッキーだよね？」

カイトはいつもと変わらない態度で和やかに答えている。

男はふっと口元を緩めると、カイトの頭をくしゃりと撫《な》でた。

そしてギルド職員に向かって手を伸ばした。

「見せてみろ。俺は前に見た事があるから」

「はい」

驚いた事に、ギルド職員は素直に男にトマッカを手渡した。

カイトとケビンが目を丸くしていると、男はうんうんと頷《うなず》いた。

「本物のトマッカだ。凄いぞ、坊主」

「ありがとう！」

「納品してくれるのか？」

「うん。僕が持っていても上手に薬に出来ないからね」

「ありがとう。買取り価格は……そうだな。金貨一枚でいいか？」

男は隣に立つ連れの男に尋ねた。

もう一人の男は少し考えた後、大きく頷く。

「ああ。そのくらいが相場だな」

「「金貨一枚!!」」

後ろの冒険者たちから驚きの声が上がる。まるで悲鳴のようだった。

ケビンは喉《のど》の奥で低く唸《うな》る。

この植物が金貨一枚。凄い……。

「坊主、名は？」

「カイト」

「え？　ああ、君がカイトか。冒険者になったばかりなのに凄い勢いで昇級しているという。聞いていたより幼いな」

「え？」

愕然《がくぜん》としてケビンは反射的にカイトの腕を摑《つか》んだ。

カイトも一瞬で笑顔を消して、すぐに逃げられる態勢を取る。

カイトもケビンも見覚えのない男が、こちらを知っている。一気に警戒レベルがマックスになったのは当然の反応だった。

そんな二人の緊張などものともせず、男は軽くあしらうように笑いながら手を振った。

「ああ、俺は今日からここに赴任して来たギルドマスターだ。隣のこいつはサブギルマス。本部からの異動なんで、お前たちの情報も知っていたという訳だ」

「ギルマス？」

「よろしくな、カイト。……と連れの？」

「ケビンです。よろしく」

「よろしくケビン。うん。覚えた」

ギルマスはロクミグ、サブギルマスはハサチュと名乗った。

そのように手続きをと職員に指示したギルマスは、くるりと振り返って冒険者たちに告げた。

「ともかく俺が来たからには、これまでのような不正は許さない。肝に銘じておくんだな」

「余所者が！」

「何が不正だ！」

収まっていた怒号が復活する。

カイトは思わず目の前の人に尋ねた。

「不正って、これまで不正があったの？」

「ああ」

カイトはケビンを振り返る。

目と目で会話する二人を見て、ギルマスは顔を顰めた。

「何をされた？」

「ううん。まだ……というか未遂？　今日つけ回されて厭な感じがしただけ」

「つけ回された？」

「うん。一定の距離を置いてついて来たんだ。複数のチームが。だから獲物の横取りを狙っているのかなって話していたんだ。僕らは若僧だから」

「なに？」

ギルマスが不穏な気配を滲《にじ》ませて、周囲を睥睨《へいげい》する。

冒険者の中で顔を逸《そ》らしたのは、思い当たるふしのある連中だ。

「でも僕らは未遂だから問題なし。でも他に被害に遭った人がいたんだね？」

「そうだ。前任のギルマスが訴えを握《にぎ》り潰《つぶ》していた。隣町のギルドで複数訴えが出て明るみになった。問《と》い質《ただ》せば、かなり以前から繰り返されて来たと言うから悪質だ」

「ええ～？」

「この町で育った若者がみんな出て行く訳だ。頑張っても上前をはねられてはな。余所で頑張って仕送りした方が稼げる」

「うわ～酷《ひど》いね。若い子から奪ったの？　かわいそう」

悪気ないカイトの素直な感想に、地元冒険者たちの結構な人数が気まずげに俯《うつむ》いた。

直接関与しなくても、見て見ぬ振りをしてきた者もいるのだろう。

「町が廃《すた》れるには理由があるんだねぇ」

無邪気なカイトが駄目押しする。

ギルマスは苦笑しながら最後通告した。

「これからも変わらないようだったら、この町からギルドは撤退する。本部の意向だ」

「え？」

「撤退だと!?」

ざわっとなった地元冒険者たちは、それは困るのか青い顔になった。

「流れの冒険者がここに寄りつかないのは、噂《うわさ》になっているからだ。この町では地元冒険者に絡まれて獲物を奪われる。ギルドに訴えても何もしてくれないと」

「そんな……」

「これが最後のチャンスだ。この町の長の親戚《しんせき》だろうが息子《むすこ》だろうが、今度発覚したら容赦なく処分する。言っておくが余所のギルドでは当たり前だからな？　分かったな！」

「………………」

地元冒険者たちは大人《おとな》しくなり、やがて徐々に散って行った。

ギルマスとサブギルマスは受付奥の扉を開き、姿を消す。

カイトはトマッカを含めた今日の成果を納品してご機嫌だ。

事務手続きが終わったのでケビンと共に宿屋に戻

る。

「凄い迫力のギルマスさんだったね」

「そうだな。元冒険者だろうな。もしかしたらS級かも」

「S級？　初めて見た」

「違うかも知れない……A級かもしれないが。不正のあったギルドに乗り込んで来るんだ。本部でも偉い人なんだろうな」

「僕たちのことを知っていたしね」

「ああ。一瞬ヒヤッとした」

「僕も逃げなきゃ！　と焦った」

笑い話になったが、あの瞬間は本当に肝が冷えたのだ。

「でもよかったね。明日からはきっと、つきまとわれないよ」

「だといいが。トマッカを見付けたから、明日から冒険者が山に殺到するんじゃないか？　ニタカの時のように」

「あり得る。どうしよう。トロードを討伐しないといけないのに」

「少し足を伸ばして別の山の麓《ふもと》を探索してみるか？」

「そうしようか」

軽く相談して、その日は就寝した。

宿屋の主人がギルドの騒動を聞きつけて暴れたと聞いたのは、翌朝になってからだった。

宿屋の主人

朝食を摂る為に食堂へおりたら、宿の主人に頭を下げられて、カイトとケビンは面食らった。

「すまない」

「え？　どうしました？」

「昨夜、聞いたんだ。地元の冒険者が迷惑かけたそうだな。旅の人に……こんな辺鄙《へんぴ》な田舎《いなか》に来てくれた人に迷惑かけるなんて。しかもこんな若い冒険者に……あいつら……」

苦渋の表情をした宿の主人は強く拳《こぶし》を握っている。

カイトは宥《なだ》めるように言った。

「えっと、迷惑って言っても尾行されたくらいで。いつの間にか消えていたし。ちょっとウザかったけど。でもあれって、やっぱり横取りしようとしていたの？」

宥めていたのに、急にカイトは追及を始めた。気になってしまったのだろう。ケビンは苦笑した。

宿の主人は言葉に詰まる。

「うっ、すまない。どうも前からそんな事をしていた連中がいたらしい。知らなかった。俺がもっとちゃんと見とけばよかった……」

主人は元冒険者だというから、現役の地元の冒険者の先輩だったのだろう。もしかしたら指導もしていたのかもしれない。不正をしていたと聞けば、穏やかでいられないだろう。

「でもギルマスは町の長の息子と親戚だって言っていたよ？」

「え？」

「だから前のギルマスも無下にできなかった。隠蔽《いんぺい》に協力した。地元の冒険者を敵に回したらギルドも立ち行かなくなるもんね。偉い人の血縁だから好き勝手できたんじゃない？」

「町の長の息子？　親戚？」

「そう」

宿の主人は真っ青になった。

「友達じゃないよね？」

「違う。そうか、あいつらが。そりゃあ発覚しない訳だ」

「うん。だからおじさんが気に病む事はないよ。どうせ誰の言う事も聞かないでしょ？　そういう人達って」

「そうだな」

主人は力なく笑った。

「元気出して、おじさん。トロードを討伐したらお肉を持って帰るから、一緒に食べようよ。美味《おい》しいんでしょ？」

「トロードの肉？　そりゃ美味《うま》いが、いいのかい？納品したらいい金になるだろう」

「いいの。一回食べてみたいから。料理してくれる？」

「それは任せてくれ。じゃあ楽しみに待っているな」

「うん！　頑張ってくるよ」

宿の主人を元気づけて、カイトとケビンはギルドへ向かった。

特に急ぐ用事がない時は、一応、朝、掲示板を確認するのが基本となっている。どの冒険者もそうしている。

夜の間に至急の依頼が増えているかもしれないし、注意事項もあるかもしれない。たまに土砂崩れで通れない道の情報なども入ってくるのだ。

だからギルドに顔を出したが、受付カウンターの一つにサブギルマスが座っていたので驚いた。

その前は空席なのに、誰も座ろうとしない。

冒険者達はそこを見ないようにしながら、他の職員の受付前に並んでいる。

実に分かりやすい。カイトは軽く噴き出してしまった。

それが聞こえたのか、書類に目を落としていたサブギルマスが顔を上げた。

「おはよう」

「おはようございます」

カイトはすんなりと空いていた席に座った。

掲示板に行くと思っていたケビンは一瞬戸惑《とまど》ったが隣に座った。

「訊《き》いていいですか？」

「何だ？」

「僕たち、いま防具を揃えようと思ってトロードを狙って討伐しているんですけど、他にもいい素材ありますか？」

「トロードか。それよりいい物……辺境でごく僅《わず》かに獲れるジュノー……それくらいしか思いつかん」

「ジュノー。辺境にしか生息しない？」

「そうだ」

「じゃあ今はトロードを狙うしかないね。ありがとう」

「頑張れよ」

サブギルマスは武骨な印象だが、にこりと微笑《ほほえ》むと愛想のよい髭《ひげ》のおじさんといった感じになる。

掲示板の前に行ったカイトは、自分の頰を撫でながらケビンに尋ねた。

「僕もそのうち髭が生えてくるかな？」

「どうだろうな？」

ケビンも濃い方じゃないが、毎朝、剃《そ》っている。これまで野営した事はなく宿に泊まれたから、手入れを怠った事はない。髭を生やそうと思った事もなかった。

「冒険者として舐《な》められないようにするには髭を生やした方がいいのかも」

何となくそうケビンが漏らすと、カイトはギョッとした。

「いや、ダメダメ！　髭も似合うかもしれないけど！　もうちょっと大人になってから！」

「大人に？」

慌てるカイトが面白くなって、ケビンは少し揶揄《からか》ってみた。

「案外、似合うかもしれないぞ？」

「ダメダメ！　髭はおじさんになってからでいいの！　綺麗《きれい》なお兄さんに髭は要《い》らない！」

綺麗なお兄さん……久しぶりに言われた。まだカイトはそう呼ぶのか。

ケビンがくすくす笑うと、カイトは口を尖《とが》らせた。

「カイトが嫌なら髭は伸ばさないよ」

「うん」

頭を軽く撫でると、カイトはにこりと微笑んだ。安堵《あんど》したらしい。

カイトが望むならそうしようと、すんなり従う自分にケビンは気付く。

あまりに自然な感情で深く掘り下げる必要もない。

胸の奥で燻《くすぶ》るこの温かいものが何なのか……少し前から分かっているケビンだが、蓋《ふた》をする事にした。

防具

あんな大騒動があったギルドだが、それからは大した混乱も起きず普通に機能していた。

職員も地元冒険者たちも淡々と仕事をこなしている。

さすがにギルマスとサブギルマスと出くわすと、地元冒険者たちは気まずそうにしていたが、それだけだった。

トマッカを見付けたせいで山へ冒険者たちが殺到して騒がしくなったので、カイトとケビンは他へ足を運んで討伐に精を出した。

トロードもその後二頭討伐出来たので、宿の主人との約束も果たした。

トロードは焼いて食べたが美味しかった。

とりあえず三頭分の鱗《うろこ》と皮を入手したので、この町を去る事にした。

皮は小さく畳めたが、鱗は一つ一つが大きくて荷物が嵩張《かさば》ったせいもある。

三頭分あれば充分だとギルマスに言われたのだ。

宿の主人とギルドに挨拶《あいさつ》してから旅立つ。

カイトは笑顔で乗り合い馬車に乗り、わくわくと胸を弾ませた。

「ようやく防具屋さんに持ち込めるね」

「ああ」

「デザインはどうしよう？　僕は後衛だから鱗は少なくてもいいよ。皮も頑丈だし、希望する物が作れそうだよ？」

カイトはとても楽しそうだった。

ケビンの防具だが、ケビンはどこか無頓着《むとんちゃく》なのでカイトの方が熱心に考えている。

あれこれ試行錯誤するのが好きらしい。

頭の中に異世界で見たファンタジーの世界が広がっているのだと言う。

ファンタジーの世界とやらはケビンには想像もつかなかったが、カイトに任せる事にした。

カイトと防具屋の職人に任せたらいい物が出来そうだ。


辺境手前の町まで戻って来た。宿を確保して、すぐに防具屋へ向かう。

何軒かありそうだったので宿屋の主人に尋ねてみると、頑固親父《おやじ》だが腕はいい防具屋があるという。

二人はまずそこに行ってみる事にした。

「ごめんくださ～い」

「…………………っしゃい」

ほとんど聞き取れないような声が返って来たのは店の奥から。

客だと思って出て来てみれば、幼い顔立ちのカイトがいたので冷やかしだと思ったらしい。

不機嫌そうな顔で何か言いかけたのを、カイトが素早く遮った。

「トロードの鱗！」

「ああ？」

「……で防具を仕立てて欲しいんだけど？」

話をするより実物を見せた方が早いと思ったらしいカイトが、大袋から鱗を取り出した。

いかにも頑固そうな白髪頭の店主は、黒光りする艶々《つやつや》の大きな鱗を目の当たりにして大きく目を瞠《みは》った。

「トロードの鱗……」

「と皮ね。三頭分ある。前衛と後衛の二人分の防具を仕立てて欲しいんだ」

「皮もあるのか？」

「あるよ」

一枚をカウンターに広げて見せると、店主は素材と二人を交互に見ながら、ぽつんと言った。

「盗品じゃないだろうな」

「まさか。自分達で討伐してきたんだよ？　わざわざナナリーまで行って」

「坊主とそこの連れが？　たった二人で？」

「そうだよ」

当然だとカイトは胸を張るが、店主は半信半疑だ。疑わしそうな眼差《まなざ》しでじろじろとカイトとケビンを見てくる。

かちんときたカイトは素材を鞄《かばん》に仕舞った。

「もうっ、信じないならいいよ。余所へ頼む！」

プイッと背を向けて店を出ようとすると、店主は慌てて追いかけて来た。

「いやっ、すまん！　そうじゃなくて……！」

「店主。見えないかもしれないが俺達はB級だ。トロードの討伐はそんなに難しくないんだ」

「え？」

今にも店を出ようとするカイトを引き留めて、ケビンは店主を説得する。冒険者カードを懐から取り出して見せた。

店主は鼻先がつくほどカードに顔を近付けて、しみじみと言った。

「本当だ。若いのにもうB級なのか。凄《すご》いな」

店主は疑って悪かったと謝り、ぜひ任せて欲しいと懇願してきた。

「トロードの鱗なんてあまり入って来ない素材だからな。しかもほぼ無傷の皮つきとは。久々に腕が鳴る」

「おじさんに任せて大丈夫なの？」

険しい顔つきで意趣返しをするカイトに、店主はガバッと頭を下げた。

「すまんっ、謝るからやらせてくれ。頼む！」

「…………………………」

「カイト？」

「分かった。ここにお願いするよ」

「ありがとう」

破顔した店主は店の扉に休憩中の札を出すと、カイトとケビンを奥の部屋へ招き入れた。

バックヤードにはたくさんの素材と工具が積まれていて、いかにも職人の工房といった雰囲気だ。

そこで発注の為の打ち合わせをした。

どんな形がいいのか、人気の型はどんなものか。動きやすさ重視か、防護力重視か。

ケビンとカイトの背丈と肩幅を測って、色々と意見を出し合ってデザインを決めた。

前衛のケビンの方に鱗を多く使い、動きやすさを考慮しつつも甲冑《かっちゅう》をイメージしたデザインになった。

後衛のカイトは胸甲《きょうこう》だけで、余ったら鱗を足す。鎧《よろい》というより強化服に見えるが、トロードの皮を使うので防護力はかなり高い鎧になる。

二人分だったからか、打ち合わせだけで結構な時間がかかった。

「でもこれだけの素材があれば、大概の要望は聞けるぞ」

「この先、辺境に行くんだよ。それも考慮してね」

「おう。任せとけ」

「冬で閉ざされる前に辺境に入りたいんだけど、間に合う？」

「余裕だ。たっぷりと時間はある。納得のいくいい物を作ってやるよ」

「お願いね！　楽しみにしている」

代金の半額を支払って店を後にした。残りは完成の時に支払う。

カイトもケビンも満足していて、出来上がりが楽しみだった。

「さてギルドに行く？　完成までにA級指定魔獣を斃《たお》そうか」

「そうだな。出来れば辺境に行く前にA級に上がっておきたいからな」

「うん。頑張ろう！」

気合いを入れて討伐に向かった。

辺境近くにはA級指定魔獣が多く生息していて、遭遇率が上がった。

着々と昇級への道をひた走っている二人だった。

昇級

そして防具が出来上がり、A級に上がったのは秋の始まりの頃だった。

黒光りするトロードの鱗をふんだんに使ったケビンの防具は、問題なく仕上がった。

左肩から肘《ひじ》にかけて盾のように加工した鱗が貼り付けられていて、左右非対称になっている。利き腕にはそれがないのは、剣を持つ腕は動き重視だからだ。

サイズもケビンにぴったりで動きやすくて大満足の仕上がりだったが、試着したケビンを見て店主が眉《まゆ》を顰《ひそ》めた。

「ありゃ、これはやりすぎちまったかな？」

「何を？　すっごく似合っていて格好いいよ？」

「そうなんだが、見るからに高級品を身につけていますって宣伝しているようなもんだ。悪い連中に目をつけられるかも」

「僕たちが若僧だから？」

「そうだ」

「A級から奪おうとするなんて無謀だと思うけど」

「A級？　昇級したのか？」

「そうだよ」

驚いた店主の目が零《こぼ》れ落ちそうになった。

「そうか。そんなに強いのか。坊主たち凄いな」

「店主、この上から羽織る外套《がいとう》も買おう。これから冬になるし、どうせ必要だ」

「おう、それがいいな」

カイトも試着してみた。

加工した鱗の切れ端が幾つも出たので、最初の予定は胸甲だけだったカイトの装備も、腹と腰回りに鱗が使われていた。頑丈になった上にデザイン的にもよくなったので、カイトも大満足だ。

二人で外套を羽織り、お礼を言って防具屋を後にした。

ここ最近の討伐で稼げたので、代金を支払っても余裕がある。

「試しに討伐に行く？　不具合があったらすぐに直して貰《もら》えるから」

「そうだな。この町にいる間に試しておくか」

その足で討伐に向かい、何の問題もないのを確認した。むしろ前より断然いい。

自分の身体《からだ》に合わせて仕立てた防具は、こんなに動きやすいのか。動きを制限されないというのは、こんなにストレスがないのか。

これまで僅かな引っ掛かりも邪魔になっていたのだと、こうなって初めてケビンは気付いた。

「少し高いお金を払ってでも仕立てる理由があるな。これはいい」

「よかったね」

「ああ」

二人でにこやかにギルドに戻ると、目敏《めざと》い冒険者には気付かれたようだった。外套の隙間から覗《のぞ》く黒色だけでも、分かる人には分かるらしい。

受付カウンターにいたギルド職員も軽く目を瞠った。

事務手続きをしながら、ちらちらと視線を向けてきたが、言及してこなかったのでスルーする。

宿に戻って今後の予定を相談した。

「お金も貯まっているし、装備も出来たし、A級になったし、もう辺境に向かってもいいんじゃないかな？」

「そうだな。予定よりも早いが行くか。向こうのギルドで仕事をこなしながら春を待ってもいいしな」

「辺境にはまた別の魔獣がいるよね？　楽しみ」

そんな風にカイトとケビンは意気揚々と乗り合い馬車に乗り、辺境へと出発した。


しかし辺境の入口……ジョーウェル領の門でいきなり足止めを食らってしまう。

完全に想定外の出来事だった。

辺境

辺境はジョーウェル領という、ジョーウェル辺境伯の領地である。同じ家系が何代も続いており、住民から絶大な信頼を得ている。

そこは王都のような頑丈な石壁で囲われていて、まるで要塞《ようさい》のようだった。

壁の上部は歩けるようになっていて、見張り場が何箇所か設置されているのが見える。

隣国からの襲撃と魔獣からの守りには、これほどの大規模な施設が要るのだろう。

冬の期間の積雪も関係しているのかもしれない。雪が積もると足元が底上げされて石壁が低くなってしまう。

だからこの高さにも、おそらく意味がある。

乗り合い馬車の停留所で降りた乗客達が、一カ所しかない出入口へ向かう。

荷物を積んでいる荷馬車が優先らしく、徒歩の旅人は待たされて列を成していた。

カイトとケビンは急がないので最後尾に並んだ。

いつものように身分証明書として冒険者カードを提示し門を潜る。

「A級？　坊主たち、若いのに凄いな」

若い門番の一人が感心したように話しかけてきたので、カイトはにっこりと微笑《ほほえ》んだ。

「辺境へは何をしに？」

「冒険に。ここには強い魔獣がいるんでしょ？」

「おう、いるぞ。逞《たくま》しいな。どんどん狩ってくれよ」

「うんっ」

朝一の便で到着したので、まだ昼前だ。

その足で宿屋に向かおうとしたが、中年の門番に「ちょっと待て」と止められた。

「何ですか？」

カイトが不思議そうに首を傾《かし》げたが、その門番は顔を引き攣《つ》らせていて、若い門番に何やら耳打ちした。

若い門番は怪訝《けげん》そうな顔をしながらも、憲兵隊の詰所らしき建物に走って行った。

ケビンとカイトは顔を見合わせる。

「何ですか？　冒険者カードに問題でも？」

カイトが重ねて尋ねるが、中年門番は待ってくれとしか言わない。

「若いから疑っています？　本物ですよ？　冒険者カードの偽造なんかしませんよ？」

「ああ、分かっている。ちょっとな。すまん」

すぐに若い門番に連れられて、上官らしき男がやって来た。偉い人のようで制服の胸章が違う。

壮年の男性はケビンを見るとサッと顔色を変えた。

足止めしてきた中年門番と何やら小声で相談し、別の部下を呼び寄せるとどこかへ走らせた。

部下はあっという間に見えなくなる。

本人はカイトとケビンの前に来た。

「こちらへ来て下さい」

指し示されたのは憲兵隊の詰所。

カイトとケビンは無言だ。目と目でどうする？　と相談する。

相手は憲兵だが、頭から信用する訳にはいかない。詰所という狭い空間に閉じ込められるのは拒否したい。

「僕たちは何もしていないのに？　何で？」

「ええと、確認事項がありまして」

僅《わず》かに目を泳がせる上官を見るに、そんなものはないのだろう。

つまり口実だ。

理由は分からないが、カイトとケビンを足止めしたいらしい。

前に出たカイトの肩をケビンが摑《つか》む。身体の位置を入れ替えてカイトを背中に庇《かば》った。

「確認ならここでもいいでしょう。伺います」

「…………………」

無言でしばらく対峙《たいじ》する。よく分からない睨《にら》み合《あ》いだ。

その異様な雰囲気に通りかかった人たちが足を止めた。

旅人だけでなく町の人もいたようで、何事だと好奇心丸出しの眼差しで覗き込んでくる。

そしてカイトとケビンを見て驚き「あっ！」と声を上げた。

「おいっ、どういうことだ!?」

大柄なその人は中年門番に顔色を変えて摑みかかった。

中年門番は小声で何か囁《ささや》き、首を横に振る。

他にも足を止めた人達が集まって来て、一気に騒々しくなる。

「おいっ！　何で？」

「知るかっ」

「俺に訊《き》くなよっ」

どこかへ駆け出す人や、呼ばれて集まって来る人もいて、どんどん人が増えていく。

カイトとケビンはじりじりと後退《あとずさ》った。

上官の目配せを受けた先ほどの若い門番が、扉を閉じてしまう。

そして他の憲兵まで後ろに回り込んで来て、カイトとケビンは囲まれてしまった。

でも遠巻きに囲んだまま、手を出してこようとはしない。

「何なの？　さっきはにこやかに送り出してくれたじゃん」

若い門番にカイトが文句を言うと、彼は申し訳なさそうにしながら、視線を逸《そ》らした。上官には逆らえないのだろう。

でも彼も上官の命令の意図が分かってないようで、不審そうに仲間の憲兵とこそこそ話している。

「どうする？」

「どうしようか」

カイトとケビンも顔を寄せてこそこそ話す。

一体何が起こっているのか。

何が問題なのか……。

「トロードの鎧のせい？」

「どうかな？　違うような気もするが」

「若僧なのにA級だから？」

「ここにはそんなのゴロゴロしていると聞いたぞ？珍しくないと思う」

「じゃあ何でだろう？」

「何だろうな？　憲兵だけじゃなく、町の人までおかしな空気だ」

「もうっ、変なの」

攻撃してくるとか、強引に拘束しようとするなら応戦するが、そうではない。ただ囲まれている。意味が分からない。

ケビンは少し声を張って、一番位の高そうな憲兵隊の人に話し掛けた。

「あの、宿をおさえに行きたいんですが。通して貰えます？」

集まった人達がざわっとなる。

何もおかしな事は言っていないのに、ざわめきが一段と大きくなった。

ケビンとカイトは首を傾げる。

「ちょっと待ってくれ」

憲兵隊長らしき人は同じ事を繰り返すだけだ。

「待つって何をですか？」

「いま呼んでいるから待ってくれ」

「呼んでいる？　人ですか？」

「ああ」

一体誰を……と問いかけようとした時、その人が現れた。

集まった町の人達を搔《か》き分けるように、ひときわ大きな体格の男がのしのしと歩いて来る。頑丈そうな鎧を着ていて、冒険者の風体だった。

「ギャズ、一体何なんだ？　この騒ぎ……は……」

その大男も、カイトとケビンを見てピタリと停止した。

ひゅっと息を呑《の》んで言葉を失うと、大きく目を剝《む》いて絶叫した。

「はああああああああっ？」

魔獣の咆哮《ほうこう》のような大声に、カイトとケビンは両手で耳を塞《ふさ》いだ。

「おいっ、一体どういう事だ！　説明しろ！」

大男が喚くと、憲兵隊長らしき壮年の男が冷静に答える。

「どういう事も何も、ご覧の通りです。乗り合い馬車の乗客で、冒険者二人組……」

「そんな事はどうだっていい！」

物凄《ものすご》い剣幕にカイトとケビンは肩を揺らしたが、取り囲んだ町の人達は平然としている。

ここではこんな怒鳴り声はいつもの事なんだろうか？

「……俺達には手に負えん。だからお前を呼んだ」

急に砕けた口調になった憲兵隊長が突き放すように言うと、大男は少し頭が冷えたようで声を落とした。

た。

「おぅ、そうだな」

そして集団の人垣から一歩前に出て来ると、胸の前で腕を組み、ケビンを睥睨《へいげい》するように上から見下ろしてきた。

「冒険者なのか？　名は？」

「ケビンとカイトです」

ケビンはカイトが前に出て来ないよう手で押さえている。

よく分からない状況だが、憲兵隊と揉《も》める訳にはいかない。

ここで暴れたら憲兵隊どころか町の人たちまで相手にしないといけなくなる。

カイトがいくら魔法使いとして優秀でも、さすがに相手が多すぎる。

「平民か？」

「そうです」

「……ううむ。年齢は？」

「年齢？　ええと、俺は二十一でカイトは十四ですが……」

「二十一？　俺の息子《むすこ》より年下だぞ？」

大男は首を捻《ひね》って眉を顰めたが、町の人から野次が飛んだ。

「あんたに心当たりはないのかよっ」

「ねえよ！　だから驚いてんだ！」

間髪を容《い》れず言い返した大男は、苛々《いらいら》と髪を掻き乱した。

「どこから来た？　ここから近い町の出身か？」

「いえ、王都から……」

「王都？　また遠くから。ああ、でもなくはないのか……」

大男は一人でブツブツ言い、何やら納得している。

いい加減焦《じ》れたらしいカイトが、ケビンの肩口から顔を覗かせて尋ねた。

「さっきから何なの？　僕達の何が不審なの？」

「お前は関係ない。手前の色男だ」

「え？」

名指しされたケビンは驚いたが、カイトは更に混乱する。

「え？　でもケビンはここに来るのは初めてだよね？」

「ああ」

「初めての土地で、何でこんなに取り囲まれなきゃいけないの？」

「顔だ」

「は？」

「俺のよく知る人に似ている。似すぎているんだ。瓜二つ《うりふた》で気味悪くなるほどに……」

「え、似ている人がいるだけで、こんなに引き留められたわけ？」

あまりに想定外の理由に、カイトとケビンは口をポカンと開けた。

その反応に苛立《いらだ》ったのか、大男はガミガミ説明する。

「元領主だ！　亡くなった先代！　俺の親父《おやじ》だ！」

「え？　領主様？」

「そうだ！　親父の隠し子かと疑ってもしょうがないだろう！　その顔では！」

「え————っ！」

カイトは思わず大声を上げてしまった。

ケビンは絶句している。

「お前は何なんだ？　何で親父と同じ顔をしているんだ？　平民？　親父が平民の女に手を出していたのか？　でもさすがに若すぎるだろう！　いつの間に……」

「あー……違いますよ」

さすがに黙っていられずに、ケビンは口を挟んだ。

「は？　何が？」

「俺の父親は王都にいますから」

「え？　じゃあ他人の空似か？　嘘《うそ》だろ？　こんな

に似ているのに？」

ケビンはカイトと目を合わせた。

カイトは心配そうに見詰めてきたが、こうなっては仕方ない。

「あー……俺の母親の名前はマリアージュと言います」

「マリアージュ……？」

「はい。俺が小さい時に亡くなりましたが」

「マリアージュ……？」

大男は呆然《ぼうぜん》と、何度も何度もその名前を繰り返した。

憲兵隊長と中年門番、町の人達も驚愕《きょうがく》して時間が止まったようだった。

「マリアージュ……？」

「え、マリアージュって……」

「もしかしてマリー様？」

「マリー様の息子？」

町の人達のざわめきが耳に届いたのか、大男はカッと目を見開いた。

「マリー？　お前はマリーの息子なのか！　俺の妹の！」

「はい」

「で、でも平民だと……」

「廃嫡されました。だから今は平民なんです」

「「「「はあああああああああああっ？」」」」

大男だけじゃない大声が周囲で一斉に上がった。

大男が狼狽《うろた》えて言い募る。

「ど、どういう事だ！　伯爵家の嫡男だろう！　それが何で廃嫡？」

ケビンは継母と義弟の説明をした。

父親にとって嫡男は邪魔な存在で、義弟が学校を卒業したタイミングで廃嫡されたのだと。

「お前には何の瑕疵《かし》もないのにか？」

「はい」

「ケビンは子供の頃から冷遇されてきたんだよ？　世間ではよくある話かもしれないけど、酷《ひど》いよね」

「ふざけるなっ！」

大男は拳《こぶし》を固く握って咆哮した。

「親父も俺もマリーの息子がいるからと、あの伯爵家との取引はかなり優遇してきたのに！　冷遇だと？　廃嫡だとっ？　ふざけた事を！」

「なんて事だ！」

「酷え……っ！」

町の人からも憤りの声が上がる。

「許さねえ！　こうしちゃいられん！　すぐに取引停止だ！」

怒鳴った勢いのまま振り返って駆け出そうとした大男だが、視界の端に入ったケビンを見て何とか思い留まった。

「いや、その前に。ケビン、俺がマリーの兄、マイロストだ。会えて嬉《うれ》しいぞ。よく来たな」

「……初めまして」

手を差し伸べられたので、ケビンは握り返す。

先ほどまでの鬼のような形相が嘘のように、大男はにこりと笑った。

「歓迎する。そっちの坊主もだ。俺の館に案内する」

「あー……いえ、宿屋に泊まるつもりなので」

「はあ？　何を言っている。水くさいぞ。親族なのに」

大男は歩き出していた足を止めた。

「もしかして名乗り出るつもりはなかったのか？」

「ええ。まあ……」

「ただの冒険者として滞在するつもりだったと？　こんなに近くまで来ていて？」

「証明するものは何もありませんから。それに平民ですし」

「その顔だけで充分だ」

「まさか祖父にそんなに似ているとは思いもしなくて……」

「こっちも驚いた。こんな事なら面倒がらずに王都へ足を運んでおくんだった！　親父と瓜二つだという事すら知らなかったんだからな！　クソッ」

大男が歩くと人垣が割れる。

ずんずん歩くのでカイトは小走りにならないとついていけない。

しかしそんなに遠くない場所に建つ館の前で止まった。

「みんな驚くぞ～！　びっくりさせてやろう」

カイトが不思議そうに尋ねた。

「町の人もみんな先代の領主様の顔を知っているんだね？　だからさっき、あんなに人が集まったんだね？」

「そうだ」

「領主様って偉い人だから、出歩かないものなんじゃないの？」

「余所《よそ》は知らんが、ここでは領主が率先して動かないと冬を乗り切れん。みんなが協力しないと。領主だからと奥の館に引き籠《ひこ》もって命令だけしても、誰もついてこんよ」

「なるほど」

「本館は一番奥の山の麓《ふもと》にあるんだ。そこから町まで距離がある。毎日通うのは大変だから……特に雪が積もる頃は。これは町の拠点の館だ。俺の妻と嫡男は本館にいて、ここにはいま俺と次男が暮らしている」

「へえ……」

「次男も冒険者をしているんだ。お～い、ベナッシ！　驚く客を連れて来たぞ！」

玄関先で大男が叫ぶと、すぐに執事が現れた。

「何事ですか、そんなに大声を出して……」

小言が始まりそうな気配に、大男はケビンを前に差し出す。

「驚け！　マリーの息子が来てくれたぞ！」

「え？」

「ケビンだ！」

「────……は？」

執事はケビンの顔を見ると愕然《がくぜん》として硬直した。

繁々《しげしげ》と食い入るように見詰めた後、ほろほろと涙を零《こぼ》した。

「お、大旦那様《おおだんなさま》っ！」

「そっくりだろう？　俺も驚いたんだ」

悪戯《いたずら》が成功したみたいに、大男は豪快に笑った。

さめざめと泣く執事に縋《すが》られて、ケビンは困惑している。

しばらくして落ち着いた執事は、失礼しましたと礼儀正しく頭を下げた。

「ベナッシ、忙しくなるぞ。こっちの小さいのはケビンの冒険者仲間のカイトだ。二人の滞在する部屋を用意してくれ。――それとだ」

大男は一瞬で朗らかな気配を消し、不穏な空気を漂わせ始めた。

「今後、パギンス伯爵家との取引を全て停止する。全国の商会の支店にも徹底して指令を出してくれ。今すぐにだ！」

「承知しました」

「特に今はキャランを扱い始める頃だろう。絶対にそこには売るな。これまで優遇してきた措置も全て撤廃する。相手がどんな無理を言おうと、脅してこようと、取引をする事はもうないからな！　絶対だ！」

理由を説明されない執事は突然の命令を不審に思っただろうに、一礼すると「承知しました」と言い、どこかへ消えた。

そして執事から何か聞いたのか、すぐに侍従がやって来た。

マイロが客室を二つ整えるよう命令すると、侍従は心得たように一礼して足早に消えた。

別の侍女も現れて、玄関ホールの脇にあるソファに導かれた。客室が整うまでこちらでお待ち下さいと、お茶を淹《い》れてくれた。

カイトとケビンはありがたく頂いた。

大男も一旦《いったん》ソファに腰を下ろしたが、落ち着きなく身体《からだ》を揺すり、すぐに立ち上がった。

「ああっ、怒りが収まらん！　二人はここでゆっくりしていてくれ。俺はちょっと暴れてくるっ」

大男はそう言い残すと、玄関脇にある通路へ姿を消した。

「暴れてくる？」

カイトとケビンは大きな背中を見送った。

しばらくして大きな物音と悲鳴と怒号が聞こえてきた。

「なんだ……？」

「気になるね。見に行ってもいいかな？」

二人は立ち上がって通路に足を踏み込んだ。

ドガッ、バキッという物凄い音が響き渡っている。

短い通路の先にあったのは訓練場だった。

木剣を持った若い騎士たちが先ほどの大男を複数人で取り囲んでいるが、大男が木剣を一振りするだけで何人も吹っ飛んでいく。

「うわあああ！」

その悲鳴だった。

壁際には大男が折ったと思《おぼ》しき木剣が何本も落ちており、練習用の人型も大きく陥没した状態で転がっている。

「凄《すご》い……」

入口から顔を覗《のぞ》かせて驚くカイトとケビンの前で、大男は暴れ回っていた。

若い騎士が全滅すると中堅らしい騎士が取り囲んだが、彼らもすぐに吹き飛ばされた。

やがて騒ぎを聞きつけたらしい中年の男二人が外に繋《つな》がる扉から入って来て、相手をし始めた。

「マイロ、何を荒れているんだ」

「うわ、酷え」

面倒くさそうに前に出て来た人たちは強かった。すらりとした体格なのに、大男の剣を受けて平然と流している。

大男は血走った目で二人に斬り掛かるが、何度もあしらわれ、逆に吹き飛ばされて転がった。

「強い……」

ケビンが感心する横で、カイトも目を輝かせている。

「あの人、魔法を使ったね。手に持っているのは何だろう？」

二人のうち髪の長い方の人は長い棒のような物を持っていた。口の中で何か詠唱したのが見えたら、大男が吹き飛んだのだ。

「風魔法かな？」

もう一人の剣士が手を差し伸べて、大男を立ち上がらせている。

「少しは頭が冷えたか？」

「こんなに暴れたのは久しぶりだな。一体何があったんだ」

「どうもこうも……本当なら今すぐ王都まで馬を走らせて叩《たた》きのめしたいところだ！　気がすまん！」

「はあ？　誰の話だ？」

「王都？　なぜ？」

二人が不思議がる横で、大男はカイトとケビンが覗いているのに気付いた。

まだ息を切らしている大男は歩み寄って来ると、二人に紹介した。

「アベン、クリス、こちらはケビンだ。マリーの息子《むすこ》が来てくれた」

「え？」

「マリー様の息子？」

大男がケビンを前に押し出すと、二人は揃《そろ》って目を剥《む》いて絶句した。

「なっ……！」

「大旦那様⁉」

「生き写しだろ？　俺もさっき驚かされたんだ」

二人は駆け寄って来ると、目を丸くしながら握手を求めてきた。

「凄いっ。ああ初めまして。俺はマイロの冒険者仲間でアベンレーと言います。アベンと呼んで下さい」

「同じくクリスファです。初めまして。クリスと呼んで下さい」

二人は嬉しそうにケビンと握手したが、はたと止まると申し訳なさそうに頭を下げた。

「あ、伯爵家のご令息に失礼しました。ついここの流儀で気安くしてしまい……」

「それだ！」

突然、大声を上げた大男に、二人はビクッとなる。

「なんだっ、驚かすな」

「それだよ！　怒りが収まらん理由！」

「なに？」

「廃嫡されたんだと！　あのクソッタレ伯爵に！　マリーの息子が！　冷遇されて育ったと！」

ぐああああと苦しそうに呻《うめ》いた大男は、木剣でドガッと壁を殴ってへこませた。

「何だと？」

「どういう事だ！」

また興奮し出した大男が経緯を説明すると、二人まで暴れ出した。

「何という事だ！」

「ふざけやがって！　今すぐ乗り込んで屋敷ごと吹き飛ばしてやる！」

剣士は大男と同じように訓練用の人型を壊して回り、魔法使いの方も手にしている棒を振り回して人型を吹き飛ばし始めた。

大男を止める人がいなくなり、更に二人も加わって訓練場はカオスだ。

大混乱だが止められる人がいない。

カイトとケビンは壁際に佇《たたず》み、静かに見守った。

三人が落ち着いたのは、かなり時間が経《た》ち、訓練場が更に酷い状態になってからだった。

客室の準備が整ったので案内された。

玄関ホールにある階段を上がり、少し廊下を進んだ所にある並びの部屋を用意される。

「別々の部屋になっちゃったね」

カイトは自分の部屋に荷物を下ろすと、すぐにケビンの部屋を訪れた。

ライティングデスクとソファ、ベッドがあるだけの簡素な部屋だ。

「ああ。それに宿屋に春まで滞在する予定だったが、大幅に狂ったな」

「うん。せっかく一生懸命、お金を貯めたのにね。でもあれは断れないよ」

「そうだな。まさか顔でバレるとは思わなかった」

母の故郷を訪ねても、親族だと名乗り出るつもりはなかった。

一冒険者として滞在し、冬を過ごして春を待ち、母の言っていた光景を見に行く。当初の予定はそうだった。

「でもいい人そうでよかった。他の領地の領主様なんか一度も見た事ないのに、ここは領民とも仲がよさそうだね」

「そうだな」

大男は領主とは思えないほど、町の人から気安く声をかけられていた。

普段から接していて砕けた態度が当たり前なのかもしれない。もしかしたら子供の頃から町へ来ているのかもしれない。

下の階からばたばたと人の走りまわる音がする。

突然の来客に加えて、訓練場を破壊したせいもあるのだろう。屋敷の中が騒がしい。

「これからどうする？　冒険者ギルドへ行く？」

「そうだな。今日は町を散策して、ギルドにも行ってみよう。討伐は明日からだな」

「うん」

二人は連れ立って階下へ下りた。

玄関ホールで執事と出くわしたので行き先を告げておく。

「冒険者ギルドへ行ってきます」

「いってらっしゃいませ。お気をつけて」


冒険者ギルドはどこの町も目立つ場所にある。

ここも門を潜ってすぐの目抜き通りにあった。領主館に連れられて行く途中で見えていた。

ギルドの建物に入ると、中は空《す》いていた。昼時なので冒険者は出払っているのだろう。

カイトは真《ま》っ直《す》ぐ掲示板の前に行くと、至急の依頼がないか確かめた。

「一つだけ採取の至急がある。モスバテ？　果物だよね？　薬効も特にないよね？　それなのに至急？　確かに果肉が甘くて美味《うま》い果物だけど……」

「ああ、それは領主様からの依頼だ」

近くにいた若い職員が説明してくれた。

「領主館に長く勤めていた侍従の為に出されたんだ。老人だからもう長くないと言われている。儚《はかな》くなる前に好物の果物を食べさせたいんだと」

「へえ。それでわざわざお金を払って至急に？　元侍従の為に？」

「今の領主が小さい時からの付き合いだからな」

「なるほど。じゃあ明日はこれを狙ってみよう」

簡単に言うカイトに不安になったのか、職員は忠告してきた。

「坊主、モスバテはただの果物だけど、結構、危ない場所にあるんだぞ？　魔獣も徘徊《はいかい》しているし」

「うん、大丈夫。充分に気を付けるよ」

他の討伐の至急と、この辺りに生息している魔獣の情報も仕入れておく。

親切な職員に尋ねると、いくつか魔獣の名前を挙げてくれた。

「うわ、さすが辺境。どれも手強《てごわ》い魔獣ばかり」

「へえ？　分かるのかい？　坊主」

「うん。二つは狩った事もあるし。あ、ジュノーってどの辺に生息している？」

職員は目を剝いた。

「ジュノー？　坊主、ジュノーを狙っているのか？」

「うん。防具に適しているって聞いたから」

「え？　でも……」

カイトをよく観察した職員は、外套《がいとう》の隙間から覗く黒色に気付いたようだ。

「それトロードじゃないのか？」

「そうだよ」

「もう凄い防具を身に付けているのに、更にジュノーを狙うのか？」

「僕じゃないよ。前衛の仲間の為だよ。僕はケビンに怪我《けが》して欲しくないの。何としても阻止したい。その為に出来る事は何でもするんだ」

カイトの言葉に、ケビンは苦笑した。

職員は納得したように「なるほど」と軽く頷《うなず》く。

「カイトありがとうな。でも俺は今の防具を気に入っているんだ。仕立てたばかりだし……」

「うん。でももう一着、防具を仕立ててもいいじゃない。僕、頑張るよ」

ケビンはカイトの頭を撫《な》でた。

その動きでケビンの外套の裾《すそ》が広がり、トロードの鱗《うろこ》の黒色が覗く。

職員はそれにも気付いて驚いた。

「うわ、そっちも凄い装備しているな。トロードをそんなに贅沢《ぜいたく》に……」

「辺境ではそんなに珍しくないんじゃないの？」

「いや？　さすがにそうでもないよ。でもジュノーの鱗を使った防具なら知っている。領主様のチームだ。S級だよ」

「S級？　さすがだね」

カイトとケビンは目を瞠《みは》る。

地元の自慢なのだろう。職員は鼻高々に胸を張った。

「そう、領主様は凄いんだ。仲間も勿論《もちろん》お強い。あの方達のお陰で命を救われた人がたくさんいるんだよ」

カイトとケビンの脳裏には、先ほど訓練場で暴れ回る三人の姿が浮かんだ。

なるほど。S級が暴れ回ったら止められる人はいない訳だ。訓練場が破壊される訳だ。

「へえ。じゃあジュノーの鱗を使った防具は領主様が持っているんだね」

後で見せて貰《もら》おうと、カイトは心の中で呟《つぶや》いた。

それからその職員にジュノーの生息域について聞いた。

辺境からでもかなり奥深い森の中で生息していて、遭遇できるのは辺境でも稀《まれ》だという。

運よく遭遇しても討伐するには手強い相手なので、成功率がグッと下がるらしい。だからジュノーの鱗は稀少素材になっているのだ。

「時間はたっぷりあるから頑張るよ」

「ああ」

ケビンはカイトを止めなかった。

自分の為に頑張ってくれる気持ちが嬉《うれ》しかったし、もうA級になったので狙う獲物は何でもいいのだ。

辺境でも戦える強さが欲しくてA級を目指した。

目標は達成した。後はここで冒険者として仕事をしながら、春を待つだけだ。

ケビンはいつもカイトに感謝している。

自分一人ではここまで来られなかった。確実に。

「明日からバリバリ働くよ〜」

やる気満々のカイトとケビンはにっこり微笑《ほほえ》み合いながらギルドを後にして、領主館に帰った。

夕食

ギルドから帰った二人はケビンの部屋で、生き物図鑑と植物図鑑を開いていた。

新しい町へ来た時は必ずそうしている。生息する魔獣はそれぞれの町によって違うから、もう習慣になっている。

討伐する時、見慣れない魔獣に突然襲われても対応できるようにする為だ。特性や弱点が頭にあれば対応が速くなる。

カイトはとにかく前衛のケビンの安全に心を砕く。リスク軽減に余念がないのだ。

使用人が夕食だと呼びに来たので食堂に下りると、既に領主と次男が揃って待っていた。

領主によく似た若い男は、ケビンとカイトに手を差し出しながら自己紹介した。

「次男のカガビルです。よろしく」

握手しながらケビンの顔をまじまじと見た次男は、大きく目を見開いて、凄い……と漏らす。

「本当にお祖父《じい》様そっくり。これは町の皆が混乱するねぇ。ちゃんと紹介しとかないと」

「だろう？　だから明日は宴会するぞ。もう指示は出しておいた」

「うん。お祭りだね」

カイトとケビンは首を傾《かし》げる。

「お祭り？」

「ああ。ここでは季節ごとに夜、目抜き通りで宴会をする。領主が酒を振る舞う風習があるんだ。それを祭りと呼んでいる」

「豪気ですね」

「酒を惜しんでいたら領主は務まらん。……な？」

「うん」

次男も当然と頷いている。

どうやらここの領主は豪快で太っ腹らしい。

ケビンが執事にそっと囁《ささや》いた滞在費の申し出も、とんでもないと断られる訳だ。

食事をしながら話をした。

明日はモスバテを狙いに行くとカイトが言うと、マイロが驚いた。

「へえ？　あれを採って来てくれるのか？」

「至急でしょ？　運がよければ持って帰れると思う。僕は運がいいんだよ」

「かなり背の高い植物だから、実のなる場所も上だぞ？　大丈夫か？　魔獣もうろちょろしているぞ？」

軽い口調のカイトが心配になったのか、マイロが父親のように注意を促す。

カイトは笑った。

「みんな僕が若僧だから心配してくれるけど、一応A級なんだよね」

「え？　そうなのか？　A級？　若いのに凄《すご》いな。十四歳だったよな？」

「うん」

マイロがちらりとケビンに向けた視線の意味は、ケビンにはよく分かった。

でも反対なのだ。

「凄いな。俺より上なのか。その年齢で。負けた」

次男が啞然《あぜん》と零《こぼ》すと、マイロが精進しろと笑った。

ちなみに次男は二十二歳でB級だという。

「よしっ。明日、俺もついて行っていいか？　一緒に討伐もしてみたい」

「え？」

マイロの突然の同行の申し出に、カイトとケビンは目を見合わせた。

「俺たちは構いませんが、仕事は？」

「何とかする。せっかく甥《おい》が訪ねて来てくれたんだ。色々と楽しい事をしたいじゃないか」

「え～？　親父《おやじ》ばかりズルい。俺も……」

「お前には頼んだ仕事があるだろう。そっちは任せたぞ」

「ちっ、分かったよ」

という経緯で、明日の同行者が一人増えた。

ケビンには分かった。

辺境が初めての冒険者二人組。しかも経験の浅い若者だ。いくらA級とはいえ、ここの魔獣は手強いのばかりだ。

ずっと交流のなかった妹の忘れ形見に、会えて早々、何か起こっては堪《たま》らない。

自分が楽しみたいという建て前で誤魔化《ごまか》しながら、マイロは心配して同行を申し出てくれたのだ。

辺境で過ごす上での注意点を尋ねながら、楽しく夕食を終えた。

採取と討伐

翌朝、カイトとケビンが準備を終えて玄関ホールに下りると、既にマイロは待っていた。重そうな甲冑《かっちゅう》を纏《まと》っていた。

カイトが歓声を上げながら興味津々で近付いていく。

「凄い。これがジュノーの鱗？」

「お？　ジュノーを知っているのか？」

「うん。狙っているんだ。ケビンの装備をもっと頑強にしたいからね」

「え？　昨日も思ったが、今でも大層な物を身に付けているだろう？　トロードだろう？　それ」

「うん。でも更に高品質の物があるなら、そっちがいいじゃない？」

「そうなのか……？」

マイロが戸惑《とまど》いながらケビンを見てくるが、ケビンは苦笑しただけだった。

年齢からして、マイロはケビン主導の冒険者チームだと思っていたのだろう。しかし違うのだ。

「一応、ギルドに寄ってから行こうね。もしかしたら他の人が納めているかもしれない」

「まあ、他の人が納めていても構わないんじゃないか？　俺達で食べてもいいし、今夜の宴会に差し入れしてもいいし」

「そうだね！　たくさん採れたらそうしよう」

採る気満々のカイトに、マイロは面白げな目を向けている。そう上手くいくかな？　とでも言いたそうだ。

ケビンにもその気持ちはよく分かった。

でもカイトは本当に運がいいのだ。

頭の中に図鑑丸ごとの知識があるのとは別に、運よく珍しい植物に遭遇する。一緒に旅をして来たケビンは、何度もそれを見てきた。

ギルドに寄って、昨日と全く変わっていない至急依頼を確認する。

カイトとケビンは門を出て、昨日打ち合わせていた通りの場所へ向かう。

マイロは二人の後ろから大人《おとな》しくついて来た。行き先にあれこれ口出しするつもりはないようだ。

町の北側の森に向かった。

所々拓《ひら》けた場所があったり、太い樹木が折れていたり、幹や地面が焦げていたり、激しい戦闘の痕跡《こんせき》が残っている。つまり強い魔獣が生息する、遭遇率の高い場所と言える。

「いきなりここなのか」

マイロがぼそっと呟いた。

カイトとケビンは分かってここを選んだ。

強い魔獣が出て来ても討伐できる自信があった。

モスバテの木を探して奥へ踏み入る。

周囲を警戒しながら進んでいると、右側から咆哮《ほうこう》が聞こえてきて、すぐにケビンは剣を抜いた。

「トランションだよ！　二頭いる！　後ろは僕がやるから前をお願い！　足止めする！」

「了解！」

威勢よく咆哮しながら突進してきたトランションだったが、カイトの言葉通り途中でガクッと急停止した。

その隙を逃さず、ケビンは斬りかかって首を落とす。

後ろのもう一頭はカイトの風魔法で首を落とされている。

あっという間だった。

目を剝《む》いたマイロは大きく口を開いた。

「はあっ？」

驚愕《きょうがく》で絶句しているマイロの前で、カイトとケビンは慣れたように相談している。

「う～ん、トランションか。買取りしていたっけ？」

「どうかな」

「これは肉があまり美味《おい》しくないんだよね。図体はデカいくせに勿体《もったい》ない」

「爪と牙《きば》と皮は何かの素材になったはず。前のギルドは買取りしていたが、ここはどうだろう？　場所によるのかもしれない」

「そうだね。とりあえず丸ごと持って帰ってみる？　来たばかりだけど」

「そうだな。そうしようか」

「おいおいおい！」

我に返ったマイロが大声を上げた。

カイトとケビンは「何ですか？」と同時に振り返る。

「ト、トランションだぞ？　しかも二頭！　それをこんなに簡単にっ？」

「え？」

「しかも！　おま……無詠唱？　無詠唱だと？」

「ああ。それに驚いているのか……」

カイトはさらっと流すと、トランションの死骸《しがい》を二つ、風魔法で浮かした。

「一旦《いったん》ギルドに戻るよ？」

とっとと歩き出したカイトとケビンに、マイロは口をぱくぱくさせながらついて行った。

後ろでブツブツ言う大男を、二人は気にしない。狙いじゃない荷物になる獲物を狩ったので、さっさとこれを処理して戻りたいのだ。

だから急いだ。

ギルドに持ち込むと、丸ごと買取りすると言うので、解体も全て任せて、また森に戻る。

マイロはもう静かになっていた。

戻った森を進む度に魔獣が襲ってくるので、なかなかモスバテの木を探せない。

結局その後、二度も森とギルドを往復する羽目になり、カイトはぼやいた。

「討伐せずに吹き飛ばすだけにしとこうかな」

「それだと息を吹き返した魔獣が、また襲ってくるんじゃないか？」

「そうか。うう、面倒くさい」

「だから他の人もなかなか採取できないんだろう」

「そうか、そうだね」

うんざりとしたカイトだったが、次の瞬間、目を輝かせた。

「あった！　モスバテの木！」

「え？」

「やった！　実もついている。じゃあ邪魔が入らないうちにさっさと採るね！」

カイトは風魔法を使って、木の上部に実っている果実をもいだ。

ゆっくりと空中をゆらゆらしながら下りてくる果実を、カイトが大袋の口を広げて受け止める。

合計、五個の果実を採取したカイトは満足そうに微笑んだ。

「やったね！　さあ帰ろう！」

「ああ」

カイトとケビンは喜びながらギルドへ戻った。

ギルドで手続きが終わった後、その果実は依頼主のマイロの手に渡る。

マイロは無言だった。

信じられないものを見るように、手の中の果実を見詰める。

そして何か噛《か》み締《し》めるような表情をした後、顔を上げた。

「ケビン、これを渡しに行くのに一緒に来てくれないか？」

「え？」

「あれに妹の一人息子《むすこ》を会わせたい」

「あ、はい。構いません」

カイトとケビンは、マイロの後について行った。

宴会

町の外れの小さな家が立ち並ぶ一角で、マイロは立ち止まった。

「お～いサリュー、いるか～？」

「は～い、マイロ様？」

扉が開き、中から出て来たのは小柄な中年女性だった。目尻《めじり》に皺《しわ》のある優しい顔立ちをしている。

「モスバテを持って来た」

「あらっ、あらあらあら！　まあ！　本当に採れたの？　凄いわねえ」

「ああ。凄いだろ？　この坊主と、この男が採ってくれたんだ」

「……え？」

女性はケビンを見て愕然《がくぜん》とした。

「ええッ？　大旦那《おおだんな》様？」

「サムゲに会わせたい。起きているだろうか？」

「え？　ええ、はい……」

女性は動転したまま、奥に向かった。

「父さん？　マイロ様が来てくれたわよ？」

「え、マイロ様が？」

「起きられる？」

ベッドに横たわる老人が身を起こそうとして、女性がその介助をする。

マイロが近寄って手を差し伸べた。

「俺が手を貸そう」

「ああマイロ様。お元気で……」

マイロの逞《たくま》しい腕に縋《すが》りながら半身を起こした老人は、マイロの顔を間近で見て泣きそうになった。

「お手を煩わせて、申しわけ……」

「いいんだ。ちゃんと座れるか？　うん。大丈夫そうだな」

マイロの目が優しく老人を見下ろしている。

「サムゲ、見えるか？　目の前の若者の顔。マリーの息子だ」

「マリー様の……？」

「えっ⁉」

女性が息を呑《の》む。

マイロはケビンを手招きして、更に近付くように促す。ケビンは従った。

マイロの隣まで行き、老人の顔の前にしゃがみ込んで目を合わせた。

その瞬間、老人の目がカッと見開いた。

「お、大旦那様‼」

「親父じゃない。マリーの息子だ。ケビンという」

「ケビン様？」

「そうだ。ケビンだ。マリーの息子」

言い聞かせるように繰り返したマイロの腕を、老人の骨張った手がぎゅっと掴《つか》む。

「マリー様の。ああ、こんなに大旦那様にそっくりだなんて……」

「本当にな。俺も知らなかったよ」

「お会い出来て光栄です」

「こちらこそ。初めまして」

涙を流しながら手を伸ばされたので、ケビンもその皺々の手を握る。何だか胸の奥がざわついた。

ケビンには祖父と過ごした記憶がない。母方はもちろんだが、父方も交流がなかった。

ケビンが幼い時に既に亡くなっていたと思う。祖父母の両方とも、その姿を見たことも、声を聞いたこともない。

もしかしたら同じ屋敷で暮らした時期があったかもしれないが、ケビンは物心ついた時には離れで暮らしていたので全く記憶になかった。

落ち着いたサムゲに切り分けたモスバテを食べて貰《もら》えた。美味しいと喜んで貰えてカイトとケビンも嬉《うれ》しくなる。頑張った甲斐《かい》があった。

涙ぐむ女性ともケビンは固い握手をした。

何度もお礼を言われて、その家を後にする。

マイロからも再度お礼を言われる。

「ありがとうな。こんなに早く本当に採取してくれるなんて思っていなかった」

「言ったでしょ？　僕は運がいいの」

「そうだな。疑って悪かった」

三人は気分よく往来を歩いた。

そしてマイロは行き交う人たちに何度も告げていた。

「今晩、宴会をするから来いよ」

「宴会？　この間済んだばかりだろう？」

「酒が要《い》らないなら来なくていい」

「絶対に行く！」

そして夜、目抜き通りにはたくさんの手持ちランプが並び、明るく照らし出していた。

どこからか持ち込まれたベンチもあり、たくさんの人が座っている。

男女混ざり合って思い思いにつまみを食べて、酒を飲み交わしている。

ある程度、人が集まった頃、領主マイロが立ち上がった。

「みんな集まってくれてありがとう。今日は紹介したい人がいるんだ。俺の妹、マリアージュの息子がここに来てくれた。混乱するから顔をよく見てくれ」

「混乱？」

「何でだ？」

ケビンは手招きされて立ち上がる。マイロの隣に立った。

「……え？」

一瞬の静寂の後、歓声と怒号が巻き起こった。

「領主様！」

「大旦那様だ！」

「えっ？　えっ？」

「嘘《うそ》だろ？」

「生き写しじゃねえか！」

しばらく続いた動揺が収まるのを待って、マイロは声を張り上げた。

「その通り、ケビンは親父《おやじ》にそっくりだ。ちゃんと紹介しとかないと、親父の隠し子が来ているなんて報告が、館に殺到しそうだったからな！」

「そりゃそうだ！」

「違いねえ！」

ガハハと大きな笑いが起こる。

集められた理由を知って、町の人は納得したようだった。

次々に注《つ》がれる酒を浴びるように飲み、笑い、肩を叩《たた》き合っていた。

カイトとケビンはしばらくそこで飲み食いして、その場の楽しい空気を堪能した。

近くに座った人に次々と質問責めにされたが、冒険者をしていること、春まで滞在する事など答えた。

そして割と早めに解放された。

カイトはまだ成人していないので、酒が飲めないからだ。

追及

　その夜、風呂《ふろ》から部屋に戻ろうとしていたケビンは、マイロに待ち伏せされた。近くの部屋に引き込まれて詰問される。

「あの坊主、カイトは何者だ？」

　マイロは険しい顔をしている。

　質問の意図を悟ったケビンは、ああと納得した後、少し困った表情になった。

「ええ、気になりますよね」

「ありゃとんでもねえぞ？　当たり前のように無詠唱で魔法を繰り出して！　しかもあんな細かな精度の。モスバテの実をもいだのは風魔法だろ？　繊細な魔力の調整が必要だ。じゃないと果物なんか簡単に潰《つぶ》れちまう。それをあんな……あんな簡単にひょいひょいと！」

「……はい」

「自分の目で見てなかったら、話だけだったら絶対に信じないぞ？　俺の魔法使いの仲間もな！」

「でしょうね。カイトは凄《すご》いんですよ。年齢のせいで舐《な》められますけど」

「凄いの一言で片付けるなっ」

「でも本当にそうなんです。俺達のチームはカイト主導なんです。力量もですよ？　カイトがA級と聞いて、俺のお陰で実力より底上げされて上のランクに昇級したと思ったでしょう？　仲間に引き上げられたと」

　あのちらりと向けられた視線の意味はそうだ。

「でも違うんです。逆なんですよ。俺がカイトに引き上げられているんです。俺の本当の実力は、多分A級じゃない。カイトと組んで討伐しているからA級なだけなんです」

「ううむ。この目で見てなかったら信じないが、そうなのかもしれないな。相棒が魔法であんな風に魔獣の足止めをしてくれたら、そんなに剣の腕がなくても斃《たお》せる」

「はい。そうなんです。驕《おご》らずに頑張って鍛えていますけど、すぐには……」

そこでケビンはハッと思いついた。

「ここの騎士団の訓練に参加してもいいですか？」

思いがけない申し出に、マイロはきょとんとしたが、すぐに頷《うなず》く。

「もちろんだ。でも冒険者として働くんだろう？　早朝訓練なら時間的にも大丈夫そうだな。朝食前だ。皆も集まるし、指導を受けたい者がいたら頼めばいい。俺からも団長に言っておく」

「ありがとうございます」

話は終わったと部屋を出ようとしたケビンは、引き留められた。

「おい、質問に答えていない。カイトは何者なんだ？」

ケビンはハタと止まる。厳しいマイロの視線に晒《さら》されて逡巡《しゅんじゅん》したが、正直に答える事にした。

「ああ。それは答えられないんです」

「なにっ？」

「でもいずれ分かります」

ケビンは遠い目をした。

「いずれ分かる時がくるでしょう。否応なしに。隠したくても隠せなくなる時がくる。多分、そうなります」

「…………分かった」

いかにも訳ありといった風情のケビンに「今は追及しない」とマイロは矛先を収めた。

「頑張って腕を上げろ。自信に繋《つな》がる」

ケビンが正直に話した事で心中を察したらしいマイロは、励ますように背中を叩くと部屋を出て行った。

ケビンも微笑《ほほえ》んで見送った。親世代の人に親切にされた事がほとんどないので、少し擽《くすぐ》ったいが嬉しくもある。

母が生きていたら、もっと早く出会えたのかなと、何となく思った。

早朝訓練

寝る前にケビンはカイトの部屋に行き、早朝訓練に参加すると告げた。

「朝食前だからカイトは寝ていていいよ」

「ううん。僕も参加する。魔法使いの人もいるよね？　訊《き》きたい事があるんだ」

「そうか？　じゃあ一緒に行こうか」

「うん」

そして翌朝、ケビンは日が昇った頃にごそごそと起きて着替えた。鎧《よろい》はつけず、いつも鎧の下に着ているシャツ姿だ。

扉の開閉音が聞こえたのかカイトも出て来たので、一緒に階段を下りる。

訓練場にはまだ人が少なかった。

これからどんどん集まって来るのだろう。近くに騎士団の寮があるかもしれない。

先日、破壊された訓練場の壁は応急処置がしてあった。

木製の壁はすぐには修理出来なかったようだが、石の床はへこんでいた部分が平らに均《なら》されている。土魔法が使える人が直したのだろう。

訓練用の人型はきれいになくなっていた。もしかしてあの三人が全部壊したのだろうか？

マイロの姿は既にあった。

領主が騎士団の早朝訓練に参加するとは思えない。ケビンが参加する初日だから、気を遣って来てくれたのかもしれない。

「おはようございます」

「おう、おはよう。坊主も来たのか」

「うん。魔法使いの人に色々訊きたいんだ」

「そうか」

ケビンが身体《からだ》をほぐし、黙々と木剣を振っていると、やがてぽつぽつと騎士が集まって来た。

みんな思い思いに身体を動かしていたが、一通り集まったところでマイロが声を上げた。

「おはよう。いつも言っているが、怪我《けが》には充分気を付けること。それから今朝《けさ》からケビンも訓練に加わる。遠慮せずにどんどん鍛えてやってくれ。小っこい坊主はカイトだ。魔法使いだからよろしく頼む」

はいっ、と声が揃《そろ》った。

騎士達とは違う服を着ている四人が目に入る。初日にマイロと一緒になって暴れていた二人もそこにいた。おそらくマイロの冒険者チームなのだろう。初めて見る人が一人増えているが、きっとそうだ。

「じゃあカイト、また後で」

「うん。頑張ってね」

ケビンはカイトと分かれて、他の騎士に合流した。

まずは走り込みからのようで、列になって訓練場を出て行く。

王城でも同じ光景を何度も見た。元の世界でも軍隊がそうしているのを映画で見た。身体を鍛える手段はどこも同じなのだ。

訓練場に残ったのは冒険者チームらしい四人と、上役っぽい年配の人の五人だけ。

カイトはチームに歩み寄った。

「おはようございます」

「おはよう。坊主も参加するのか」

「はい。ええと、魔法使いのアベンさん？　質問してもいいですか？」

髪の長くて首の後ろで括《くく》っている彼は、名指しされて少し驚いたようだ。

でもすぐににっこりと「なんだい？」と微笑んでくれた。

カイトはずっと気になっていた事を口にした。

「その手に持っている棒は何ですか？　杖《つえ》？」

「ああ、そういえば君はまだ持っていないみたいだね。そうだよ。この杖は魔法使いの武器。魔力を増幅したり、魔力操作を助けてくれたりする物だ」

細長い木の棒にしか見えない杖は、そんなに長くない。肘《ひじ》から手首ほどの長さだ。

「そんな便利な物が。武器屋では見かけなかったよ？」

「魔法使いの杖に加工するには職人の腕が必要なんだ。職人がいる武器屋なら店頭にも置いてあるぞ」

「なるほど。じゃあ僕は職人のいない店しか行った事がないんだね。……ちなみにそれは何ていう魔獣？」

「クトーシュの角だ」

カイトは頭の中の生き物図鑑を開いた。

「クトーシュ。生息地は辺境。白くて素早い小型の魔獣。木の上で群を作って暮らし、枝から枝を伝って移動する。上からいきなり飛びかかって来る攻撃に要注意……」

ぼそぼそと呟《つぶや》くカイトに、冒険者四人は仰天した。

「坊主、凄いな」

「何だ？　その知識」

「まさか図鑑を覚えているのか？」

次の討伐対象が見付かって、カイトはにっこりと笑った。

「他の魔獣は？　クトーシュだけ？」

目を丸くしているアベンが答えてくれる。

「いや、他にもナットナーやプリストール、ホロコー等の角も使える。幻と言われるユニコーレの角もあるぞ」

「アベンさんはどうしてクトーシュを使っているの？　それが強いから？」

「強いというか、相性がいいからだ。魔法使いの杖は素材の値段ではなく相性で決まる。これも三代目だ。最初はホロコーを使っていたが、ナットナーを使ってみたらそっちの方が相性がよかった。更にクトーシュを討伐できたので加工したら、こっちの方が断然よかった」

「へえ……」

カイトの瞳《ひとみ》が輝く。

「値段で言えば高価なのはホロコーだし、クトーシュの角は入手しやすくて比較的安価だ。でも俺の魔力と相性がよかったのはクトーシュ。手に馴染《なじ》んで使い勝手もいい。だからこれを使っている」

「なるほど。自分に合う杖を作るには色々試さないといけないんだね？」

「そうだ」

「参考になったよ！　ありがとう！」

カイトは満面の笑みを浮かべた。

ホロコー、クトーシュ、ナットナー、プリストール、ユニコーレ、と指を折りながら頭に叩き込む。

アベンが申し訳なさそうに言う。

「俺は三種類の杖を持っているから試させてやりたいんだが、杖は他の者の魔力が混じると使えなくなるんだ。そうなったら武器屋に再調整して貰わないといけなくなる。だから魔法使いは杖を他人に触れさせない。他の魔法使いの杖に触るのも厳禁とされている。……悪いな」

「そうなの？　ううん、お気遣いありがとう。自分で捕まえてくるよ。ちなみにこの町に職人さんはいる？」

「いるぞ。トロロアの武器屋でしてくれる」

「分かった！　本当にありがとう」

大喜びのカイトに、マイロは複雑そうな目を向ける。

「カイト。お前に杖は要らないんじゃないか？」

「え？　何で？」

「充分、凄い魔法を使うじゃないか」

マイロの言葉に、他の三人が怪訝《けげん》そうな表情になる。

「何で？　僕はもっと強くならないとケビンを守れないよ？」

「カイトはケビンを守る為に強くなりたいのか？」

「もちろんそうだよ？　怪我して欲しくないもん」

こちらの世界は医療が発達していない。便利な治癒魔法もない。一度怪我をしたら治るまで長くかかってしまう。

それに麻酔代わりの麻痺《まひ》薬はあるが、それを切らした時に重傷を負えば命に関わる。

麻酔なしで縫合なんて、ケビンに絶対に体験して欲しくなかった。

「そうか……」

マイロは困ったように眉《まゆ》を下げながらも、口元は笑っている。

複雑な表情をしていた。

魔法訓練

カイトは周囲にちらちらと視線を向けて、それに気付いた。

「はっ、もしかして魔法使いの騎士さんも一緒に走りに行った？」

「そうだよ。魔法使いにも体力は必要だ」

「しまった！」

体力作りが頭から抜け落ちていた。杖のことで頭がいっぱいだった。

「明日から頑張ればいいよ」

「うん。そうする」

「でも王都からここまで昇級しながら旅をして来たんだろう？　討伐もしながら。それなりに体力はついているんじゃないのか？」

「え？」

「あ、俺はゴードン。盾役だ。よろしく」

「カイトです。よろしくお願いします」

初対面の大柄な男の人が口を開いた。

ゴードンはマイロと同じくらい大きくて肩幅も凄くて、カイトの小さな身体など片手で持ち上げられそうだ。

「俺もここ出身じゃなくて流れて来たから分かるが、討伐しながらの旅は過酷だ。体力がなきゃもたん」

「過酷？　そんなに大変じゃなかったけど？」

「そうなのか？　王都を出たのは春だろ？　昇級しながら辺境まで辿《たど》り着《つ》くなんて、本当に凄いぞ？　A級なんだろう？」

「そうなの？」

「そうだ。普通はそんな短期間に……しかも移動しながらなんて無茶だ」

「そうだったのか……」

カイトの驚きように、ゴードンも驚く。

「一体、どんな旅をしてきたんだ」

「ええと……？」

不審がるゴードンの横で、マイロが何とも言えない顔をしている。

他の二人は怪訝そうにそれを眺めていた。

マイロが咳払《せきばら》いをして、カイトを促した。

「走り込みはもう仕方ないから、明日から頑張れ。とりあえず今日はアベンに鍛えて貰《もら》えばいいじゃないか？　同じ魔法使いなんだし」

「アベンさんに？　でもS級の人に教わるなんて、おこがましいような気がす――」

「いいから教わってみろ。アベンはここの騎士団員じゃないから滅多に来ない。チャンスだ」

被《かぶ》せるように重ねて言われて、カイトは困惑した。

マイロは頻《しき》りにアベンに目配せしている。

「分かった。カイトくん、こっちに来て。魔法使いは魔法使い同士、頑張ろうね」

「はい。ありがとうございます」

アベンがカイトを連れて行ったのは訓練場の外だ

った。

建物のすぐ横に弓道場のような設備があった。元の世界でいう弓道の的……アーチェリーの的みたいな物が遠くに設置されている。

「あれに向かって魔法を飛ばそう。カイトくんの属性はなに？　何魔法が得意？」

「得意というか……よく使うのは風魔法ですね」

「じゃあそれね。俺がやるのを真似《まね》してみて」

「はい」

アベンが杖を掲げて早口で詠唱すると、鋭い風が的に向かって飛んで行った。

カイトは一応詠唱するフリをしてから、アベンを真似して風を飛ばす。

遠くにある二つの的のど真ん中が撃ち抜かれて、ぽっこりと穴が空いた。

驚愕《きょうがく》に目を見開いたアベンがカイトを振り返ってくる。

「凄《すご》いな。その年齢で」

見学しているマイロの仲間達も驚いたようだ。

誰かがヒュウと口笛を吹いた。

「じゃあ次はもっと精度を上げるよ。穴を小さくするよう心掛けて」

「うん」

的は使用人らしき人が向こう側にいて取り替えてくれた。その素早い動作に慣れているのだと分かる。

アベンが風魔法を放つ横で、カイトもそれを真似る。

何度か繰り返すと、アベンの目の色が変わっていった。真剣な眼差《まなざ》しでカイトを見下ろしてくる。

「属性は他に何が使えるの？」

「ええと、普通の人は二つ、だったっけ？」

目を泳がせるカイトに、アベンの視線は更に鋭くなった。

「正直に」

「…………………」

カイトは考え込んだ。

最初のギルドで基礎を教わった時に、とても驚かれたので誤魔化《ごまか》した方がいいかなと思ったのだが……。

どのみち昨日、マイロの前で使ったのだ。今更隠そうとしても無駄かも。

そもそも何で隠そうとしていたんだろう？

悪目立ちしないようにだったっけ？　他の冒険者に絡まれないように。

そう。あの頃は最低ランクで、子供だからと狙われる可能性が高かった。俺のチームに来いと強制されると警戒して……。

でもここでは領主の客分であるカイトに絡んでくる輩《やから》はいないだろう。

それにランクも上がった。

若僧なのは変わらないけれどA級なんだから、もう隠さなくてもいいのかな？

それに目の前のS級の人の眼力は凄い。圧が半端ない。カイトは観念した。

「……四つです」

「え？」

「全部使えます」

「「何だと!?」」

度肝を抜かれたマイロと仲間達の声も聞こえる。

カイトはアベンの迫力に目を伏せた。

「実演してくれるか？」

とても断れそうにないアベンの低い声に、カイトは素直に従った。

「火魔法は的が燃えますけど……」

「構わない。やってくれ」

向こう側にいる使用人に「火魔法が行くぞ！」と声がかかる。

使用人がさっきよりも的から距離を置いたのを確認して、カイトは火魔法を飛ばした。

もういいかと判断したので無詠唱だ。

精度もギリギリまで上げて、針の穴に糸を通す映像を脳裏に浮かべて、やってみた。

赤い炎が細い線を残滓《ざんし》で描きながら飛んで行き、的の中心部だけ燃えた。しばらく待つとゆっくりと炎が広がり、的から上がる火柱が大きくなる。

愕然《がくぜん》としたアベンの口から「凄い……」という感嘆の声が漏れた。

「なっ……？」

「無詠唱っ？」

「いま無詠唱だったよな？」

的の交換が済むのを待って、水魔法、土魔法と連続してやった。

これも針の穴をイメージしたので、的の中心部だけ本当に小さな穴が空いた。

使用人に的を持って来させたマイロと仲間達は、その極小の穴に絶句する。

「なんじゃこりゃあ!!」

「凄《すげ》え……」

「こんなのアベンでも無理だろ」

「そうだ。こんな精密なのは見た事がない。本当に凄い」

驚愕と畏怖《いふ》の交じった四人の視線が、カイトを貫く。

カイトは首を傾《かし》げて、えへへと照れ笑いをしていた。

誉《ほ》められるのは嬉《うれ》しい。これまで隠してきたので、単純に胸が弾んだ。

「坊主、何者だ？」

「それは訊《き》いちゃいけないんだと」

マイロが仲間を止める。

「え？」

「ケビンがそう言っていた」

「ケビンが？」

S級四人に見下ろされながら、子供みたいな体格のカイトは、ニコニコと上機嫌で笑っていた。

執務室【マイロ視点】

「だから言っただろう」

不機嫌そうなマイロが文句を言うと、アベンがすまんと素直に謝る。

「まさかあんな物凄《ものすご》い魔法使いだとは思わなかったんだ。だってまだあんなに小さい……子供だぞ？」

アベンの言葉に皆が一斉に頷《うなず》く。

四人は騎士達が走り込みから戻って来たタイミングで、訓練場から領主の執務室へ移動した。

ソファでお茶を呑みながら、先ほどの衝撃を思い出す。

「俺も心臓が止まりそうだった。昨日のカイトとケビンの狩りを見た時はな。本当に一瞬だったんだぞ？　トランション二頭！　瞬きする間にたった二人で斃《たお》していたんだ。しかも二人はこれがいつもの事だとアッサリしていて……」

「自分の目で見なければ信じないところだが、カイトのあの魔法があれば不可能じゃないな」

「ああ。魔獣を足止めするのに風魔法を使っていた。もしかしたら土魔法も使っていたかもしれない」

「無詠唱なら高速で連続して繰り出せる。土魔法で地面を隆起させて魔獣の足の裏を刺し、風魔法で前方へ進むのを阻む。効果的な足止めだ」

盾役のゴードンが指摘する。

「俺の仕事はないな」

「だから二人でもA級なんだろう」

普通の冒険者チームは大体四人はいる。

前衛の盾役と剣士、後衛の魔法使い。マイロのチームは剣士が二人、片手剣のクリスと大剣のマイロだ。

魔法使いが二人いるチームもあるが、四人で役割分担しているのが一般的だ。

「おそらくあの子は一人でもA級だぞ。もしかしたらS級……」

「だろうな。ケビンも自覚していた。だから懸命に訓練に励むんだろう。カイトの足を引っ張らないように」

「ふあぁ〜……しかし驚いた」

クリスが背伸びしながらぼやいた。

「早朝訓練に呼び出すから何事かと思ったぞ」

「わざわざ呼び出した理由は分かっただろう？」

「ああ」

「とんでもないな……」

「朝っぱらから驚かすなよ。心臓に悪い」

「同じ魔法使いのアベンの意見が聞きたかったんだ。魔法使いならではの視点があるだろう？」

「そうだが、同じ魔法使いだからこそ、その凄さが実感できたな。嫌というほどに。完敗だ。S級だと自負していた俺があんな子供に……」

自嘲《じちょう》するアベンに、マイロは真顔になった。

「いや？　比べない方がいいぞ。カイトはどう考えても規格外だ。努力でどうにかなるレベルじゃない。張り合おうとするなよ？　こっちが潰《つぶ》れる」

「分かっている。俺もまだまだだと思い知っただけだ。とりあえずあの針穴の的を目標にするよ」

「そうか。頑張れよ」

仲間が努力する指針となるのなら問題はない。

「いや。ちょっと待て」

アベンが何か思いついた。

「どうした？」

「さっきは精度……魔力を調整して小さく抑える訓練だったが、逆に拡大するとなると、どこまで凄いんだ？」

「あ……」

「火魔法でいうと炎の大きさか？」

「そうだ」

カイトなら巨大な火の玉を作れるかもしれない。もしかしたら超巨大な、爆発を起こすほどのものを……。

マイロも同じ想像をしたのか、少し青ざめた。

「それに魔力量はどのくらいだ？　昨日はどのくらい魔法を使っていた？」

マイロは懸命に思い出す。

「ええと、トランション二頭の足止め、ギルドまで浮かせて運搬。同じ事の繰り返しを二回。その後、モスバテの実をもぐのに繊細な風魔法を使っていた。五個のモスバテをもいで、ゆっくり下ろしていた」

「一つも潰さずにか？」

「ああ」

「そりゃ凄いわ」

「神業もんだな」

「…………………」

真っ青なアベンに至っては言葉もない。

「魔力切れしていない？」

「していなかったな。ピンピンしていた」

「アベンの顔色から察するに、もしかしたら魔力量も凄いのか？」

「そうみたいだな」

「本当に何者だよ」

全員の心の中はその一言で表せたが、答えを出せる者はいない。

「マリアージュ様の息子《むすこ》だけでも驚きだったが、連れも物凄かったな」

「そうだな」

「そういえばどうなった？」

クリスがふと思い出してマイロに問う。

「マリー様の結婚相手、伯爵家への制裁は始めたんだろうな？」

マイロの目の色が変わる。

「当然だ。目に物見せてくれる」

その話題になると頭が瞬間沸騰して腸《はらわた》が煮えくり返るので、マイロは拳《こぶし》を握って怒りを宥める。

「徹底的にやる。甥《おい》っ子《こ》を冷遇しやがって、ふざけるなよっ！」

余所《よそ》から来て辺境に居着いたゴードンは、マイロの妹のマリアージュを知らない。だから他の三人みたいに激怒しない。冷静に尋ねた。

「ここが辺境で王都から遠く離れているから、こっちが何も出来ないと踏んだんだろうか？」

「おそらくそうだろうな」

「馬鹿だな」

「馬鹿だ」

「賢い貴族なら辺境伯を敵に回さない」

「そうだ。頭が悪い」

「徹底的にやってやれ。どこの領民も頭がすげ変わっても問題ない。むしろ馬鹿な領主は退いてくれた方がありがたい」

「分かっている。一切手加減はしない。辺境伯を怒らせた責任を取って貰う」

マイロは片頬を引き上げて歪《ゆが》んだ笑みを浮かべた。

久しぶりに見る仲間の黒い笑顔に、他の三人もニタリと腹黒い笑みを返した。

杖《つえ》と牧場【カイト視点】

早朝訓練の後に汗を洗い流し、朝食を終えてからカイトとケビンは冒険者ギルドに向かった。

歩きながらカイトはケビンに謝る。

「ゴメンね。昨夜、もしかしてマイロ様から僕について質問されていた？」

「ん？　何かあったのか？」

「訓練でバレちゃった。さすがにS級の人は鋭いね。誤魔化せなかった」

「そうか」

「でも変な人に絡まれても今ならもう自分たちで撃退できるから、バレてもいいかなと思って。詠唱なしでやっちゃった」

「そうか」

それは仕方ないとケビンも思う。

とにかく上のランクの人はあらゆる意味で凄いのだ。

まだ経験の浅いカイトとケビンなど、まさに赤子と同じ。あしらうのも簡単だ。

「僕の素性《すじょう》は問い詰められなかったよ。ケビンが言ってくれたんでしょ？」

「ああ。いずれ分かる時がくるとも言った。それに正直に話しても信じてくれるか怪しい。聖女様は王城にいるからな」

「そうだね。騙《かた》りだと思われるね」

「まあ、もう気にするな。気にしてもしょうがない。新たに狙う魔獣があるんだろう？」

「そう！　僕の武器の素材！」

「じゃあギルドで情報収集だな」

「うん！」

　それからの日々はカイトの杖の素材狙いに費やした。

　一番狙いやすかったクトーシュはすぐに手に入ったが、杖に加工する前からカイトは違うと感じたらしい。まだ杖の状態にしていないのに、角を持っただけで分かったという。

　それでも一応、武器屋に加工の依頼を出して、他の素材集めに動いた。

　ホロコーとナットナーも手に入ったが、カイトはどちらもしっくりこないらしい。これらも念の為に杖に加工したが、やっぱり駄目だった。

　荷物になるぶん邪魔だと言い、結局、何も持たないいつものスタイルで討伐を進める。

　残りのプリストールは生息地が遠く離れていて断念した。

　最後のユニコーレは幻と言われるだけあって、生息地すら不明だった。昔、その角を杖にしていた冒険者がいたという伝説が残っているだけだった。

「まあ、いいや。杖がなくても問題ないし」

　期待していた分、がっくりと肩を落とすカイトを、ケビンは慰めた。

カイトはそれと並行して、硬いパンを柔らかくする事に心血を注いだ。

辺境では城壁の内側で牛と山羊《やぎ》を育てていた。魔獣に襲われないよう石壁で囲い、その中で飼育している。

カイトはパンを柔らかくする為にはそれらの乳が必要だと言い、もっと数を増やしてもいいかとマイロに尋ねていた。

しかし返事は思わしくなかった。

「場所がないんだ。放牧する場所も広さが必要だろう？　今の頭数でギリギリだ」

「じゃあ放牧地を拡大したらいける？」

「あと獣舎も増築しなきゃいけない。木材もかなり必要になる。野生の牛と山羊も捕獲してこなきゃいけない」

「僕がするよ！　建物の増築は協力して貰《もら》わないといけないけど、他は頑張る」

「頑張るって、出来るのか？」

不思議そうなマイロが首を捻《ひね》るが、カイトはやる気満々だ。

「まずは放牧地の拡大だね！　任せて！」

カイトは放牧地を視察すると、いきなり外周の木を伐採し始めた。風魔法で一気に大木の根元を切っていく。倒れる大木を風魔法で隅に運び、どんどん重ねていった。

魔法の実力を隠す必要がなくなったカイトは、やりたい放題だ。これでもかと言わんばかりに大胆に魔法を駆使する。

マイロと牧場関係者があんぐりと口を開ける前で、カイトはあっという間に伐採を終えた。

斜面になっていて、これ以上は無理という所まで広げる。

そして木の切り株を土魔法で掘り起こして、邪魔にならない場所へ運ぶ。これも風魔法で運搬した。

そして従来あった石壁を土魔法で根元から掘り起こすと、広がった敷地を囲うように再配置していく。

土魔法でどんどん進めて、足りなくなった箇所はカイトの土魔法で新たな石壁を構築した。

たった一日で放牧場の拡大が完了してしまったのだ。

「ま、マイロ様……」

牧場関係者は震えていた。

マイロの大きな身体《からだ》に取《と》り縋《すが》るが、マイロも驚き過ぎて真っ白になっていた。

「木材はこれで足りるかな？　乾燥させて使うんだよね？　乾燥もさせとくね？」

カイトが積み上げた丸太を、乾燥作業しながら獣舎の横へ並べていく。どんどん積み重なるそれは、ちょっとした小山になった。

「あ、板に加工する時も言ってね。僕が風魔法で裁断するからね！」

「ぼ、坊主……」

「獣舎を建てる時も呼んでね！　僕が野生の牛と山羊を捕まえて来るよ。大丈夫！　任せて！」

カイトの勢いに、領主マイロは完敗した。

数日後、手が空いていた大工を呼んで増築に取りかかる。

その時もカイトは大活躍だ。

基礎を立ち上げる時はカイトの土魔法を使い、あっという間に完成させる。

ここは冬が厳しいので、基礎部分が高くしてある。雪対策でもあるが、カイトは問題なく土魔法で構築する。

丸太を柱に加工するのもカイトが風魔法でカットした。乾燥も終えているので、すぐに使える。

どんどん柱が立ち、屋根がつき、壁を覆っていく。

獣舎も二日で完成させてしまった。

「じゃあ後は捕まえて来るだけだね。行って来る！」

飛び出して行くカイトに、ケビンも急いでついて行った。

生息地は調べていたのか、カイトは真《ま》っ直《す》ぐその地を目指すと、あっさりと野生の牛を捕獲した。

果物を潰さないように使った時と同じ、繊細な魔力調整をした風魔法を使い、暴れる野生の牛を生きたまま持ち上げた。

そして放牧場まで戻ると、そこへそっと下ろす。

さすがに一頭ずつなので、何度も牧場とそこを往復した。

増やした獣舎の定数ギリギリまで、牛と山羊を捕獲できたのは三日後だった。

「さすがに疲れたね～」

やれやれとホッと息を零《こぼ》すカイトに、マイロと牧場関係者が頭を下げた。

「ありがとう。今年の冬は余裕を持って過ごせそうだ。礼を言う」

改まったマイロに、カイトはにこやかに笑う。

「パンを柔らかくする為だからね！　僕が食べたかっただけだから！」

そしてカイトの勧めるままに、ふんだんに牛の乳とバターを使ったパンを食べたマイロは、またも目を丸くして固まった。

「美味《うま》い！」

厨房《ちゅうぼう》でも大好評だった。

「柔らかいな……」

「食べやすいぞ？」

ケビンも驚いた。

いつもパラミーナ……サンドイッチを食べて硬いと文句を言っていたカイトの気持ちが、ようやく分かったのだ。

「美味い……」

「でしょう？　僕はこれを少し甘くした、ほんのり甘いパンが好き」

目的を達成したカイトは、幸せそうに柔らかパンを頬張った。

それとは別に、キノコや鶏ガラを使った『出汁《だし》』なるものも、領主の館から徐々に町に広まっていく。

辺境の食卓に革命を起こしたカイトは、領民から圧倒的な支持を得て絶賛されたのだった。

伯爵家では【ケビン父伯爵領の執事視点】

異変は唐突に訪れた。

「何だと？　木炭が購入出来ないだと？」

「はい。ただの木炭ではありません。高級木炭キャランです」

パギンス伯爵はその報告を受けた時、軽く首を傾《かし》げただけだった。

「高級とはいえただの木炭だろう？　どこから購入していたのだったか……」

「ジョーウェル辺境伯からです」

「ん？」

「ジョーウェル辺境伯から購入しておりました。もうずっと何年も。とても良質なキャランを安く購入させて頂いていたのです。それが突然キャランだけでなく、一切の取引停止だと言われたそうです。ジョーウェル商会から」

「ああ、ようやくあれを廃嫡したと知ったのか」

「そのようです」

ふんっとパギンス伯爵は鼻息を荒くする。

「辺境伯との取引など必要ない。木炭など他でも売っているだろう」

楽観的な主《あるじ》に対して、まだ若い執事は険しい表情を崩さない。

「キャランは辺境伯からしか購入できません。余所から購入できる木炭は大きく品質が劣るのです」

「たかが木炭だろう？　何をそんなに慌てる必要があるのだ？　余所の木炭でも構わないだろう」

「我が伯爵家だけでなく、領地にいる全ての領民も取引停止なのですよ？」

「だからそれがどうしたと言うのだ？　あんな遠くの田舎《いなか》の伯爵に何が出来る。放っておけ」

「本気で仰《おつしや》っていますか？」

執事の目が剣呑《けんのん》さを増す。

「くどい！　その件は終わりだ！　たかが木炭などで煩わすな。適当に対処しておけ」


伯爵家当主の言葉には逆らえない。

執事は無言で頭を下げて退出した。

パギンス伯爵が事態の深刻さを実感したのは、雪がちらつく季節になってからだ。

伯爵はたまたま領地に来ていた。

パギンス伯爵領は王都から見て北西にある。冬になると冷え込みが厳しく、雪が積もる地域だ。

伯爵は雪が降る前に王都に帰る予定だったが、季節外れの寒波がいつもより早めに来てしまい、天候が落ち着くまで領地に閉じ込められる事になったのだ。

思いがけない足止めを食らい、伯爵の機嫌は悪い。妻子も同行していたので、それぞれが文句を言っている。

一家揃《そろ》って食堂で夕食を食べている最中、伯爵がふと口にした。

「何か寒いな」

すると妻も顔を上げる。

「そうね。もっと火を強くしなさい」

使用人に命令して暖炉の火力を上げさせるが、いまいち部屋が温《ぬく》もらない。伯爵家の食堂が広いとはいえ、今までこんな事はなかった。

「ちゃんとしなさい！」

伯爵夫人の叱責に使用人は慌てるが、何をどうやっても、それ以上、部屋を暖めるのは無理だった。

見かねた執事が間に入る。

「おそれながら。今年は品質の劣る木炭しか入手できず、しかも数に限りがあり、食堂では薪《まき》だけを使用しております。昨年までのようにはいかないのです」

「え？　何を言っているの？」

夫人が怪訝《けげん》そうな顔をすると、伯爵があっという顔をした。

「木炭を辺境伯から買えなくなったからか」

「さようでございます」

「何故《なぜ》だ？　木炭は木炭だろう？　何が違うのだ」

「辺境伯が生産している高級木炭キャランは品質が段違いなのです。少量で部屋の隅々まで暖めてくれる優れものだったのです。毎年、それを安く買わせて頂いていました」

「…………………」

「しかし今年から全面取引停止の措置を取られ、木炭に限らず一切の商取引が不可能になりました。木炭は就寝用にあてているので、ここでは薪だけです。大きな部屋は暖められません」

「……そんな……」

「しかも優遇措置が撤廃された事により、昨年よりも費用がかさんでおります。質の劣る木炭でも昨年ほど大量に購入できません。今から計画を立てて節約していかないと、一番寒さの厳しい時分になくなってしまうおそれがあります」

「なにっ？」

「更に申しますと、領民全てに影響が及んでおります。凍死する者も昨年より増えると思われます」

「……そんなにか」

「はい」

伯爵の顔色が変わった。ようやく深刻な事態だと理解したのだ。

「何とか出来んのか？　木炭は余所《よそ》でも生産しているだろう」

「無理です」

「何故だ？」

「国内で流通している木炭の九割が辺境伯産なのです」

「九割っ？」

「木炭にも等級がありまして、最高級のキャランが特級で、上級、中級と続き、下級が一番下です。そして辺境伯産でない残りの一割が全て下級。下級は主に平民が購入するので広く流通しており、我が伯爵家が買い占めようとしても不可能です。前もって準備する平民も多く、早々に売り切れてしまいます。購入したくても品物がないのです」

「そんな、そんなに……」

蒼白《そうはく》になった伯爵の横で、夫人が怒る。

「何とかならないの？　わたくしに凍えろと言うの!?」

怒鳴りつけられても執事に動揺は見られない。

「仕方ないでしょう。ケビン様を廃嫡にしたのですから」

「ケビン？　あれが何だと言うの」

思いがけない名前が出て、夫人は顔を顰《しか》めた。

前夫人が遺《のこ》した異物、残骸《ざんがい》……目障りだった嫡男を廃嫡にしただけだ。処分して何が悪い。夫人の認識はその程度のものだろう。

前夫人が何者であったか。辺境伯との関係も夫人の頭にはない。興味もない。だから一度は耳にした事のある筈《はず》の情報が、頭から抜け落ちている。

「辺境伯は大層お怒りだそうですよ。商会の者が大声で広めておりました。これまで優遇してきたのに騙《だま》されたと。絶対に許さないと」

「なっ……」

「我が伯爵家と取引する業者も、辺境伯は取引しないと通達されているとか。ですので、これから様々な物が手に入らなくなる可能性があります。木炭だけに留まりません」

「なっ、馬鹿な……」

「ジョーウェル商会は全国に支店のある巨大な商会です。そこに睨《にら》まれると分かっていて、うちと取引してくれる業者はほとんどいないでしょう。既に幾つか取引を断られましたし……」

「なッ……」

パギンス伯爵は言葉を失った。

想像以上のダメージだ。たかが木炭だと思っていたのに……。

「辺境伯とはそれほど力を持っているのか？」

「何を今更……」

呆然《ぼうぜん》とする当主を見て、逆に執事が驚いた。


知らなかったのか？　辺境伯の妹と結婚しておいて？

昔から辺境伯は有名である。

辺境を守れる強さは勿論《もちろん》だが、一見すると雪深い不利な土地なのに、特産品をあれこれ作り出して成功している。キャランは目玉商品だ。

全国に支店のある商会も脅威なのだ。敵に回せばどうなるか、分かっていなかったというのか？

執事は自分が泥船に乗っているのを自覚した。

当主はまだ分かっていない。これからどんな事が起こるのか、予想すら出来ないだろう。

執事の忠告を素直に聞くならまだしも、そういう気性の男ではない。

その時、全く話についてこられていない次期当主が口を開いた。

「ねえ、何であれが廃嫡になったから仕方ないのですか？　意味が分からないのですが？」

次期当主は父親に顔を向けているが、当主はむっつりと俯《うつむ》いて黙り込んでいる。

無視された次期当主が執事を振り返ってきたので、冷静な口調で説明した。

「ケビン様は辺境伯の甥《おい》ですので」

「え？」

「亡くなった前の奥様は今の辺境伯の妹でした。甥のいるパギンス伯爵家だからキャランを安く売ってくれていたのです。それなのに甥を冷遇し、嫡男なのに廃嫡にした。身分を平民に落とした。辺境伯が激怒されるのは当然でしょう」

「なっ、甥？」

「ご存じなかったのですか？」

「知らない。そんなの聞いていない」

次期当主は真っ青になった。

学校に通っている時にジョーウェル商会の噂《うわさ》を聞いた事があったのだろうか。

辺境伯を敵に回す恐ろしさが、少しは理解できるようだ。


「父上、それはマズいです」

「分かっているっ！」

「まあ、お父様にそんな口を利いてはいけませんよ」

一人だけ事態を理解していない夫人が、息子《むすこ》を軽く窘《たしな》めた。

だがその行為で、夫人が何も理解していない……しようとしていないのが露呈した。

執事は鼻白む。

黙り込む当主と、混乱するだけの次期当主。頭がお花畑の夫人。

執事は目の前の伯爵一家から目を逸《そ》らし、領民について考えた。

昨年まで良質な木炭で過ごしてきた領民たちも、今年は入念な寒さ対策が必要だ。

でもそれを分かっている者が、どれくらいいるだろう。雪が積もってからでは遅いのだ。

伯爵家と同じように、今このタイミングで気付いた家も多いかもしれない。

でも明日の朝になって、町の店を回っても木炭は売っていないのだ。

この領内のどこにもない。隣の領地まで足を伸ばせばあるかもしれない。

パギンス伯爵家の名前を出すと絶対に売ってくれないが、平民になら売ってくれるかもしれない。

でも値段が高いのだ。

昨年までとは事情が違う。長年、安く買えていたから、不当な値段だと揉《も》めるかもしれない。本来はその値段なのだが。

執事はこれまでに何とか入手した木炭の配分について再考した。

そもそも辺境伯を怒らせたのは誰だ？

目の前の愚かな一家だ。

何の咎《とが》もない領民が、なぜ苦労する。寒い思いをする。

責任は、負うべき者に負って貰《もら》おう。

執事はそう決めた。

貴重な木炭は出来るだけ領民に流し、ここには最低限あればいい。我《わ》が儘《まま》を言って、寒い寒いと早々に使い切っても自業自得だ。

執事には近い未来が見えていた。

わたくしは寒がりなのよ！　と癇癪《かんしゃく》を起こした夫人が、早々に使い切ってしまうのを。

本当に寒い時期、降り積もった雪で屋敷が凍りつく時期に、木炭のない……僅《わず》かな薪と、重ね着と、毛布に包《くる》まって暖を取る未来。

どうしてわたくしがこんな無様な思いをしなくてはいけないの！

甲高い罵声《ばせい》が聞こえてくるようだ。

おそらくその予想は大きく外れない。

しかも肝心の当主にも問題ありだ。

ちゃんと忠告したのに、これまで通り執事に丸投げにするつもりのようだ。

自分だったら、今回ばかりは木炭の管理は自分でする。執事に任せない。

だから無能なのだな。

無能だから辺境伯との強い繋《つな》がりを断ち切る。

他家にとっては羨望《せんぼう》でしかない、せっかくの姻戚《いんせき》関係をドブに捨てる。

そもそもその縁談は先代同士が纏《まと》めたもの。

先代は領民を大事にしたし、人気があった。領地経営も上手だった。

だから辺境伯にも認められて姻戚関係を結べた。

それなのに肝心の息子がこの体たらく。

先代が存命なら大いに嘆き悲しんだだろう。

執事は親の代から領地の執事をしていて、二年前に代替わりしたばかりだ。

父は先代を慕っていた。

長年、領地屋敷の執事をしてきたが、息子である今の当主に変わってから急にやる気を失った。さっさと引退して田舎に引っ込んだ。

だから今の執事はまだ三十代で若い。

執事はケビン様とは一度もお会いした事がない。

嫡男を一度も領地に連れて来ない時点でおかしいと思うべきだが、執事になる前は侍従、侍従頭としての仕事に忙殺されていた為、気づくのが遅れた。

冷遇されていると知っていたら、どうにか出来たのだろうか……。

ぼんやりとそう思ったが、無駄な事だった。

過ぎた時間は取り戻せないし、当主に雇われた身では逆らえない。

でもここが泥船だと判明したからには、今後を考えなくてはならない。

いくら親の代から務めているとはいえ、一緒に沈む必要はないのだから。

雪【カイト視点】

辺境に雪が積もった。

カイトは大喜びで新雪の上を転げ回った。

「あははは っ、あははは っ」

半分呆《あき》れながらも、ケビンは近くで見守ってい る。

訓練場の外、目抜き通りまでの空き地で子供みたいにカイトは遊んでいた。

ケビンがしみじみ言う。

「初対面の時を思い出すよ。あの時は王城の庭を走り回っていた」

「だって、こんなに雪が！ ちょこっと触った事はあったけど、こんなに積もった雪に寝転がれるんだよ？ 誰にも止められないんだよ？ すっごく楽しいぃ〜！」

ずっと入院生活だったカイトは、雪の中で遊んだ経験がない。

かろうじてある経験は、病院の庭に溶け残っていた雪に触らせて貰ったくらいだ。

それも天気のいい日にしか庭に出して貰えなかったので、べちょっとシャーベット状になっているか、逆に氷のような塊になっているか、どっちかだった。

「降ったばかりの雪って、こんなにふわふわなんだね！ 知らなかったよ」

あはははは っ、というカイトの笑い声が響く。

ケビンは苦笑しながらも、楽しそうなカイトに柔らかく目を細めた。

カイトは空き地にかまくらという物を作った。丸いドーム型で中に人が五人くらい入れて寛《くつろ》げる。

壁を固くするのに使った魔法は、水魔法と応用の氷魔法だという。

「一度やってみたかったんだ！ かまくら作り！」

誘われてケビンも中に入ってみたが、思ったより頑丈でしっかりしている。風を防ぐので、中は暖かかった。

近所の子供達が興味津々で見学していたので、カイトは手招きして一緒に遊んだ。

かまくらの隣に今度は正方形の少し大きめのかまくら？　を作った。魔法であっという間に出来たそれに、皆で入った。

「暖かい」

「凄《すご》いね、お兄ちゃん」

「溶けるまで置いとくから遊んでいいよ」

「ありがとう！」

二つのかまくらは大人にも大好評だった。

たくさんの人が集まってわいわいと話している。

夜はこの中で酒盛りしている人もいるようだった。

「元の世界では暖房器具を中に入れても大丈夫だったよ」

「溶けなかったのか？」

「うん。僕も映像で見ただけだけど、不思議だったんだ」

かまくらは結構長い間、溶けずに残っていた。

そしてカイトは隣に雪を積み上げて小山も作った。

斜面を滑り落ちる遊びのようで、表面を氷で固めてツルツルに加工していた。反対側の斜面には階段が作ってあって、安全に登れる。

「うひゃ〜！」

カイトが楽しそうに小山のてっぺんから滑り落ちてくる。最初はお尻《しり》だったが、次は腹這《はらば》いで。何度も何度も繰り返している。

あまりに楽しそうなので、ケビンも滑り落ちてみた。

「おおっ！」

単純に楽しい。

カイトも嬉《うれ》しそうに笑っている。

子供達も夢中で、繰り返し滑っていた。

大人もやってきて順番待ちをして、歓声を上げながら遊んでいる。

騎士団の人も休憩時間に滑って遊んでいるようだった。

マイロ様と冒険者チームの人も「あれは楽しいな！」とカイトの肩を叩《たた》いていたから、きっと遊んだのだろう。


遊び心を擽《くすぐ》られたのか、カイトが次に作ったのは巨大なマイロの顔の像だった。

目抜き通りに面して、マイロそっくりの巨大な顔が向いている。顰《しか》めっ面《つら》で、よく見る表情だ。本当にマイロそっくりで、見た人の笑いを誘う出来だった。

通りかかった人が「なんじゃこりゃ！」と驚きながらも笑っている。

マイロ本人も爆笑していた。こりゃ凄《すげ》え！と。

「これもあっちの世界でやっていた事なんだよ。雪像づくり」

こっそり耳打ちされて、ケビンは驚いた。

カイトが暮らしていた世界は本当に面白い。

悪戯《いたずら》が成功して、カイトは嬉しそうに笑っていた。

本館【マイロ視点】

町の領主館で暮らし、冒険者として仕事をしながら楽しく暮らしていたカイトとケビンに、マイロは直接、仕事の依頼をした。

「本館周辺の警備に協力してくれないだろうか。毎年、この時期になると魔獣が騒がしくなるんだ」

少し申し訳なさそうに首を縮めるマイロに、カイトとケビンは首を傾《かし》げた。

「勿論お受けしますが、何か問題でも？」

「いや、毎年の事なんだが、強くないと任せられなくてな。いつも俺のチームだけで対応していたんだ。でも今年はカイトとケビンにも任せて大丈夫だと判断した」

二人が快く引き受けると、マイロはホッとした。

「もちろんギルドを通して報酬は払うからな」

「いえ。ここに長く滞在させて貰っているので、そのくらいは……」

「いや、いかん。こういうのはきちんとしないと駄目だ。それと、お前達はS級に上がる気はないのか？」

マイロは二人の仕事っぷりをギルドで細かく調べていた。

領主としての仕事もあるので二人に張り付く訳にはいかなかったが、ここのギルマスとは飲み友達なので、酒盛りをする度に定期的に報告を受けていた。

他のA級が手こずる魔獣でも、二人はあっさりと怪我《けが》もなく討伐してくる。

それが積み重なり、ここには二人が若いからと侮る冒険者はいなくなった。

ギルマスもS級を勧めていた。

でもカイトとケビンは首を横に振る。

「S級に上がるつもりはありません」

「何故《なぜ》だ？　お前達なら問題なく仕事をこなせるだろう。S級に上がるには複数の推薦が必要だが、それも問題ない。俺も、チームの者も、ギルマスも推薦したがっているからな」

「S級は国から強制召集が出たら断れないんですよね？　だからです」

「ああ、それか」

確かに強制召集は報酬が物凄《ものすご》いが、危険な依頼がほとんどだ。

それでも前のめりで引き受ける冒険者が多いのは、貴族になれる可能性があるからだ。平民が叙爵されて貴族の身分を賜る。それを夢みる者も多い。

マイロは目の前の若者二人を見詰めた。

その手段で手柄を収めたら、ケビンは自力で貴族に戻れる。

でもマイロはそれを口に出来なかった。

二人は結構な額を稼いでいる。お金に困っていない。自由に楽しく冒険者稼業をしている。

王都に戻りたくないのかもしれないし、自由な生活に満足しているのかもしれない。


「分かった。気が変わったら言ってくれ」

「はい。お気遣いありがとうございます」

「しばらく本館暮らしになるがいいか？　いつもは二カ月くらいだが、二人が参加してくれたら、例年より短くなるかもしれない。ギルドで他に受けたい依頼があったら、先に済ませておいてくれ」

大丈夫ですよ、と了承を得たので、マイロは本館に連絡を入れて準備を整えた。


ケビンを本館に連れて来たのは初めてだ。

案の定、先代の右腕だった家令が泣き崩れる。

「大旦那《おおだんな》様っ！」

年寄りに跪《ひざまず》かれて縋《すが》られて、ケビンは困ったようにしゃがみ込む。皺《しわ》々の手を取った。

「ああっ、話には聞いておりましたが、こ、こんなに……ここまで大旦那様にそっくりだとはっ……」

「初めまして。ケビンです。お世話になります」

「いいえっ、ケビン様、お帰りなさいませ」

家令は何とか立ち上がった。

「我が家だと思ってお過ごし下さい。精一杯お世話させて頂きます」

仕事を思い出した家令は立ち直った。いつもの礼をして、カイトにも一礼する。

「お連れ様も精一杯お世話させて頂きます。何かありましたら遠慮なくお申し付け下さい」

「ありがとうございます。お世話になります。カイトです」

カイトはにっこりと微笑《ほほえ》んでいる。

マイロのチームは毎年の事なので、家令や使用人達と簡潔に挨拶《あいさつ》を交わしていた。

それぞれ滞在する部屋に案内して荷物を下ろして貰う。

本館の中を案内した後、昼食時に食堂に集まった。

そこにマイロの妻と嫡男も来た。

「まあ、本当に先代と瓜二《うりふた》つなのね。凄いわ……」

「お祖父《じい》様……」

妻と嫡男もケビンの顔を見て驚愕《きょうがく》しながら、初対面の挨拶を交わした。

妻は高位貴族の夫人らしく所作が上品でたおやかだ。粗雑なマイロには勿体《もったい》ないほど美しい。

その隣に立つ嫡男は妻にそっくりで、体格も男性にしては細い。次男とは違い冒険者登録はしておらず、主に領地経営と本館の采配《さいはい》をしている。理知的な瞳《ひとみ》は賢そうに見える。

「私の妻もいるのだが、今は妊娠中で悪阻《つわり》が酷《ひど》くて伏せっている。挨拶が出来なくてすまないな」

「いいえ、お大事に」

「早く治まるといいですね」

それぞれが席につき、食事しながら魔獣対策の打ち合わせをして、仕事内容の詳細を確認する。

この本館は連なる山脈を背にするように建っていて、少し小高い場所にある。高い城壁に囲まれていて、要塞《ようさい》のようだ。

もちろん有事の時は砦《とりで》として機能し、町を囲む外壁を突破されたら、ここが最終防衛ラインになる。町の人の避難場所にもなっており、籠城《ろうじょう》戦も出来る設計になっている。

「冬の時期になると食料に困った魔獣が本館周辺を徘徊《はいかい》するんだ。腹を減らしているから凶暴だ。外壁で囲っているからここに侵入された事はないが、苛《いら》ついているようで何度も体当たりして外壁を壊そうとする。ヒビが入るんだ。その前に討伐したい」

「体当たりか。頑丈そうな外壁を壊すなんて相当だね。珍しい魔獣はいない？　ここにしかいないものとか？」

「いや、どれも下の町周辺でケビンとカイトが討伐してきた物ばかりだ」

それなら何とかなりそうだと、二人は軽く頷《うなず》いた。

「ただ数がな。複数で一気に畳み掛けてくる場合がある。普段群れない魔獣なのに、まるで共闘しているみたいに襲って来て……」

「それは焦るね」

「ああ。何度も危ない目に遭った」

思い出したマイロが遠い目をすると、クリスが呑《のん》気《き》に言う。

「でも今年はカイトとケビンがいるから、去年よりはマシだな」

「そうだな」

「俺達も心強い」

メンバーの言葉に、妻と嫡男は少し驚いた表情になったが何も言わなかった。まだ若い二人をS級チームが頼りにするのを訝《いぶか》しんだのだろう。

ケビンとカイトは、頑張りますと請け負ってくれた。

「ところでジュノーの鱗《うろこ》は手に入ったのか？　討伐していなかったか？」

マイロが思い出して問うと、カイトが残念そうに首を横に振った。

「討伐したんだけど、ケビンには重すぎた。マイロ様みたいな体格の人には合うんだろうね」

「そうか。重かったか」

「俺は今のが気に入っているので、大丈夫です」

「あ、そういえば杖《つえ》はどうなったの？」

アベンに問われて、またカイトは首を横に振る。

「そっちも駄目だった。手に入る素材は全部試したけど、合わないってすぐに分かった」

「そうか。残念だったな」

午後はチームと外壁に登り、周辺を見渡した。

後ろの山から吹き下ろしてくる冬の風が強い。皆の髪の毛が風で靡《なび》いていた。

カイトとケビンは念入りに周辺の地形を確認して、魔獣がよく出没する場所も聞いて、頭に叩き込んでいた。

トルーシャ【カイト視点】

マイロのチームに同行しながら、カイトとケビンは順当に魔獣を討伐していった。

話に聞いていた通り、腹を空《す》かせた魔獣はどれも凶暴になっていた。

それでも問題なく討伐を進めて、仕留めた魔獣を本館に持ち帰る。

解体は使用人に任せるので、その分は楽だった。

ある日の休憩中、カイトがそれに気付いた。

山の中腹の平らになっている場所で、クリーム色の野生動物の群れが雪を掘って草を食《は》んでいる。遠目で見ると、姿形は羊に近い。

「あれは魔獣じゃない？」

「ああ。あれはトルーシャという害のない野生動物だ。肉は美味《おい》しくないし、皮も脆《もろ》くて使えない。だから討伐しない」

「魔獣が襲わないの？」

「魔獣にとっても美味くないらしい。何か嫌な臭いを出すらしく、どの魔獣も近寄らないぞ」

「へえ、賢いね。……一頭だけ茶色い個体が交じっているけど、あれもそう？」

「さあ。トルーシャの冬毛は今の色だが、夏は茶色だからな。身体《からだ》に問題があって毛替わり出来なかった個体だろう」

「ふうん……」

カイトは『みにくいアヒルの子』という童話を思い出した。ひとりだけ姿形の違う個体が、実は白鳥だったという話。

何となく気になった茶色のトルーシャだが、別の山で別の群れを見かけた。

そこにも一頭だけ茶色の個体がいたので、カイトは首を捻《ひね》る。

「偶然、同じ症状の個体が一頭だけ？　そんなことあるの？」

トルーシャによくある症状なら、他にも数頭いてもおかしくない。でも別の群れなのに示し合わせたように一頭だけ。

よく観察してみれば群れと馴染《なじ》んでいる感じではなく、ぽつんと一頭だけ離れている。群れが移動するのについて行っているが、仲間として認められていないように見える。

「まさに、みにくいアヒルの子だな」

呟《つぶや》きが耳に入ったケビンが尋ねてきたので、カイトは説明した。

「ふうん。カイトのいた所は面白い話があるんだな」

「子供に聞かせるお伽噺《とぎばなし》、作り話だよ」

その時はそれで終わったのだが、カイトは数日後にその茶色の個体と間近で遭遇した。

それぞれの山に縄張りを持ち、麓《ふもと》までは滅多に下りて来ないトルーシャが、ぽつんと一頭でいた。例の茶色の個体が、拓《ひら》けた場所に。

討伐の途中、移動している最中の事だった。

少し距離があったので、マイロのチームは気にせずに通り過ぎたが、カイトは気になって仕方なかった。

「ちょっと待ってくれる？」

「どうした、カイト」

カイトは熟考した。ふと思いついたので試してみたくなった。

「その個体を観察しておいて欲しいんだ。捕らえなくていいよ。見ているだけね。……僕はちょっと別の山のトルーシャの群れを確かめて来る」

「別の群れ？　一体、何がしたいんだ？」

「ひょっとしたら『カッコウ』かもしれない」

「かっこう？」

マイロのチームにその場を任せて、カイトとケビンは別の山が見渡せる場所に移動した。

トルーシャは拓けた場所の草を食むので、山に登らなくても麓から見えるのだ。

「ああ。やっぱり離れようとしている」

その群れの茶色の個体も、これまでは移動する仲間の最後尾について歩いていたのに、その場に残っていた。

何を考えているのか、ぽつんと佇《たたず》んでいる。

カイトはその動向に注視した。しかも異変に気付いた。

「あれ？　額に角が生えている。この間まではなかったのに」

トルーシャには角がない。それなのにいま茶色の個体には立派な角が生えていた。額から上に向かって一本、真っ直《ます》ぐ伸びている。

「やっぱり違う種類だ」

確信するカイトの前で、茶色の個体が移動を始める。ゆっくりと危なげない足取りで斜面を下りてくる。

遠目で見守るカイトとケビンに、その個体も気付いたようだったが、全く気にする素振りを見せず、立ち去ろうとした。

「待って！　逆方向だから！」

慌てたカイトは思わず魔法を使ってしまった。野生の牛を捕獲した時のように、繊細な魔力操作で傷つける事なく持ち上げる。

「あ、ごめん、つい……」

カイトは野生動物に謝った。

茶色の個体も驚いたのか、暴れる気配なく空中で固まっている。

「どうするつもりだ？　カイト」

「仕方ない。そんなつもりじゃなかったけど、こうなったら会わせてみる」

「さっきの奴《やつ》と？」

「うん」

カイトとケビンは急いで戻った。

マイロ達はカイトが別の個体を運んで来たので驚いた。

「捕まえたのか？　何をする気だ？」

「会わせるだけ。ごめんね、待たせて」

先ほどの個体は移動せずその場に残っていた。

安堵《あんど》したカイトは、少し離れた場所に連れて来た個体を下ろす。

茶色の生き物は、それぞれを認識したようだった。

すぐにお互いに駆け寄り、匂いを嗅《か》ぎ合った。胴体を擦《こす》り付け合い、角を合わせる。

「……え？」

皆が微笑ましく見守っていた中、二つの茶色の生き物は唐突に角を押し当て合い、戦い始めた。

カイトは焦る。

「そんなっ……」

そんなつもりじゃなかったとカイトはワタワタしたが、もうどうする事も出来ない。黙って見守るしかない。

しかし戦いだと思ったのは間違いだった。

二つの個体は、片方の角が根元からポッキリ折れると停止した。

そしてまた仲良さそうに鼻を押しつけ合うと、身体を密着させながら山の奥に消えて行く。

トルーシャは拓けた場所を好んだが、その二頭は樹木が生い茂る森の奥へ入って行った。

呆気《あっけ》に取られた一同だったが、カイトは足を踏み出した。落ちていた角を手に取った途端、衝撃が走った。

「これは……ッ……」

「どうしたカイト！」

ケビンが焦る。

「僕の杖！」

「えっ？」

「分かる！　凄《すご》く馴染む！　これは僕の杖だ！」

胸元に抱き締めて、カイトは大喜びした。

何度も飛び跳ねて喜ぶカイトに、アベンが近寄った。

「まさかトルーシャの角が？」

「違うよ？　トルーシャに角はない。あの茶色のは別の生き物だったんだ。托卵《たくらん》していたんだよ」

「たくらん？」

「卵じゃないから何て言うの？　ともかく、あれは我が子をトルーシャの群れに入れて育てさせる……そういう習性の生き物だと思う。凶暴な魔獣が多いこの地で、身を守る為にそういう生き方をしてきたんだよ！　頭いいね」

マイロと仲間たちは愕然《がくぜん》とした。

そんな生物など聞いた事がない。

「僕は知っているよ？　鳥だけど、カッコウっていうんだ。余所《よそ》の鳥の巣に卵を産み付けて、そいつらに我が子を育てさせるの。よくしたもので、卵から孵《かえ》ったばかりの雛《ひな》も、自分以外の雛と卵を巣から落とすんだよ？　凄いよね。誰にも教わらないのに、生まれてすぐそういう事をするんだよ」

「ええ？　ずる賢いな」

「そう。酷いんだよ。カッコウに巣を乗っ取られた親鳥は、我が子だと思ってせっせと餌を運ぶんだ。

自分の身体よりも大きくなっても、せっせとね。可《か》哀相《わいそう》だよね」

「なんと。そんな鳥がいるのか」

「初耳だ」

「俺も知らない……」

「この辺にはいないんじゃない？」

あっちの世界の生物だし、とカイトは心の中で呟く。

「あの茶色の生き物はそこまで酷くないみたいだし、何か分からないけど、トルーシャの独特な臭いに護られながら成長して、成獣になる頃に角が生えるんだ。きっと。だってこの前まで、どっちにも角なんてなかったもん」

「そうだったか？」

「うん。何となく分かった！　きっと成獣になると彼らはトルーシャの群れから離れて同族を探すんだ。そして出会った時は角を突き合わせて、どっちが強いか確かめる。もしかしたら雌雄同体かもしれない。角が折られたほうが雌になるのかも。さっきのあれは戦いじゃなくて、確認作業？」

「本当にそんな生き物が？」

「生まれてからずっとここで暮らしてきたが、まさかそんな生き物がいるとは……」

「トルーシャの群れにいる茶色の個体は、たまに見かけていたのに。そんな事は全く思いつかなかった」

「あてずっぽうだよ？　僕の勝手な推測でしかない。でもそう外れていないんじゃないかな？」

誰も正解を知らないので、ううむと唸《うな》る。

「でもこの角は僕が貰《もら》っていい？　欲しいんだ！」

「もちろんどうぞ」

「俺たちには杖は必要ないからな」

「あ、アベンは？」

「俺もいい。カイトの物だよ」

「ありがとう！」

若干蒼《あお》ざめたアベンは、さっきから気になっている事を口にしてみた。

「あのさ、それが杖として使えるのなら、もしかして茶色の生き物は、ユニコーレ……？」

「あっ！　幻と言われるアレ？　そうか、きっとそうだよ！　あれがユニコーレなんだよ！　特殊な生態だから、これまで夏毛のトルーシャだと思われてきたんだ！　だから幻だったんだよ！」

「あ、そうか」

「辻褄《つじつま》は合うな」

「そういう事か……？」

マイロと仲間たちは唸りながらも頷いた。

一理あるからだ。


大喜びのカイトは休みを貰って、一旦《いったん》町まで戻って来た。

これまでも何度か依頼した武器屋に駆け込み、杖加工をお願いした。

「なにっ？　ユニコーレの角だとっ？」

当然、店主は驚いた。

「かもしれない角だよ？　僕は確信しているけどね。お願いね？」

「そんな、失敗したら……」

「大丈夫。慣れているでしょう？　失敗なんかしないよ！　いつもの作業をするだけだから！」

笑顔のカイトとは対照的に、店主の顔色は真っ青だ。

何度も大丈夫、大丈夫と言うカイトの勢いに負けて、最後は店主もやる気を奮い立たせた。

「よぉし、やってやろうじゃねえか！　坊主、俺に任せとけ！」

「やった！」


そんな経緯で完成したカイトの杖は、とんでもない性能を発揮した。

カイト曰《いわ》く、軽く握るだけで自分の魔力が杖に伝わるのが分かるらしい。手に馴染んで、僅《わず》かな魔力が増幅していくのを感じるのだと言う。

本館に戻って試してみた。

敷地を囲う外壁の外側。深く雪が積もった場所で、雪の壁を作ってみるという。

「無茶するなよ？」

「分かっている。中途半端に終わっても、失敗しても、雪だから大丈夫。溶けたら消える物だしね。お試しだから」

カイトはマイロと仲間たちが見守る前で、雪を素材にして巨大な壁を構築していった。

かまくらや雪像を作った時と同じように水魔法を主に使い、頑丈にする為に氷魔法で表面を凍らせていく。

「うわ……」

「凄《すげ》え……」

あっという間に外壁の外側を囲む二重の壁が出来上がる。端から端まで、途轍《とてつ》もない長さだ。

皆から歓声が上がった。

マイロが試しに両手を押し付けてみたが、びくともしない。強めに蹴《け》っても足を痛めただけだった。

「こりゃ、今年の冬は外壁を壊される心配がなくなったな」

「ああ」

「カイト、魔力切れは大丈夫か？　目眩《めまい》や吐き気はないか？」

「大丈夫だよ。本当に少ない魔力を増幅してくれるから。凄いね杖って。本当に便利」

「ああ。カイトも凄いし、杖も凄い……」

自分の杖が手に入って、カイトは大喜びだ。

それからも討伐に精を出したのだった。

母【ケビン視点】

本館周辺の討伐を終えて、町の館に戻る頃。

そろそろ季節が移り変わろうとしていたのを感じ、ケビンはマイロに尋ねてみた。

「春になると白い小さな花が咲き乱れる場所って、どこか分かりますか？」

「白い小さな花？」

「はい。病床の母が話してくれたんです。俺は幼かったので母の記憶があまり……そのくらいしか覚えていなくて。ここにはそれを見に来たんです」

「そうか。マリーのお気に入りの花畑の場所なら知っているぞ」

目を潤ませたマイロに引き寄せられて、おもむろに抱き締められて、ケビンは目を丸くする。

「マリーが亡くなったと知らせが来たのは、ずいぶん経《た》ってからだった。あの娘はここでは元気いっぱいで病気なんかした事なくて。あまりに突然の訃報《ふほう》にまさかと思った。親父《おやじ》もお袋も愕然としていた」

「……はい」

時期的に父と継母は既に交際していたと思われる。

当時のケビンは幼すぎてよく分からなかったが、大人になってから何となく察した。

母は充分な医療を受けられていなかったのではと。だから流行《はや》り病《やまい》だと決め付けられて、離れに追《お》い遣《や》られていた。本当は死ぬほどの病気じゃなかった。

長く病床にいたのは、夫に裏切られたショックもあったのだろう。

離れに追い遣られても本館の様子は耳に入る。使用人を通して。

当時は辺境から連れて来た母と親しい侍女がいた。高齢で、いつも怒っていた記憶がある。

ケビンは少し彼女が怖かった。

でも今なら分かる。あの侍女は母を思って父を罵《ののし》っていたのだ。

母が亡くなってすぐに侍女も亡くなった。

それからケビンは本当に独りになった。

「急いで親父と俺で王都へ向かったが、もう埋葬した後だと言われて、墓を確認しただけだった。もちろんケビンの事も尋ねたぞ。でも伯爵家の嫡男だ、跡取りだと言われて、病気で伏せっているから会わせられないと追い返された。口調だけは丁寧にな」

「そんな事が？」

たぶん離れで暮らすケビンを見せたくなかったのだろう。

病気で伏せった事はあったが、ケビンの様子を父が気に掛けた事はなかった。

「俺は食い下がろうとしたんだが、親父に止められた。本当に病気なら押しかける訳にもいかないし。余計なトラブルを起こしたくなかったんだろう」

「…………」

「その時の様子があったから、ケビンは大事にされていると思っていたんだ。疑わなかった。……本当にすまなかった。俺が商会を通して確認さえしていれば……」

「いいえ、マイロ様が気に病む事では……」

泣きながら謝られて、ケビンは慌てる。

「そんなに長く家にいませんでしたから。すぐに学校の寮に入ったので」

「それでも結局、廃嫡にされたじゃないか。……そうだケビン。もしよかったら俺の養子にならないか？」

「え？」

「ケビンを縛り付けるつもりはない。これまで通り冒険者として楽しく暮らせばいい。ただ貴族として籍があるのは、平民でいるよりも安全だと思わないか？」

「……………」

ケビンの脳裏に元上官の顔が蘇《よみがえ》った。

伯爵家の嫡男だった頃は好色な目で見てくるだけ

だったが、平民に落ちたと知ると囲おうとしてきた既婚の男。

でもA級冒険者になった今は自分で退けられる自信がある。

A級ともなると貴族も粗略に扱えないのだ。冒険者ギルドという組織を敵に回すことになるからだ。あの頃とは違う。

「ケビンを困らせるつもりはない。考えておいてくれ。いつか貴族籍が必要になったら、幾らでも力を貸す伯父《おじ》がいることを覚えておいてくれ」

「ありがとうございます」

頭をくしゃりと撫《な》でられて、ケビンは面映ゆそうに笑った。

隣で静かに聞いていたカイトも、つられたように微笑《ほほえ》んでいた。

景色

徐々に雪が溶けていき、春になった。

ケビンはマイロに聞いた場所に向かった。

天気のいい日だ。

本館の裏側から山に続く道に入り、少し登る。すぐに拓《ひら》けた場所に出た。

一面に広がる白い小さな花が、そよ風に靡《なび》いていた。

眼下には下の町が見渡せる。絶好のビューポイントだ。

「うわぁ……綺麗《きれい》……」

感激したカイトが小さく歓声を上げている。

ケビンもしばらくの間、言葉もなく景色に見蕩《みと》れていた。

ここが母のお気に入りの場所。いつかまた見たいと言っていた場所。

病床の母の力ない笑顔が浮かんできて、ケビンの喉《のど》に熱いものが込み上げてくる。

あまりにも幼すぎて何も出来なかった。

せめてもう少しケビンが大きかったら。知識があったら……。

マイロが経営する商会は全国に支店があるという。

もちろん王都にも。

そこに駆け込んで母の窮状を訴えたら、助かったかもしれない。あの屋敷から救い出せたのかもしれない。

母の味方は侍女一人きりだった。

彼女もそのくらい思いついただろう。でも出来なかったのだ。父の息のかかる使用人に監視されて。

母に何の不満があったのか……。

綺麗な人だったと思う。

愛人が出来て邪魔になった？

屋敷の隅に追いやって死なせるくらいなら、離婚して辺境へ帰せばよかったのに……。

体裁が悪かった？

離婚よりも死別がマシ？

そんなくだらない事で母は見殺しにされたのか。

今更ながら父に怒りが湧いてくる。

自分の待遇はどうでもいいが、母は別だ。

王都にいる時はあまり考えないようにしていたが、遠く離れた環境で見えてきたものがある。

父のせいで母は早くに亡くなった。

本来もっと時間がある人だったと思われる。もう一度、この景色を見る事も出来た筈《はず》だ。

でももうどうする事も出来ない。過去は覆らない。

やるせなくてケビンの頰に涙が伝う。

カイトは静かに気配を消して、ケビンの視界から外れていた。

風がそよぐ微《かす》かな音だけが、そこには流れていた。

草が密生している地面に三角座りしたケビンの感

情が落ち着いた頃、そっとカイトが動いた。

後ろから音もなく手が伸びてきて、ケビンの腕に触れる。肩にカイトの小さな頭がくっついた。

「すまない。時間を取らせて……」

「ううん。これを見に来たんだもん。感動ものだよ」

ケビンの涙に気付かないフリをしてくれる。カイトの思いやりに目尻《めじり》を下げた。

「そうだな。綺麗な景色だ」

「うん。特等席だね。町の人も知らない穴場なんじゃないかな」

「そうだな……」

二人でまた無言で景色を眺める。

やがてカイトが小さく囁《ささや》いた。

「これからどうする？」

「ん？」

「ケビンはこれを見る為に旅をして来たんだよね？叶《かな》ったよ」

「そうだな。後は特に……」

「僕もそう。ケビンが行く所にくっついて行くだけ」

「…………カイト……」

「ん？」

「一緒に旅をしてくれてありがとう。カイトがいてくれて本当に助かった。でもカイトが行きたい場所や、したい事があるなら遠慮なく言って欲しい」

「特にないよ。ケビンの傍《そば》にいられればそれでいい」

「カイト、それは……」

「僕はケビンが好きだよ」

「………………」

突然の告白に、ケビンは思わずたじろぐ。

背中側から肩に頭を擦り付けられているので、カイトの表情は見えない。

でもその声に想いが乗っているように感じて、ケビンは沈黙した。

「僕はケビンが好き。ずっと一緒にいたい」

はっきりと言葉にされて、ケビンの目は泳いだ。

学生時代、何度か女生徒に告白された事はあった。

でもいずれ伯爵家を放逐されると分かっていたので、受け入れる事は出来なかった。

相手がどんなに可愛らしくても、好意を寄せる前に心を封じてきたのだ。

それに男をそういう対象として見た事もなかった。いやらしい目で見られる事があったせいで逆に嫌悪感を募らせていた。完全に対象外だった。

でもカイトだけは違っていた。

一緒に旅をしてきて、傍にいて、支えてくれた。

可愛らしいカイトにときめいた事もあった。

そういう対象として見たのは、ケビンにとってもカイトが初めてなのだ。この年齢だというのに。

ケビンは観念した。

「俺もカイトが好きだよ」

「ほんと？」

「ああ」

ケビンの腕を摑《つか》むカイトの手に、力が籠《こ》もる。

「でも、今はカイトをそういう目で見てはいけない気がするんだ」

「え？」

「初対面の印象が強くて、いたいけな子供に悪さをしている気分になる。十四歳で未成年だし……」

「…………なんと……」

まさか自分の年齢が障害になるとは思っていなかったのだろう。

啞然《あぜん》とするカイトに、ケビンは手を伸ばす。

正面から抱き締めて、カイトの小さな身体《からだ》を懐に抱き込んだ。

「だからもう少し待ってくれ。待ってくれるか？」

カイトも両手で強く抱き返してきた。

「待つ！　早く大人になる！」

「急がなくていい。これからも一緒にいるんだから」

「うんっ」

子犬のように懐かれて、頭をぐりぐりされて、ケビンは愛《いと》しい気持ちを噛《か》み締《し》めた。

カイトも腕の中で幸せそうに目を閉じた。

「じゃあ予約しとくね。ここは僕だけのもの」

「ああ。ここはカイトの為に空けておく」

「他の人に貸し出したら駄目だよ？」

「もちろんだ」

冗談を言い合いながら、二人で笑った。

二人とも人生で初めて味わう幸せだった。

二年後

それからもケビンとカイトは辺境で暮らした。

他に目的がなかったし、強い魔獣はこの辺りに多く生息していたので、出て行く理由がなかったのだ。

マイロは上機嫌だ。

妹の忘れ形見の甥《おい》が可愛いのもあるが、優秀な冒険者が居着いてくれて大いに助かっているのもある。

カイトとケビンが納めてくれる素材は状態のよい物が多く、商品に加工しやすい。それをギルドから買取って商品化し、商会に流すのだ。

特に防具は高値がついて大人気だった。

飛ぶように売れるので儲《もう》けも大きい。少し余裕のある冒険者は、命を守る装備にお金を惜しまない。

カイトとケビンは領主館に長い期間住まわせて貰《もら》って悪いと、定期的に滞在費を払おうとするが、こっちこそ儲けさせてくれてありがとうと言って断っている。

それにカイトの魔法には世話になりっ放しなのだ。

牧場の拡張もそうだが、本館を囲う城壁を二重にしてくれた。

以前、雪で作ってくれた時は度肝を抜かれたが、初夏になる頃には全て溶けてしまった。

だから石造りの頑丈な城壁を、時間をかけて丹念に造り上げてくれた。

冬季のマイロのチームの負担が減り、とてもありがたかった。

町も以前より安全になったし、魔獣の被害が減った。

働き手が怪我《けが》をしないので生産性も上がる。

旅の商人も行き来しやすくなり、往来が増えた。

いいこと尽くめだ。

カイトが柔らかくしたパンも全国の商会で売るようになった。

すぐに硬くなるので現地で作らなければならないが、そのレシピのお陰で大儲けした。

カイトにもそのアイデア料？　を支払っている。

カイトは驚いて遠慮したが、そういう訳にはいかないのだ。

更に辺境の町で広がったダシを使った料理が、旅商人の心も摑んだ。

美味《うま》い物には誰もが飛び付く。

しかも元々捨てていた材料に、ちょっと手を加えるだけなのだ。

カイトは煮込んで抽出した出汁を、風魔法で乾燥させて顆粒《かりゅう》にするというアイデアも出した。これなら料理する時にサッと使えると。

それもまた商会の支店に流通させて、大ヒットした。

だからジョーツェル商会はこれまでの最高益を叩《たた》き出している。笑いが止まらないウハウハ状態なのだ。

そんな風に辺境で暮らして、あっという間に二年が過ぎていた。

カイトは十六歳になった。

身長が伸びたので、手足も長くなったように感じる。声も少し低くなり、顔付きも若干大人びた。

大人になったらケビンの恋人になれるので、カイトはその日を心待ちにしている。

こちらの世界では十六歳で成人だ。だからそろそろだと期待しているのだ。


そんなある日。

平凡な毎日は唐突に終わりを告げた。

季節は春になろうとしていた。

いつものようにカイトとケビンは討伐してギルドに寄り、納品して帰って来たところだった。

領主館の玄関ホールでマイロが顔色を変えていた。執事を呼びつけて、色々と指示を出している。

「くそっ、一体なんなんだ！　どっちがいい？　本館か？　ここでも構わないか？」

「本館がよろしいでしょうが、念の為にこちらも準備を整えておきましょう」

「そうだな。では使いをやって家令に知らせておいてくれ。マーガにもトラーノにもだ」

「承知しました」

マイロはカイトとケビンが呆然《ぼうぜん》としているのを見ると、くしゃりと笑った。

ケビンは恐る恐る口を開く。

「何事かと尋ねても？」

「ああ。第一王子殿下がここへ来るんだと。それも二、三日後に」

「え？　突然ですね」

「ああ。何かあったんだろう。いつもと違う。王族はたまにここへ来るんだが、従来は一月《ひとつき》前には仰々しい手紙が来て、充分に準備期間が取れるようにしてくれるんだ。それなのに……」

「はあ……」

「前にも数回、第一王子殿下はここに来ている。子供の頃だったがな。俺とも面識があって、嫡男のトラーノと仲が良かった」

「王族と親しいのですね」

「遠い親戚《しんせき》のようなものだからな。妻のマーガも公爵家の出身だし」

「なるほど」

「二、三日という事は、王都を出たのはかなり前……近くの町まで来ているという事だ。何があった？」

マイロの顔は険しい。

チームの仲間を呼んで、第一王子御一行の様子を見て来てくれと頼んだ。場合によっては、そのまま警備して、ここに連れて来るようにと。

クリスたちは了承して出て行く。

もう日が暮れるので今晩のうちに準備して、明日の朝、夜明けと共に町を出るのだろう。

伝令の為に、領主館の使用人も一人ついて行く事にしたようだ。

緊迫した空気に、カイトとケビンは顔を見合わせた。

何か力になれる事があったら協力しようと、相談して取り決めた。

その時

伝令が戻って来て、明日にでも第一王子が到着するという。

本館から嫡男のトラーノも来て、出迎える準備をしている。

伝令が言うには、御一行には最小限のお供しかおらず、まるでお忍びのようだったという。

マイロの表情がますます険しくなる。

「あれは王太子になる御方だぞ？　それなのに少人数だと？　危険すぎる。何が起こっているんだ？」

マイロの仲間のS級チームがそのまま護衛として同行したので、安全面の不安は解消されたと思われるが……。

領主館がバタバタして、憲兵隊にも通告が出たので町全体がピリピリした空気になった。

翌朝はマイロとトラーノが並んで町の入口に待機していた。何時《いつ》到着するのか見当がつかないからだ。

憲兵隊も多く配置され、ずいぶん物々しい。

カイトとケビンも、町の人達の集団に紛れて様子を窺《うかが》っていた。

何が起きても対処できるよう、気配を消しながら黙って事態を見守る。

やがて騎馬の団体が姿を現した。

想像していた馬車ではなく、第一王子まで騎馬のようだ。

マイロを含めた一同は驚いた。弓で狙われたらどうするのだ。危険すぎる。

第一王子を取り囲んで来たらしい。

マイロは駆け寄って、中心にいた第一王子に挨拶《あいさつ》する。

「殿下、お久しぶりでございます。あまりに突然の事で、まさか馬でお越しだなんて……」

第一王子はまるで冒険者のような服装だった。それにもマイロは驚く。

彼は笑いながら馬から下りて、マイロとトラーノに挨拶した。

「すまない、事情があってな」

「お話は館でお聞きします。とりあえず中へ……」

「うん。すまないな」

第一王子だというのに随分気さくだ。

憲兵隊員も驚いている。

頭を下げた姿勢で固まっているが、すぐに楽にしてよいとお言葉があった。

町の人達も騒然としていた。

第一王子をその目で見られる機会はほとんどない。

普段なら馬車移動だし、馬車にさえ頭を下げてお見送りする。

その姿を見るだけでも不敬に当たるのに、今は顔を上げていいという。

憲兵隊員がざわめく人垣を割って、人員整理を始めた。

聞き分けのよい人達ばかりなので、さっと割れて見通しがよくなる。

その中をマイロが先導するように進み、第一王子とトラーノが横並びで続く。横から憲兵隊員が挟む。

その後ろに配下の騎士達が続いた。

馬は憲兵隊員とマイロの部下が預かったようだ。

全員、徒歩で領主館まで移動している。

それを人垣に紛れた状態で見守っていたケビンは、見知った顔を一行《いっこう》の中に見付けて、思わず声を上げた。

「長官……」

彼もケビンに気づいた。

「ケビン！　無事か」

「はい」

「カイト様はっ？」

駆け寄って来た魔法省長官も冒険者のような服装をしていた。

すぐにケビンの隣で佇《たたず》むカイトに気付き、長官は顔を綻《ほころ》ばせて笑顔になった。

その場で跪《ひざまず》き、頭を下げる。

「え？　長官？」

「え、なに？」

ケビンは焦り、カイトも目を剝《む》いた。

「初めてお目にかかります。魔法省長官……をしておりましたタイランと申します」

ざわっとなった後ろの騒ぎに、先頭のマイロも気付いた。足を止めて振り返ってきた。

そこで御一行の一人が地面に跪いているのを見て驚いた。

「なんだ？」

トラーノも驚いたが、第一王子は訳知り顔で微笑《ほほえ》むと、長官の元へ歩み寄った。

「タイラン、この方か？」

「そうです。この方がカイト様です」

「……え？」

驚いた事に、第一王子までその場に跪いた。

魔法省長官の隣に膝《ひざ》をつき、頭を下げる。

周囲のどよめきが大きくなった。

王子が地面に膝をつくなんてとんでもない事だ。有り得ない。考えられない。

マイロもトラーノも愕然《がくぜん》と立ち尽くした。

周囲の憲兵隊員、町の人、全ての者が時が止まったかのように停止した。

「カイト様、この国の第一王子カリュオストと申します。この度は我が国の不始末のせいで、大変なご迷惑をおかけして申し訳ございません」

「ええと……？」

少し後退《あとずさ》りながらカイトは困惑している。

ケビンは騎士団にいた頃の所作が自然と出て、気付くとカイトからさっと距離を置いていた。片足を引いて片膝《かたひざ》をつき、頭を下げていた。

「ケビン、え……？」

助けを求めてケビンに視線を向けたカイトは、それにも驚く。

「ちょ、ちょっと、なに……？」

「カイト様、瘴気《しょうき》の発生が確認されました。あなたのお力が必要なのです」

長官の言葉に、カイトは事態を把握した。

「ああ、そういう事か。僕を迎えに来たの？」

「はい」

「なるほどね。分かった」

長官は弾《はじ》かれたように顔を上げた。

「よろしいのですか？」

「うん。ただし準備は必要だよ？　詳しい説明も聞きたいし」

「はいっ。もちろんでございます」

うっすらと涙ぐむ長官の横で、第一王子もホッとした様子を見せた。

「もしかしてもう結構な被害が？」

「いいえ。まだ初期でございます。まだ間に合います」

とても深刻な雰囲気を醸し出していた長官と第一王子は、カイトの言葉を聞いて肩の力が抜けたようだった。よかった、よかったと安堵《あんど》している。


よく分からないが、色々と大変だったんだなと、カイトは悟った。

そこへマイロがやって来る。

呆然としながらも尋ねてきた。

「殿下？　一体……」

「ああマイロ。カイト様を保護してくれてありがとう。彼は聖人様なんだ」

「えっ」

思いがけない言葉に、マイロの喉《のど》がひゅっと鳴った。

「王城にいる聖女は違う。本物の聖人様は、こちらのカイト様なんだ。訳あって王城から離れておいでだった」

「そんな、え？　聖人様？」

周囲がざわつく。

せいじん？

聖人さま？

せいじん様ってなんだ？

あれだ、瘴気を浄化するって言う……。

百年に一度の……？

そう、それだ。

異世界から召喚するっていう？

そうだ。別の世界の人……。

え？　お伽噺《とぎばなし》じゃないのか？

違う。現実の話だ。

そういえばそろそろじゃなかったか？

百年周期……。

そう。

その聖人……さま？

え？


………え？


ええーっ！　という怒号のような悲鳴が響き渡った。うねるような大波が瞬く間に伝播《でんぱ》する。

幾重にも重なった人々の混乱した声は、なかなか収まらなかった。

領主館

すぐに御一行を領主館へ招き入れた。

御一行は第一王子と元魔法省長官、護衛騎士が七人という少人数だった。

マイロは頭を抱えた。

「何という無謀な。王子という立場の御方が……」

「色々あってね。王都を飛び出したんだ。一応二年前から準備してきたんだぞ？」

「とりあえずお部屋にどうぞ。話は後でゆっくりと伺います。まずは旅の疲れを癒やして貰《もら》って……昼食後に時間を設けましょう」

「分かった」

執事と使用人に案内されて、第一王子と長官と護衛達は、それぞれ割り当てられた部屋に散っていく。

トラーノは仲がよいという第一王子に付き添った。

隣町を早朝に出発したらしく、まだ昼前だ。

カイトとケビンは乗り合い馬車に乗って来たので昼に着いたが、御一行は騎馬だったので早く到着したようだ。

カイトとケビンはマイロとチームに囲まれた。

「カイトは聖人様だったのか。どうりで……」

マイロが小さく頷《うなず》きながら納得している。

隣でアベンも深く頷いていた。

「ようやく腑《ふ》に落ちたよ。無詠唱でバンバン魔法が使える訳だ」

「黙っていてゴメンね？　でも言っても信じなかったでしょ？」

朗らかに笑うカイトに、マイロ達も唸《うな》る。

「そうだな。殿下のお言葉がなければ信じられなかったかもな。聖女様を召喚したと発表があったし」

「そうだな」

「でも何で聖人様が冒険者に？　聖女様は何者だ？」

カイトはケビンと目を合わせると、これまでの経緯を説明した。

召喚の間でカイトが目覚めた時、すぐ横で「聖女様、聖女様！」と盛り上がっていたこと。

自分はオマケで冷遇されると思って逃亡したこと。

警備中のケビンに見付かったこと。

ケビンの友人が魔法省の役人で、長官には存在がバレたこと。でも聖女の発表後だったので、名乗り出ても偽者扱いされそうだったこと。

廃嫡されたケビンと一緒に王都を旅立ったこと。

などなど。細かい事は省いてざっくりと語った。

「なるほどな。そんな事が……」

第二王子殿下のせいか、とマイロが腕を組んで唸る。遠く離れた辺境でも、王宮内の情報を摑《つか》んでいるようだ。

どうやって？　とカイトが問うと、商人はどこにでも入り込めるんだ、とマイロは悪い笑みを浮かべた。

おお凄《すご》いとカイトが手を叩《たた》く。

「では今回は二人も召喚されたのか」

「そうだね。でも本来のターゲットは一人で、もう一人は巻き添えだと思う」

「巻き添え……」

「たまたま近くにいただけの人」

「でも二人とも異世界から来たのだろう？　両方、優れた魔法が使えるのではないのか？」

「どうなんだろうね。僕はその娘をちらりとしか見ていないから何とも言えないけど」

「長官は普通だと言っていた。浄化魔法は使えるようだが平凡だと」

「俺はカイトが本命だと思う。聖女様がカイトと同じくらい高度な魔法を扱えるなら、殿下はあんな言い方をなさらなかっただろうし、こんな所まで自ら迎えに来ないだろう」

「そうだな。わざわざ殿下が来られたんだよな……こんな遠くまで」

「あんな少人数で」

「ああ。ただ事じゃないよな」

「まあ、その辺は後でゆっくり聞くとしよう。お前達は昼食どうする？　ここで一緒に？」

「いや、外で食べてくるよ」

「俺も。殿下とご一緒なんて味がしない」

「俺も」

「分かった。またすぐに戻って来いよ。会合には同席して欲しいからな」

「俺達が聞いてもいい話なのか？」

「話の内容と成り行きでは仕事を受けるかもしれん。俺達はS級なんだから」

「ああ、そういう意味ね」

「了解」

マイロのチームのメンバーは昼食を摂りに出て行った。

カイトとケビンもそれに続こうとしたら「お前達は駄目だ」とマイロに止められたのだった。

現状

旅装を解いた御一行がばらばらに下りてきて、食堂で昼食を摂った。

第一王子には騎士の一人が張りついて毒味をしている。

みんな慣れている光景のようだが、カイトは本当に毒味役がいるんだと驚いていた。

食事を終えてサロンに移動し、話し合いが始まった。

マイロのチームメイトも戻って来て後ろの席に座る。

執事と使用人が茶器を配り終わったところで、第一王子が口火を切った。

「まずは王都の現状から話そうか」

カイトの存在が明らかになった時、魔法省長官は国王と第一王子、宰相に報告をした。聖女だけでなく、聖人も召喚した可能性があると。

しかし予想通り反応は思わしくなく、これといった対策も打たなかった。

カイトが王都を旅立ち、辺境へ向かいながらどんどん冒険者ランクを上げていったのは、ケビンからトリヤへの定期的な手紙で長官にも伝わっていた。

カイトの存在を、第一王子だけ信じた。

国王は半信半疑だった。

第一王子に説得されて、最悪の事態に陥らないよう備えようとしただけだ。

しかし他の者を説得するのは無理だった。

カイト本人がいない上に誰も姿を見ていない。発表を覆すのも悪手だった。

だから密《ひそ》かに準備を始めた。

魔法省所属の役人で、浄化魔法を扱える者を徹底的に鍛えた。

冒険者ギルドにも依頼を出した。浄化魔法に適性のある冒険者には、給料の出る魔法訓練に参加して欲しいと。

更に学校に足を運んで、浄化魔法に適性のある生徒を探した。魔法省の役人を派遣して密かに訓練を施した。

元魔法省長官が補足する。

「使える属性と魔力量は生まれつきで決まっています。練習で何とかなるのは練度だけ。細かな魔力操作を覚えたら、僅《わず》かな魔力で物凄《ものすご》い威力の魔法を放てるし、魔力の節約が出来ます。……冒険者なら分かると思います。使用する魔力をコントロールして、なるべく節約するのは当然だと。命に関わるからです」

そうですね、とアベンが相槌《あいづち》を打つ。

カイトも同意した。

「うん、よく分かるよ。僕も杖《つえ》を使うまではかなり大雑把だったからね。杖を使うようになってから、魔力の流れを意識できるようになった」

「確かにあの杖は凄い」

「杖？」

元長官が怪訝《けげん》な表情になったが、第一王子の話は続く。

「一方でカイト様は辺境に落ち着き、そこで暮らすようになった。A級という実力のある冒険者になった。そこでほぼ確信した。カイト様が本物の聖人様だと。王宮で遊んでいる聖女はあてにならないと」

他にも細かく打てる手は打った。

あとは瘴気が発生した時に、どう動くのか。それが問題だった。

魔法省長官と第一王子は何度も話し合いを重ねて、いざその時になったら辺境に向かうと決めた。

瘴気は国中で発生する。

カイトには全国を回って貰わなければならないので、その旅に同行する為だ。

本当なら聖女がその任務に就く。

でも第二王子の様子を見る限り、行かせたがらないだろうと想像がついた。強硬に反対するだろうと。

浄化の旅と言っても、せいぜい王都と、その周辺だけで済ませてしまいそうだ。

王宮で働く貴族達はそれで構わないから、第二王子に逆らわない。

しかし領地のある貴族は困る。自分の領地に浄化をしに来てくれと要請を出しても、どうなるか分からない。その辺は予測不能だ。

だから瘴気発生の第一報が入った時、カイトの存在を明らかにしたのだ。

朝議に集まった貴族達の前で、実は……と第一王子はぶちかました。

当然、何も聞かされていない貴族達は騒然となった。

特に第二王子は反発してきた。馬鹿な、そんな筈《はず》はないと。

「信じるも信じないも、それぞれの自由。証拠を出せと言われても無理だからな。だが私はカイト様が本物の聖人様だと信じているから、王宮を出て彼の元へ向かう。そして彼を助けながら全国を回るつもりだ」

「なんとっ？」

「殿下が自ら？」

「とんでもない！　危険です！」

「もう決めた。ここは陛下にお任せします」

国王とは打ち合わせ済みだ。

第一王子は引き留められる事はなく、すんなりと旅立てた。

魔法省長官は辞表を提出していた。共にカイトの元へ行く為に、惜しげもなく地位を捨てたのだ。

未練はなかった。ただ壮年の副長官がニヤついていたのは不愉快だったが、些末《さまつ》な事だった。

そして最低限の護衛だけ連れて王都を出た。

刺客に襲われないように、第一王子が出奔したという情報が広がる前に、辺境へ向かって馬を走らせた。

「……という訳だ」

纏《まと》めた第一王子に、マイロがはあ……と気の抜けた返事をする。

「なんという無茶を……」

「仕方ない。聖人様の存在を証明できないからと言って、手をこまねいてはいられない。それにあの聖女を頼みにして王宮に留まれば、命の保障はないとみた」

「そうなのですか？」

「確かに王都には他にも魔法省の役人がいるし、地方よりは安全かもしれない。……でもカイト様にだけ旅をさせて、ぬくぬくと王宮に留まる事は私には出来なかった」

マイロは腕を組む。

「瘴気《しょうき》が発生したというのは、どこですか？」

「中西部だ」

「中西部……」

ここからそう遠くない。

マイロの表情が一気に険しくなった。

「まだこの辺りでは報告に上がっていないよな？」

「ああ」

「でもすぐだろ」

「中西部か……」

マイロのチームがぼそぼそと話していると、あの、とカイトが声を上げた。

「そもそも瘴気って何処《どこ》から発生するのか分かっているんですか？」

元長官が答える。

「判明しています。針葉樹からです」

「針葉樹……？」

「一つの種類だけでなく、何種類もの針葉樹から発生します。だから発生源が分かっていても対処が難しいのです」

「数が多すぎるって事ですね？」

「そうです。森ごと浄化する必要があります。魔法師が何人いても足りません」

「ええと、一度浄化すればいいんですか？　例えば浄化したのに、時間が経《た》つとまた瘴気が滲《にじ》み出《で》てくるとかは……？」

「いえ、文献によるとそれはないようです。ですが、どういう仕組みなのか未《いま》だによく分かっていないのです。樹木が瘴気を溜《た》め込《こ》むのか、地面の下に溜まった瘴気が、樹木を通して滲み出してくるのか。流《は》行《や》り病《やまい》のように自然発生した瘴気が、針葉樹にまとわりつくのか……」

「でも結局、針葉樹が密生する場所を集中的に浄化すればいいんですよね？」

「そうです。それが一番有効だとされています」

「なるほど。じゃあ魔法を使うのは一カ所に一度でいいんですね」

「そうなります」

マイロが片手を上げた。

「それなら百年周期だと分かっているんだから、瘴気の発生を待たずに浄化して回ってもいいんじゃないか？」

「それは二度手間になる恐れがあります。百年周期というのは大体の平均値なので、前後で十年の開きがあるのです。……そろそろだろうと全国の針葉樹を浄化して回った十年後、瘴気が発生する可能性があります。ですので、発生を確認した後でないといけないのです」

「なるほどな。承知した」

「あの、今更ですけど、僕、浄化魔法なんて使った事ないんですけど」

カイトがずっと気になっていた事を白状すると、元長官は目を見開いた。

「鑑定魔法をかけても宜しいですか？」

「あ、はい」

元長官は席を立つと、カイトの隣に来た。

口の中で小さく詠唱して破顔した。

「素晴らしい。さすが聖人様」

「どうなんだ？」

身を乗り出した第一王子が尋ねると、元長官は興奮したように頬を染めた。

「もちろん浄化魔法の適性はあります。他にもたくさん……基礎の四大属性全てに適性があり、隠蔽《いんぺい》魔法まで。やはり姿を消せるのですね。素晴らしい。……あれ？　洗浄魔法？　洗浄魔法とは一体？」

「ああ、それは身体《からだ》や衣類をきれいにする魔法です。水魔法と風魔法を応用すれば出来ます」

「凄い！　そのような便利な魔法を開発されたのですか！」

「え？　難しくないですよ？　二つの適性がある人なら、ちょっと練習すればすぐ出来ると思います」

「呪文はないのですね？」

「はい」

「うう。簡単ではないでしょうが……いえ、参考にします。ありがとうございます」

複雑な表情で微笑《ほほえ》む元長官の後ろで、アベンも眉《み》間《けん》に皺《しわ》を寄せて頷いていた。


それから地図を広げて、どのように回るのか打ち合わせをした。

この国は大雑把に言うと横長の楕円形《だえんけい》をしていて、王都は中心部よりも東に寄っている。この辺境は西の最果てにあり、真逆に位置している。

辺境から出発して、ジグザグに蛇行するように全ての町、町の近くにある森を巡って行く。

王都には聖女を含めた優れた魔法師が何人もいるので、最後にしてもいいだろう。

「物凄い時間がかかりそうだな」

マイロが渋面で言うと、第一王子が当然だと言う。

「いくら聖人様でも魔力量の限界がある。魔力切れになるまで酷使する訳にはいかない。タイランもいるとはいえ、たった二人なのだから」

「う〜ん。俺のチームも同行しよう」

マイロの発言に、第一王子が目を見開く。

「いいのか？　長期間、辺境を空ける事になるぞ？」

「殿下の護衛が少な過ぎるのと、うちにも魔法使いがいる。たった一人でもいないよりはマシだろう？……っとアベン、お前は浄化魔法を使えるのか？」

「さあ？　使った事はありません」

浄化魔法など瘴気発生時にしか使わないので、呪文も知らない。これまで冒険者に必要のなかった魔法だ。貴族学校に通った事がなければ知らないままなのだ。

だから元長官は王都の冒険者ギルドに依頼を出して訓練をした。そこで初めて適性があると知った冒険者も多かった。

元長官がアベンを鑑定すると、適性があった。

「ならば俺もカイトと一緒に浄化魔法を習うよ」

「よろしくな。あとここは息子《むすこ》達に任せる。出発前にここの浄化を終えてくれるんだろう？　だったら問題ない筈だ。出来るな？」

「はい。分かりました。やりますよ。弟と協力してね」

半笑いで、トラーノが頷《うなず》いた。

「じゃあ僕は浄化魔法を教わりながら、明日からこの周辺の森を浄化していくんだね？」

「そうなるな」

「途中で魔獣が出たら討伐していい？」

「それは俺達がやる。カイトは出来るだけ魔力を温存してくれ」

「そうか。分かった」

一旦《いったん》解散になり、夕食までの時間が空いた。

ケビンは元長官の元へ歩み寄る。

「タイラン様、トリヤはどうしていますか？」

元長官は、ああと眉《まゆ》を下げた。

「あいつも辞職して領地へ帰った」

「辞職……」

「俺に付き合わなくてもいいと言ったんだが、王宮よりも領地が心配だと。伯爵領で育ったらしいな。そこで浄化を頑張ると言っていた」

「たった一人で……ですか？」

「ああ。運がよければ地元冒険者の中に適性がある者がいるかもしれん。前から領主の父に、地元ギルドに依頼を出すようせっついていたが、どうも乗り気じゃなかったようでブチギレていた」

「トリヤの領地は……」

「中西部だ」

まさに発生が確認された場所。

ケビンは蒼《あお》ざめた。

「俺も心配だが、どうしてやる事も出来ない。俺には優先しなければならない事があった」

カイトとの合流だ。

「はい……」

「距離的にはここからそう遠くない。他の地域よりは早めに行けるだろう。それまで何とか持ってくれればいいが。……まだトリヤがいるだけマシかもしれない。他の地域には誰もいないのだから」

「はい……」

友人だからとトリヤの地元を優先してくれとは言えない。

いくら心が騒いでも言えないのだ。トリヤが無理をして倒れないかという懸念があっても。

カイトも横で聞いていたが、どうする事も出来ない。

そしてカイトは思い出した。

「あ！　お金！」

「ん？」

「最初にお金をくれたの、長官だったよね？」

「あ……」

「よかった！　もう返せるよ？　余裕あるからね」

カイトはギルドに行ってお金を引き出そうとしたが、元長官も今そんな大金を渡されても困る。

「じゃあ長官もギルドに口座を作る？　冒険者登録する？」

「ああ、それがいいですね。そうします。それと俺の事はタイランとお呼び下さい。もう長官ではないので」

「分かった」

そしてその足でギルドに行き、無事に返済できたのだった。

「最初はお金がなかったから本当に助かったんだよ。ありがとうございました」

「いえ、お役に立てて何よりです」

タイランも嬉《うれ》しそうに顔を綻《ほころ》ばせた。

そして次の日、浄化魔法訓練が始まった。

まずは訓練場で浄化魔法の呪文を習う。隣にアベンもいた。

浄化魔法の呪文は、他の属性のように初級、中級、上級と分かれている訳でなく、たった一つだった。

最初は呪文を口にしたが、カイトはいつもの無詠唱だ。自分の心臓に手を当てながら、魔力の動きを探っている。

タイランは目を瞠《みは》った。

「無詠唱。さすがですね」

「うん。何となく分かった。じゃあさっそく森へ行こう」

「はい」

行き慣れた一番近くの森へ向かうと、カイトは杖を取り出していきなり浄化魔法を放った。

「……うっ？」

「わ……すご……」

広範囲に渡って目に見えない空気の層が広がり、どんよりしていた森の空気を押し流していく。一気に洗われたように、きれいなものに変わっていくのが肌で分かる。

「何という威力……」

「凄《すご》い……」

「うん。やっぱりこの杖《つえ》のお陰で省エネ出来る。どんどんやれるよ？」

その言葉通り、カイトはあっという間に浄化作業を進めて、町周辺の浄化をたった一日で終えてしまった。

「まさかそんな、いくら聖人様でもこれは……」

言葉を失ったタイランは蒼白《そうはく》だ。

「ま、魔力切れは大丈夫ですか!?」

「大丈夫。余裕だよ」

カイトは説明した。

「杖のお陰なんだよ？　この杖は本当に僕と相性がよくて最高なんだ！」

「杖……」

まだ呆然《ぼうぜん》としているタイランに、にまにましたアベンが教えてやる。

「何しろユニコーレの杖だからな」

「はあっ？」

「ユニコーレの杖なんだ！　凄いだろう？」

「まさかそんな！　幻の？　嘘《うそ》でしょう？」

「嘘じゃない。ユニコーレを見付けたんだよ、カイトは」

アベンはまるで自分の事のように、得意気にあの時の事を話して聞かせた。

タイランの目はギラついていたが、話を聞くと少し落ち着いた。

「なるほど。ユニコーレの生態が変わっていた為に幻と言われてきたが、実はそこに存在していたと……」

「そうだ。まだ検証するには数が少なくて裏付けは取れていないが、その説が有力だと思っている。毎年、茶色のトルーシャを確認しているからな」

「はあ。寿命が縮んだ」

「カイトの傍《そば》にいると頻繁に驚かされる。キリがないぞ」

あははと笑うアベンに、タイランも力なく笑った。

浄化

町周辺の浄化がもう終了したと聞いて、マイロと第一王子は驚いた。

「もう？　早すぎる」

「無茶したのか？」

「いいえ。カイト様が凄かっただけです。度肝を抜かれました。はあ、本当に凄かった」

ほんのりと頬を染めてうっとり微笑むタイランに、第一王子もマイロもぽかんとなった。

二人揃《そろ》ってカイトに目をやり、大丈夫かと尋ねる。

「大丈夫だよ。ぴんぴんしている。後は本館周辺の森を浄化したら出発だね」

「うわ、想定以上に早い。準備を急がせてくれ。あ、いや、何かあったら途中の商会で補給する。商会に通達を出しておいてくれ」

「承知しました」

マイロが執事とやりとりをしている横で、護衛騎士達も忙しそうにしている。

何をしているのかと尋ねたら、装備が不充分だとマイロが怒り、皆に防具を与えたのだという。無償で。

「カイトが浄化する前に森の魔獣を討伐しなきゃならん。それなのにそんな装備ではな……。相手は人じゃなくて魔獣だぞ。いくら腕が立つ精鋭とはいえ、一人でも怪我《けが》で離脱されては困る。信用のない者を、代理で殿下につける訳にはいかん」

「すまない。全て終わったら代金を支払う」

第一王子がすまなそうに頭を掻《か》くと、マイロはふむと息を吐いた。

「刺客ばかり警戒して、魔獣対策は不充分でしたな。でも王都に魔獣は出没しないから仕方ないでしょう。……治療薬もそれぞれ持ったか？　自分の身体は自分で管理してくれよ？」

「「はいっ」」

翌日、騎士達の練習も兼ねて、第一王子を除いた全員で本館付近の森へ入った。

先頭に立ったのはマイロのS級チーム。慣れた土地なのでどんどん進み、森へ分け入った。

その後に護衛騎士達が続く。

襲って来た魔獣はほとんどマイロのチームが斃《たお》した。

騎士達は魔獣に慣れておらず、動きが鈍い。人間相手は得意でも勝手が違うようだ。辺境の魔獣が強いのもあるかもしれない。

「う～ん、どうも動きが固いな」

「申し訳ございません」

騎士の中でもリーダーと思《おぼ》しき男が頭を下げる。

護衛騎士達も高位貴族の子息なので、そうそう頭を下げないが、マイロは辺境伯なので彼等《かれら》よりも身分が高い。マイロに従順だ。

「早く慣れてくれよ。人手不足だからな。でも怪我をされると困るから無茶はしないように」

「「はいっ」」

討伐した魔獣は護衛騎士が三人がかりで本館へ運び込んだ。

ある程度入った所でカイトは杖を上に向けて、自分の周り全方向へ放つように浄化魔法を使った。

見る見るうちに森の空気が変わった。

それまで曇っていると感じなかったのに、今は明るくなったような気がする。

「なんと。凄い……」

カイトの浄化魔法が初見のマイロは驚嘆した。

護衛騎士達も愕然《がくぜん》としている。

「これが浄化魔法……？」

「凄い。空気が全然違う」

「きれいになった……？」

次の目的地へ向かう。先ほどの浄化魔法が行き渡らなかった場所まで移動するのだ。

そこまでの道のりで遭遇した魔獣を討伐して貰《もら》い、カイトは浄化魔法を放つ。

その繰り返しだった。

カイトはさくさくと作業を進めていく。

アベンも練習がてらに浄化魔法を使ってみたが、カイトとは比べ物にならないほど範囲が狭く、少なからず落ち込んだ。

タイランが慰める。

「私も似たようなものだ。カイト様が凄すぎるだけだ」

「分かっているけどな」

苦笑するアベンの肩を、タイランが宥《なだ》めるように叩《たた》いた。

「カイト様、魔力切れは大丈夫ですか？」

タイランが心配して尋ねてきたが、全く余裕のカイトはにっこり笑った。

「大丈夫」

「昨日の疲れなどは残っていませんか？」

「寝たら回復したと思うよ？　それに大して消費し

ていなかったし」

「そ、そうなのですか。凄い……」

「杖がなければもっと早く限界がきたのかも。これのお陰で魔力を九十％削減できていると思う。杖なし時の十％の力しか使っていないんだ。だから疲れない」

「九十？　本当に凄い」

「タイラン様は何の杖を使っているの？」

「あ、俺はプリストールです。色々試してみて、これが一番だったので」

「あ、僕が唯一試せなかったやつね」

カイトは試しに作った三つの杖を、どうしようかと考えた。

自分が持っていてもゴミになるだけだ。今の杖が壊れても、もう使う事はない。

誰か別の魔法使いが必要とするならプレゼントしたい。再利用は出来ないのだろうか？

そんな事を考えながら浄化を終えた。


二日はかかると思ったが、カイトが放つ浄化魔法の範囲が広く、回数が少なく済んだのだ。

町の館に戻ったマイロは第一王子と相談した後、明日出発すると告知した。

皆も頷く。

その夜の夕食は、明日からの英気を養うという口実で軽く酒が振る舞われた。

束の間の息抜きだ。

みんな楽しそうに酒を酌み交わしていた。

歌

カイトは宴会場になった食堂から、ふらふらと廊下に出た。

こちらの世界で成人したからと、ちょこっと酒を飲んだら、すぐにふわふわして陽気になった。どうやらカイトは酒に弱い体質らしい。

熱くなった頰を冷まそうと、カイトは一人で玄関ホールから外へ出た。

食堂の楽しそうな雰囲気が窓越しに見える。玄関先に佇《たたず》み、夜空を見上げた。

楽しい気分のまま、自然とふんふんと鼻歌を口ずさんでいた。

そういえば、もう隠さなくていいのだ。これまでどんなに気分が高揚しても、歌いたくなっても封印するしかなかった。

でももうカイトが聖人だとバレた。異世界から来たと皆が知っているのだ。


「あはっ」

頭の中に自分が一番得意だった曲のイントロが流れてきた。

父の好きだった曲。

カイトの声質がボーカルに似ていると父が言ったので、カイトは一生懸命、練習した。

病院の庭……人が通りかからない場所まで行って、迷惑にならないよう練習を繰り返した。

強い薬を点滴で投薬された時は、吐き気が凄くて気分も悪くて中断したけれど、体調のいい時はなるべく通って続けた。

タブレットで歌の歌い方も調べた。ボイストレーナーの動画を見て、必死に研究もした。

有名なバンドの曲。

父の世代よりも前に流行した歌は、世代を越えて愛されて、若者にも人気があった。有名なアーティストにカバーされてもいた。

モノトーンのミュージックビデオが脳裏をよぎる。

イントロ部分を鼻歌で歌い、出だしのフレーズを慎重に口にした。

久しぶりに歌を歌う。

思ったように声が出る。

それがこんなに開放的だなんて……。

Aメロ、Bメロと続けていくうちに、昔の記憶が蘇《よみがえ》る。

練習を重ねて、ようやく歌を披露した時。父は泣いていた。

まるで本物のようだ。よく似ていると太鼓判を押してくれた。素晴らしいと絶賛してくれた。

それまでカイトは父も母も泣かせる事しか出来なくて、ずっと申し訳なく思っていた。

丈夫な身体《からだ》で生まれてこられなくて、ごめんなさいと心の中で謝っていた。

だから父が大喜びしてくれて本当に嬉しかったのだ。

せがまれるままに何度も歌った。


この曲がカイトの十八番《おはこ》になった。

サビの高音は最初苦労したけど、ボイストレーナーの動画を参考にして練習を重ね、腹から声を出せるようになってからは気持ちよく歌えるようになった。

カイトは夜空に向かって両手を広げて歌う。本当に気持ちいい。

自分が消えた後、お父さんとお母さんはどうしたかな？

心配したのかな？

でもどっちみち死ぬ運命だった。

余命宣告を受けて、今日にも明日にもと言われていたの、僕は知っていたよ。

僕に、退院して家に帰るか訊《き》いたよね？

それ知っているんだ。

最後の時間を家族と家で過ごすという意味だということ。残り時間がもうないということ。

同じ病棟にいたお兄さんがそうだったんだよね。

後で知ってかなりショックだった。あの時は僕も小さかったから。

回復してよくなったから退院したと思っていたのに、逆だったんだもん。

どうりで連絡がない筈《はず》だよね。あの後すぐに亡くなっていたんだもの。

そんな事が繰り返されて、僕は小児病棟で可愛がってくれた優しいお兄さんを何人も見送った。

青白い顔で笑顔を浮かべながら、家族と共に退院していく姿。

僕は手を振り返したよ。何とか笑顔を浮かべてね。

だから分かったんだ。僕にもとうとうその順番が来たということが。

両親は隠していたけど、あんなに泣き腫《な は》らした目をしていたら気付くよ？

滅多に病室に来なかった弟まで、珍しく顔を出したしね。

だから退院しないって断ったんだ。

どうせすぐに病院に戻って来ると思ったから。意識不明の状態でね。

弟には本当に申し訳ないと思ってきた。

ずっと、ずっと思っていた。両親を独り占めしてごめんなさい。

弟もまだ小さかった。

お母さんに甘えたかったよね？

お父さんと遊びたかったよね？

ごめんね。

家族旅行なんて一度も行けなかったね。

他の家族が羨《うらや》ましかったよね？

ごめんね。

全部僕のせいだ。

僕が熱を出す度にお母さんが病院に呼び出されていたから。布団に包《くる》まって隠れても、看護師さんに見つかったから……。

本当にごめんね。

僕がいなくなっても、弟を大事にして生きていってくれたらいい。

三人家族で仲良く……。

ここあちらの時間軸はどうなっているんだろう？

僕はこっちの世界で二年過ごしたよ。

あっちも二年の時が流れているのかな？

どちらにせよ二度と会えないけれど、元気でね。


二番のサビも歌い、最後まで歌い切って、アウトロが頭の中を流れる。

余韻に浸っていたカイトは、ケビンが傍に立っているのに気付いた。

大きく目を見開いて呆然《ぼうぜん》と佇んでいた。

歌二【ケビン視点】

ケビンはカイトが食堂を出て行ったのに気付いた。トイレかなと思って追わなかったが、しばらく経《た》っても戻って来ない。

ずっと一緒にいたので、カイトが視界から消えるとケビンはそわそわしてくる。

だから廊下に出てカイトを探した。

カイトはすぐに見付かった。玄関先で大声を出していた。それも節のついた、透き通った美しい声を。

上機嫌になるとカイトが何かふんふん言っているのは知っていた。異世界から来たとバレるからと控えているのも。

でもたまに無意識に出てしまうようで、ケビンは何度か指摘した事がある。その度にカイトはゴメンと舌を出していた。

今のこれはそれ？　カイトがずっと我慢していた

のは、これなのか？

透明感のあるカイトの声が夜空に響き渡っていく。

言葉は……たまに意味の分からない単語が出て来るので、いまいち理解できないが、これが素晴らしいものだという事は分かる。

透き通る歌声が胸に染み渡る……。

胸の奥が熱い。

耳に心地好《よ》い。

もっと聴いていたい。

ああ、終わってしまう……。

ケビンの目の前でカイトは満足したように手を下ろすと、ケビンに気付いて振り返ってきた。

「あれ？　聴いていたの？」

「ああ。凄《すご》い。なんか感動した」

「ありがとう。一番得意な歌なんだ。久しぶりに歌えて気持ちよかった～」

上機嫌のカイトが腕の中に飛び込んで来る。

ケビンは細い身体を受け止めた。

「もっと聴いてみたい」

「いいよ。僕ももっと歌いたい」

「あ、身体が冷えるから中に入ろう。玄関ホールでもいいか」

「うん。さっきとは別の曲……同じバンドの曲にしよう」

酒のせいでほんのり赤い顔をしているカイトは、階段を数段上がった場所で振り返った。

ケビンを見下ろして、戯《おど》けたようにお辞儀した。

そして歌い出す。

最初は鼻歌からで、タタタン、タターンと口ずさみながら片足で拍子を取り、右手の人差し指を小さく振っていた。

カイトの頭の中には曲が流れているようだ。

そして歌い出す。

先ほどとは違う曲だが、これもまた胸を打つ。

ケビンは聞《き》き惚《ほ》れた。

やがて歌というのは、盛り上がる箇所があるのに気付いた。

最初は静かに始まるが、途中で前触れのようなものがあり、盛り上がる箇所へと繋《つな》がっていく。

そして一頻《ひとしき》り盛り上がったら一旦《いったん》落ち着き、また静かになって最初に戻る。

そしてまた盛り上がり、最後は繰り返して最高潮になり、静かに終わっていく。

カイトの手足が止まったのを合図に、ケビンは拍手した。

すると突然、背後からも歓声上がり、驚いて飛び上がった。

「凄いな！　カイト」

「今のは何だ？」

「素晴らしいな！」

「きれいな声だ……！」

ケビンと向かい合っていたカイトは気付いていたようだ。

いつの間にか、玄関ホールにはマイロや第一王子、護衛騎士やS級チームの面々が移動して来ていた。

他にも多くの使用人が頬を染めてこちらを窺《うかが》っている。

どうやら玄関ホールの歌声が館の中で響いて、みんな何事かと見に来たらしい。

「異世界の歌だよ」

カイトが言うと、もっと聴きたいと全員が口を揃える。

カイトはじゃあねぇ……と少し考えた後「雪の歌にする」と呟《つぶや》いた。

少しの間、目を瞑《つぶ》りながら指を振っていたが「イケそう」と一つ頷《うなず》き、カイトが歌い出す。

今度もターンターンと始まった曲は、最初は静かに入ったが、盛り上がる箇所までいったカイトの声量がどんどん上がっていった。

その迫力に圧倒されて、ケビンは思わず息を呑《の》んだ。

思わず途中で拍手した人がいたが、まだ終わりじゃないと悟って、すぐに静かになった。

カイトは時々目を瞑りながら歌い続けて、最高潮に盛り上がる箇所へいく。

身体を折り、絞り出すように畳み掛けた素晴らしく透き通った歌声が、玄関ホールに響き渡った。

観衆は静かに息を潜めて見守っていた。

やがて最後は囁《ささや》くように余韻を残して終わり、カイトがお辞儀する。

途端にワッと玄関ホールが沸いた。

「凄い！」

「なんという声だ」

「素晴らしい！」

「あぁ、ほんとに……！」

カイトはするりとケビンの腕の中に入って来て、しっかりと抱き着いてきた。

「ああ〜……気持ちよかった〜」

「満足したか？」

「うん。もういい。眠くなった」

「じゃあもう休もう」

「うん」

どうやら歌っているうちに更に酔いが回ったらしい。

カイトのとろんとした目は今にも眠ってしまいそうで、ケビンは慌てて細身の身体を支えた。

「もう休みます」

首だけで後ろを振り返り、マイロに告げる。

マイロは「ゆっくり休めよ〜」と笑って手を振っていたが、興奮した他の人達はその場でしばらく盛り上がっていたようだった。


カイトの部屋に入り、ベッドに横たえる。

カイトには本当に驚かされる。

これまでもたくさん驚いてきたが、まだ驚かされるネタがあったのか……とケビンは苦笑する。

でも歌とやらは癖になる。

また聴きたいと、カイトに強請《ねだ》ってしまいそうだ。

ケビンの耳の奥では、まだカイトの歌声が響いている。

本当に素晴らしかった。

歌とやらの魅力に感動して、ケビンはしばらく胸を震わせていた。

出発【カイト視点】

翌朝、辺境を出発した。

来た時は乗り合い馬車だったが、今回は辺境伯が用意した馬車だった。

まずカイトが馬に乗れない。

それと第一王子をこれ以上、騎馬で移動させるのは危険だと判断したのだ。

出奔した直後とは違い、既に情報が出回っている。第一王子に敵意を持つ貴族がいないとも限らない。用心に越したことはない。

だから騎馬よりは移動速度は落ちるが、馬車移動となった。

カイトが魔力を回復する時間が必要だというのもある。

護衛やS級チームは騎馬での移動だが、馬車の中で第一王子と二人きりなのは気まずいので、カイトがケビンも一緒にしてくれと頼んだ。

それでも第一王子と同じ空間に侍《はべ》るのはあまりに畏《おそ》れおおくて、ケビンは戸惑《とまど》う。

それを見て、第一王子がタイランも馬車の中へ招き入れた。

そうして馬車の中は四人になった。

タイランは異世界の事に興味津々なので、カイトにいろいろ質問してくる。

「昨晩のあれは『歌』というのですか？」

「うん。僕が作ったものじゃないけどね。長年に亘《わた》って流行《はや》っていた歌だから人気があるんだ。元の世界でもここでも、人の心を打つものは同じなんじゃないかな？」

「そうですね。素晴らしかったです」

うっとりと零《こぼ》すタイランに続き、第一王子も深く頷く。

「私も感動したぞ。実に素晴らしかった」

「また聞かせて貰《もら》えますか？」

タイランが控えめに頼んできたので、カイトは軽く頷いておく。

「僕が作ったものじゃないから、何だか心苦しいけどね」

「いえ、そんな……」

「向こうの世界では皆、ああやって歌うのか？」

「ええと、職業として稼ぐ人達はいます。プロの歌手ですね」

「カイト様は違うのですか？」

「違うよ。とんでもない。僕はただの素人で、ちょっと頑張って練習しただけの人だよ」

「え？　そうなのですか？」

「あんなに素晴らしかったのに？」

「僕くらい歌える人はたくさんいる。プロの人はもっと凄いもの」

「そうなのですか……」

酔っ払って気分よくなって楽しく歌っただけなのに、思っていた以上に評価が高くて気が引ける。

隣で無言のケビンの顔を、カイトが覗《のぞ》き込《こ》むと、ケビンは何だ？　という顔をした。

「ケビンも気に入った？」

「もちろんだ。また聴きたいよ」

「そっか……」

もう歌うのを我慢しなくていいのは、カイトも嬉《うれ》しい。

気をつけなければと思っていても、知らずしらずのうちに鼻歌を歌っていた事が度々あった。その都度、ケビンに注意されていた。

「また歌いたくなったら歌う。大きな声を出すのはストレス解消にもいいんだってさ」

「そうか。楽しみに待っているよ」

「うん」

ケビンが喜ぶなら何度でも歌う。

カイトはにっこりと微笑《ほほえ》んだ。

辺境の隣町に、昼に到着した。

まず今夜の宿を確保して、馬車を預けた。

それぞれの部屋に荷物を下ろして、すぐに宿の玄関の待合所に再集合する。

ここはカイトとケビンにとっては、A級に昇級する為にしばらく滞在した事がある、土地勘のある町だ。防具もここの防具屋で作った。

浄化する対象は森。この町に近い森は二カ所あった。

何度も討伐しに行ったので、どんな魔獣が生息しているのかも覚えている。

カイトは浄化するポイントを三カ所に絞った。

地図を出して、カイトは他の人に説明した。

「ここの三カ所を浄化すれば、この町への被害は出ないと思う。少し離れた山までやるとキリがなくなると思うんだけど、どうだろう？」

カイトが何となくマイロに顔を向けると、マイロは腕を組んでいた。

「そうだな。まずは人的被害を未然に防ぐ事が優先だ。カイトや魔法使いの魔力も無尽蔵じゃない。あまり影響のなさそうな場所は後回しでいいんじゃないか？　……どう思われます？」

第一王子に問うと、彼も「そうしよう」と同意した。

「じゃあサクサク行こう」

カイトがさっそく出発しようとすると、マイロが慌てて止めてきた。

「ちょっと待て、カイト。ここはA級魔獣が多いから注意が必要だ」

「知っているよ？　昇級するためにたくさん討伐したからね」

「え？」

「効率的で早く狩れて助かったよ」

ね？　とケビンに確認すると、彼もそうだったなと微笑みながら認めた。

「そ、そうか。そうだな。カイト達はほとんどS級だもんな」

思い出したように言うマイロに、タイランが驚く。

「え？　そうなのですか？」

「ああ。S級に上がる条件は揃《そろ》っているが、本人達が拒否しているだけなんだ」

それを聞いた護衛騎士達が揃って絶句している。

彼等《かれら》は第一王子の護衛を務めるだけあって優秀なエリートだが、A級魔獣に立ち向かうには覚悟が必要だ。

それなのにまだ若い二人組は、あっさり斃《たお》しに行こうと笑っている。

「S級だと？　本当に？」

「いくら聖人様とはいえ、A級魔獣が強いのは有名だよな？」

「それなのに……？」

護衛たちがこそこそと後ろで囁き合っているが、全部聞こえていた。

カイトはそれをあっさり無視して第一王子に顔を向ける。

「あ、王子様はどうする？　ついてくるの？　待っているの？」

王子様呼ばわりに護衛騎士達はぎょっとしたが、相手が聖人様なので口を噤《つぐ》む。

本人も全く気にしていないようだ。

「ついて行きたいが、足手まといなんだろうな。部屋で大人《おとな》しくしておくよ」

「そうだな。護衛は三人……四人置いておくか」

「こうなると魔獣の討伐にあまり協力できないな。すまない」

「いえ。だから俺のS級チームが同行しているんでしょう？　落ち着いたら、ちゃんと請求書を送るので、お気になさらず」

第一王子は苦笑した。

「ああ。無事に終わったら、マイロのS級チームに報酬を支払おう」

「お願いしますね」

マイロはにんまりと笑った。

浄化の旅

マイロとS級チーム、カイトとケビン、タイランと護衛騎士の三人で、徒歩で森に向かった。

森に到着するなり魔獣が襲いかかって来たが、S級チームが難なく討伐する。

魔力を温存するカイトは戦闘を他の人に任せて、ポイントに向けて歩を進めた。

でも途中で魔獣が三頭同時に襲いかかってきたので、カイトは仕方なく土魔法と風魔法で足止めした。

一頭はS級チームに任せて、残りの二頭はケビンと護衛騎士が相手だ。

「ポジョンの弱点は尻尾《しっぽ》！　先に尻尾を落としてしまえば弱るから、そこを狙って！」

S級チームではなく、魔獣慣れしていない護衛騎士の三人に向けたアドバイスだった。

ポジョンの討伐経験のあるケビンは、アドバイスが飛ぶ前に素早く後ろに回り込み、尻尾を落としてから、頭を落としている。

一方で、三人もいるのに護衛騎士はもたついて、なかなか背後に回り込めなかった。

カイトの魔法で足止めされているとはいえ、巨大な牙《きば》と、威嚇の咆哮《ほうこう》に身体《からだ》が硬直したらしい。

ケビンが前に立って魔獣の気を引いて、ようやく一人が背後に回って尻尾を落とした。

そして大人しくなったポジョンの首を、ケビンが落とす。

それを少し離れた場所から見ていたカイトは、こっそり溜《た》め息《いき》を吐《つ》いた。

騎士の中でもエリートらしいけど、人を想定した訓練しかしないのかな？　これから魔獣に慣れていってくれたらいいんだけど。

「ねえ、マイロ様」

「ん？」

「このポジョン三頭の死骸《しがい》、冒険者ギルドに持って帰っていい？　いい値段で買取りしてくれるんだけど……」

「でもカイトは魔力温存しなきゃいけないぞ。さっきのは仕方ないが……」

「俺が持って帰るよ」

アベンが手を挙げた。

「俺はカイトが魔力切れした時のスペアだから、その時までに回復するだろう。持ち帰るだけだし」

「そうか？」

「それに今回の旅費も必要だろう？　この人数の宿代、食事代、色々かかる。稼げる時に稼いでおいてもいいだろう」

「そうだな。俺が管理しよう」

前もって準備をしたという第一王子も資金を持ち出したみたいだが、旅の途中で何が起こるか分からない。

全国を回るのだ。時間がかかる。金が多くて困る事はないだろう。

最初のポイントに無事に到着したので浄化魔法を使う。

カイトが杖《つえ》に自分の魔力を乗せて四方八方に放つと、空気の層がさーっと波打ち、あっという間に浄化されていった。

「やっぱり凄《すご》い……」

「次のポイントに行こう」

感心するマイロを急《せ》き立てて、カイトは先に行かせた。

その途中、地元の冒険者チームと遭遇した。彼らは青ざめていた。

「あんたたち、この先は危険だ」

向こうから話し掛けてきた。

「何があった？」

マイロが応じると、その冒険者チームのリーダーと思《おぼ》しき髭男《ひげおとこ》が言う。

「黒い靄《もや》が発生している。あれは……」

「瘴気《しょうき》だな。とうとうここもか」

「とうとう？　もしかして他の町も？」

「ああ。だが大丈夫だ。俺達は浄化をしに来たんだ」

「浄化を？　出来るのか？」

「聖人様と一緒だからな」

「せいじんさま……？」

「カイト、急ごう」

「うん」

次のポイントまでの魔獣討伐は、そのチームも協力してくれたのでさくさく進んだ。

カイトの手助けなく、二頭の魔獣を斃した。

そして辿《たど》り着《つ》いた場所は、うっすらと黒い靄が漂っていた。

「これが瘴気……」

今は何ともないが、これが濃くなると人体にも悪影響を及ぼすのだろう。

カイトは杖を掲げた。

先ほどと同じように魔力を杖に乗せて、四方八方に浄化魔法を放つ。

今度は黒い靄が消えていくのを、目で確認できた。

「おおっ！」

「凄い！」

「消えていくぞ」

辺りに漂っていた黒い靄はあっという間に消滅し、代わりに澄んだ空気が充満していく。

「凄いぞ！　坊主」

「ありがとうな！」

「まだ終わっていないんだ。最後のポイントに行くよ」

「おう」

マイロのチームを先頭に、次を目指した。

A級昇級を目指していた時はA級魔獣をさくさく狩れていい猟場だったが、先を急ぎたい今は邪魔でしかない。

それでも地元冒険者チームがいい働きをしてくれて、何とかそこに辿り着いた。内緒だが護衛騎士よりも役に立った。

「ここが最後ね」

本日三度目の浄化魔法を放ち、カイトは安堵《あんど》した。

森が綺麗になったのが分かる。

やれやれだ。

「戻ろう」

「うん」

マイロの先導で町まで戻った。

斃した魔獣は、協力してくれた地元冒険者チームに三頭ほど譲った。風魔法で浮かして運搬するのも手伝ってくれたので。

そして冒険者ギルドで魔獣を売り、それと同時に、瘴気発生と消滅が報告された。

冒険者ギルドの職員は驚いてギルマスを呼び出し、その対応はマイロがする事になった。

他のメンバーは宿に戻って、一足先に休む。

護衛騎士達は真っ先に第一王子に報告に行き、タイランもそれに続いた。

S級チームもバラバラに部屋に散って行く。

部屋数の都合上、カイトはケビンと同室なので嬉しかった。辺境ではずっと別室だったたから、ずいぶん久しぶりだ。

「カイト、疲れていないか？　移動してすぐ連続で浄化魔法を使ったたから。魔力は大丈夫か？」

「大丈夫だよ。杖があるからね」

「無理するなよ？　何かあったらすぐに言ってくれ」

「うん。ありがとう」

とりあえず最初の町の浄化を無事に終えて、カイトはホッとしたのだった。

辺境の隣町【マイロ視点】

辺境の隣町。この町とは交流がある。

マイロは顔馴染《かおなじ》みのギルマスに、よおと手を挙げた。

「マイロか。瘴気が発生したと聞いたが？」

ここのギルマスは曲者《くせもの》だらけの冒険者ギルドのギルマスの中でも、ひときわ強面《こわもて》の男だった。

元S級冒険者で高齢を理由に引退したが、腕が落ちた訳ではない。

この町の周辺は強い魔獣が多いので、集まる冒険者も強い。その強い冒険者を束ねるには、相応の力がないといけないのだ。

このギルマスは恐れられているが、屈強な男など生まれた時から見慣れているマイロにとっては可愛いものだ。

「発生したという報告と同時に、消滅したという報告だった。どういう意味だ？」

「聖人様が浄化魔法で消滅させたんだよ。いま俺はその人に同行している」

「聖人様？　聖女様ではなく？」

「聖女様は王城から出て来ねえよ。それに力が弱いという話だ」

ギルマスは目を瞠《みは》った。

「どういう意味だ？　どこからの情報だ」

「その前に確認したい。俺は聖人様と一緒に瘴気を消滅する旅をする。辺境はもう浄化して貰《もら》った。ここが最初の町になる。これから全国を巡るつもりだ。冒険者ギルドは協力してくれるのか？」

「協力？」

「そうだ。ちなみにこの町に影響が出そうな森の浄化は既に終えている。地元の冒険者と偶然出会って共闘したから、訊《き》いてみるといい。聖人様が浄化魔法を使うのを目の前で見ていたからな」

「聖人様……」

「おお、そうだ。お前も知っているんじゃないか？ここでA級に上がる為にA級魔獣をたくさん討伐したらしいからな。二年前だ」

「二年前？　名前は？」

「カイト」

「え？　あのカイト？」

「やっぱり知っていたか」

すぐさま反応したギルマスに、マイロは笑った。

「登録してすぐに物凄《ものすご》い勢いで昇級して、A級になった二人組の片方、あのカイトか？　ギルド本部で話題になっていた、珍しい物を採取してくるあのカイト？」

「珍しい物を採取？　それは知らな――いや、あるかもな。カイトはユニコーレの角を手に入れた」

「はあっ？　何だと？」

ガタンと音を立てて、ギルマスが座っていた椅子が転がる。

思わず立ち上がったギルマスは零《こぼ》れ落《お》ちそうなほど大きく目を見開いているが、マイロは涼しい顔で続けた。

「そのカイトが実は聖人様だったんだ。訳あって王都を脱出して辺境にやって来て、ずっとうちで暮らしていた」

「なっ……」

「うちの商会で取扱い始めた柔らかパンと出汁《だし》の顆粒《かりゅう》、知っているだろう？　カイトが欲しがったから作ったんだ。元々は異世界の物なんだとさ」

「な……ん……」

ちょっと待ってくれ……とギルマスは頭を抱えた。

あのカイトが聖人？　瘴気？　浄化？　協力？

……とギルマスはぶつぶつ呟《つぶや》く。

「協力？　お前はギルドに何をさせたいんだ？」

「浄化の旅のアシスト。この先、何かあった時に頼りたい。冒険者ギルドは全国にあるからな。カイトが浄化ポイントに辿り着くまでの魔獣討伐とか、とある方の身辺警護とか。もちろん身元のしっかりした、絶対に裏切らない奴《やつ》じゃないといけないが」

「……ふうん。そのお偉いさんが情報源か」

「第一王子カリュオスト殿下だ」

「はあっ？」

「殿下が王城から出奔して辺境まで来たんだ。カイトを頼って」

「おまっ、え？　冗談」

まさか……とギルマスは力なく執務机に突っ伏した。

「それはさすがに俺ではどうとも言えない」

「分かっている。だから本部へ連絡してくれ」

「もちろんすぐにするが。瘴気を浄化する旅というのは国家的危機だろう？　S級の強制召集は出るのか？」

「強制召集は国王の命令が必要だ。殿下の名前では出せない」

「そうか……」

一気に老け込んだような顔をしたギルマスは、ふと何かを思いついたように顔を上げた。

「次はどの町に行くんだ？」

「ジグザグに蛇行して最後に王都を目指す」

「では次は南のナナリーに向かえ。ギルドの上役がそこのギルマスをしているから、そっちの方が話が早い」

「南か……」

「たしかカイトと顔見知りじゃなかったか？　そんな事を言っていたぞ」

「え？　そうなのか？」

「あの人ならすぐにギルド本部とギルド全支部に通達できる」

「分かった。明日そこへ行ってみるよ」

マイロが席を立つと、ギルマスはボソリと言った。

「瘴気を祓《はら》ってくれてありがとうな」

「どういたしまして」

マイロは宿に戻ると、夕食の時にさっそく行き先の変更を打診した。

予定では次は北の町へ向かう事になっていた。

「南のナナリー？」

カイトが反応したので、マイロは尋ねる。

「そうだ。そこのギルマスを知っているのか？」

「うん。ちょっとだけ話した事がある。ロクミグさんとハサチュさん」

「そうか。だったら話は早いかもしれん」

満足そうに頷《うなず》くマイロに、カイトは言う。

「だったらそこも土地勘あるから、浄化ポイントを絞っておくね？」

「助かる。すまんな」

「ううん。行った事がある町、限定だよ。他の町はギルドで確認した方がいい」

「そうだな」

やはり冒険者ギルドの協力は必要だ。

マイロはいざとなったらS級の立場を利用してでも、協力を取り付けると決めた。

ナナリーの町

ナナリーに到着すると、町の城壁入口に冒険者ギルドのギルマスとサブギルマスが仁王立ちで待ち構えていた。

「あ、ロクミグさんとハサチュさんだ」

馬車から顔を出したカイトの呟きで、マイロは彼《かれ》等《ら》が何者か知る。

「辺境伯のマイロスト・ジョーウェルだ。初めまして」

馬から下りたマイロが自己紹介すると、細身で凡庸な顔立ちの男が頭を下げた。

「ようこそ。この町の冒険者ギルドのギルドマスター、ロクミグです。初めまして。……用件は昨晩の早馬で伺いました。どうぞ中へ」

「すまないな、突然」

「いいえ」

一行は個別に身分確認されずに、すんなりと招き入れられた。

まず宿屋に案内されたが、こんな小さな町に御一行は目立つので、町の人達が何事かと集まり始めていた。

「小さな町なので宿屋は一軒しかありません。何人かは同室になりますが、ご了承下さい」

「構わない」

馬車を邪魔にならない場所へ移動させる。

護衛騎士が忙《せわ》しなく動く中、カイトは遠くで目を丸くしている大柄な宿屋の主人に気付き、手を振った。

彼もトロードの肉を一緒に食べたカイトを覚えてくれていたようで、嬉《うれ》しそうに手を振り返してくる。

マイロとやり取りをしていたギルマスが、第一王子に向かって深く頭を下げる。

王子は手の仕草で頭を上げさせたが、特に言葉は交わさなかった。下手《へた》に身分がバレたらマズいので、あえて自己紹介しなかったようだ。

マイロが第一王子を伴って宿屋の中に入ると、ギルマスはカイトの前に来た。

「まさかトマッカの坊主が聖人様とはな……」

「あは、トマッカ。懐かしい」

「森の浄化をしてくれると聞いたが、同行しても構わないか？」

「え？　ギルマス自ら？　僕はいいけど。一応、四カ所でするつもりなんだ」

「四カ所？　浄化魔法とやらを見た事はないが、たったそれだけで済むのか？」

傍《そば》にいたタイランが口を挟んだ。

「カイト様だからそれで済むのですよ。他の者ではそうはいきません」

「……なるほど」

宿屋に荷物を置いて、すぐに森に向かった。第一王子と護衛四人は留守番だ。


あと、ここのギルマスとサブギルマスも同行している。

この町の近くには国境代わりの高い山脈が聳《そび》えていて、冒険者が狩りに入るのは麓《ふもと》の森だ。

「山の奥まで行くとキリがないから、少し入った場所でする。横に長い森を五等分して、その間で浄化魔法を使う。境界でするから四回ね」

道なりに平原を歩いて行くと、森が見えてきた。正面に壁のように立ちはだかる山脈の麓に森がある。

山に入る山道入口に立つと、向かって左側はいつもと変わらないが、右側に行けば行くほど暗雲が立ちこめたように暗くなっている。

「まさかもう瘴気が発生していたとは……」

ギルマスの驚きようから、まだ報告されていなかったのだと知る。

ここは街道から外れた町なので冒険者も少ない。発見が遅れる訳だ。

カイトはマイロの前に出た。

「森に少し入ってからするつもりだったけど、もう見えているからここでするね」

「ああ」

カイトは森の奥側に向けて浄化魔法を放った。いつもは四方八方に向けてするが、前方だけに集中する。

すると見る見るうちに黒い影は消滅していき、爽《さわ》やかな空気が広がっていく。

「凄《すご》い……」

ぼそりと呟くギルマスの声が聞こえた。

「次に行こう」

今回は汚染されている場所が目に見えているので、ポイント探しが楽だった。

先ほどの浄化魔法では浄化されなかった場所まで移動すると、次の魔法を放つ。

やっている最中に狂暴化した魔獣が森から飛び出して来たので、マイロに斃《たお》して貰った。S級チームにかかれば一捻《ひとひね》りだ。

そして次のポイントを浄化してから引き返す。

山道入口まで戻って来ると、今度は逆方向へ向かう。こちらはまだ瘴気が発生していないので、少し森へ分け入った。

すると群を成す魔獣が一斉に飛びかかって来たので、マイロチームと護衛騎士、ギルマス達に応戦して貰った。

S級チームはもちろんだが、ギルマスとサブギルマスも強かった。腰の剣を抜き、あっという間に襲いかかってきた魔獣を斃していく。

ケビンはカイトの警護だ。カイトを背に庇《かば》い、事態が収まるのを待つ。

すぐに全頭討伐できたが、護衛騎士が二人怪我《けが》をした。腕と足を魔獣の爪で抉《えぐ》られている。

カイトは駆け寄った。

傷の具合を確認すると、腰につけている小さな鞄《かばん》から薬を取り出した。

「今の魔獣はサランムラ。牙《きば》には毒があるけど、噛《か》みつかれた人はいないね？　よかった」

傷口を水筒の水で軽く洗ってから、止血効果のある薬草を患部に貼る。包帯代わりの布で巻き、痛み止めを飲ませる。

「これでよし」

「あ、ありがとうございます」

「夜に熱が出るかもしれないよ。今夜はゆっくり休んでね」

「はい」

手当が終わってから、カイトは周囲を見回した。

「凄い数のサランムラだね。買取りしていたっけ？」

「しているぞ」

ギルマスが答える。

「サランムラは牙に毒を持っているが、別の魔獣……ナリーモの毒が効かない体質なんだ。だからその身体《からだ》から解毒剤が作れる」

「へえ。それは高値がつきそうだね」

「ああ。どの部位が効率的なのか研究中だから、丸ごと持って帰る」

「了解」

タイランが呪文を唱えて、サランムラの死骸《しがい》を纏《まと》めて持ち上げた。

そこから少し入った奥でカイトが最後の浄化魔法を放ち、町へ戻った。

冒険者ギルドに寄り、斃した魔獣を買取りして貰った。

ギルマスとサブギルマスが斃した分も含まれていたが、森を浄化してくれたお礼だと、旅の資金として寄付してくれた。

ありがたく頂いておく。

それと冒険者ギルドとしての、全面的な協力を約束してくれた。

「カイトが来てくれなかったらどうなっていたか。

本当にありがとう」

「どういたしまして」

今回の怪我は大したことなかったが、もともと護衛騎士は七人しかいないので、不調の者が今後、増えていく可能性がある。

「護衛として、冒険者ギルドから腕の立つ冒険者チームを派遣しよう。もちろん信頼のおける人物に限る。そこは冒険者ギルドを信用して欲しい」

「助かる」

マイロがホッとしたような表情を見せた。

第一王子の身の安全も考えると、やはり冒険者ギルドの協力は不可欠だったのだろう。

「次の目的地はどこになる？　サボナーか？」

「ああ」

「ではサボナーまでの護衛として、ここで一番腕の立つチームを派遣する。でもこの町は小さくて、冒険者自体が少ない。だからサボナーまで送り届けたら帰して欲しい。サボナーで、また別のチームを派遣するよう要請を出しておく」

「助かるよ。ありがとうな」

マイロが礼を口にすると、ギルマスは目を細めて微笑《ほほえ》んだ。

辺境伯のマイロは貴族の中でも偉い人だが、上から命じないし、きちんとお礼を口にする。そういうところが領民に好かれる所以《ゆえん》だろう。

ギルマスもマイロの人柄を気に入ったようだった。

トリヤ【トリヤ視点】

目眩《めまい》がして視界が回る。とても立っていられない。

堪《こら》えきれなくて道の端にへたり込んだら、今度は猛烈な吐き気を催して、喉《のど》がゲエッと鳴った。

何度か嘔吐《えず》くが、水と胃液しか出て来ない。食欲がなくて、しばらく何も食べていないからだ。かろうじて水だけは補給したが、それだけだ。

それも今、全部吐いてしまった。

トリヤは道端で蹲《うずくま》る。

体調不良の原因は分かっている。魔力切れだ。

瘴気《しょうき》が町の中まで浸食している。

それよりも前から、トリヤは魔力を使ってきた。魔力切れを起こすと分かっていても使わざるを得なかった。

近くの森で確認された黒い靄《もや》はじわじわと広がっていき、町へ到達した。

でもたった一人のトリヤの浄化魔法では、瘴気の勢いを止められなかった。

城門の前でトリヤが浄化魔法を放っても、翌日には森から瘴気が押し寄せる。その繰り返しで、トリヤはどんどん疲弊していった。

魔法省を辞職して領地に戻ってすぐに、トリヤは冒険者ギルドで浄化魔法の適性がある冒険者を探したが、一人もいなかった。

絶望したが、いないと嘆いてばかりもいられない。しかし他に手立てはなかった。

浄化魔法が扱えるのはトリヤしかいない。

全てを浄化できないと分かっていたが、町の人が瘴気に呑《の》み込《こ》まれるのを、黙って見ていられなかったのだ。

でもそれももう限界だ。

トリヤは道端に力なく転がった。

町は昼間でも薄暗く、通りは一人も歩いていない。

みんな家の中で息を殺していて、黒い嵐が去るのを待っている。待っていても事態はよくならないのに……。

体調を崩している人も多く、町全体が静かに瘴気に蝕《むしば》まれていった。

やがて食べる物がなくなる。

食べたくもなくなる。

そして静かに息を引き取る。

そうして死んでいく。

みんな……。

まるで死人の町……。

荒涼とした風景に、トリヤは絶望する。

これが百年に一度の瘴気の威力なのか……。

これが昔、全国の町で起こった事なのか……。

これほどの惨劇なら異世界から人を召喚してまで、救って下さいとお願いしたくもなる。

生まれ育った町。

嫡男でなかったからか、トリヤは割と自由に町中で過ごしていた。使用人や町の人達に若様、若様と可愛がられてきた。

助けたかった。

けれどもう、どうしようもない。

トリヤの頬にポロリと涙が零《こぼ》れた瞬間、さあーっと風が吹いて黒い瘴気が霧散した。

「…………………え？」

トリヤはぱちくりと瞬きする。

何が起こったのか分からない。

「え……？　え……？」

ゆっくりと上半身を起こしたら、慌ただしく駆け寄って来る足音が聞こえた。

「トリヤ！」

「ふぇ……？」

一瞬で目前に迫ったその人は、眩《まぶ》しいほどの金髪に精悍《せいかん》な顔立ちをしていて、少し日に焼けていた。それに宝石のように煌《きら》めく美しい緑色の瞳《ひとみ》で……。

「ケビン……？」

「トリヤ！　どうした？　怪我か？　魔獣にやられたのか？」

力強い腕に抱き起こされて、トリヤは更に混乱する。

「ケビン？　え、本物？」

「本物だ。ケビンだ」

「なんで、どうして……」

「魔力切れか。未熟者め」

懐かしく感じる鋭い声に、トリヤの意識が覚醒《かくせい》する。

「タイラン様……」

「お前が一人で出来る事は限られる。無茶したところでどうしようもない」

「そ、それは分かっていましたけど……う……」

ううっ、うえっ、と堪えられない涙が溢《あふ》れてきて、トリヤは目の前の憎らしい元上司に手を伸ばしてしまがみついた。

「うえぇぇぇ、タイランさまぁ……」

タイランもしっかりと抱き返してきた。

「まあ、よく頑張った」

「うえぇ、うっ、うぅ」

「見てみろ、カイト様の浄化魔法を」

「え？」

差し示された道の真ん中で、たった一人で立つ細身の少年が杖《つえ》を振りかぶっていた。

まだ見通しの悪い黒い靄で埋め尽くされている通りの向こう側。そこへ向けて、呪文を詠唱する事なく、浄化魔法が放たれる。

サーッという音が聞こえそうなくらいに、呆気《あっけ》なく黒い瘴気が散っていく。

とんでもなく広範囲だ。

「え？　そ、えぇ……？」

トリヤは目の前の光景が信じられなかった。魔力を使い過ぎて、とうとう自分の目がおかしくなったかと思った。

あれほど苦しめられてきた黒い靄が嘘《うそ》のように消

えて、町全体が一瞬で明るくなった。

空に青空が広がる。

今日はこんなに晴れていたのか……。

「う、嘘、まさか、こんな……」

「凄いだろう。カイト様は」

「カイト様、あれが……」

とりあえず町の端まで浄化できたのを確認したカイトが、くるりと振り返った。

瘴気の発生源、近くの森は既に浄化を終えている。これでこの町はもう大丈夫だろう。

「終わったよ」

「魔力切れは大丈夫か？」

「うん。今日は連続だったから少し疲れたけど、大丈夫」

「そうか」

ケビンの元に戻って来たカイトは、タイランにしがみついているトリヤを見て首を傾《かし》げた。

「ケビンのお友達、具合悪い？　大丈夫？」

「ただの魔力切れです」

トリヤは自力で立ち上がろうとして失敗した。ぐらりと身体が傾ぎ、腕にも足にも力が入らない。

タイランが支えるが、今にも崩れ落ちそうだ。

「トリヤ、屋敷はどこだ？」

「この通りの先、一番奥です……」

「分かった。そこへ運ぶぞ」

タイランが、風魔法でトリヤを持ち上げた。

「待って！　タイラン様たちは？　ここの宿屋は閉まっていてどこも営業していませんよ？」

「知っている。中西部の町はどこもそうだったから、ここのところずっと野営しているんだ。……辺境伯のマイロ様が商会に言って野営設備と人員を用意してくれた。辺境を出発した時は少人数だったが、今じゃ結構な大所帯なんだ」

「野営……大所帯……」

「お前はとにかく休んで魔力を回復させろ。それで追いかけて来い」

「合流、出来ますか？」

「予定表を渡しておく。この町はもう浄化の必要はなくなったからな」

「はいっ」

ケビンとカイトと一旦《いったん》離れて、タイランはトリヤを運んだ。

そして領主館に辿《たど》り着《つ》くと、執事が大慌てで出て来た。

トリヤの部屋まで案内させてベッドに横たえたが、出て来たのは使用人ばかりで、タイランは首を傾げた。

「ここにはトリヤだけか？　領主は？」

「ああ。領主の父と兄は瘴気に怯《おび》えて王都へ逃亡しました」

「はぁ？」

父と次期当主の兄は、瘴気発生の報告を聞いて王都屋敷に逃げてしまった。領民の事など考えず、瘴気の確認すらせず逃亡したのだ。

「はーっ……」

どいつもこいつも腹立たしい……とタイランが吐き捨てた。

その横で執事は困ったような表情を浮かべている。

タイランは念の為に数人分の鎮痛剤を渡しておいた。

「中西部の他の町はここより酷《ひど》かった。魔獣に襲われた町もある。この町はお前がいたからマシな方なんだ。……この町の人間はお前がいてくれてラッキーだったな。よく頑張った」

他の町の深刻な事態を聞いた執事は目を見開いた。他の使用人もだ。

そしてたった一人で自分達の町を守ってくれた若い主《あるじ》に目を向ける。

彼らの主はまた泣き出していた。

ずっと厳しかった上司に思いがけずに優しい言葉を貰《もら》えて、堪えきれなかったのだ。

「う……ふぇ……っ……」

「魔力が回復したら追いかけて来いよ。待っているからな」

「ふぁいっ、必ずっ……」

「よし」

タイランが立ち去った後、トリヤは年甲斐《としがい》もなく号泣した。

執事に労《ねぎら》われて、使用人達に囲まれて、とても感謝されたのだった。

限界【ケビン視点】

瘴気が発生しても森の周辺で留まっていたなら、浄化の回数は少なく済んでいた。

でも西部から中部へ移動する頃には、町まで瘴気に汚染されている所が増えてしまい、発生源の森と、町全体を浄化しなくてはならなくなった。

更に瘴気の影響で狂暴化した魔獣に襲撃された町まであり、マイロのS級チームはとても忙しくなった。

ギルドから派遣されてきたA級チームの手伝いもあって、何とか討伐できている。

護衛騎士にも怪我人が増えてしまい、彼らはもう第一王子の護衛任務しかこなせなくなっていた。

元々人数が少なかったせいもある。

冒険者ギルドの協力があるから、何とか旅を続けられているのだ。

加えてカイトの魔力にも限界が近づいてきつつあ

った。

いくら聖人でも、ユニコーレの杖を持っていても限界はある。

それに国の三分の二はカイトが浄化したようなものだ。むしろ、よくここまで倒れなかったと言う方が正しい。

ちょうど中部地区が終了して、次の町から東部地区という時、カイトは目眩がして立っていられなくなった。

「カイト！」

隣のケビンがすぐに気付いて支える。

叫びを聞いたマイロと第一王子、タイランが顔色を変えて駆け付けて来た。

「大丈夫。ちょっとクラッとしただけ……」

「魔力切れだ。休ませないと」

青ざめたタイランが呟《つぶや》く。

マイロは途中から合流した商会の人間を呼び寄せた。

「カイトの天幕はどれだ？　もう設営してあるだろう？」

「はい。こちらです」

ケビンがカイトを抱き上げて、案内された天幕に入った。寝台代わりのコットにカイトを横たえる。

カイトとケビンは二人用の天幕を使わせて貰っている。担当する商会の人がいて、彼とも仲良くなってきたところだ。

マイロのS級チームの天幕と第一王子の天幕、護衛騎士の天幕もある。それぞれに雑用をこなす担当者がいて、実に助かっていた。

季節は春から夏に移り変わっている。旅を続けるには、彼らの支えが不可欠だった。

商会の人たちはメンバーが浄化に行っている間に天幕を設営してくれて、出立時は畳んで持ち運んでくれて、食事の用意もしてくれた。

何かあれば近くの商会へ駆け込み、必要な物を揃えて持ち帰ってくれる。

町から補給できなくなってからは、食べ物の調達もそんな風にしてきた。

「カイト、食欲はあるか？　何か食べられるか？」

「ううん。今はいらない」

答えるカイトの顔は青白い。まるで出会った時のようだ。

初対面の時を思い出したケビンは眉《まゆ》を下げる。

「そうか……」

心配するケビンの肩に、タイランが手を置く。

「魔力回復は休ませるのが一番だ。眠らせてあげよう」

「はい……」

ケビンはそっとカイトから離れた。といっても同じ天幕なので息遣いは伝わる。

自分用の寝台に座り、カイトの様子を窺《うかが》う。

しばらくして呼び出されたので外に出ると、マイロとタイラン、第一王子が揃《そろ》っていた。

「明日の出立は取りやめようと思う。ここでもう一泊して、カイトが回復しなければもう一泊だ」

「はい」

「すまないな。カイトに頼りっきりで。……うちのアベンの魔力も温存したいが、討伐となるとチームと連携するから、どうしても魔力を使わせてしまう。かといってアベンを外すと、こっちが危うくなるし」

「……そうですね」

タイランが静かに言う。

「これまでが順調すぎたんです。魔獣に襲われた町を見てからは先を急ぎすぎました。……ここらで休憩を取らなければ、この先、持ちません。カイト様だけでなく、同行する全ての者の疲労も考えないと……」

「そうだな。明日は皆でゆっくりしようか」

「殿下もですよ」

「私は何もしていないが……」

「それでもです」

「分かった」

苦笑した第一王子が通達を出し、翌日は自由時間となった。護衛騎士も交替で疲労回復に努めるよう言われた。


結局、そこで二泊した。

カイト以外の護衛騎士たちも体調を崩していたのが発覚したからだ。口に出せずに無理を重ねていたようだ。彼等《かれら》も天幕で休ませる。

元々魔力量の多いカイトなので、回復も早い。二日間ぐっすり寝ると目眩《めまい》はなくなった。

しかしケビンの脳裏にはぐったりしたカイトの姿が刻まれてしまい、カイトの存在の大きさが浮き彫りになった。

平民に落とされてから、ずっとカイトと一緒にいた。

もしも何かあってカイトがいなくなったら……離れ離れになったら……。


恐ろしい想像にケビンは身震いする。想像だけで、とてつもない焦燥感だ。

カイトがいてくれてよかった、助かったと、いつも感謝していた。でもそんなものではすまない。胸の奥が焦げつくような、この激しい感情は……。

もうカイトと離れられない。

前から自覚はあったが、こんなにも大きく膨れ上がっているなんて。

聖人様相手に畏《おそ》れ多《おお》いという気持ちも、どこかにある。

浄化の旅が終わってカイトが聖人様として正式に崇《あが》められるようになった時、強制的に引き離されるかもしれない。

カイトの護衛はちゃんとした騎士でないと駄目だと言われるかもしれない。

その時、自分はどうするだろう。

どうなってしまうだろう。

分からないが、確実なのはただひとつ。

カイトの迷惑にならないこと。

カイトに依存してしまわないよう心掛けること。いざとなったら自分の感情を殺して、カイトを優先すること。

それをケビンは心に刻んだ。強く、強く戒めた。

東部【マイロ視点】

王都に近付くにつれて、高位貴族の領地が多くなった。

領主である高位貴族は一番安全とされる王都へ逃げ込んでいるので、そこには家令や執事が残っていた。

迫り来る瘴気《しょうき》の対応に追われていた彼らは、かなり疲弊していた。どう対応しても町が汚染されるのは防げなかったからだ。

だから第一王子の御一行が到着すると、涙を流して喜ばれた。

カイトが町を浄化するのを目の当たりにして、屋敷の者だけでなく町民も全員が膝《ひざ》をついた。

「聖人様、ありがとうございます」

屋敷に招き入れられて歓待された。

大貴族の屋敷には備蓄も部屋数も充分にあったので、遠慮はしなかった。

皆の疲労回復には天幕よりもちゃんとした建物の方がいい。

使用人達が近くに来るので護衛騎士が気を張る機会は増えたが、それが護衛の仕事だった。

ほとんどの町で感謝されたが、中には居丈高な領主のいる町もあった。

情報が入っていないようで、第一王子がこんな所にいる筈《はず》がないと訝《いぶか》しみ、胡乱《うろん》な目を向けていた。

それも辺境伯のマイロが前に出ると黙った。言うまでもなく、身分はマイロの方が上だからだ。

「王都に屋敷が持てないから、ここに留まっていただけの領主だったな」

マイロがそう言って笑った。

決して領民を心配して残っていた訳ではない。

そういう町では屋敷に入らずに野営した。

信用ならないので。

そんな感じで旅を進めてきたが、とある町では執事さえいなくて驚いた。

屋敷はあるものの領主は王都に逃げ込んで不在。

困り顔の使用人達が少数いるだけだった。

「執事がいなくて屋敷が回るのだろうか？」

「さあ。どうやって取り仕切っているのでしょうね？」

貴族子息でもある護衛騎士達が不思議がっていた。

寂れた町を浄化して回った後、野営の天幕に戻った。

すると珍しい事にそこを訪ねて来た者がいた。町の平民だというが、辺境伯に用があると言う。

マイロは会ってみる事にした。

「お前か、俺に用だと言うのは」

「はい。不躾《ぶしつけ》な訪問をどうかお許し下さい」

その男は三十代半ばくらい。

身形《みなり》は平民のようだったが、所作が違った。背筋がぴんと伸びていて、頭を下げ、決して目を合わせようとしない。

「元貴族か？」

「いえ。領主館で執事をしておりました」

「ここの？」

「はい」

「それで俺に何の用だ？」

「貴方様《あなた》がお怒りなのは重々承知しておりますし、その理由もよく分かっております。しかしながら、ここの民には何の咎《とが》もないのです。どうかお許し頂けないでしょうか。……せめて木炭の取引だけでも再開して欲しいのです」

「ふん。そうか。ここはパギンス伯爵領か」

「はい」

「どうりで寂れている」

「…………ええ」

吐き捨てるマイロに、元執事は跪《ひざまず》いたまま同意する。

「元執事だと言ったな？　もう執事でないのならお前には関係ないのでは？」

「領民が困っております」

「余所《よそ》へ行けばいい」

マイロは冷たく言い放った。

「俺はパギンス伯爵を許すつもりはない。取引再開は絶対にしない」

「……そうですか……」

「ここの領民には咎がないかもしれん。でも領民を救えば、結果的にパギンス伯爵が助かる。豊かになる。それだけで無関係とは言えない。……俺は誓った。二度とあの男を手助けするような真似《まね》はしないと。それを破るつもりはない」

「…………承知しました。大変失礼なことを申しました。どうかご無礼をお許し下さい」

元執事は深く頭を下げる。

マイロはふと眉を上げた。

「お前は執事としてまともそうだが……というかその年齢の割に有能そうだが、辞めたのか？」

「クビになりました。正確にはそうなるよう仕向けました」

「ほう？」

マイロは若い元執事に関心を持った。

目の前で膝をつく男に、探るような視線を向けた。

元執事【元執事視点】

「父は先代に執事として尽くし、息子《むすこ》である自分もそうなるよう育てました。しかし先代とは違う出来損ない当主が出来上がり、早々に引退して田舎《いなか》に引っ込んでしまいました。後を任された私はたまったものではありません。それでも領民の為に我慢して仕えておりましたが、木炭騒動の後も何をするでもなく不満ばかり。……いい加減、嫌になったので、わざと怒らせてクビにして貰ったのです。清々しました」

晴れ晴れと笑う元執事に、マイロは面白そうに口角を上げた。

「今は何をしているんだ？」

「仕事は何も。瘴気発生の報告を耳にしたので、民に外に出ないよう忠告したり、食べ物を備蓄するよう勧めたりしておりました」

「もう執事ではないのに、お人好しだな」

「頼られてしまうと無視できず」

「ふむ。お前、うちの商会で働く気はないか？」

「…………え？」

「若いのに有能そうだ。優秀な人材はいくらいてもいい。それに今は人手不足ですぐにでも働ける人材が必要だ。……どうだ？」

元執事の目がぱちくりと瞬いた。

「願ってもない光栄なお話ですが、宜しいのですか？　私はパギンス伯爵家の元執事です。恨んでおられるのでは……」

「お前は若い。甥《おい》の冷遇に参加していないとみた。領民をそれだけ大事に思うお前が、可哀相《かわいそう》な子供を見捨てる筈がない」

「……はい」

元執事は悔しそうに唇を噛《か》む。

「存じませんでした。領地で父に鍛えられている間、まさかそのような事になっていたとは……。廃嫡を聞いて耳を疑いました。嘘《うそ》だろと」

「もしかしてケビンとは一度も会った事がないのか？」

「はい」

「そうか」

マイロはおもむろに立ち上がると天幕から顔を出し、隣の天幕に向けて声を張った。

「お〜いケビン！　ちょっと出て来てくれ！」

「…………え？」

元執事が顔を上げると、隣の天幕から金髪の青年が現れた。

とても美しい容貌《ようぼう》の緑色の瞳《ひとみ》をした精悍《せいかん》な若者だ。冒険者のような外套《がいとう》を羽織り、腰に剣を差している。

「何ですか？」

「ここの元執事だそうだ。お前の父親に逆らってクビになったんだと！　面白そうだから雇う事にした」

「…………え？」

「ケビンさま……？」

綺麗な緑色の瞳と目が合った元執事は、大急ぎで額《ぬか》づいた。

「も、申し訳ありません、ケビン様。私はずっと何も知らず、何も出来ずっ！」

「えっ？　あの、ちょっと……」

困惑するケビンの後ろから、カイトも顔を覗《のぞ》かせる。

「何ごと？」

「ここはパギンス伯爵領だったんだ。寂れている筈だよな！」

愉快そうなマイロが先ほどまでの話を聞かせると、ケビンもカイトも目を丸くした。

「そうなのですか。ここが……」

「ケビンも初めて来たんだな？」

「そうです」

元執事は額を天幕の床に押し付けながら、思わぬ邂逅《かいこう》に混乱していた。


ケビン様……この若者が。

美しい人だ。

弟とは似ても似つかない。

そうか、だから余計に冷遇されたのか。

次期当主である義弟よりも見目がよいから、あの夫人は気に入らなかったのだ。だから王都屋敷の離れに閉じ込めて人に会わせないよう画策した。

元執事はちらりと見たケビンの姿に納得する。

冒険者の装いが板についている。

もしかして廃嫡された後、冒険者になっていたのか？

まさか辺境伯と同行されているとは思わなかった。

ああ、そうか。

廃嫡された後、辺境に向かわれたのだ。縁者を頼るのは当たり前だ。

そうか。辺境伯の元においでだったのか……。

よかった、と元執事は安堵《あんど》した。

ケビン様が元気で生きておられた。

廃嫡された貴族子息は市井で生き抜くだけで大変だから、元執事はずっと気にしていたのだ。無事なお姿を拝見できてよかった。

「元執事、名前は何という？」

「はい。ラデルと申します」

「ではラデル、明日の朝、ここを発《た》つまでに荷物を纏《まと》められるか？」

「え？」

「お前にはこの旅に同行して貰《もら》いたい。いま商会の者が一人ケビンとカイトについて雑用をしているが、慣れるまでそこに加わってくれ」

「は……あの……？」

「商会の人間は連絡係と物質調達係も兼ねているから、人手が足りないんだ。お前がケビンについて来てくれると一人自由に動けるようになる。助かるんだが？」

思いがけない申し出に、元執事は頬を紅潮させながら何度も頷《うなず》いた。

「わ、私でよければ喜んで」

「よし。荷物は最低限でいいからな。あと少しで王都だし。期間もそんなにかからないだろう。時間が取れるようになったら帰れるから」

「はい」

家などどうでもいい。ケビン様の傍《そば》に侍《はべ》られる事を思えば。

元執事は思わぬ幸運に胸を弾ませた。

勇気を出して天幕を訪れて、本当によかったと思った。

ラデルは改めてケビンを紹介して貰い、冒険者の相棒だというカイトにも深く頭を下げる。

「ラデルと申します。よろしくお願いします」

「こちらこそよろしくね」

ニコニコ笑顔のカイトは実に愛らしく、ラデルはつられて笑顔になった。

「ここで執事をしていたの？」

「はい。当主をわざと怒らせてクビにして貰いました」

経緯を詳しく話すと、カイトは手を叩《たた》いて大笑いした。

「やるね〜、ラデルさん」

その横でケビンは複雑そうな表情で苦笑していた。

そしてカイトが聖人だと聞き、ラデルは大きく目を剝《む》く。

「聖人様、なのですか？」

「うん」

「ケビン様は聖人様の冒険者仲間で、ずっと一緒におられたのですか」

「そうだよ？　仲良しなんだよ？」

くしゃりと顔を歪《ゆが》めたラデルは泣きそうになった。

「ありがとうございます、カイト様。ケビン様と一緒にいて下さって、本当にありがとうございます……本当に……」

ラデルが跪いて頭を下げると、カイトは驚いてしゃがみ込んだ。ラデルの手を両手で掬《すく》い取り、しっかりと握手する。

「ううん、僕も助けられたんだよ？　一人じゃ旅なんて出来なかった。ケビンがいてくれて感謝しているんだ」

「はい……」

ぐすっと鼻を啜《すす》ったラデルを立たせて、カイトが「ご飯にしよう！」と笑った。

これまで二人の担当だった商会の人に教わりながら、ラデルは給仕をする。

天幕を張ったり畳んだりという仕事は慣れていないが、コツを教わりながらラデルは楽しく働いた。

隣町【クグンダ視点】

王都に近付くにつれて、どんどん瘴気《しょうき》が濃くなっている。辺境を出発して約半年、ようやく王都の隣町に辿《たど》り着《つ》いた。

季節は夏から秋に変わり、肌寒くなってきた。夏の暑い中での旅は移動するだけで酷《ひど》く疲弊したが、涼しくなってくるにつれて楽になってきた。

クグンダは冒険者ギルドの前に立っていた。

昼間なのに通りに人影はない。黒い靄《もや》が日中も漂っていて、ずっと薄暗い。

吸い込むと具合が悪くなるので口元を布で覆っているが、それにも限界はある。慢性になりつつある頭痛と戦うクグンダは、こめかみを揉《も》んだ。

つい昨日、隣町のギルドから知らせが来た。聖人様の御一行がようやくここまで来たと。

聖人様が浄化の旅をしているという情報は、かなり前にギルド本部から入っていた。

冒険者ギルドは彼らに協力すると。要請があれば出来る限り応えるようにと。

その通達があった時、瘴気は発生しておらず、どこか他人事《ひとごと》のように感じていた。

浄化の旅？　聖人様？

なんだそれ？　と。

しかしそれから三カ月が経《た》つ頃、ブブカッタの森でもトーチニの森でも瘴気が発生した。

浄化魔法を使える冒険者が一人いたので、すぐに浄化を依頼した。

でもたった一人に対して二つの森は広すぎた。

やがて無理をした魔法使いは魔力切れで倒れてしまった。

森から広がった黒い瘴気がどんどん町に迫ってくる。日毎近付いて来るそれは恐怖でしかなかった。

すぐに王都へ救援要請を出したが何もなかった。

隣町だから何かあったらすぐに助けがくると思って

いたのに裏切られたのだ。

「何故《なぜ》だ！　聖女様がいるのではないのか！」

「何をしているんだ！」

「どうして助けてくれない！」

憤ってもどうにもならない。刻一刻と迫る黒い靄に怯《おび》えるしかなかった。

そうなって初めて、みんな理解したのだ。とんでもない事になったと。

そして浄化をしながら辺境から王都へ旅をしているという聖人様を思い出した。

聖女様でなく聖人様というのが謎だったが、もう彼らに縋《すが》るしか道はない。

その到着を今か今かと待ち侘《わ》びる日々だった。

そのうちにどんどん町の人が倒れていった。

たまに凶暴化した魔獣が町を襲ってきたが、それはサタラヤウのA級チームが何とか斃《たお》した。

クグンダは昨日の知らせを受けて冒険者ギルドの前に立つ。

とてもじっとしていられなかった。

普段冒険者ギルドに詰めている冒険者達も、ほとんど現れなくなった。家で床に伏しているのだ。どんなに屈強な男でも瘴気には勝てない。

クグンダもずっと前から具合が悪い。

それでも家でじっとしていられなくてギルドに日参している。何もする事がなくても、ギルドが開店休業状態でも足を運んだ。

そして薄暗い目抜き通りを眺める。

御一行が来るなら西の出入口からだ。

そこを朝からぼうっと見ている。

それは突然だった。

クグンダが見詰める目抜き通りの西側から、サーッと強風が吹き抜けていった。

途端に視界が晴れる。

「…………え？」

さっきまで暗かった町の景色が一変している。

ほんの一瞬のことだ。

「……え？　…………え？」

目の前の光景が信じられず、クグンダの頭は真っ白になった。

そこへ呼びかけられた。

「クグンダさん！」

「え？」

見晴らしのよくなった通りの向こうから、旅装の軍団が現れた。

その中から一人抜け出して、クグンダに向かって駆けて来る。

「クグンダさん！　覚えているかな？　カイトだよ」

「カイト？　え？　あの、ニタカの坊主？」

「そう！　久しぶり！」

にこにこと笑う彼は前より少し大人びていたが、愛らしい面差しは変わらない。

「え？　カイト？　え？」

「カイト！　先に行くな」

「ごめ〜ん、ケビン。懐かしい顔を見たら、つい」

ニタカの坊主の相棒ケビンも駆けて来て、クグンダは思い出す。

B級への実技試験に合格し、ここでB級へ上がると思っていた矢先、厄介な貴族に目をつけられて慌ただしく旅立って行った二人組。

クグンダが最初の冒険者登録をしたから、特に目をかけていた。

見るからに初心者で危なっかしいのに、ニタカを見付けてきたり、絡んできた輩《やから》を撃退したり、不思議な若者たちだった。

そのカイトとケビンが何故いまここに……？

クグンダの思考は止まったままだ。

カイトがにっこりと笑う。

「ちょっと待っていてね。すぐに全部浄化するからね」

カイトは杖《つえ》を頭上に掲げた。

「きれいになぁれ〜！」

ふざけたような仕草だが、カイトが杖を一振りした途端、クグンダの背後の町に覆い被《かぶ》さっていた黒い瘴気が消滅していった。

「あともう一回かな？　広い町だね」

カイトはまだ黒く残っている箇所に向かって杖を振る。

そしてようやく町全体が見渡せるほどきれいになると、ケビンの元へ帰って来た。

「終わったよ」

「お疲れさま。魔力切れは？」

「大丈夫。昨日ゆっくり休んだから」

二人を前に茫然《ぼうぜん》としていたクグンダは、近寄って来た一行に気付いて目を瞠《みは》った。

護衛騎士に守られた明らかに高位貴族と思われる男と、サタラヤウよりも屈強な大男二人を先頭に、その一団はやって来た。

クグンダはさっと膝《ひざ》をつく。

「カイト、先走るな」

屈強な男に叱られて、カイトがペロッと舌を出す。

「ごめん。知り合いがいたから、つい……」

くるりと顔を向けてきたカイトは、クグンダに尋ねてきた。

「クグンダさん、ここの宿屋は機能していないかな？　あの宿のおじさん、元気かな？」

「ええと……」

「あ、もうブブカッタの森とトーチニの森は浄化してきたからね！　大丈夫だよ？」

「浄化してきた？」

「うん」

「カイトが……？」

「うん」

「………………」

言われている内容は理解できるのに頭に入っていかない。

まだクグンダが混乱していると、ギルドから人が出て来た。騒ぎが聞こえたらしい。

ギルマスとサタラヤウだった。

彼らも一行を見ると、反射的に膝をついたが、黒い瘴気がきれいさっぱり消え失せているのを見て目を白黒させた。

「え？　え？」

マイロが口を開く。

「ここのギルマスとサブギルマスか？」

「「はい……」」

「こちらは第一王子カリュオスト殿下だ。俺は辺境伯のマイロスト・ジョーウェル。この子はカイト、聖人様だ」

「聖人様……？」

クグンダはぽかんと口を開けた。

「カイトが……聖人様？」

「そうだ」

「……聖人……さま？」

クグンダもギルマスもサタラヤウも驚愕《きょうがく》のあまり絶句する。

「クグンダさん、宿屋やっている？」

「え、ええと……」

「カイト、自分達で確認しに行こう」

「そうだね」

ケビンに促されて、カイトは駆けて行った。

クグンダはその背中を茫然と見送るだけだ。まだ頭が混乱している。

マイロが屈《かが》んでクグンダの顔を覗き込んできた。

「ここのギルドには頼みたい事がある。中に入ってもいいか？」

「あ、はい。もちろんです」

「どうぞ」

ギルマスとクグンダは急いで冒険者ギルドの扉を開けた。

閑散とした内部にはサタラヤウのチームと職員数人しかいない。

「すまんな」

いいえと答えたクグンダは、彼らの為のお茶を用意しながら、じわじわと実感していった。

瘴気を晴らしてくれた。

もう大丈夫なのだ。

目の前で見た。

カイトが浄化魔法を使うところを……。

そういえばカイトは最初からおかしな子だった。

魔法属性が四つ全てあり、真の実力を隠しているようだったと、魔法の授業をした職員から報告されていた。

そうかそうだったのか。

カイトは聖人様だったのか。

だからか……。

クグンダはようやく腑《ふ》に落ちて、思わず笑みが浮かんだ。

そして急に熱いものが込み上げてきて、静かに涙を零《こぼ》したのだった。

会議【カイト視点】

宿屋に辿り着くと、主人が外へ出て来ていた。

外の靄が晴れているのを窓越しに見て、確認する為に恐る恐る外に出て来たらしい。

「おじさん、久しぶり！」

カイトは大きく手を振って駆け寄った。

「あれぇ？　坊主……？」

「カイトだよ？　覚えている？」

おじさんは破顔した。

「もちろんだよ。ニタカをくれただろう？」

「うんっ。よかった、覚えていてくれて。宿屋は営業しているかな？　泊まりたいんだけど」

「あ？　ああ、部屋は空いているが、食事は用意できない。食材が手に入らなくてな。素泊まりでいいなら」

「構わないよ！　何部屋ある？　何人泊まれるかな」

第一王子と護衛騎士、マイロとそのチームは冒険者ギルドへ行ったので、残りの人達がカイトを追いかけてきた。

その一行を見て宿屋の主人は目を丸くする。

「こんな時に旅を？　凄《すご》いな」

「こんな時だからだよ？　瘴気を祓《はら》って来たんだ」

「え？　まさか聖人様とかいう……？」

「そうだよ」

宿屋の主人はぽかんと口を開けた。

しばらく茫然としていたが、多くの人に目で催促されて、慌てて宿屋の扉を開ける。

「失礼しました。どうぞ中へ」

ぞろぞろと大人数が宿屋に足を踏み入れた。

その中から一人カウンターまで出て来たラデルが、部屋数を確認する。

「ここにカイト様がお泊まりなら、殿下と護衛騎士、マイロ様とチームの皆さんもここになります。全員は泊まれないかもしれません。他の宿屋にも確認に行った方がよろしいですね？」

ラデルはカイトに顔を向けていた。

カイトは頷《うなず》く。

「うん。そうだね。お願い」

「畏《かしこ》まりました」

ラデルはケビンの傍《そば》を離れられないので、商会の一人が主人から場所を聞いて向かう。

主人はラデルや他の者がカイトに丁寧に接するのを見て訝《いぶか》しんだ。

「みんなカイトに頭を下げるんだな。なんでだ？」

「え？　聖人だからだよ？」

「は……？」

「僕、聖人だから」

「なっ……えぇ!?」

口をぱくぱくさせた宿屋の主人が動かなくなったので、カイトが「おじさん、しっかりして！」とチェックインを催促すると、宿屋の主人は何とか業務をこなしてくれたのだった。

冒険者ギルドから戻って来たマイロが、ここに三泊して疲労回復すると言った。

「王都はこれまでと違う。俺達を敵とみなして攻撃してくる可能性がある。何があるか分からないから、ここのギルドの協力を得た。他の町のＡ級チームもこちらに向かって貰《もら》っている」

カイトは驚いた。

「攻撃してくるの？」

「王都の詳しい情報が入って来ないんだ。瘴気に覆われているのは外からでも確認できたが、中の様子は分からないらしい。王都には魔法師がたくさんいるから、浄化できている部分があるのかもしれないが」

「だったら僕の出番はないね」

「どうかな」

マイロは険しい表情だ。

「王都を襲っている瘴気は外壁の外側にある森から発生している。ぐるりと取り囲んでいるんだ。まずそこを浄化しないといけないのに、していない。いくら町の中をきれいにしても、発生源からまた瘴気が漂ってくるのにな。何を考えているんだろう？」

マイロはタイランに顔を向ける。

タイランは苦笑しながら首を傾《かし》げる。

「どうでしょうね。私の元部下は年齢だけは重ねていましたが、あまり努力をしない人だったので」

「そうですよ！　タイラン様が新人の時から全部やらせて、手柄は横取りしていたような人ですからね！　そんな事も知らないかもしれませんよ!?」

この間ようやく合流したトリヤが憤る。

隣のタイランが宥《なだ》めた。

「う〜ん。魔法省にいる魔法師で浄化魔法が使えるのは何人だ？」

「私とトリヤが抜けたので十七人です」

「それに加えて聖女様がいるんだろう？　それなのに王都は黒く染まっているぞ？　この町の救援にも

来なかったらしいし。何でだ？　そんなに人数がいるのに」

「王族が離したがらないのかもしれません」

「その可能性はある」

第一王子が苦笑しながら口を挟んだ。

「瘴気《しょうき》対策は充分にするようにと散々言ってきたが、みんな聖女様がいるから大丈夫だ、の一点張りだったからな」

「ああ、なるほど。聖女頼みだったにも拘《かか》わらず、いざその時になったら肝心の聖女が役立たずだったと。それに不安を覚えて、他の魔法師を近くに侍《はべ》らせていると……」

「その可能性は高い。聖女はあれほど訓練しろと言っても何もしなかった。普通の魔法師よりも劣るだろう」

「だから未《いま》だに王都は黒く覆われたままなんだな」

「おそらく」

「では憲兵隊と戦闘にはならないかもしれないな」

マイロが腕を組む隣で、第一王子が頷く。

「私が名乗りを上げて、それでも攻撃してくるような事態にはならないと思うよ。……そう願うが、万一の時に備えておきたい」

「それは当然だな。攻撃してくるなら反撃するまでだ」

なかなか物騒な会議になり、カイトとケビンは隅で大人《おとな》しく聞いていた。

ケビンは気を引き締める。

憲兵隊がカイトに危害を加えるなんて許さない。絶対に守ると心に誓った。

ようやく

ゆっくりと身体《からだ》を休めて、魔力も回復した。

近くの町から優秀な冒険者がぞくぞくと集結し、町に活気が戻って来ていた。王都と反対側の西の町からの流通も復活し、食材も出回るようになった。

辺境は瘴気被害が出る前に浄化できたので無傷だ。マイロの商会は痛手を負うことがなかった。

西部地区の他の領地も被害がなく、商会の物流が優れているお陰でほとんどの町が助かったのだ。

カイトが王宮を逃げ出さなかったら、本来の浄化の旅は逆になっていた。

まず王都から出発し、西部は最後。

辺境にどれだけ被害が出たか分からない。

あちこちで瘴気被害を目の当たりにしたマイロは、カイトに感謝していた。もちろんカイトを連れて来てくれたケビンにも。

地元の冒険者達も徐々に回復してきて、ギルドに顔を出している。

クグンダの顔色はまだ悪かったが、ギルドに人が増えて来たのが嬉《うれ》しいようだった。

カイトはここで薬草採取をしていた時を懐かしく思い出していた。

宿の部屋で窓の外をぼうっと眺めていると、マイロや他の冒険者達との打ち合わせを終えたケビンが戻って来た。

いよいよ明日は王都へ向けて出発する。

だからみんな気合いが入っていた。

「おかえり〜」

カイトは立ち上がってケビンに近寄った。

ケビンは無意識に尖《とが》らせていた目元から、ふっと力を抜いた。カイトの笑顔を見て頬を綻《ほころ》ばせる。

「魔力はどのくらい回復した？」

「うん？　九割以上かな？　大丈夫だよ」

「そうか。ならよかった」

毎日のようにケビンが魔力量を確認するようにな

ったのは、カイトが倒れてからだ。

カイトはケビンをこれ以上心配させたくなかった。看病されるのに慣れているカイトだが、こちらの世界に来てからは初めてだった。

枕元に常に張り付いて悲しい表情で見下ろしてくるケビンを、もう見たくない。

だからカイトもそれからは常に魔力量を意識するようにした。

自分の魔力の残りがどのくらいなのか、最初は把握できなかった。

だからタイランにコツを聞いた。そして繰り返し訓練して、今では何とか分かるようになった。

カイトは微笑《ほほえ》んで、ケビンの顔を覗《のぞ》き込《こ》んだ。

「ケビンに聞いて欲しい歌があるんだ」

「歌？」

「うん。この部屋、懐かしいでしょう？　僕も色々と思い出してね。前から頭にあった曲があるんだけど、ここがいいかなって思って」

「カイトの歌ならいつでも聞きたいよ」

カイトの歌声が好きなケビンは嬉しそうに微笑んだ。

辺境でしかカイトは歌っていない。あれからそんな空気ではなかったからだ。

「それでは……」

一歩下がったカイトは腹に手を置いて歌い出す。

この歌は父の好きだった曲ではなく、カイト自身に突き刺った曲だ。

出だしのフレーズが印象的で、しばらく耳に残った。何度も繰り返し聞いた。

生まれてからほとんど病院暮らしで、最後は余命宣告を受けた僕。

ずっと間違いでごめん。

弟のような正解じゃなくてごめんと思っていた。

よく考えたら、ケビンも間違いじゃなかったら僕と一緒に旅に出る事は出来なかったんだよね。

サビに向けて声を張りながら、カイトは思う。

ケビンの綺麗な緑色の瞳《ひとみ》。

宝石みたいだと思ったんだ。

あれに射貫かれたんだよね。胸を。

出会ったのは春。

偶然の一致だけど、そんなところも不思議だね。

ケビンじゃなきゃ嫌なんだ。

だからずっと傍にいて欲しい。


最後のフレーズに想いを乗せて歌い切ると、カイトは視線をケビンに向けた。

急に照れ臭くなって、えへへと笑うと、ケビンの手が伸びてきて、ぎゅうと胸に抱き締められた。強い力だった。

カイトもケビンの背に手を回す。

愛《いと》おしげに頭を撫《な》でられた後、少し身体を離されて後頭部を持たれた。

近付いてくる綺麗な顔に思わずぎゅっと目を瞑《つぶ》ると、唇に柔らかい感触がある。

うわぁ、キス……これキスだよね？　ケビンとキスしているんだよね？

真っ赤になったカイトの頰にも、ケビンの口付けが落ちてくる。頰や瞼《まぶた》、額に何度も繰り返しされた。

嬉しくて照れ臭くて、カイトは目を開けられない。ぎゅっとケビンにしがみつき、逞《たくま》しい胸に熱い頰を擦《こす》り付けた。

しっかりと抱き締めてくるケビンの口から、はぁという溜《た》め息《いき》が漏れた。

「この旅が終わったら俺からちゃんと言おうと思っていたのに。この歌はズルいぞ？」

「えへへ……」

だってこの部屋はケビンへの恋心を自覚した思い出の部屋。思い出したら歌いたくなっちゃったんだ。

ぐりぐりと顔を擦り付けて、大好きなケビンの腕の中を堪能する。

ケビンも引き離そうとせずに、抱き返してくれる。愛おしげに頭を撫でて、また小さなキスをされた。

ベッドの上でいちゃつきながら、カイトはようやくケビンの恋人になれたのを実感したのだった。

夕食時になって食堂に下りると、皆が揃《そろ》っていた。

席についていた彼らは一斉に注目してきて、カイトとケビンは瞬く。

「なに……？」

マイロが無言でじっと観察してきたが、カイトに「歩けるな？」と確認してホッと息を吐いた。

「まさか前日に致すとは思わなかったが、肝を冷やしたぞ」

マイロはケビンを睨《にら》んだが、ケビンは何の事ですか？　と首を捻《ひね》っている。

「はあ。ケビン、お前には特別な教育が必要みたいだ。この旅が終わったら時間を取れ」

「はい？　意味がよく分かりませんが、分かりました」

そのやり取りが聞こえた他の人達は、揃って目を泳がせた。気まずそうに視線を逸《そ》らして食事に戻る。

何だかよく分からない空気に、カイトとケビンは不思議そうに首を傾げた。

そこで興奮気味のトリヤが口を開く。

「さっきの声、なに？　カイト様の声だったよね？」

「ああ、トリヤさんは初めて聴いたのか。歌だよ。元の世界で流行《はや》っていたんだ」

「凄かったね！　何か感動したよ。カイト様はケビンが大好きなんだね。熱烈に伝わったよ！」

「あ………」

カイトは真っ赤になった。

そりゃそうだ。こんな小さな宿屋であんな大声を出したら、皆に聞こえるのは当たり前。

熱くなる頬を擦って、何とか誤魔化《ごまか》そうとするカイトだが、当然無駄に終わった。

マイロが呆《あき》れたように呟《つぶや》いた。

「……というかとっくにデキてると思っていたんだが。意外だ」

「デキてる？　何が？」

「お前らが」

意味を察して、カイトとケビンは真っ赤になった。

「まあ仲良くしてくれ」

マイロはあっさりしていたが、にこやかに見詰めてくるトリヤの視線は若干暑苦しい。

その隣でタイランも微笑ましそうに見守っている。

少し離れた場所にいたラデルは嬉しそうに、何度も深～く頷いていた。

聖女【聖女視点】

こんな筈《はず》じゃなかった。

何でなの？

何でこれだけしか浄化できないの？

私は聖女じゃなかったの？

王宮を飛び出した第一王子の言う通り、私が偽者だったの……？

玉座の間には国王陛下と王妃、第二王子、宰相と護衛騎士たちが身を寄せ合って一塊になっている。

その周囲を魔法省の魔法師が取り囲んでいた。聖女もその中の一人だ。

皆の顔色は悪い。

瘴気がこの大広間も覆っているからだ。

魔法師達と浄化しても浄化してもキリがなく、黒い靄《もや》は完全に王城を包み込んでいる。

かろうじて何とか視界を確保しているのは玉座の周りだけだ。

魔法師達と交替で浄化魔法を使ってきたが、一人、一人と魔力切れになり倒れていった。もう起き上がっていられるのは五人しかいない。

聖女もとっくに限界を迎えていたし、魔力切れになると分かっていても浄化魔法を使わざるを得ない。黒い靄を吸い込むと吐き気がして頭痛に苛《さいな》まれるのだ。

どうしてもここを離れないといけない時……洗面所へ行きたい時など瘴気を覚悟して突っ込んでいく。国王陛下や王妃、第二王子もそうだ。だから皆ぐったりしている。

食事が供されなくなって数日経《た》つ。

いつの間にか、食べたい人は厨房《ちゆうぼう》まで足を運ぶようになっていた。

さすがに王族がそうするのは無理なので、護衛騎士が取りに行く。ついでに他の人の分も運んでくる時もある。

しかしみんな食欲がなくなっているので、回数は少ない。

料理長や他の使用人達も動ける者は動いていたが、やがてみんな姿を見せなくなった。

自室で倒れているのだろう。文官達、近衛騎士達も同じだ。

もうこの王城の中でまともに動ける者はほとんどいない。

魔法師が集まるここだけが、何とか息を吸える空間なのだ。

聖女は隣にいる白髪頭の魔法省長官を見る。

顔が青白い。ここ数日でさらに皺《しわ》が増えたようだ。かさついた肌に余裕のない血走った目。

壮年で一番年配のこの人は、前は長官ではなかった。あの若くて口煩い元長官がいれば、また違ったのだろうか。

この人は自分と同じだ。

中身はすかすかの偽者。

聖女は口を歪《ゆが》めて自嘲《じちよう》した。

王都の周囲にある森から瘴気が滲《にじ》み出《だ》し始めたのは、真夏だった。

暑い最中、瘴気発生の報告を受けた国王陛下は、余裕綽々《よゆうしやくしやく》で聖女に命令した。

浄化せよと。

第二王子と聖女は並んで頭を下げて承った。

その様子を宰相や高位貴族達は満足そうに見守っていた。

いよいよ出番だと、第二王子も張り切っていた。

この時の為に作らせたというワンピースに着替えた。普段のドレスよりも動きやすいが、拘《こだわ》って作ってある見栄え重視の、かなり贅沢《ぜいたく》な衣装だった。

魔法省長官が部屋に迎えに来て、聖女はその後をついて行った。第二王子もついて来た。

聖女に何かあるといけないと馬車を手配されており、第二王子と一緒に乗り込んだ。たくさんの護衛騎士に守られながら城の外に出る。

聖女が王城を出たのは初めてだった。

城下町の様子を珍しそうに窓から眺めていると、街の人が手を振ってくれているのが見えた。聖女さま～とみんな好意的だった。

浄化場所は王都をぐるりと取り囲む外壁の外の森。

現場に到着すると、魔法省長官以外の魔法師達は既に待機していた。

馬車の御者台から下りた魔法省長官は、部下を集めて声を張った。

「この場所から右周りに移動しながら浄化していく。疲れた者から交替して無理をしないように」

「はいっ」

若輩の魔法師から浄化魔法を使っていった。

その様子を観察していた聖女は、一人の魔法師が一回の浄化魔法で浄化できる範囲を把握した。

個人差はあるが、大体本人を中心とした半径五メートルが平均。一番有能な魔法師で十メートル。未熟な者だと三メートルしか出来ない。

それを十回ほど使うと、疲弊してくるようだ。

どんどん交替していき、最後に聖女の番になった。

いよいよだ。

浄化魔法が使えるのは何度も確認した。

魔法省長官でさえ五メートルだった。聖女である自分なら、皆の度肝を抜くほどの広範囲をいっぺんに浄化できるはず。

しかも魔法省長官から譲り受けた杖《つえ》もある。

聖女は意気揚々と足を踏み出した。

そして杖をこれ見よがしに高々と掲げて浄化魔法の呪文を唱えた。

鼻高々な第二王子も見守る中、聖女の浄化魔法が発動する。

しかし浄化できたのは聖女の周囲四メートルほどだった。

「…………は？」

「…………え？」

周囲から戸惑《とまど》いの声が上がる中、聖女も混乱していた。

「嘘《うそ》よ、そんな筈がない」

聖女は何度も何度も唱えた。

黒い瘴気《しょうき》は目に見えるので確実に効果が分かる。

しかし範囲は毎回同じ。他の魔法師の平均以下……聖女なのに並の魔法師程度も浄化できなかったのだ。

その様子を見ていた第二王子と魔法省長官が青ざめていく。

聖女も同じように焦りながら、魔力量を考えずに何度も浄化魔法を繰り出してしまう。

そしてすぐに限界を越えて、魔力切れを起こした。

ぶっ倒れた聖女に第二王子が駆け寄る。

「聖女っ」

「聖女様！」

聖女は意識が朦朧《もうろう》としながらも、こんな筈ではなかったと心の中で叫んでいた。

聖女が魔力切れから復活したのは、それから一週間後だった。

意識はすぐに取り戻したが、酷《ひど》い吐き気と目眩《めまい》で動けなかったのだ。

その間に魔法省長官と魔法師達が森の浄化を進めていたが、進捗《しんちょく》は思わしくなく、すぐに聖女も駆り出された。

そして浄化の難しさを目の当たりにした。

やってもやってもキリがない。

皆で交替しながら浄化しているのに、範囲が広くていつまで経っても終わらない。

そのうちに黒い瘴気が漂ってきて、どこまで浄化が進んだのか境目が分からなくなる。

魔法省長官が部下に命じて印をつけていたが、それも無駄な作業でしかなかった。

次の日にそこを訪れても、黒い瘴気に覆われていて判別不可能になっていたからだ。

しばらく経ってから、実に効率の悪いやり方だったと悟った。

同じ箇所を何度も浄化していた可能性があった。

発生源は一度浄化すれば再度湧く事はないのに、余所《よそ》から流れてくる瘴気に惑わされて、二度、三度と同じ箇所を浄化してしまっていた。貴重な魔力を無駄使いしていたのだ。

魔法師の何人かが長官に苛立《いらだ》ちの目を向けているのに、聖女は気付いた。

ああ。この人は歳《とし》を取っているだけで無能なのか……。

もしかしてあの若くて口煩かった前の長官の方が有能だった？

だからあんなにしつこく訓練しろと言われたのか……。

聖女はようやく気付いた。

お茶会だパーティーだと、楽しく遊んで暮らした二年間。

もう少し頑張って魔法の訓練をしていたら、もっと広い範囲を浄化できたのだろうか。

考えても、もう遅い。

失った時間は取り戻せない。

そうこうするうちに国王陛下に呼び出された。

謁見の間で、大勢の貴族たちの前で進捗状況を確認される。

第二王子も苦い顔をしていたが、嘘は言えなかった。彼が正直に申告すると、国王陛下の表情が険しくなる。

「何故《なぜ》、優秀な魔法師が何人もいて浄化できないのだ？　聖女様までいるというのに」

老年の高位貴族が不満をぶつけてきても、出来ないものは出来ないのだ。サボっている訳ではない。無理なのだ。

「みな毎日頑張ってくれております」

第二王子が一生懸命説明するが、結果が出ていないので冷たい視線は変わらない。

「あとどのくらいで浄化は完了しそうですか？」

「…………………」

静かな宰相の問いに、魔法省長官も答えられなかった。

聖女にも分かった。不可能だと。

自分達が毎日いくら頑張っても、森の全てを浄化するのは無理だと。

無理をしたところで魔力切れを起こして倒れるだけだと。

長い沈黙の末に、国王陛下が口を開いた。

「やれやれ。どうやらカリュオストが言っていた事が正解だったようだな」

「陛下っ……」

弾《はじ》かれたように顔を上げた第二王子は、目を眇《すが》めて国王陛下を見た。

「カリュオストから届いた報告書によると、ここを二年前に出奔した聖人は辺境伯の元にいたそうだ。

冒険者をしながら暮らしていたらしい」

「聖人様ですか？」

「ああ。以前、カリュオスト殿下が仰《おつしや》っていた……あの……」

「そういえばカリュオスト殿下は聖人様の元へ行くと……」

「そうだ。無事合流して浄化の旅を始めたらしい。辺境からこちらに向けて、全国の町を回っているそうだ」

「辺境から？」

「という事は、ここは最後」

聖女はぎくりとした。

聖人……。

自分と同じように異世界から召喚された男の人。

もし本当にそんな人がいたなら、聖女の自分よりも力が強い……？

本物が本当にいた？

自分は偽者だった？

だからたったあれだけしか浄化できないの？

聖女は打ちのめされた。

こんな筈じゃなかった。

圧倒的な力でささっと浄化して、皆に感謝されて、意気揚々と胸を張って歩けると思っていた。

それがどうだ。

今は肩を落として背中を丸めて、申し訳ないと頭を下げるだけ。

あんなに期待されていたのに。

だから最近、使用人達の視線が冷たいのか。

馬車を見かける度に手を振ってくれていた街の人が、そうしてくれなくなったのはいつからだった？

聖女じゃなかった。

聖女だから、これまで甲斐甲斐《かいがい》しく仕えてくれていたのに。

偽者だったのか。偽者に傅《かしず》いてきたのかと、その目に責められる。

直接、聖女に不満をぶつけてくる者はいなかったが、視線が語っていた。

偽者なんかがあんなに贅沢して、王宮で呑気《のんき》に遊んで暮らしていたのか。偽者のくせに……と。

「カリュオストからの報告は中部で止まった。あちらでは魔獣に襲われた町があり、酷い有様だったそうだ」

「なんとっ」

「瘴気に覆われた町では宿泊できず、旅も難儀しているらしい。だから報告はこれが最後だと書かれていた。人手が足りないから出せなくなると」

「中部ですか」

「その後、どの辺りまで進んだのでしょうか」

「本当に聖人様とやらが殿下と一緒に？」

「こちらからも使者を送ったが、その者は帰って来なかった」

「なんとっ、使者に何が」

「腕の立つ騎士だから盗賊にやられたとは思えないが、戻って来ていないから何とも言えん」

「………………」

貴族たちは口には出さなかったが、思っている事は全て顔に出ていた。

聖人様が来てくれたら助かる。

第一王子がその存在を明らかにした時は信じようとしなかったのに、今になって縋《すが》ろうというのだ。

ずいぶん虫のいい話だ。

最初の報告が前魔法省長官からもたらされた時に叱りつけた宰相は、苦い顔で黙り込んでいた。

そしてその後は打つ手がないまま、段々と事態は悪化していった。

季節も夏から秋へと移ろった。

森から溢《あふ》れ出した瘴気が外壁を越えて街の中まで蔓延《まんえん》した。

王城の中にまで入り込んできてもどうすることも出来ず、国王陛下の周囲を浄化するだけになった。

やいのやいの煩かった高位貴族たちも自分達の屋

敷に閉じ籠《とこ》もるようになり、城内から人が減った。

瘴気にやられた役人達や使用人達も姿を消し、ごく僅《わず》かな人しか残っていない。

城の機能は完全に停止し、生きていくのがやっとになった。

瘴気が入り込んできてから、あっという間だった。短期間で瘴気というものは人体に悪影響を及ぼしたのだ。

国王陛下が玉座に座り、隣の席に王妃が座っている。第二王子は護衛騎士がどこからか持ち込んだ椅子に腰掛けている。

その周りに護衛騎士が立っているが顔色は悪い。

更にその外周の床に魔法師達が座っているが、不敬だと責める者もいない。

魔力切れを起こしかけているのを、みんな分かっているのだ。

聖女もここ数日、頭を打ち付けられるような頭痛に悩まされている。


じわじわと迫ってくる黒い瘴気が見える。

そろそろ浄化しないといけない。

次は聖女の番だ。

もう残り五人になってしまったから、順番が巡ってくるのが早い。

聖女はふらふらと立ち上がった。

そして重い腕を持ち上げて杖を持ち直した瞬間。

ぶわーっと正面から強い風が吹いてきた。

大広間の正面扉は閉め切ってあった筈《はず》なのに、いつの間にか開いていたらしい。

黒い瘴気に覆われていて見えなかったのだが、気付いたら視界がクリアになっていた。

「え……？」

「……なっ……！」

「なにっ？」

「だ、誰だっ……！」

「あれぇ～？　殿下の言う通り本当に人がいたよ？」

茶髪の細い少年が立っていた。杖を持って、背後を振り返っている。

大勢の人が入って来るのが見えた。みんな旅装束で、貴族には見えない者も含まれていた。

その中から一人だけ前に出て来て、玉座の国王陛下を見ると微笑《ほほえ》んで膝《ひざ》をついた。

「陛下、ただいま戻りました。間に合ったようでよかったです」

にこりと美しい顔で微笑んだのは、聖女も見覚えのある第一王子だった。以前とは違い、よく日に焼けている。白い歯が眩《まぶ》しい。

「カリュオスト……」

「聖人様をお連れしました。カイト様です」

第一王子は立ち上がって少し戻り、少年の背中を押して再び前に出て来た。

少年は大広間を物珍しそうに眺めていたが、第一王子に促されてぺこりと頭を下げた。

「カイトです。よろしく」

「せ、聖人様……」

「本当に……？」

「せいじん様……？」

衛騎士達が呆然《ぼうぜん》と呟《つぶや》く中、聖女も言葉を失っていた。

これが聖人？

自分と同じ世界から来たという？

聖人という言葉の響きから、もっと大人の男性を思い浮かべていた。

それなのに、目の前の聖人は聖女よりも年下に見える。まさかこんなに若い子だとは思ってもいなかった。

愕然《がくぜん》と目を瞠《みは》る聖女の横で、驚愕《きょうがく》したまま国王が口を開いた。

「聖人カイト……よくぞ参られた」

「うん。……殿下、森を浄化しないとまた広がるよ？　森に行っていい？」

国王をほとんど無視して、聖人は第一王子を振り返った。

第一王子は苦笑して「挨拶《あいさつ》は後ほど」と国王に礼をして、聖人を案内する。

「カイト、上から浄化できるか？　城壁を回った方が早い」

「そうだね、そうしよう！」

一行は大広間を出ると、ぐるりと城を取り囲んでいる城壁に向かったようだった。上を歩けるようになっている。

聖女は何とか足に力を入れて、後を追いかけた。

そこでとんでもないものを目にして絶句した。

城壁に立った聖人は、杖を振り被《かぶ》って浄化魔法を使っていた。

上から放って届くのかという聖女の心配をよそに、とんでもなく広範囲の浄化魔法を放っている。

五メートルや十メートルなどではない。下手《へた》すれば百メートル……もしかしたらそれ以上……。

それも一度でなく、何度も何度も……。

真っ黒だった森があっという間に清浄な空気に包まれていった。

まさに目を疑う光景だった。

「なっ……」

「なにぃ？　無詠唱？」

「嘘だろっ？」

まるで悲鳴のような声が聖女の横で上がった。

魔法省長官と魔法師たちだ。

彼らは誰よりもその浄化魔法の凄《すご》さが分かる。

聖女も驚きすぎて、目の前の光景が信じられなかった。

嘘でしょう……？

こんなっ、こんな凄ぃ。

ここまで圧倒的だなんて……そんな……。

へなへなとその場に座り込んだ聖女は、ようやく実感した。

本物と偽物。

これだけの違いがある。

自分は紛れもなく偽物だ。

ここまで凄いとは……。

気付いたら涙がぽろぽろと零《こぼ》れていた。

自分の不甲斐《ふがい》なさに呆《あき》れ果て、後悔に押《お》し潰《つぶ》された。

「なんと……凄絶《せいぜつ》な……」

追いかけてきた国王も、聖人が浄化魔法を繰り出す光景を目の当たりにして目を剝《む》いた。

王妃も宰相も息を呑《の》んでいる。護衛騎士たちも同様だ。

「聖人様……」

「なんと……」

「本当に……本物だ……」

魔法省の魔法師たちと聖女が何日かけても浄化できなかった森を、聖人はたった一人であっという間に浄化してしまった。

まるで嘘《うそ》みたいな話だった。

王子の帰還【カイト視点】

カイト達が王都へ到着したのは午前中。

外壁の外で馬車を降りる。

戦闘になるかもと危惧《きぐ》していた第一王子の予想は、大きく外れた。

王都の中も瘴気《しょうき》で埋め尽くされて視界が悪い。

かろうじて門番はいたが、第一王子の護衛騎士が名乗りをあげると、門番二人はすぐに膝をついた。

帰還をお待ちしておりましたっ！　と号泣した。

「何だ？」

第一王子とマイロは顔を見合わせる。

マイロが屈《かが》んで尋ねた。

「何があった？　殿下が帰って来るのを知っていたのか？」

「はい……」

ぐすっと鼻を啜《すす》った若い門番は、憲兵隊長から通達があったと話す。

街を浄化してくれる聖人様を第一王子が迎えに行ったと。王都へ向かっておられる最中だと。

「聖女はどうした？　浄化しに来なかったのか？」

「おいででした。毎日、森を浄化しに、魔法師たちと。でも聖女様では出来なかったんです！　毎日来ているのに！　それなのに徐々に黒い瘴気が町まで溢れて来て……！」

「はあ……なるほど」

「聖女様がいるから大丈夫だって言っていたのに！　何で!?　何で出来ないんだ！　魔法省の役人もたくさんいたのに！」

「そうか……」

マイロの後ろで、タイランが眉《まゆ》を下げて苦笑した。

「じゃあ俺達は王城に向かってもよいか？」

「はいっ、もちろんです」

門番二人は道を開けて、すんなりと一行を中に通した。


目抜き通りは誰も歩いていない。真っ黒で視界は最悪。ゴーストタウンのようだ。

カイトは一歩前に出て浄化魔法を使った。

さーっと風が吹き飛ばすように視界が晴れて、あっという間に元の街並みに戻る。

「うわっ……」

「凄い……」

「さあ行こうか」

「はい」

驚く門番を置いて、一行は浄化しながら城へ向かった。

いつもなら発生源の森から浄化するのだが、国王陛下が心配だという第一王子の意向を受けて、そちらを優先したのだ。

外が明るくなったと気付いた街の人達が、ぽつりぽつりと外へ出て来る。

時々立ち止まっては杖《つえ》を振っている少年が何者なのか、彼らは知らない。

それでもその少年が瘴気を祓《はら》ってくれているのを、その目で目撃した。

「まさか聖人さま？」

「聖女様ではなかったのか？」

「でもあれは……」

「凄い。あっという間に」

「空が見えるぞ……！」

街の人達は、少年の後に続く護衛騎士や冒険者の一行を、不思議そうな表情で見送っていた。

カイトの前方に不埒《ふらち》者がいないか、ケビンと護衛騎士がすぐ後ろで見張っていたが、一人もいなかった。

そしてすんなりと城に辿《たど》り着《つ》いた。

そこの門番も突然きれいになった空気に唖然《あぜん》としていたが、杖を持った少年に気付くと、すぐに膝をついた。

そして第一王子を確認し、顔をくしゃくしゃにして号泣した。

「殿下、お待ちしておりました」

「よくぞお戻りに……」

「中に入るが、構わないな？」

「もちろんです」

門番二人は第一王子の顔を知っていたらしい。すんなりと通してくれた。

「うわ〜……懐かしい」

カイトが思わず声を上げると、ケビンも笑った。

「たった二年前なのに、もっと昔のような気がするな」

「そうだね」

カイトは正門から真《ま》っ直《す》ぐ続く本館の入口に入ったが「あっ！」と叫んで突然左方向にある廊下を駆け出した。

「カイトっ？」

「料理長っ」

浄化しながら迷いもなく厨房《ちゅうぼう》へ向かったカイトは、ぐったりと壁に凭《もた》れかかりながら鍋《なべ》で何か煮込んでいる料理長を見付けた。

「料理長！　大丈夫？」

さっと空気を浄化して駆け寄ったカイトを、料理長は項垂《うなだ》れた頭を片手で支えながら薄目を開けて見てきた。

「……んあ？」

「料理長、僕を覚えている？」

「あ、庭師の坊主。大きくなったな」

「うんっ、久しぶり！　料理長、具合悪いの？　瘴気のせい？」

「あぁ。頭が割れそうだ。クソ痛え」

「休んで。もう浄化したから大丈夫だよ。休めばよくなるけど、痛み止めもあるよ？　飲む？」

「あれ？　そういえば視界が……」

「マイロ様、誰か一人料理長の世話をして貰《もら》っていいかな？　僕の命の恩人なんだ」

「任せろ」

マイロがちゃんとついて来ている商会の者に目配せをすると、一人頷《うなず》いて料理長の傍《そば》に行った。もちろん商会の人間は鎮痛剤を持っている。

「ありがとう」

カイトは正面入口まで戻って来ると、第一王子に顔を向けた。

「さて、どこへ向かえばいいんだっけ？」

「こっちだ」

先導して歩きながら、第一王子が質問した。

「料理長が命の恩人とはどういう意味だ？」

「え？　しばらく王宮で潜伏生活していた時に、料理長にご飯を貰っていたんだ。料理長が堅物で規則を厳守する人だったら、僕は飢え死にしていたよ？」

「そんな……」

「庇護《ひご》のない人間は辛《つら》いね。あの時は身に染みたよ」

「すまなかった。本当に。召喚しておいてそのような目に……」

「もういいよ。済んだ事だし」

軽く流して、カイトは第一王子に微笑みかけた。

いつも冷静な第一王子が今は落ち着かない様子だ。

急ぐのはカイトが料理長を案じたのと同じ理由だろう。

カイトも足を速める。

そして城の奥まった場所にあった大扉を第一王子と護衛騎士が開けた瞬間、中に向かって浄化魔法を放ったのだった。

寝込む

隣町で充分な休息を取ったので、王都に到着した時、カイトの魔力量は百％まで回復していた。

しかし立て続けに浄化魔法を使ったせいで、さすがのカイトも具合が悪くなった。

他と比べて街も広いし、ぐるりと囲うようにある森も広かった。森の浄化が済んだ途端に力が抜けて立っていられなくなったのだ。

以前倒れた時ほど酷《ひど》くはなかったが、すぐにマイロの王都屋敷へ運び込まれた。

第一王子は城で面倒をみるつもりだったようだが、予想よりも城内の状態が悪く機能していなかったので、カイトを迎え入れる事が出来なかった。

辺境伯の屋敷も他の貴族の屋敷と同様、瘴気に覆われて固く閉ざされていたが、ここだけはマイロから知らせが入っていたので事前準備が万端だった。食料や薬などの備蓄が充分だったのだ。

「お帰りなさいませ」

きっちりと頭を下げた執事を先頭に、一斉に頭を下げた使用人達にも余裕があった。

マイロとS級チームはもちろんのこと、カイトとケビンとラデル、商会の人達も快く迎え入れられた。

使用人達が部屋を準備してくれていたので、すぐにそれぞれの部屋で寛《くつろ》げたのだ。

第一王子と護衛騎士達とは城で別れて、冒険者ギルドから派遣されていたA級チームはギルドへ向かった。

カイトは一番豪華な客室を与えられて、ケビンとラデルに面倒をみて貰っている。

「前みたいに酷くないから大丈夫だよ。街は目抜き通りしか浄化できていないから、明日は――――」

「いや、カイトは休んでいてくれと、タイラン様とトリヤが言っていた」

「え？」

「アベンさんや、他にも浄化魔法を使える冒険者がいるから気にしなくていいと。後は任せてくれと」

「そ、そう？」

「ああ。森の浄化は終わったから、カイトはゆっくりしてくれ。あんなに乱発して疲れただろう？」

「確かに疲れたけど……」

「休め」

「……うん。ありがとう」

カイトが手を伸ばすと、ケビンはしっかりと握り返してくれる。

ニコッと笑ったカイトは瞼《まぶた》の上をケビンの大きな手で覆われて、自然と目を閉じた。

昨晩もゆっくり睡眠を取ったから寝られないと思っていたのに、すうっと眠りに落ちていった。

それだけ魔力の消費が激しかったということだ。

王城で働く人や街の人が復活するのに、約一週間かかった。

城内は第一王子が取り仕切り、街の治安はマイロが受け持った。

憲兵隊が機能するまで冒険者ギルドも協力した。そのお陰で、大きな混乱はなく元の落ち着きを取り戻していった。

カイトもすぐに復活して浄化しながら街を巡った。次第に店を開ける人も増えてきたので半分観光みたいなものだ。

憲兵隊が機能を取り戻すと、マイロも屋敷で過ごす時間が増えた。

カイトとケビンはS級チームと一緒に森を巡ってみた。

「王都を森で囲んでいるのは何のため？」

「他国からの侵攻に備えていると聞く。昔の人はまさかそれが仇《あだ》となるとは思わなかったんだろう。……瘴気が針葉樹から発生すると判明したのも最近の話だ。百年単位だから最近というのもおかしいが」

「そっか……」

「それが判明した当初は森を伐採したようだが、すぐに元に戻ったらしい。百年単位だから危機感が薄れるのかもな。歴代の国王も話を伝え聞いてはいるが、自分の代は無事だと分かっている国王は、対策しようと思わない。むしろ他国からの侵攻や内乱に備えておきたい。だから森は放置された。何代も後の子孫の為に手を打っておこうとは思わない」

「そうか……」

「瘴気嵐は食らったものにしか分からない怖さがある。現に今の国王陛下も万全な対策をしていたとは言えない。カリュオスト殿下がいなかったら、どうなっていたことやら……」

「そうだね」

カイトは森を眺めながら、未来に思いを馳《は》せる。

百年後はどうなるのだろうか。

また異世界から人間を召喚するのだろうか？

無理矢理に、問答無用で？

出来るなら無関係の人間を巻き込まないよう、こちらで対処して欲しい。

それか用事が済んだら帰れるように召喚魔法の精度を上げて欲しい。百年の猶予があるのだから。

元の世界に未練のないカイトは帰りたいとは思わないが、聖女はどうだろう？

彼女はカイトの召喚に巻き込まれた普通の女子高生だった筈《はず》だ。

親に会いたいだろうし、恋人もいたかもしれない。まだちゃんと話をしていないから、何とも言えないのだけれど。

そして王都全体が元の落ち着きを取り戻した半月後。

浄化の旅に関わった関係者、全員が王城に呼び出されたのだった。

論功行賞

瘴気《しょうき》の嵐が王都を襲った。

その勢いは凄《すさ》まじく、魔法省の役人も聖女も太刀《たち》打《う》ち出来なかった。

王城の中まで浸食されてどうしようもなくなった時、聖人が現れて全て浄化してくれたという。

実際に街を浄化する姿を目撃した住民も多く、話題になっていた。

そしてその論功行賞が行われるというので、関係者と貴族が玉座の間に集められた。

玉座の国王陛下、隣席の王妃。一段下に第一王子と宰相が立っている。

第二王子は王族席から外れた場所に所在なげに立っていて、その隣に青白い顔の聖女がいる。

真ん中の赤い絨毯《じゅうたん》を両サイドから挟み込むように貴族席が設けられていた。位の高い者が国王に近く、出入口に行くほど低くなっている。

口煩い高位貴族の年寄り達も、今回ばかりは大人《おとな》しく座っていた。

侍従の高らかな入場宣言があり、正面入口から数人の男が入って来た。

先頭は大柄な男で、その顔を見知っている者も多い辺境伯だ。

いつもの冒険者の服装ではなく、きっちりとした礼服を身に着けている。無精髭《ぶしょうひげ》も剃《そ》り、髪も撫《な》でつけて後ろに流している。

その後ろにほっそりとした少年が続く。彼も礼服を着ているが、どこか幼い印象だ。

彼を初めて見る貴族達は、あれが聖人様か……と密《ひそ》かに驚いていた。勝手に大人の男を想像していたからだ。

その後ろに金髪の正装姿の青年が続き、少し下がった所に四人の男が並んだ。

貴族達は誰だ？　と訝《いぶか》しんだが、そこで第一王子が口を開いたので視線を上座へ向けた。

「辺境伯マイロスト・ジョーウェル。聖人カイト。この度は本当に世話になった。感謝してもしきれない。改めて礼を言う。ありがとう」

全員立ったままで跪《ひざまず》いていないのは、第一王子と打ち合わせ済みだからだ。

第一王子はカイトに頭を下げさせたくなかった。いくら国王の御前でも、今回ばかりは違うと感じた。

カイトは臣下ではない。無理矢理召喚した異世界人だ。それなのに縁もゆかりもないこの国を救ってくれた。

それに合わせてマイロにも立位でいて貰っている。普段なら跪いて頭を下げている場面だ。

国王とも打ち合わせ済みだが、煩い貴族達の手前、国王が遜《へりくだ》る訳にもいかない。だからこうしたのだ。

マイロが立位のまま頭を下げる。

「身に余るお言葉、ありがとうございます」

カイトにはマイロの真似をしておけばいいと伝えていた。無理に王宮のしきたりに従う事はない。

　第一王子が報奨について言及した。

「辺境伯には浄化の旅の資金提供から人員支援まで、様々な支援を受けた。それがなかったら旅は頓挫《とんざ》しただろう。旅に費やした経費は計算して提出して貰いたい。それとは別に金貨百枚を報奨として与える」

　金貨百枚……と貴族席がざわっとしたが、マイロは表情を変えずに「ありがとうございます」と一礼した。

「そして聖人カイト、この国を救ってくれてありがとう。カイトがいなかったらこの国は瘴気で満たされ滅んでいた」

「…………いえ」

　カイトは言葉少なく一礼する。

「報奨については金貨三百枚。それに加えて別のものもあるが、後で説明する。――――ケビン」

「……はい」

　またも貴族席がざわついた。三百枚……という吐息のような声と「何者だ？」と囁《ささや》く声が交差する。

「召喚直後に行方不明になった聖人カイトを繋《つな》ぎとめ、よく支えてくれた。ケビンがいなかったら聖人カイトはどうなっていたか分からない。健《すこ》やかに暮らせていなかったかもしれない。浄化の旅が出来たのもケビンのお陰だ。改めて礼を言う」

「勿体《もったい》なきお言葉。ありがとうございます」

「ケビンは以前、伯爵家の嫡男だったが、今は平民だという。だから叙爵することにした。同じく金貨百枚に加えて伯爵位を与える。領地もだ」

「――――……え？」

「更に後見人として辺境伯マイロスト・ジョーウェルを指名する。何かあったら彼に相談するといい」

「あの……？」

　あまりの言葉に目を剝《む》いたケビンに、第一王子は悪戯《いたずら》っぽく笑う。

「王家の直轄地から候補を三つ出す。そこから一つ、好きな場所を選んでくれ。カイトと相談して構わない」

「そんな……」

「それについては場所を変えて後でゆっくり話そう」

「……は…………い……」

貴族席はざわざわしていた。いきなり伯爵に叙爵とはとんでもない報奨だ。しかもまだあんなに若い青年を。

浄化の旅の実情を知らない貴族にとっては寝耳に水だろう。

しかし第一王子に引く気はなかった。

「それから辺境伯のS級チーム、冒険者ギルドにも世話になった。たいへん助かった。協力ありがとう。それぞれに金貨百枚を報奨として与える」

「「ありがとうございます」」

マイロのチームの三人と、冒険者ギルド本部の代表が揃《そろ》って頭を下げた。

「そしてこの場で詳細は控えるが、私に同行してくれた護衛騎士、魔法師のタイランにも報奨を与える。半年以上にも及ぶ旅はとても長く、体調を崩した者も多かった。よく支えてくれた。礼を言う」

王族の後ろ、貴族席の後ろの壁際に並ぶ騎士達に向かって、第一王子は笑顔を向けた。

騎士達は感銘を受けたように礼を返す。

「そして――――」

第一王子は声の調子を変えた。

視線を第二王子と聖女へ向ける。

「第二王子クリュニー、聖女マナ」

「「はい」」

「君たちは瘴気対策として用意した予算を使い込んだ。残念ながらそれに見合う働きをしなかった。よってその金は返して貰う」

「兄上……」

第二王子が愕然《がくぜん》となるが、第一王子は何を驚くのかと、逆に驚いた。

「当然だろう。瘴気予算は聖女の宝石やドレスに使う為のものではない。もっともらしい口実で文官から引き出していたようだが、それも結果があればこそ。しかしながら聖女の働きは、どう見積もってもその金額に見合わないものだった。民の税金を無駄遣いする訳にはいかない。返して貰《もら》う」

第二王子は悔しそうに唇を噛《か》んだが、反論しなかった。

聖女も同様だ。青い顔をして俯《うつむ》いている。

「詳細は後ほど」

そう言うと第一王子は顔を国王に向けて、一つ頷《うなず》いた。

国王は語り出す。

「聖人カイト」

「……はい？」

気を抜いていたカイトは、不意に呼ばれてビクッとした。

「改めて私からも礼を言う。本当にありがとう。召喚直後に行き違いがあったと聞いた。それもすまなかった」

「いえ……」

「報奨については第一王子とこれから吟味してくれ。全て望むままに」

「？　……はい……」

「以上だ」

国王が宰相に視線で終了を告げた。

第一王子がマイロに歩み寄り、カイトとケビンにも手招きする。

S級チームとギルド本部の人はそのまま下がっていき、三人は第一王子に案内されて横の出入口から出た。

残された貴族達は騒然となった。

報奨が破格だったのもあるが、あの若者は誰だ？と皆が口々に騒いだのだ。

こんな筈では【ケビン父視点】

馬鹿な……。

パギンス伯爵は蒼白《そうはく》になりガタガタと震えていた。

論功行賞があるというので伯爵も王宮へ呼ばれた。

瘴気嵐という百年に一度の大災害を乗り越えたので、そのお祝いも兼ねていた。

遠くの領地にいる者は免除されたが、ほとんどの貴族は招待に応じられた。

それというのも高位貴族達のほとんどは領地を放置して王都屋敷に逃げ込んでいたからだ。だから短い期間しかないのに、この場に立ち合う事が出来た。

謁見の間に公爵から男爵まで勢揃《せいぞろ》いしていた。案内された席に座り、聖人とやらの入場を待っていた。

そして堂々と入場してきたのは、パギンス伯爵の天敵とも言えるジョーウェル辺境伯。

木炭の取引停止から始まった嫌がらせは、ゆっくりと確実に伯爵家を苦しめている。

取引してくれる商人が少なく、足元を見られるせいだ。二年前からパギンス伯爵家だけ物価高に苦しんでいるのだ。

思わずギリッと奥歯を噛み締めた伯爵は、聖人らしき少年に続いて入場してきた青年を見て、ぎょっと目を剝いた。

「なっ……！」

なぜあれがそこに？

玉座の前……論功行賞の場に？

平民に落としたのに！

愕然とした伯爵は、報奨を聞いて更に度肝を抜かれた。

伯爵に叙爵？

私と同じではないかっ！

そんな馬鹿なっ！

ケビンが元貴族令息だと明かした第一王子は、チラリとした視線をパギンス伯爵に向けてきた。横並びの貴族達の中で、はっきりとその目はパギンス伯爵を捉《とら》えていた。

わざとだ！

わざとあれが何者か分かるように言及したのだ！

第一王子と親しいのか？

聖人と関わりがあったのか？

あいつが何をしたというのか！

パギンス伯爵の混乱は止まらない。

血走った目で、王族用の出口に向かう一行を見送った。

貴族達が一斉に口を開いた。

「先ほどの青年は何者だ？」

「聖人様と関わりがあるようだな」

「しかしいきなり伯爵に叙爵とは、驚いたな」

「ああ。それに領地まで……」

「以前、伯爵家の嫡男だったと仰《おっしゃ》っていたが……」

「はて？　どの伯爵家だ？」

席順は爵位で並んでいる為、周りは伯爵家ばかりだった。

一人だけ黙っているパギンス伯爵は、それだけで目立ってしまった。

顔見知りの伯爵家の当主がそれに気付いた。面白がるように口を歪《ゆが》めた。

「パギンス伯爵家でしたか……」

「し、知らん！　あのような者は！」

思わず否定した伯爵だが、そんな嘘《うそ》に騙《だま》される者はいない。

「廃嫡にした元嫡男ですか？　勿体ない事をしましたね？　殿下の覚えめでたく、聖人様とも辺境伯とも親しいようでした。……ああ、勿体ない。何故《なぜ》廃嫡なんかしたんですか？　しかも嫡男を？」

あなたは間抜けですか？　と面と向かってくすくす揶揄《やゆ》されて、パギンス伯爵は顔を真っ赤に紅潮させた。

ばらばらに退出していく貴族達の間をすり抜けて、逃げるようにその場を後にする。

そして帰り着いた王都屋敷の執務室に籠《こ》もり、改めて先ほどの論功行賞を振り返ると、次第に身体《からだ》が震え出したのだ。

伯爵……あれが……！

廃嫡にして追い出したのは二年前。

どこで何をしていたのか全く知らなかったが、どこかで野垂れ死んだとばかり思っていた。

金も渡さず、身一つで放り出したのだ。平民落ちした元貴族の末路はだいたい決まっている。どうやって生き伸びたのか……。

辺境伯。後見人に指名されていた。

まさか辺境まで会いに行ったのか？

あんな遠くまで？

たった一人で？

金も持っていないのに？

パギンス伯爵は頭を抱えた。

詳しい事は何も分からないが、分かっているのは、廃嫡にした筈の嫡男が第一王子に気に入られて叙爵し、伯爵位を得たこと。

どこか分からないが領地を得たこと。

その後見人に辺境伯がついた事により、大きな失敗はしそうにないこと。

更に金貨百枚まで……。

「金貨百枚……」

思わず呟《つぶや》いてしまう。喉《のど》から手が出るほど欲しい物だ。

今のパギンス伯爵家の内情は火の車だ。

商人との取引が思うようにいかず、何を買うにも値段が上がり支出が増えた。

それなのに領地から出て行く平民が多く、税収ががくんと減った。

更に領地の執事をクビにしたせいで混乱を招き、管理にも手間取った。

ここ最近はずっとお金の算段に追われている。

それなのに何も分かっていない妻がやいのやいのと煩い。贅沢《ぜいたく》が出来なくなったので機嫌が悪く、ずっと文句ばかりだ。

どこかのパーティーでドレスの着回しがバレて恥ずかしかったとか、手土産《てみやげ》も持参出来ないとか、下位の夫人と比べられて恥をかいたとか……。

貴婦人同士の付き合いがあるのは分かるが、現状をもう少し考えろと言いたい。元々裕福な伯爵家の令嬢だったから贅沢が当たり前で、節制という言葉を知らないのだ。

それに息子《むすこ》にも問題があった。

学校を卒業したので領地経営を任せようと思い、領地へ行かせた。

執事がいるうちはまだよかった。だがクビにした後、次の執事がなかなか決まらなかった。

それでも一年以上、執事に支えられながら学んでいたから、ある程度は理解していると思っていた。


しかし執事がいなくなって、何も学んでいないのが発覚したのだ。

単に、執事の言うまま書類を書き、サインしていたらしい。内容を精査していなかったし、どんな時にどんな書類が必要になるか、最低限のことすら分かっていなかったのだ。

伯爵は愕然とした。慌てて領地へ飛んで行き、自ら教えようとした。

しかし、これから雪が降って寒くなるから王都へ帰りたいとごねた。

あの時ほど頭に血が上った事はない。

大声で叱りつけて無理矢理勉強させた。そのせいで、寒い時期の領地に伯爵まで縛り付けられる事になった。

弟の方があんなに馬鹿だとは知らなかった。

優秀だといつも誉《ほ》めていた妻の言葉を鵜呑《うの》みにしていたせいだ。とんでもない過ちだった。

どこで間違えたのだろうか……。

悄然《しょうぜん》と項垂《うなだ》れた伯爵は目を瞑《つぶ》る。

閉じた瞼《まぶた》の裏に、先ほど見た青年の姿が浮かんできた。

おそらく辺境伯が用意したであろう華麗な礼服を身に纏《まと》い、凛《りん》と佇《たたず》んでいた。立ち居振る舞いも申し分なく、際だった美貌《びぼう》は目を引き、第一王子と並び立っても遜色《そんしょく》なかった。

様子のおかしい主《あるじ》に、王都屋敷の執事が何があったのか尋ねてきたが、伯爵が答えられるまでかなりの時間が必要になった。

報奨【ケビン視点】

論功行賞の場で爆弾発言を食らったケビンは、第一王子に案内されて別室へ入った。

マイロとカイトも一緒だ。

ソファに落ち着くと、侍従がお茶を淹《い》れてくれる。

「どういう事か説明するぞ」

第一王子はにこやかに微笑《ほほえ》んでいる。

「カイトが聖人だとバレたからには護衛が必要だ。その護衛が平民では都合が悪いんだ」

聖人の公的身分は公爵家と同等だが、カイトの場合、功績が大きいので実質、王族並みの発言力がある。

「だから貴族達は何とかしてカイトとお近づきになりたい。仲良くなって取り入りたい。情報を集めて縁を辿《たど》って、色々と画策するだろう」

「え、こわっ」

思わずカイトが漏らすと、第一王子は苦笑した。

「平民の護衛では、まさに付け入る隙になる。もっとマシな護衛をつけろと、自分が紹介するからと恩着せがましく言ってくる。それを封じるのが、まず一つ」

「はあ……」

ケビンは悟った。自分は無知だと。

元伯爵家の嫡男とはいえ、貴族のやり口はよく知らない。知る必要もなかったからだ。

老獪《ろうかい》な貴族達に難癖をつけられたら、ケビンなどあっさりと嵌《は》められて放逐されそうだ。

そこを熟知している第一王子が先手を打ってくれたらしい。

「カイトとケビンはこれからも冒険者として生きていくんだろう？」

ケビンは隣のカイトと目を合わせた。

「はい。そのつもりでした」

「私もその方がいいと思う。カイトは王宮で暮らすのは息苦しいだろう。でも根なし草で、どこにいるのか全く判らないというのは、さすがに困る。そう貴族が訴えてくる。間違っていないのでその意見も無下に出来ない」

「…………」

「そこで領地だ。ケビンに本拠地があれば、まだ表向きの理由にはなる。実質、領地経営を人に任せて冒険者暮らしをしても構わないぞ」

「ええと……」

「王家の直轄地から三つ候補を挙げてある。その中から一つ選んでくれ。実際に現地に行ってから選んでもいいぞ。……自分達で領地を整えるのもいいし、いま管理している者に任せて収入だけ受け取ってもいい。いま王家に来ているものが、ケビンにいくようになるだけだ。簡単だな」

「……はあ」

「もちろん自分達で領地を盛り立てて、管理してもいいぞ。カイトの力があれば色々と楽しい事が出来そうだしな。領地を経営しながら、たまに冒険者として旅立つとか……そんな風に自由に暮らすのもいいな」

「なんか凄《すご》いね」

最初は目を丸くしていたカイトも、面白くなってきたようで口角が上がった。

第一王子はにっこり笑う。

「今後二人が生きていくのに、どう手助け出来るかなと考えた結果だ。既に領地経営も任せられる有能な執事が志願しているようだし、辺境伯が後見人になれば大きな失敗もないだろう」

不満そうなマイロは口を尖《とが》らせた。

「カイトもケビンも今まで通りうちで暮らせばいいんだ」

「本人達がそれを望むなら、そうすればいい。領地経営は人に任せてな」

「ええと、つまり、ケビンへの報奨は、僕への報奨でもあると……」

「そういう事だ」

「なんか凄く色々と考えてくれたんだね。ありがとう殿下」

「こちらこそ国を救ってくれてありがとう。感謝してもしきれないよ」

カイトが前向きになったので、ケビンもありがたく受け取る事にした。

ケビンは漠然とこのままカイトと冒険者を続けていけると思っていたが、貴族達がそうさせてくれないようだ。

第一王子は報奨を与える事によって、二人がこれからも一緒にいられるようにしてくれたのだ。

本当にありがたかった。

墓参り

ケビンはマイロと行きたい場所があった。

忙しいマイロに時間を空けて貰い、そこへ向かう。

途中の店で花束を買った。

王都の北側にある貴族専用墓地。

大きな敷地の中は石板で区切られており、貴族ごとに霊廟《れいびょう》が建てられている。公爵家などの大貴族の霊廟は邸宅かと思うほど大きい。

パギンス伯爵家の霊廟もあった。

先祖代々の棺《ひつぎ》が半地下に収められている。固く閉ざされた扉は、棺を入れる時だけ開閉する慣習がある。当主の許可も必要だった。

だからケビンは中に入れなくて、霊廟の扉の前に花束を置いた。

隣のマイロも唇を引き結んでいる。


母様。


白い小さな花の花畑を見に行ったよ。

凄く綺麗《きれい》な場所だった。

母様がもう一度見たいと言っていた気持ちがよく分かったよ。

マイロ様にも会ったんだ。

とても力になってくれて助けてくれた。

俺はお祖父《じい》様にそっくりなんだってね？

物凄く驚かれたよ。

それから恋人が出来たんだ。

カイトはなんと聖人様なんだよ。

異世界の人なんだ。

廃嫡にされて何も持っていない俺について来てくれて、支えてくれた。

とても大切な人なんだ。

ずっと一緒にいたいと思っている。

ねえ母様。

俺はカイトと心が通じて、とてつもない幸せを感じたけれど、母様はどうだったのかな。

政略結婚の父に、そんな気持ちをほんの一時でも抱いた事があったんだろうか。

せめて俺を宿した時、俺を産んだ時は喜んでくれたと思いたい。

その瞬間は幸せを感じてくれていたと。

そう願うよ。


薄れた記憶の中にいる母に、ケビンは胸の中で話し掛けた。口に出すのは照れ臭かったので。

隣のマイロは違うようで直接語りかけていた。

「マリー。ケビンの事は任せておけ。俺と息子達で全面的に支援していくからな。何があっても大丈夫だ。心配するなよ」

マイロの太い腕がケビンの肩を抱いてきた。

「それからあのクソ野郎にはしっかりと制裁を続けているからな！　長期計画でじわじわいたぶっているぞ！　この兄に任せておけ！　そっちも大丈夫だぞ！」

カイトが噴き出した。

「マイロ様、ここはそのクソ野郎のご先祖のお墓なんじゃないの？」

「あ、そうだった。すまんな、ご先祖様。悪気はないんだ。ただ妹と甥《おい》にした仕打ちは許せないもんで！」

宣戦布告するように吐き捨てると、マイロ様は踵《きびす》を返した。

「そろそろ戻ろうか。お互いに明日出立だしな」

「はい」

マイロはＳ級チームと共に辺境へ帰る。論功行賞が終わったので、もう王都に残る理由がないのだ。

そしてカイトとケビンも旅立つ予定だ。

第一王子から提案された領地を見に行くのだ。

冒険者をしながら三カ所を巡るつもりでいる。

楽しみだった。

魔法省復帰【タイラン視点】

タイランは元の魔法省長官に返り咲いた。

壮年の前任者はクビになる前に辞職したという。

どうやら森の浄化の指揮がマズかったらしく、部下達に白い目で見られて針の筵《むしろ》だったらしい。

魔法省の部下達はタイランの復帰を大歓迎した。

タイランとトリヤは完全にフリーだったので、カイトとケビンが治める領地へ一緒について行こうと思っていたが、第一王子に止められてしまった。魔法省が人手不足だと。

「私はお前に忠誠を誓われたと記憶しているがな？」

目を細めた第一王子に物騒な笑顔を向けられて、タイランは反論を封じられた。

「あぁ、覚えておいでで」

とうに忘れてらっしゃるとばかり……チッと舌打ちするタイランは、第一王子にガシッと肩を組まれた。

半年以上、共に旅をしてきて有り得ないほど気安い仲になってしまった。

諦《あきら》めたタイランは肩を竦《すく》める。

「分かりました。お仕えしますよ」

「それでいい」

そして部下のトリヤも道連れになり、二人はまた魔法省の役人になった。

それに魔法省が忙しいのは事実だった。浄化が完全に終わっていないのだ。

カイトは人に害を及ぼす森と町だけ浄化してきたので、まだ瘴気を放つ森はたくさん残っている。

影響が少ないので後回しにした。それでも半年以上かかってしまったが。

そこを調べて浄化するのは魔法省の仕事だ。

必要があれば冒険者ギルドを通じてカイトに依頼を出せるが、ゆっくりと時間をかけても大丈夫なので、魔法省が取り組む事になっている。

別れの歌【カイト視点】

第一王子にお別れを告げに王城へ行った。

旅立つ日程を告げていたので、第一王子は執務室から下りて待ってくれていた。護衛騎士と側近を背後に引き連れている。

タイランとトリヤもいた。

彼らは以前の部署に復帰したので、魔法省の制服の黒いローブを纏《まと》っている。

本館の建物の入口ホールで、マイロの一行と共に別れの挨拶《あいさつ》をした。

「何かあったら何でもいいから、すぐに知らせてくれ」

「はい」

人通りの多いホールなので、何事かと文官達が遠巻きに見ている。

入口ホールで別れの挨拶をしていたが、いよいよ旅立ちという時になって、マイロがカイトにお願いしてきた。

「カイト、しばらく会えなくなるから一曲、聞かせてくれないか？」

「へ？」

「雪の歌を聴きたい。あれが好きなんだ」

唐突なマイロの頼み事にカイトは目を丸くしたが、すぐに笑顔になった。

「いいよ。この場所なら音響もよさそうだし。でもプロじゃないから音を外しても笑って許してね」

「もちろんだ」

カイトが了承したのを見て、喜んだのはマイロだけじゃなかった。

ケビンもS級チームもタイランも第一王子も護衛騎士も、みんな目を輝かせた。

トリヤだけが不思議そうに首を捻《ひね》っていた。

「何ですか？」

「いいから黙って聞いていろ」

カイトは軽く発声練習した後、お腹《なか》に手を当てて静かに歌い出した。

雪の歌。

そういえばもう少しで冬が来る。

こちらの世界に来てから、何度か季節が巡った。

また雪遊びがしたいな。

領地候補のどれかに雪が積もる地域が入っているだろうか。

そんな事を考えながら歌い、一番盛り上がる場所での高音で腹に力を込めた。

ホールの天井が緩くカーブしているので、綺麗に響き渡った。

声が聞こえた役人達が何事かと集まってきたが、最後は静かに終わる。

その余韻に誰もがうっとりと浸った後、盛大な拍手が巻き起こった。

「何度聞いても凄いな」

「ありがとう、カイト！」

「素晴らしい。思わず聴き惚《ほ》れちゃった……」

喜んで貰《もら》えてカイトも満足していると、正面にいた人達の視線が後ろに流れた。みんな驚いている。

ん？　とカイトが振り返ると、そこに青ざめた聖女がいた。

そして突然「ごめんなさい！」と叫んで土下座し、号泣し始めた。

「え？　なに？」

その場にいた誰もが驚愕《きょうがく》した。

聖女の後を追ってここに来たらしい第二王子も、困惑して立ち尽くしていた。

その歌は【聖女視点】

その時、聖女は呼び出されて財務省に向かっていた。

聖女が浪費したとされる瘴気《しょうき》対策費の計算が終わったと連絡が来たのだ。

おそらくその金額はとんでもない額だろう。

二年間、自分がどう過ごしていたか、自分が一番よく分かっている。

手持ちの宝石や宝飾品、ドレスも売るように言われた。それでも半分以上は残ると言われている。

聖女はいまいち納得出来ない。

そもそも自分は第二王子の言うまま過ごしていただけなのだ。王子に逆らえる筈《はず》がない。

問答無用でこんな世界に連れて来られて、聖女聖女と煽《おだ》てられて。

いざその時になったら違っていました?

聖人がいました?

冗談じゃないわよ。

私だって頑張ったわ!

それなのに責められて、優しかった人達に手のひらを返されて!

凄く悲しかった。

何よりきちんと出来なかった自分が悔しかった。

こうなってから、ちゃんと訓練していたらと後悔した。

でも遅かった。

何で第二王子は何もしなくていいと言ったの?

瘴気が発生したら大災害になるって知っていたんでしょう?

瘴気の恐ろしさは身に染みたわ。

本当に死ぬかと思った。辛《つら》かった。

これまでは用があったら役人は部屋まで足を運んでいたのに、第二王子と二人、呼び出されて廊下を歩いていた。

とても分かりやすく態度を変えるのは、こっちの世界では当たり前なのか。貴族社会で身分が一番重いから？

第二王子は国王からも叱責されていたけど、まだでも流れているのにこの扱い。王子でなくなるという噂《うわさ》でも流れているのだろうか。

文官について長い廊下を歩いている最中、それが聞こえてきて聖女はハッとした。

これはっ、この曲は！

「聖女様！　どちらへ」

思わず駆け出して、声の主を探す。

近付くにつれて、何事かと興味を引かれた文官達が廊下に立ち並んでいた。

その人垣を掻《か》き分《わ》けて進むと、気持ちよさそうに歌っている少年がいた。

入口ホールで旅装の人達に囲まれている。

その中には第一王子の姿もあった。

ちょうど一番のサビが終わったところで、間奏をハミングしている。すぐに二番のAメロを歌い出した。

AメロBメロが静かなその曲は、サビに入ると途端に叫びのような旋律になる。高音で難しいが、歌いこなせると聴く人の胸を打つ。

流行したのは何年も前だが有名な曲だ。世代の違う聖女も何度も聴いた事がある。

やがて曲は最後のサビになり、一番の盛り上がりで変調があり、少年は身体《からだ》を折るようにして、そこも力強く歌い切った。

最後は囁《ささや》くようなフレーズを残し、余韻を残しながら終わる。

不意に胸の奥から熱いものが込み上げてきて、ぽろりと聖女の目から涙が零《こぼ》れ落ちた。

聖人だと言われてもピンとこなかった。

想像していたより若くて驚いたけれど、それだけだった。

でも今は違う。

この歌を聴いて、初めて同じ世界にいた人だと実感した。

同じ世界から来た人。

同じ世界で暮らしていた少年……。

それを実感するのと同時に、怒濤《どとう》のように感情が溢《あふ》れて止まらなくなった。

聖女自身も何故《なぜ》泣くのか分からない。でも止められなかった。

瘴気で死にそうになった日。

白い目で見られて消え入りたくなった日々。

これからどうなるかという不安。

曲によって呼び起こされた懐かしさ……郷愁。

混ぜこぜになったそれらの感情が、押さえつけていた蓋《ふた》を押し退《の》けて溢れてしまった。

「ごめんなさいっ！」

何で謝るのか、誰に謝るのか、自分でも分からなかった。気付いたら床に蹲《うずくま》って号泣していた。

すると肩に手を置かれて、身体を起こされた。

涙でボロボロの顔で見上げると、聖人が困ったように眉《まゆ》を下げていた。

「ちょっと話そうか」

彼に促されて立ち上がる。

彼が第一王子に視線を送ると、頷《うなず》いたのが見えた。

話し合い【カイト視点】

そこから一番近い空き部屋に案内して貰った。

泣き崩れた聖女は第二王子に支えられながら歩いている。

マイロ達やタイラン達と入口ホールで別れて、第一王子と護衛騎士、カイトとケビン、聖女と第二王子、そのメンバーで会議室のような場所に入った。

聖女はまだ取り乱しているので、カイトは第一王子に尋ねた。

「前から気になっていたんだけど訊《き》いていいかな?」

「何なりと」

「これからの聖女の扱いなんだけど、どうなるの?」

「論功行賞の場で言った通り、瘴気予算を返還して貰う。浪費した額から、宝飾品を売った金額を引き、残りを働いて返して貰う事になるだろう」

「あのさ。彼女は強制的にこっちの世界に召喚された人だよね? 還せないんなら、その生活の面倒を見る責任が、この国にはあると思わない?」

カイトは第一王子にも臆《おく》せずはっきり言う。

ケビンと護衛騎士達は一気に緊張したが、第一王子は深く頷いていた。

「その通りだ。だから一生働かなくても暮らしていけるだけの年金が出る。カイトもだ。だが使い込んだ額が多すぎて、それを考慮しても足が出るんだ」

「年金……」

「この国の平均寿命は五十歳。それで計算して貰った。彼女は毎月貰える筈だった年金をもう使い切った事になる。これからの生活費も自分で稼がなくてはいけない」

「仕事はどうなる?」

「まずは魔法省の浄化に協力して貰う。浄化魔法が使える人材は貴重だからな。魔法省の魔法師と同じ給料が出るようにしてある」

「ふうん。それが終わったら？」

「そこからは彼女が決める事だろう。魔法省に就職するという話が出るかもしれないし、カイトと同じように冒険者になると言うかもしれない。選ぶのは彼女自身だ」

「じゃあ特に罰則はないんだね？」

「罪を犯した訳じゃないからな。サボっただけだ」

「それもどうかと思うけど」

「ん？　カイトはどう思っているんだ？」

「僕は杖《つえ》の力があったのが大きい。辺境に行かなかったら、この杖も手に入らなかった。逃亡せずに王宮で聖人様聖人様と崇《あが》められて過ごしていたら、もっと時間がかかったと思うよ」

「そうか」

「だからずっと王宮にいた彼女がいくら頑張って訓練しても、他の魔法師と同じくらいの力しか出せなかったんじゃないかな？」

　カイトはそこで聖女に話しかけた。


「ええと、聖女さん？　訊いていい？」

「マナです。近藤真奈《こんどうまな》」

「僕は東風上海斗《ひがしふうじようかいと》。よろしくね」

「ひがしふう……？」

　珍しい名前に、マナは瞬く。

「ひがしふうじょうカイト。カイトでいいよ」

　マナが頷くのを見て、カイトは続けた。

「杖を持っていたよね？　どこで手に入れたの？」

「杖……あの、魔法省の長官から貰いました。あの年配の人」

「貰った？」

　カイトの目が険しくなる。

「専門家に調整して貰った？　武器を扱う人に」

「いえ？　ただ貰っただけです」

　不思議そうに瞬くマナに、カイトは大きく顔を歪《ゆが》める。

「何だそれ。いま杖を持っている？」

「いいえ」

持っていないというので、護衛騎士の一人に取りに行って貰った。

部屋の机の上にあるというので、すぐに戻って来る。直接触らないようカイトが言ったので、護衛騎士は布で包《くる》んで持って来た。

カイトは自分の荷物の中から三本の杖を取り出した。作ってみたものの合わなかった三本だ。

「これは僕が素材を集めて作った杖。僕には合わないから使っていない。触ってみて？　自分の魔力と合う物はない？」

「はい」

マナは右端から順番に手に持ち、最後の物に反応した。

「あ、これが一番しっくりきます」

「長官から貰った物よりも？」

「はい」

「それはクトーシュの杖。素材自体は高価じゃないけど、S級チームの魔法使いもそれを愛用していた。あげるよ」

「え？　いいの？」

「僕は使わないから。武器屋に行って調整して貰ってね。杖は値段じゃないんだよ。その元長官から貰った杖は、もしかしたら高価なのかもしれないけど、合わなかったら意味がない。……魔法師なら絶対に知っている基本なのに、その元長官という人は何していたの？　よく長官になれたね」

カイトが憤ると、第一王子が苦笑した。

「もう辞職したよ」

ふんと鼻息を吐き、カイトは頭を切り替えた。

別の気になっていた事を尋ねてみる。

「マナさん、こちらに来る直前、病院に来ていたでしょう。お見舞いだった？」

「あ、はい。お婆ちゃんの」

「じゃあ僕が召喚されるのに巻き込まれたんだね。被害者だよ」

カイトの傍《そば》には車椅子を押してくれていた看護師もいた筈だ。でもその人は召喚されなかった。

少し離れた場所にいたであろうマナが召喚されたのは、おそらく浄化魔法に適性があったからだ。引っ掛かってしまったのだ。

「僕はいいんだ。どうせ死ぬ直前だったし。でもマナさんは違う。僕の傍にいただけで何も知らない世界に飛ばされて、親にも会えなくなってしまった。人の人生を変えてしまったんだよ？　その慰謝料みたいなものはないの？」

「考慮しよう」

周囲はカイトの言葉にまたピリッとしたが、第一王子は納得したように頷いた。

「カイト、死ぬ直前だったというのはどういう意味だ？」

「ん？　言葉通りだよ。僕は生まれつき治らない病気で、ほとんどの時間を病院で過ごしていた。いよいよもう駄目だと余命宣告を受けていたんだ。召喚されなかったら死んでいた」

その場にいたカイト以外の人達はギョッと肩を揺らした。

「こっちの世界に来て健康体を手に入れた。嬉《うれ》しくて走り回ったよ。そこをケビンに見付かったんだけど」

「そうだったな……」

「もしかしてそういう人が召喚の対象なの？」

「いや？　違う筈だ。一番の優先条件は浄化魔法に適性がある事だからな」

「そうなんだ」

じゃあまた百年後に人生を狂わされる人が出てくるってこと？

カイトはそれを口にしなかった。

もしかしたらここで楽しく暮らす人が召喚されるかもしれないし、瘴気そのものを何とかする手段が見つかっているかもしれない。百年も先の事は分からない。

「僕はいいんだ。第二の人生を貰ったようなものだからね。むしろ召喚されて感謝している」

そこでカイトは第二王子に顔を向けた。

「タイラン様は召喚の時期が早まった事に文句を言っていたけど、僕はそれで助かったと思っている。向こうの時間とこっちの時間軸が同じだと仮定しての話だけど……。第二王子殿下が早めてくれなかったら僕は死んでいた。そして別の素質のある人が選ばれて召喚されていた」

予想外の言葉だったのか、第二王子は面食らった。目を大きく見開いて固まった。

第一王子はふむふむと何度も首肯していた。

「なるほど。クリュニーの暴走かと思っていたが、功績でもあった訳だな。それも考慮しよう」

「何か罰があったの？」

「いや。陛下の心証を損ねたのと王太子候補から外されたくらいだ」

それはかなり大きな事では、と皆が思った。


「でもこれまでマナさんの世話をしてきた人でしょう？　放り出すような真似《まね》をせずに、これからもちゃんと面倒みてあげてよね」

「はい……」

反射的に答えた第二王子は、複雑そうな顔をしていた。

元より聖女から離れるつもりはなかったが、聖人に庇《かば》われるとは思っていなかったようだ。

王太子

それからすぐにカイトとケビンは旅に出たので知らないが、王宮の中で変更があったらしい。

第一王子がカイトの言葉を聞いて、第二王子と聖女の扱いを見直してくれたようだ。

それでも第一王子が王太子になるのは変わらず、領地候補地を巡っている最中、その式典が行われたのを聞いた。

異例の早さで執り行われたようだが、元々、立太子していない方がおかしい年齢であったという。兄と弟、どちらにするのか迷っていたらしい。

浄化の旅で第一王子を推す声が大きくなり、弟は候補から外された。

それで式典だけでもとなったらしい。

本格的に祝う宴《うたげ》は、貴族たちが領地の被害状況を確認し、対策を講じた後になるとのこと。

今年は瘴気嵐《しょうきあらし》のせいで異例になったので、ゆとりが出来てから盛大に執り行うそうだ。

第一王子が王太子になったというので、どの町の民も喜んでいた。自ら足を運んで町を浄化してくれた王太子の人気は凄《すさ》まじい。

カイトとケビンも、あちこちの町で祝いの酒盛りをしている町の人たちを見て嬉しく感じた。


そうして王都に再び戻って来たカイトとケビンは、王太子と面会した。

「決まったか？」

「うん。元サーラト領にする」

「元サーラト領？　候補に入れておいて何だが、一番寂れた場所ではないか？　それに税収も……」

違う選択をすると思っていたようで、王太子は驚いた。

カイトは「問題ないよ！」とにっこり笑う。

「雪が積もるから！　僕は雪が好きなんだ！」

「ああ、そうなのか」

「辺境の冬も楽しかったんだよ？　既に栄えている領地は手の入れようがないけど、まだ手つかずの所がたくさんある方が楽しそうだしね！」

「そうか。ケビンもそれでいいんだな？」

「はい」

「ふむ。中部の北地区か。寒さも厳しそうだが大丈夫か？」

「大丈夫！　辺境でも大丈夫だったたし、マイロ様が商会の支店を出してくれるって！」

「そうだな。辺境伯の後ろ盾があればどこでも大丈夫だ」

「うん。これから楽しくなりそう！　本当にありがとう」

「こちらこそ。辺境ほど遠くないから気軽に遊びに行けるな」

冗談っぽく言われて、ケビンは顔を引《ひ》き攣《つ》らせた。

王太子御一行など受け入れる余裕のない領地だ。何年もかかる。

「それではそのように手続きしておこう。現地の管理人はどうする？」

「ラデルさんへの引き継ぎ次第かな？　後は本人の希望。現地に残りたいと望まれるかもしれないし、王都へ戻りたいと言われるかもしれない。ラデルさんの意向もあるけど、出来るだけ本人の希望に添うつもりだよ」

「分かった。それも伝えておこう」

それから聖女がカイトに会いたがっていたと聞いて、彼女の部屋を訪ねてみる事にした。

歌手

「マナさん、カイトだよ！」

使用人に案内されて到着した部屋の前で、カイトは扉をノックした。

マナは驚いて扉を開けた。

「まあ、カイトくん！」

「久しぶり！　調子はどう？」

「元気です」

マナは魔法師と同じローブを着ていて様になっていた。

今はタイラン達と一緒に東部の国境辺りの浄化をしている。消費魔力を抑える練習をしていたのだという。

「杖が凄《すご》いの！　驚いた！　前より凄く楽に浄化魔法が使えるのよ」

マナの顔は輝いていた。

浄化魔法が人並み以上に扱えるようになって自信を取り戻したようだ。

「よかった」

「それと、ちょっと恥ずかしいけど聞いて欲しくて」

「え？　何を？」

もじもじしながらマナは意を決したように顔を上げた。

「私、小さい時から歌手になりたかったの……」

「え？」

「でも元の世界では諦《あきら》めていた。あっちではいくら歌が上手でもそれだけじゃ駄目って言われていて……成功できない人もたくさんいて……。だから目指す前に諦めていた。でもこっちの世界なら何とかなるかもと思って……」

「得意な歌は？」

「MI◯IAのEVER◯THING」

「MI◯IA！　凄いね！」

カイトが思わず拍手すると、マナは恥ずかしそうに微笑《ほほえ》んだ。

「聞いて貰《もら》ってもいいかな？」

「もちろん！　どこがいい？　音響のいい場所がいいね！」

「でもちょっと人前で歌うのは恥ずかしい」

「何言ってんの！　歌手になるんなら度胸も必要だよ！　練習練習！　王太子も呼ぼう！　あの人も歌が好きだから」

「えー？」

カイトに引《ひ》き摺《ず》られるようにして廊下を進み、さっきまでいた王太子の部屋に突撃した。

「王太子殿下！　マナさんが歌を披露してくれるって！　聞きたかったら来て」

「歌？」

王太子は食いついた。すぐに立ち上がってついて来る。

「第二王子殿下も呼んで来て！」

護衛騎士の一人に頼んでおく。

廊下を進む一団に王太子と護衛騎士も加わり、音響のよさそうな場所を探した。

「やっぱりこの間の入口ホールがいいかな？」

そこまで行く前に、建物と建物を繋《つな》ぐ待機場所みたいな広い場所があり、カイトは立ち止まった。天井がドーム型になっている。

「ここも反響がよさそう」

軽く声を張り上げたカイトは、その確認をして頷《うなず》いた。

「マナさんも声を出してみて」

「はい」

マナと二人で発声練習をしていると、第二王子をつれた護衛騎士が戻って来た。

マナを一人で立たせて、他の者は少し距離を置いて見守る。

たまたま通りかかった文官や侍従が何事かと足を止めた。

マナはゆったりと間を取って静かに歌い出した。

最初のフレーズを聞いただけで、カイトはほう……と声が漏れた。マナの声は聞き心地が好《よ》い。

元の世界で超有名な曲。

高音を出せない人には歌えない難曲だが、上手く歌える人が歌えば聞《き》き惚《ほ》れる素晴らしい曲。

マナの歌声は徐々に声量を増していき、サビに入った。

聞いている人が圧倒されたのがカイトには分かった。皆の目がマナから離れない。

一番が終わっただけで拍手が巻き起こった。

マナは恥ずかしそうに、でも嬉しそうに目元を緩めると、二番のAメロを歌い出す。

二番も順調に進み、皆が息を呑《の》んで聞き入っているのが分かる。

カイトも素直に聞き惚れた。

やがてサビに入り、盛り上がる箇所へいく。曲の一番の聞かせどころも難なく乗り切り、彼女は満足げに歌い終わった。

途端、激しい拍手が起こる。

声が聞こえて集まって来た文官や侍従も増えており、いつの間にかたくさんの観衆が興奮して手を叩《たた》いていた。

カイトももちろん盛大に拍手した。

隣のケビンも凄いと呟《つぶや》きながら手を叩いている。

王太子も第二王子も同様だった。

「魔法省の浄化協力が終わったら歌手活動だね！目的が出来てよかったよ」

カイトは自分の事のように喜んだ。

マナも嬉しそうに微笑んでいる。

「この様子だと英語の歌詞も通じるみたい。よかった」

「そうだね。でも夜景とか自転車とか飛行機とか、通じない単語もあるから。レパートリーに入れる曲は厳選しないといけないね」

「歌詞を覚えていない曲もあるから、あんまり増やせないけど」

「今の一曲だけでも国中を回れそうだよ。また聞きたくなるっていうのは、凄い強みだと思う」

「ありがとう」

そこへ王太子が声をかけてきた。

「素晴らしいな。元の世界の人は皆そんなに歌が上手いのか？」

「さあ？　たまたまだよ」

「そうか」

王太子はマナに言う。

「歌手活動をしていくならクリュニーが協力できるだろう」

「殿下が？」

「歌手は主にパーティーの余興で呼ばれるだろう？　主催者は貴族だ。マナーを知っておかなければならないし、騙《だま》されてもいけない。後ろ盾が必要だ」

「あ……」

「その点、クリュニーなら安心だ。曲がりなりにも第二王子を騙そうとする貴族はいないだろうし。……いや、そうだな。クリュニーも今のうちから勉強しておいて貰おう。腹黒い者がいるかもしれない。とりあえず商取引、契約について学んでおかないと」

王太子は第二王子を振り返った。

「お前と聖女は運命共同体だ。二人で頑張ってみろ。この分なら何とかやれそうじゃないか？」

ぽかんと口を開けていた第二王子は、一瞬泣きそうに顔を歪《ゆが》ませた後、しっかりと頷いた。

「はい……」

その後、他人の曲で歌手活動するのは心苦しいですけど、と首を縮めるマナを、カイトは唆した。

「印税の払いようがないからいいんだよ。こっちの世界の人が喜んでくれるしね」

「はい。歌詞を思い出せない曲があったら訊《き》いてもいいですか？」

「もちろんいいけど、僕の知っている曲は偏っているから、あまり頼りにならないかも。あと楽器は太鼓と横笛くらいしかないらしいよ？　それでも伴奏があるのとないのでは印象が違うから、本格的に活動する前にスカウトしておいてもいいかもね」

「そうですね。ずっとアカペラよりも伴奏があった方が歌いやすいし」

「うん。頑張ってね」

　これだけ歌えるのなら歌手としてやっていけるだろうと、カイトは太鼓判を押した。

　巻き込まれて召喚された彼女が、こちらの世界で夢を叶《かな》えるのなら全力で応援したい。

　カイトも楽しみだ。

領主館

元サーラト領に入れたのは冬の終わり頃。

先行してラデルが入り、管理人から引き継ぎを受けている。領地経営の経験があるので、そんなに心配していない。

ケビンとカイトを受け入れる準備も整えている筈《はず》だ。

乗り合い馬車が、道端に雪が残る道を行く。雪が深い間は運行が止まり、この時期になってしまった。

その間、二人は近くの町で冒険者として生活していた。

「いよいよだね」

「そうだな」

うきうきしながら領主館のある町に到着した。目抜き通りを散策しながら館へ向かう。

すぐにラデルが気付いて出迎えてくれた。

「お待ちしておりました。ケビン様、カイト様」

執事の制服を着たラデルは、もう何十年もそこで働いていたような貫禄《かんろく》がある。

「ようやく来られたよ」

「どうぞ中へ。外はまだ寒いでしょう」

「今日は天気がよかったから暖かかった」

ラデルの隣には管理人の姿もあった。

白髪頭に白い髭《ひげ》の老人だ。彼も新しい当主に頭を下げている。

「こちらはトーワさんです」

執事の紹介で、お互いに「よろしく」と頭を下げる。

引き継ぎが終わる頃に、彼の処遇を決める事になっている。出来るだけ彼の希望を聞くと既に伝えてあった。

穏やかな空気感の人に、ケビンとカイトもすんなり馴染《なじ》んだ。

それはこれまで住み込みでこの館で働いてきた使用人にも言える事だった。

田舎《いなか》だからか侍従も侍女もどこかおっとりしていて、優しい雰囲気がある。年齢がみんな上というのもあるかもしれない。一番若くて四十五歳だという。

ケビンもカイトもすっかり気に入った。


ケビンは当主の部屋に案内された。

カイトは隣の部屋だった。

それぞれの部屋に天蓋《てんがい》ベッドがあったが、カイトは夕食後、扉で寝室が繋がっているケビンの部屋を訪れた。

「ケビン……」

「どうした？」

部屋着でソファに座って寛《くつろ》いでいるケビンの隣へ、カイトも座る。

「部屋が広くて落ち着かない」

「はは、俺もだよ」

田舎の館はこぢんまりしているとはいえ、やはり領主の館だ。当主の部屋は広く感じられた。

ケビンは生家では離れに追いやられていたし、学校の寮の個室は狭かった。冒険者になってからは宿屋で、マイロの辺境にいた時の客室も、ここまで広くはなかった。

「こっちで寝ていい？」

「いいよ」

カイトは遠慮なく天蓋ベッドに潜り込んだ。

ケビンも灯《あか》りを落とし、そこへ潜り込む。

「寒くないか？」

「大丈夫。ケビンにくっつくと温いから」

「……そうだな」

ケビンは一瞬複雑そうな目をしたが、何も言わなかった。

移動疲れもあったので、その夜は二人ともすぐに寝入ってしまった。


翌朝、カイトが先に目覚めた。

半覚醒《かくせい》の状態で微睡《まどろ》んでいて、それに気づいた。

若い男性には当然の生理現象。

自分のがそうなっている羞恥《しゅうち》を感じる前に、ケビンのそれが腹部に当たっている感触に真っ赤になった。

朝の冷え込みのせいで、暖を求めたカイトはケビンに密着していたのだ。

……うわ、そうか。

宿は同室でもベッドはずっと別だった。

ケビンがこれを感じさせた事はなかったけど……

そうだよね。こうなるよね。

……ええと……どうしよう……？

カイトはケビンの寝顔を見詰める。

寝ていても男前だ。

乱れた金色の前髪が閉じた瞼《まぶた》にはらりとかかり、薄暗い中でも美しい。

「綺麗なお兄さん……」

思わず呟くと、目を閉じたままのケビンがプッと噴いた。

「あ、起きてた？」

「いま起きた」

ケビンの腕が伸びてきて、ふわりと抱き締められた。ころんと回転する。

そのまま肘《ひじ》を突いて半身を起こしたケビンから、カイトは見下ろされた。

「へ？」

「カイト、部屋が扉で繫がっている意味は分かるか？」

「ううん？」

「夫婦用の部屋だ。だから寝室が繫がっている」

「あ……」

「それらしい事をしてもいいか？」

「う……？」

恋人になったといっても、これまでこんな雰囲気になった事はなかった。抱き合う事は増えたし、キスもたくさんしたが、それだけだ。

ケビンはこういった事に淡白というか、求めていないと思っていた。

「嫌か？」

「ううん。もちろんＯＫだよ」

ちょっと驚いただけと囁《ささや》き、カイトもケビンの背中に腕を回す。

すぐに落ちてきたケビンの唇を、カイトも嬉《うれ》しく受け止めた。

何度も繰り返しキスをしている間に深い交わりになり、舌が入ってくる。上顎《うわあご》を舐《な》められて、舌を絡め取られて、カイトは背筋を震わせた。

「んっ、ん、ッ……ん……」

じんわりとした快感が下半身から湧き上がってくる。

口の中って……こんなに感じるんだ。知らなかった……。

お互いの昂《たか》ぶりが重なり、相手の興奮具合を知らせてくる。舌を絡ませながらケビンの節くれ立った手が、カイトの夜着の中へ入ってきた。

胸の尖《とが》りを意図的に触られて、カイトは弓なりに背を反らす。

「あっ、あ、あ、んんっ」

「声……可愛いな」

「あ、そのっ、ん、ああ」

胸もそんな風に感じるとカイトは知らなかった。

恥ずかしい……。

でも気持ちいい。抗《あらが》えない。

それにケビンの色っぽさときたら……なんなの？

何か滴っているよ？

色気？

フェロモン？

何か凄《すご》いんだけど……！

カイトは真っ赤になりながら身悶《みもだ》えた。

すっかりはだけた夜着の前は全開で、ケビンがピンク色の尖りを舐めている。

片方の手はいつの間にか下にいき、カイトの昂ぶりを服の上から握り込んでいた。

「ああっ、ん！　わっ、あ、あっ！」

そっと触れられただけで爆発しそうになった。

「や、出ちゃうっ……！」

「いいよ」

「け、ケビンも！」

赤面して叫ぶカイトに、ケビンは少し困ったような表情を浮かべたが、一瞬だった。

カイトの背を支えながら起き上がらせ、二人で向かい合うような体勢になる。

「じゃあ一緒に」

「うんっ」

カイトもケビンのそこに手を伸ばした。熱いそれは脈打っていて、カイトのものより大きい。

ちゃんとしないと……と思うのに、ケビンの手が動くとカイトは快感に翻弄《ほんろう》されて訳が分からなくなる。

「あ、ああ、んっ、んん、んんっ」

「カイトっ……」

耳元でケビンの熱い声が響く。

それもまた色気が凄くて、首筋を舐められてゾクゾクして、カイトはひとたまりもなかった。

呆気《あっけ》なく達してしまい、ケビンを導くどころではなかった。

しばらくその余韻に浸ってから我に返り、慌ててケビンの手のひらに洗浄魔法をかけた。

そして改めてケビンのそこに手を伸ばすと、ケビンの目元が赤く染まっているのに気付いた。

伏せた金色の睫毛《まつげ》が長い。

僅《わず》かに空いた唇の隙間から覗《のぞ》く舌が赤い。

物凄《ものすご》くエロい……。

「ケビン、色気ヤバいって……」

「カイトっ、くっ！」

「ヤバすぎっ……」

カイトの肩口に顔を埋《うず》めながら、ケビンも達した。

カイトはまた兆してきそうな自分のそれを何とか気力で押さえ込み、二人とシーツに洗浄魔法をかけたのだった。

カイトの部屋がそこに用意されていたという事は、館の者はみんな二人の関係を正しく知っているということだ。

その辺のところラデルに抜かりはない。

そもそもこちらの世界は男同士のカップルが多いらしい。男女比率に大きな差があり、圧倒的に女性が少ないのだそうだ。

子供を育てたいと思わないカップルは事実婚らしく、籍を入れない。跡取りの必要な貴族は養子を迎えるのが一般的だという。

だからケビンとカイトも割と普通に受け入れられた。

第一王子やマイロもそうだったが、使用人たちも戸惑《とまど》っている様子はない。

「そうだったのか……」

朝食を食べながら改めて説明されたカイトは、寛容な世界でよかったと安堵《あんど》した。

そして手で千切れないパンに苛《いら》つく。

「ケビン、ここでも牧場を拡張していいかな？」

パンを睨《にら》み付けながら言うカイトに、ケビンは笑った。

「もちろんいいよ」

「柔らかパンと出汁《だし》は必須《ひっす》だね」

宣言したカイトは素早かった。

その日のうちに牧場を視察して、放牧場を広げた。

領地の北部にある山から魔獣が下りて来て狙うので、辺境と同じように高い石壁で囲い込む。雪が積もる時期も考慮しての高さだ。

とんでもなく大規模な土魔法を使うカイトを見て、牧場主は腰を抜かした。

森へ行って材木を切り出し、厩舎《きゅうしゃ》も増築した。野生の牛と山羊《やぎ》を捕獲してきて放牧場に放り込み、頭数をギリギリまで増やした。

それと平行して、牧場で働いてくれる人を募集するようにラデルに頼んでおいた。

ラデルには心当たりがあった。パギンス伯爵領だ。

あそこの住民はパギンス領を離れたがっていた。引っ越し出来る者は既に去っていたが、仕事の当てがなくて、引っ越したくても出来ない住民が多数残っていた。

ここからそう遠くない。別の領地を一つ挟んだだけで、移動も比較的に楽だった。

ラデルはそれを知っていた。

だから知人に広めて貰《もら》った。ここに来れば仕事があるし、冬も暖かく過ごせると。

カイトが住み込みの寮もたくさん建てたので、引っ越しはさくさく進んだ。

人手不足はあっさり解消されたのだ。


カイトは精力的に動いた。

まず町の外壁を立て直した。牧場の囲いを丈夫にしたら、そっちのボロボロ具合が気になったのだ。

前より少し広めの位置に新しい外壁を造り上げてから、古い物を土魔法で取り去った。

それを見学していた町の人たちは啞然《あぜん》として、目を疑った。

そしてあれは誰だ、何者だという話になり、新しい領主様とその伴侶《はんりよ》だと聞かされる。その伴侶が聖人様だと聞いて驚愕《きようがく》した。

更にジョーウェル商会の支店が出来て、珍しい品物が気軽に手に入るようになった。

それも新しい領主様のお陰だと知れ渡り、町の人々は新しい二人を大歓迎した。

カイトのやる事は多かった。

近くの平原、森、山、行ける場所は全て回り、何が採取できるか調べ上げた。

ここには冒険者ギルドがなかったので、自分で調べるしかなかったのだ。

そして有益な物をたくさん見付けた。

まず薬草。

目についた物を手当たり次第に採取して、薬屋へ持ち込んだ。鎮痛剤、炎症止め、毒消し、麻痺《まひ》薬の原料になる薬草を納品する。

「こんな珍しい薬草をこんなにたくさん……」

薬師はとても驚いていたが、買取る余裕がありませんと謝ってきた。

カイトはお金は要《い》らないと告げる。

「これは領主からの依頼だと思って。いざという時の為に薬を作って備蓄しておいて欲しいんだ。薬があると町の人たちも安心でしょう？　公的に依頼するよ。今度書類も持って来る」

「公的に……？」

「うん」

館に戻った時、ラデルにその旨を伝えると、助かりますと喜んでいた。

「この館もそうですが、その様子なら薬屋にも働く人を紹介しておいた方がよさそうですね。カイト様のお陰で、こちらに移住してきた者達も仕事にありつけて助かっております」

「それはよかった。でもまだまだだよ。山に入ると魔獣が出るから狩るでしょう？　そうしたら捌《さば》いて貰わないといけないし、食材と素材を納品するよ。素材でいい物が作れるかも。しばらくはお金を取らずに無償でどんどん提供するから、職人さん達には頑張って貰うんだ」

「そうですか。やはり管理人さんには残って貰わないと、私の仕事も回らなくなりそうです」

「ああ、そうなの？　残ってくれるって？」

「はい。活気づく町を見て楽しそうにしておられます」

「よかった」

そして森の一角でニタカを見付けた。群生していたのだ。

これまで見つからなかったのは、森の奥に入れる人がいなかったからだ。ここには冒険者もいない。魔獣が怖くて、町の人はこんな奥まで入れなかった。

カイトはニタカをジョーウェル商会に売りつけた。商会の人は「ここでニタカが採れるとは……」と、とても驚いていた。定期的に納入すると言うと、更に驚いて果物にしてはいい値をつけてくれた。

「ニタカ、栽培出来ないかな。いい特産品になるのに」

「町の一角で実験してみるか？」

「そうだね。そうしよう」

カイトは領主館の裏庭に、土壁で囲んだ一角を作った。そこに森から掘り出してきたニタカの木を三本、運んで来て植えた。

土魔法を駆使して土壌を柔らかくし、森の土も運んで来て均《なら》す。

「ちゃんと根付いてくれたらいいんだけど」

「そうだな」

ニタカを初めて食べた人も多く、ラデルも感激していた。

これは特産品になると管理人も目を輝かせた。

農地

人が増えたならその分の食べ物が必要になる。

カイトとケビンは農地も視察した。

山の麓《ふもと》から南側に向かってなだらかな荒れ地があり、山から流れている川が幾つかあった。農地として開拓されているのは僅かな区画で、ほとんど放置されている。低木や雑草が生えて荒れ放題だ。

「川がたくさんあるから灌漑《かんがい》すれば水を利用できるね。魔獣はどう？　襲ってくる？」

現地の農民に尋ねると、首をぶるぶる横に振った。

「いいえ、この辺りには滅多に出ません。出ても襲いかかってくるほど凶暴な種類じゃないから……」

「そうか。じゃあ思い切って農地を開拓するけど構わない？」

「はい……？」

農民達は開拓？　と不思議そうな顔をしていたが、カイトが魔法を駆使して荒れ地をどんどん耕作地に変えていくのを見て仰天した。

まず伸び放題の雑草を風魔法で刈って粉砕する。それを土魔法で掘り起こした土と混ぜて攪拌《かくはん》した。

その作業を繰り返し、広大な敷地があっという間に見晴らしのよい農業用地に変貌《へんぼう》した。

それから牧場へ行き、牛の糞《ふん》を発酵させて作った肥料を風魔法で運んできて均一にばら撒《ま》く。

そして川から水を引く為に、上流に行った。

土魔法で水路を作った後、川の土手を決壊させて支流を作り出す。広げた耕作地に程よく行き渡るように用水路を張り巡らせた。

ついでに町の方へ迂回《うかい》させて、生活用水の水路も作っておいた。

町中には井戸がたくさんあり、主な生活用水はそこを利用している。

でも井戸から遠い家は不便だというので、カイトは土魔法を使って井戸もたくさん掘り当てた。

地形からするに、地下水脈があると思われた。山に降り積もった雪が溶けて土中に染み込み、固い岩盤の上に溜まっている。井戸を掘れば、どこでも水が湧くと分かっていた。井戸が増えて便利になったと、カイトはとても感謝された。

それと山の麓に貯水池も複数作っておいた。天候次第で水不足に陥るかもしれない。そうならないように事前に対策を練っておく。

農地を耕作する人を募集したら、すぐに人が集まった。

土地は誰の物かと管理人に尋ねたら、国王だという。今の農家も全員、借地人という扱いだそうだ。領主に借地料を払い、更に税金も納めていることになる。

「二重取りではないの？」

「それが当たり前だったので、不思議に思う事もなかったです」

管理人の言い分に、ケビンとカイトは顔を見合わせた。

「土地は基本的に国王陛下のものです。この国のどこも……辺境でも同じです。貴族達は国王陛下から土地をお借りして領地を治めています」

「そうか。貴族も借地人なんだね」

「はい。だから貴族も借地料として税金を国王陛下に納めます。同じように、領地で暮らす民は領主様に税金を納めます」

「でも農民は作物を売って得た利益から税金も取られているから、二重取りになるんじゃないの？」

「それはやはり別物と考えられます。作物を売って得たお金から取られる税金は、ここで暮らす民にとって当たり前のもの。他の仕事をしている者にも同様に課されます。領主様から農地を借りている代金は別物になります。扱いは必要経費ですね」

「なるほどね。ごめんね、学がなくて」

「とんでもない。これからも分からない事があればどんどんお尋ね下さい」

小柄で白髪頭の管理人はおっとりと頭を下げた。お爺《じい》ちゃんといった雰囲気にカイトとケビンは和む。

「カイト。農家の借地料が気になるんなら値段を下げようか」

「うん。柔らかパンを確保するには農家さんにも頑張って貰わないといけないから。取り分が多くないと働き手も集まらないでしょう？　余剰が出来たら備蓄してもいいし、商会に流してもいいし」

「そうだな。そうしよう」

カイトの心配をよそに、農家の募集も順調に人が集まった。元々そういう仕事をしていた人も多かったからだ。

しかもここの農地はカイトが手を入れていたので、種蒔《たねま》きからすぐに始められる状態にまで整えられていた。

農民の人達は、ここまでしてくれる領主様など聞いた事もないと驚き、とても喜んだ。

木炭

次にカイトが取りかかったのは木炭だ。

ラデルからパギンス伯爵領での事を聞き、カイトは自分達でどうにか出来ないか考えた。

ここも冬は寒い。辺境のように冬も快適に過ごしたい。

「その高級木炭、マイロ様なら格安で売ってくれるだろうけど、ここにも森はあるんだから何とかならないかな？」

「自分達で消費する分を作る者はおりますが……」

「よし。その人達を訪ねてみる」

まず木炭がそんなに作れないのは、材料が手に入りにくいからだ。

森は魔獣が出て危険なので、木を伐採に行く時は複数人で武器を持って行くという。

「なるほど。とりあえず木材を調達してくるね。木の種類は何がいいの？」

「木の種類？　そこまで考えた事はありませんでした」

「そうか。魔獣に怯《おび》えながらの伐採だもんね。切りやすい場所にあるのを切るしかなかったんだね」

「はい」

カイトとケビンは森に入り、何頭か魔獣を討伐しながら樹木を伐採した。

種類ごとに分けて運搬したのには意味がある。

カイトが風魔法で木を運んで来るのを見て、木炭の職人は目を丸くした。

「マイロ様の商品が高級品なのは材料を厳選して木炭に加工しているからだと思う。適した木を見付けたんだね。だからここでもどれがいいか実験してみよう。種類ごとに分けて伐採してくるから、記録をつけておいて欲しいんだ。もちろん公的な依頼だから契約書を作るよ」

「依頼ですか？　いつもの仕事なのに？　それに材料を貰えるのに？」

そこまでしてくれるのか？　と驚く職人さん達に、ケビンとカイトは微笑《ほほえ》んだ。

「こっちから依頼するんだから賃金が発生するのは当たり前でしょう？　それに冬は皆で温かく過ごしたいじゃない？　だから頑張って」

「はいっ！」

職人さん達は文字通り頑張ってくれた。

そして発見した。

同じように木炭にした木でも、種類によって効果に差が出たのを。

「アカウが一番いいです。次がケロック。マロロバは木炭には向かないのが分かりました」

「凄《すご》いね！　やったね！」

「でもマロロバは香りがよく、別の物に使えそうです」

「香りのよい木材ね。芳香剤とか作れそう」

「ほうこうざい……？」

「あれ？　芳香剤ってこっちにない？」

ケビンも驚いているので、きっとそうなのだろう。

カイトは説明する。

嫌な臭いがする場所に置いておく物で、トイレや玄関、寝室や客間にも利用する。気に入った香りを衣類に纏《まと》わせてもいい。

「もしかしたら俺が知らないだけで、貴族達は使っているのかもしれない」

申し訳なさそうに肩を落とすケビンに、カイトはううんと首を振る。

「とりあえずチップやスティックに加工したマロロバを皆で使ってみよう。領主館でもね。それで好評なら本格的に商品化してもいいし」

「そうだな」

そしてマロロバの香りは大好評で、これなら商品化しても売れると確信を得た。

チップとスティックは場所によって使い分けする。香りが強いのはチップで、香油にも加工してみた。

より強く香らせたいなら、香油にスティックを浸《つ》けておくか、チップに香油を垂らしてもいい。

木炭職人の家族や手の空いている人に協力して貰って商品化した。

この町でも売れ行きが順調で、評判がよかった。

だからそれを商会に流した。

とても評判がよく、あっという間に人気商品になった。

ニタカの栽培にも成功したので、それに続くここの特産品がまた一つ生まれたのだった。

治安

そして人が増えた事による弊害は治安の悪化だ。新しい領主の噂《うわさ》が広まるにつれて、ここまで足を運ぶ旅人も増えた。

ケビンは憲兵隊の詰所を訪ねた。

憲兵隊は国の機関なので、これまで領主がいなくても機能していた。

領主の権限から外れるので直接の関わりはないが、同じ町で暮らす者同士、協力し合うのが暗黙の了解になっている。

「どうですか？　人の出入りが増えて」

ケビンが尋ねると、憲兵隊長がビシッと敬礼する。

「はい。小さないざこざは多いですが、それだけです。徐々に長逗留《とうりゆう》する冒険者が増えてきたように思われます」

「冒険者か。何を狙って来ていると思う？」

「この町のことはあちこちで評判になっていますから。観光ついでに何か討伐できないかと試みているのでは？」

「討伐か……」

顎《あご》を抓《つま》んだケビンの隣で、カイトが不思議そうに言う。

「ここで魔獣を討伐してもギルドがないのにねぇ。しかもそんなに強い魔獣もいないから、大きな稼ぎは期待できないと思うんだけど？」

首を捻《ひね》るカイトの言葉に、憲兵隊長は目を瞠《みは》った。

「え？　でもフリプサイが出ますよね？」

「ああフリプサイか。でもあの程度の魔獣は……」

「カイト、フリプサイは一般的には手強《てごわ》い魔獣だよ」

「あ、そっか。A級を基準にしたら駄目なのか」

「A級？」

「うん。僕たちA級冒険者なんだ」

「え？　領主様と聖人様がですか？」

「うん。だから手強い魔獣が襲って来たら遠慮なく頼ってね！」

「は、はい……？」

戸惑《とまど》う憲兵隊長と別れた。

館に戻ろうと目抜き通りを歩いていると、怒鳴り声が聞こえてきた。

そちらに足を向けると人集《ひとだか》りが出来ていた。

地面に尻餅《しりもち》ついた男は殴られたようで頬を腫《は》らしていて、その男を庇《かば》うように別の男が前に出て険しい表情をしていた。

彼らに対峙《たいじ》するように冒険者らしき旅装の男三人がいて、高笑いしている。

「何事だ？」

ケビンが人垣を割って入る。

領主様……と小さな呟《つぶや》きが耳に届いたが、冒険者三人組には聞こえなかったようだ。

ケビンが冒険者の格好をしているから、この町にやって来た冒険者だと思ったようだ。

「あぁ？　何だ、お前」

「関係ねえ奴《やつ》は引っ込んでろよ」

ケビンは柄の悪い冒険者を無視して、別の二人組に話し掛ける。

「何があった？　殴られたのか？」

「あ、はい……」

冒険者三人を睨《にら》み付けていた男もケビンの顔を知っていたのか、さっと顔色を変えて頭を下げた。

「そこの連中がいきなり殴ったんだ！　邪魔だって！　酒でふらついていたのはそっちなのに！」

野次馬から声が飛び、そうだそうだ！　と援護の声が上がる。

よく見れば確かに三人組の顔は赤く、酒臭い。

冒険者をしているだけあって三人組は揃《そろ》って体格もいいが、殴られた地元の男は細くてひょろ長い体型をしていた。つまりナメられたのだ。

「治安を乱す者はここに必要ない。出て行って貰《もら》おう」

ケビンが言うと、冒険者三人組は「あぁん？」と酒臭い息を吹きかけてきた。腰の剣に手をかけたので、ケビンも鞘《さや》のまま剣を摑《つか》む。

カイトが出るまでもない。ケビンは一人で三人組を叩《たた》きのめした。鞘に収まったままの剣で。

ケビンはこつこつと鍛錬をしてきた。場数も踏んで騎士団にいた頃よりも腕を上げた。自信もついた。

周囲から歓声が上がる。「領主様！」という声援も聞こえた。

ケビンによって地面に転がされた男三人組は、領主様？　と茫然《ぼうぜん》と呟いた。一気に酔いも冷めたようだ。

「冒険者か？　ギルドカードを出せ。お前達は出入り禁止にする」

騒ぎを聞いて駆け付けて来た憲兵隊員に引き渡し、そう告げた。外壁の外へ放り出すように言っておく。

冒険者三人組は暴れ出した。

「まさか領主？」

「なんでこんな町中に!?」

「貴族の坊ちゃんが何でこんなに強えんだ!?」

喚く男達が引《ひ》き摺《ず》って行かれると、町の人たちから盛大な拍手をされて感謝された。

ケビンは手を上げてそれを収めると、声を張った。

「俺が領主になってから人の流入も増えて、急激な変化に戸惑っている人もいるだろう。でも分かって欲しい。この町を住みやすくしたいだけなんだ。皆で冬を温かく過ごしたい。皆で美味《おい》しい物を食べたい。笑って過ごせるようにしたい。それだけだ」

訥々《とつとつ》としたケビンの声に、周囲の人達は聞き入った。胸を打たれたように押さえた人もいる。

「憲兵隊とは別に自警団を作ろうと思う。志願者がいたら申し出てくれ。腕に覚えのある者の推薦でもいい。今のように悪さする連中がいたら、すぐに教えて欲しい。外に放り出す」

わああ！　と大きな歓声と拍手が上がった。領主様！　と黄色い歓声も上がる。

彼らに別れを告げて、ケビンはカイトと共に館に戻った。

「自警団。いいね。人が増えた分、見回りの人も増やさないといけないって事だね」

「まあな。善人ばかり集まる訳じゃないからな」

「うん。いい防具を仕立てよう。制服は丈夫な物を仕立てよう！　またトロードの討伐をしに行く？」

喜んだカイトは冗談半分でそんな提案をした。

ケビンも笑ったが「現実的じゃないな」と首を横に振った。

「あれ？　駄目？」

「トロードの鱗《うろこ》は高価だ。制服が盗まれたり、売られたりするだろう。鱗の部分だけ切り取られるかもしれない。制服を狙った輩《やから》に自警団が襲われる可能性もある」

「そっか。それは駄目だね。残念」

カイトは代わりになる丈夫な素材を探す事にした。

カイトが討伐してきた魔獣の素材を使って、マイロが防具を商品化しているのを見ていたからだ。

それを参考にあれこれ考えた。

そして気付く。

カイトは服をデザインするのが好きらしい。思い返せば、ケビンの防具を仕立てるのも楽しかった。

「ケビン、職人さんと相談しながらだけど、僕に任せて貰ってもいい？」

「もちろんだ」

カイトはケビンに抱き着いた。

恋人のキスを交わしながら、にっこりと微笑んだ。

ギルド支部

目につく所に手を入れて少し落ち着いた頃、冒険者ギルド本部から面会申請がきた。

　何事かと応じれば、この町にも支部を出したいとのこと。

　領主館の応接間でケビンとカイトが対応したが、本部から派遣されてきた体格のいい男はやけに横柄だった。

　出してやるから感謝しろと言わんばかりの態度に、ケビンはカイトと目を合わせる。

　カイトが口を開いた。

「ギルドの代表はちらっとしか見てないし話もした事ないけど、あなたが彼の代弁をしていると思っていいんだよね？　……じゃあお断り。帰って」

「……え？」

「冒険者ギルドには知り合いもいるしいい印象だったけど、もういいや。付き合わなくても。クグンダさんやロクミグさんにもそう伝えてね。じゃあね」

「ロクミグさん？　え、知り合い？　え？　え？」

　まさか断られると思っていなかったその男は、追い出されて茫然としていた。


　それからしばらく経《た》って、ギルド本部の代表とロクミグがやって来た。

「うちの者が粗相をしたようで済まなかった」

　論功行賞でちらりと目にした事のあるギルド本部の代表が頭を下げ、隣でロクミグも謝罪している。

「ロクミグさん、久しぶり。もしかしてわざわざ呼び出されたの？　遠いのに、この為に？」

「そうだ。あの馬鹿は何も分かっていなかった上に、何を勘違いしたのか……」

　憤慨するロクミグは、改めてケビンとカイトに頭を下げる。

「申し訳ない。使者の人選を誤った」

　カイトはすうっと目を細めた。

「もしかして受け入れたら、あの人がここのギルマスになる予定だった？」

「そうだ」

「じゃあよかった。断って」

「「本当に申し訳なかった！」」

また二人して頭を下げる。

平身低頭する二人に、カイトは不思議そうに首を傾《かし》げた。

「そんなにここに支部を置きたいの？　辺境みたいに強い魔獣はいないし、珍しい素材もそんなにないのに」

「それは前の話だろう？　聞いているぞ。ジョーウエル商会に珍しい物を色々と納めていると」

「うん。だから別に冒険者ギルドがなくても回るんだよね」

「そこを何とかっ……」

冒険者ギルドの代表は中肉中背で顔も凡庸だが、交渉事には強いようだ。

代表だと偉ぶらず、まだ年若いケビンとカイトに下手に出て食い下がっている。必死だ。

カイトは完全に面白がっていた。

辺境近くの町ナナリーにいたロクミグまで担ぎ出して、説得に来たのだ。了承するまで帰らないかもしれない。

「それに二人はほとんどS級の冒険者だろう？　S級チームの地元に冒険者ギルドがないというのは差し障りがある」

「S級じゃないよ」

「辞退しているだけで実力はS級だろう？」

「そうなるのかな？　でも強制召集されるのは嫌だから昇級はしないよ」

「まあ、それはおいおい……」

ギルドの二人は諦《あきら》める気はないようで、その問題は先送りした。

「それよりも今は支部だ。どうかここに支部を置かせて欲しい。頼む」

「いいよ」

カイトがあっさり了承した。

「……え？」

ケビンは苦笑している。

「どうせ職業紹介所を作るつもりだったんだ。冒険者ギルドが支部を置いてくれるなら、任せてもいいよ」

「本当に？」

喜色を浮かべた二人に、カイトがにんまりと笑いかける。

「実はもう建物も建てたんだ。冒険者ギルドを参考に……というか丸パクリしたんだよね。それは許してね。冒険者ギルドになるんだったら、ちょうどよかったね！」

「え？　その建物を使っていいのか？」

「もう出来ているもの。使ってよ」

「ありがたい」

二人はまた頭を下げた。


本当のところ、余所《よそ》からやって来る冒険者が増えたので、冒険者ギルドが出来るのはありがたかった。

木炭職人が木を伐採する時も冒険者が護衛してくれれば安心だし、森から現れる魔獣を討伐してくれたら町の人の被害が減る。こちらも助かるのだ。

「じゃあそういう事でよろしくね。あと二人にお土産《みやげ》。はいニタカ」

カイトは執事に用意して貰った袋を三つ手渡した。

「……え？」

「代表さんは王都に帰るんだよね？　じゃあ隣町にも寄るよね？　クグンダさんにも渡してくれるかな？」

「ああ、ありがとう」

「え？　ニタカ……？」

狐《きつね》に抓まれたような顔をした二人は、立ち直ると改めて礼を言った。

そして交渉に成功したので足取り軽く帰って行っ

た。

それからすぐに新しいギルマスが派遣されて来たので、挨拶《あいさつ》を交わした。初めて見る人で、これまで王都のギルドにいたのだという。

クグンダのお礼の手紙を携えていて、ニタカをとても喜んでいたと聞いた。

冒険者ギルドは目抜き通りに建ててある。宿舎は少し離れた場所になったが、建設済みなので使ってくれと言うと、とても驚かれた。

ここまでしてくれる町は他にないと、物凄《ものすご》く感謝されたのだった。

マイロ来る

あれこれやっている間に季節が移り変わり、立太子祝賀会の日程が近付いてきた。

それに出席する為に、マイロがこの町に立ち寄った。今回も護衛を兼ねたS級チームと一緒だ。

カイトとケビンは大喜びした。

「マイロ様！　みんな！　久しぶりっ」

「おう。元気だったか？」

飛び付いてきたカイトの頭を撫《な》でると、マイロはケビンの頭にも手を伸ばしてくる。

「ちゃんと愛し合っているか？」

揶揄《からか》い半分、心配半分のマイロに目を覗《のぞ》き込《こ》まれて、ケビンは苦笑した。

「お陰様で」

「おう。それはよかった」

年齢の割にあまりに奥手なケビンに、性教育を施してくれたのはマイロだ。

浄化の旅の終盤。カイトが宿屋で歌ったのを聞いた時に、その必要があると思い至ったらしい。

とっくに恋人同士だと思っていたのに、そうじゃなかったと知った時の驚きといったら……もう……と呆《あき》れられた。

ケビンの育った環境から、どうしてそうなったのか察したようだ。身近な大人として、保護者を自負する者として、手を貸さねばと強く思ったと言われた。

カイトという恋人がいるし、男同士で愛し合うには準備もコツも要《い》る。それ用の香油も、論功行賞を待っている間に渡してくれた。

カイトは自分の部屋のベッドで寝た事がない。いつもケビンのベッドで一緒に寝ている。

もちろん身体を繋《つな》げる行為もして愛し合っている。

二人とも初心者なので初めての時は緊張して心臓が飛び出るかと思ったが、慎重に丹念に進めて何とか無事に終えられた。

というかあまりの気持ちよさに二人して驚いた。

『ようやく分かったよ。何で皆がしたがるのか』

『うん……』

これまでケビンは冷めていたので、一人で処理するのとそう変わらないだろうと勝手に想像していた。でも実際に経験してみると全く違った。

カイトの中に入って温かく締め付けられると、それだけで達してしまいそうになる。

しかも相手は愛《いと》しいカイトだ。毎晩のように求めたくなるのを、必死で堪《こら》えた時期もある。

次第に行為に慣れてきたカイトが、恥ずかしそうにしながらも求めてくれるので余計だ。

羞恥《しゅうち》に頰を染めるカイトはとてつもなく愛らしく、扇情的でもある。

溺《おぼ》れそうになるのを必死に堪えなければならなかった。仕事に差し障るから。

思い出して思わず頰を赤らめたケビンの背中を、

マイロは嬉《うれ》しそうにバシバシ叩いた。

それからマイロは町を視察して回った。

商会に顔を出し、稼動を始めたばかりの冒険者ギルドにも立ち寄った。

そして牧場の大きさに驚いて爆笑した。

「パンは柔らかくなったのか?」

「もちろんだよ」

特産品であるニタカを振る舞い、マロロバの芳香剤もプレゼントした。

「美味《うま》い!」

「何だ? この果物」

「初めて食べた」

「話には聞いていたが、もう特産品を二つも作り出したのか。一番寂れた人口の少ない領地を選んだと聞いていたんだが……」

マイロは半分呆れている。

見て回った町は全然寂れていないし、人通りも多かった。むしろ堅固な外壁に囲まれて、町の人の表情も明るく活気に溢《あふ》れていた。

急激な変化はよいことばかりではないが、その対応も抜かりなくやっているようだった。

憲兵隊ではなく、自警団らしき制服を着た男達が町を見回っている姿を見た。町の人と雑談しながら朗らかに笑い合っていた。

「マイロ様が商会の支店を出してくれたからだよ。ありがとう」

「いや。若いのに大したもんだ」

またマイロの大きな手が伸びてきて、カイトとケビンは二人して頭を抱えられて、頭をグリグリと撫でられた。

可愛くてしようがないといった感じだ。

S級チームの皆も微笑《ほほえ》ましそうに見守っていた。

そして一緒に王都へ旅立った。立太子の祝賀会に出席する為に。

家名

王都ではマイロの屋敷に連行されて、前のようにまた世話になった。

カイトとケビンは宿屋に向かおうとしたが、水臭いと却下されたのだ。

「いらっしゃいませ」

「またお世話になります」

カイトとケビンが頭を下げると、執事を筆頭に使用人たちも歓迎してくれた。ここもやはりケビンが祖父に似ていることもあって友好的な人ばかりだった。

夕飯を共にしている最中、マイロが思い出したように尋ねてきた。

「そういえば家名はどうした？　まさか以前のやつは使わないだろう？」

ケビンは廃嫡されたので家名がない。でも叙爵したので家名を名乗らなければならない。

ええ、とケビンは微笑む。

「カイトの苗字を名乗ろうと思います」

「カイトの苗字？　そういえば聞いた事がなかったな」

「東風上だよ」

「ひが？　え、もう一回」

「ヒガシフウジョウ。長いよね。聞き慣れないし。短縮しようか」

「いいよ、そのままで」

「そう？」

「ケビン・ヒガシフウジョウ。響きがよくて気に入っているんだ」

「そう？　えへへ……」

嬉しそうに微笑むケビンに、カイトも照れたように笑った。

ケビンが同じ苗字を名乗るのはくすぐったい。まるで結婚したみたいだ。

でも聖人であるカイトの籍がどうなっているのか

本人も分かっていないので、法的な伴侶《はんりょ》ではない。一緒に暮らしているが、あくまで恋人同士のままだ。

今後の為にも、王太子に一度確認しておいた方がいいかもしれない。

祝賀会で会うから訊《き》いてみよう。

マイロと共に礼服姿で王宮に行くと、すぐに王太子のいる部屋に通された。

久しぶりと挨拶を交わす。

マイロの近況報告が終わると、すぐにカイトとケビンに王太子の視線が飛んできた。その目は完全に面白がっている。

「領地に入ってから恐ろしいスピードで改革しているらしいな？　報告を聞いて思わず耳を疑ったぞ」

「……え？」

「寂れた北の田舎町《いなかまち》だったのに、外壁をぐるりと建て替えて、町を広げて？　どんどん人口が増えて、あちこちから人が集まっているらしいじゃないか。……本当にとんでもないぞ」

「はあ……」

「目についた所にテコ入れしていたら、そうなっただけだよ？」

「それがとんでもないって言っているんだ……」

呆れたように言う王太子に、カイトはえぇ？　と顔を傾ける。

「それに対してパギンス伯爵領は酷《ひど》いものらしい。人口流出が止まらず、税収が極端に減り、貴族としての体裁を整えるのも怪しくなっているとか。爵位を返上するのも時間の問題だと聞く」

「……え？」

目を丸くするケビンとは別に、マイロは満足げに頷《うなず》いた。

「自業自得だな」

マイロに同意して、うんうんと頷いたのはカイトだ。

「当然の報いだね。優秀なラデルさんをクビにするような無能な領主だから仕方ないよ。ねぇ〜？」

「そうだそうだ！」

ケビンは無言だが、マイロとカイトが意気投合している。

王太子は可笑《おか》しそうに口元を緩めながら、忠告してきた。

「今回の祝賀会に来るか分からないが、ケビンに絡んでくるかもしれない。恥知らずにも金を貸せとか？　寄越せとか？　追い詰められた連中は何をするか分からないからな。注意しておいてくれ」

「上等だ。ぶっ飛ばしてやる」

「あ、喧嘩《けんか》売られたら買っていい？　祝賀会で暴れてもいい？」

「いい訳あるかっ！」

王太子に叱られて、マイロとカイトは不満そうに口を尖《とが》らせた。

「まあ、辺境伯に楯突《たてつ》く度胸はないと思うがな。むしろ見付からないように隠れそうだが……」

「そうか？　臆病者《おくびょうもの》の当主はともかく、夫人も相当だと聞くぞ？　息子《むすこ》と共にノコノコ現れてケビンを罵倒《ばとう》してくるかもしれん。馬鹿だから」

「罵倒？　そんなの我慢しなくていいよねっ？　二度と口が聞けないよう叩《たた》きのめしていい？」

「駄目だ！　聖人の魔法でぶっ飛ばされたら王宮が壊れる」

「ええ〜？　それなりに手加減はするよ。それなりにね！　自信ないけど！」

「壊れたら直せばいいじゃないか」

「駄目だ！　変な所で意気投合するんじゃない！　S級冒険者が二人して暴れたら危険極まりないだろう！　ちゃんと自覚しろ！」

王太子に怒鳴られて、マイロとカイトは膨れっ面をした。僕はS級じゃないもん、とカイトが小声で呟《つぶや》く。

「ああもう分かった。パギンス伯爵はこちらで監視しておく。ケビンには絶対に近寄らせない。その家族もだ」

ええ～……とマイロとカイトがそれはそれで残念そうに声を揃えると、王太子に鋭く睨《にら》まれた。

「祝いに来てくれたんだよな？」

「「はい」」

「じゃあ、おかしな事に執念を燃やさず、大人《おとな》しくしておいてくれ。分かったな」

「「はぁ～い」」

結果的に王太子の心配は杞憂《きゆう》に終わった。

パギンス伯爵家は誰も出席しなかったのだ。

王都屋敷を売り払って領地に引っ込んだので、そこから王都に出て来る旅費すら捻出《ねんしゅつ》できなかったようだ。それほど困窮しているらしい。

「「ざまあみろ」」

マイロとカイトが声を揃える横で、ケビンはひたすら苦笑したのだった。


カイトの戸籍を王太子に確認すると、貴族籍として登録されているという。聖人なので特別枠だ。

「入籍するか？」

軽く尋ねられて、カイトとケビンは首を横に振る。

二人は前もって相談していた。子供を養子に迎えたくなったらそうすると。

一応ケビンは伯爵だが、どうしても爵位を次代に繋げようとは思っていない。跡継ぎなしで亡くなったら領地は王家に返還するつもりだ。

思いがけずに授かった領地なので、一時的に預かっているだけという意識が強いのだ。

「欲がないな……」

呆れ気味のマイロが漏らした。強欲な他の貴族からすると考えられないらしい。

それを聞いてもケビンは苦笑するしかなかったが。

もしケビンが先立ってカイトが遺《のこ》されても、カイトは領主を引き継がなくてもいい。

それを聞いた王太子は複雑そうに口元を歪《ゆが》めた。

「カイトはどこかに紐付《ひもづ》けておかないと、ふらりと消えてしまいそうで怖いんだよなぁ……」

「怖い？」

カイトは首を捻《ひね》る。

「そうだねぇ。確かにどこでも生きていけるから、ふらふらと気儘《きまま》に移動するかもね。冒険者は楽しいし」

「せめてS級になってくれたら安心なんだが？」

「強制召集で呼び出し？」

「そうだ」

「今はなるつもりはないけど、そのうち考えるよ」

「どのみち強制召集が出るほどの大事件が起きたら、カイトは駆け付けてくれると思うんだが……」

「それもそうだね」

王都で何が起きても、自分の領地から離れているから知らないと言える性格なら、そもそも聖人として召喚されなかった。

「S級になっておく？」

ケビンに尋ねると、カイトが望むならという答えが返ってきた。

領地のテコ入れも一段落したし、そうしてもいいかも。

カイトはギルド本部で手続きして帰る事にした。

祝賀会

祝賀会では国王と王太子の挨拶《あいさつ》の後、立食パーティーになった。

着飾った貴族達があちこちで輪を作って談笑している。

こちらの世界は社交ダンスがないので気楽なものだ。楽器が少なく歌がないと聞いた時点で、ある程度想像していた。聖人だからと強要されなくてよかった。

カイトとケビンは、タイランやトリヤと再会して喜んだ。

「ようやく東部地方の森の浄化が終わり、中部地区へ行けそうなんです」

タイランの報告に、カイトが思い出す。

「そういえば、うちの領地の森は浄化しておいたから大丈夫だよ。隣の領地には入らなかったけどね」

「助かります」

「トリヤ、近くに来るんなら、うちに寄れないか？泊まっていけばいい」

トリヤは喜んだ。

「行きたいっ。タイラン様、いいでしょ？」

「そうだな。でも結構な大人数になるぞ。魔法師たちと聖女様、聖女様の世話役の侍女一人。これは男ばかりの旅の中に女性一人は可哀相《かわいそう》だという配慮だ。そして魔獣対策として護衛騎士が五人ほど。合計二十五名だ」

「領主館の客室は何部屋あったっけ？　でも足りなかったら宿屋でいいよね？」

「はい。よろしいのですか？　ではご厚意に甘えて」

「だってさ！　よろしくな、ケビン」

「ああ」

ケビンも顔を綻《ほころ》ばせた。久しぶりに会った親友は元気そうで安心した。

ケビンが体験した浄化の旅は強行軍だったので、

カイトですら魔力切れを起こした。

でも今の浄化作業は人に害のない地域なので、魔力を回復する時間を設けて、ゆったりと進めているようだ。

出来るだけ目立たないように壁際で話し込んでいたが、ちらちらとこちらを窺《うかが》ってくる視線が煩い。

半分以上はケビンに興味ナシといった感じで、異例の叙爵を不審がる者も多い。

実際に旅に同行した者は当然の報奨だと思っているが、王都屋敷や領主館に閉じ籠《とこ》もっていた領主は何が行われたのか見ていない。だから分からないのだろう。

不満を顔に出し、いきなり伯爵に取り立てられたところで何が出来ると馬鹿にしている。若いから見くびられてもいる。

しかも選んだのが寂れた田舎の領地。冬は雪も積もる過酷な土地だ。もっと実入りのいい領地もあったろうにと、愚かだと嘲笑《ちょうしょう》している気配もある。

でも中には耳聡《みみざと》い者もいる。

新しい若い領主が、賜ったばかりの領地をとんでもないスピードで発展させていると。噂《うわさ》を聞いた貴族は何とかお近づきになれないか狙っているようだ。

カイトは自分達の周囲に軽く隠蔽《いんぺい》魔法を使ってみた。

自分の身体《からだ》ではなく空間を対象にするのは初めてだが、効果はあったようで、キョロキョロする貴族が何人か見える。

タイランがすぐに気付いた。

「これは魔法ですか？」

「そう。隠蔽魔法」

「凄《すご》い。呪文を教え……ああ、ないのですね」

「感覚でやっているから」

「「おお」」

トリヤもタイランも目を輝かせている。

「隠蔽魔法を感覚で。あ、もしかして古い魔法指南書に隠蔽魔法の呪文の記載がなかったのは、カイト様と同じで感覚で使っていたから？」

「あ！　タイラン様、きっとそうですよ」

「だからか。昔、使っていたのも聖人様か聖女様だったのかも。無詠唱の……だから呪文がなかったのか。もしかしたらカイト様が本気になれば、もっと色々な魔法を開発出来るのかもしれませんね」

「でも呪文がないから他の人には使えないよ？」

「そこなんですよね。実に惜しい……」

口惜しそうにタイランが唇を噛《か》む。

魔法省の長官としては、何としても記録に残したいだろう。

でも出来ないのだ。そこは諦《あきら》めて貰《もら》うしかない。

そしてある程度、場が落ち着いた頃、王太子が立ち上がった。

「みんな聞いてくれ」

侍従達も合図を送り、大広間にいる人達がしんと静まり返った。

国王も王妃も第二王子も注目した。

「聖女が歌を披露してくれるそうだ。歌を初めて聞く者が多いだろうが、異世界のものだという」

「うた……？」

貴族たちがざわついた。

不思議そうに首を傾《かし》げる者、好奇心に目を輝かせる者、さまざまだ。

そこへ横の入口からドレス姿の聖女と、伴奏者と思《おぼ》しき中年の男達が入って来た。

二人は太鼓を持っていて、三人は横笛を手にしている。彼らは予《あらかじ》め用意してあった椅子に座り、演奏をする態勢になった。

真《ま》っ直《す》ぐ背筋を伸ばした聖女マナは、堂々とした態度で礼をした。そして指揮者のように指を振り、合図を送る。静かに横笛が鳴り出した。

この間、聞いたのと同じ曲だ。

今回は簡易的ながらも伴奏がついた事によって、

深みが増していた。

静かな歌い出しから始まり、聖女の声が響き渡る。

貴族たちがその歌声に聞き入っているのが分かった。曲が盛り上がっていくにつれて太鼓も静かに鳴り出す。

目の前のタイランとトリヤも食い入るように聖女を見詰めていた。

やがてサビに入り、高音が伸びやかに天井まで広がる。

綺麗《きれい》な声が耳に心地好《よ》い。

聖女マナは難しい高音パートを外すことなく、物《もの》凄《すご》い声量で完璧《かんぺき》に歌い上げた。

余韻を残しながら終わると、ドッと拍手が巻き起こった。歓声も凄い。

聖女の元に第二王子がすっと寄り添い、集まってくる貴族達の相手を始めた。うちのパーティーにも来て歌って欲しいという要望に対応しているのだろう。

マナの歌手としての第一歩は大成功だ。

伴奏者も見付かったようだし、これからレパートリーを増やして本格的な歌手活動をしていくに違いない。魔法省への協力が終わってからになるだろうが。

カイトとケビンも賛美の拍手を送った。

「凄いっ……」

興奮したトリヤは熱狂的に拍手している。

タイランも素晴らしいと呟いた。

「カイト様の歌も凄いですけど、聖女様も上手ですね。綺麗な歌声に聞き惚《ほ》れました。あちらの世界の人は皆こんなに歌えるのですか？」

カイトは否定した。

「ううん。マナさんが上手いだけ」

目をきらきらさせたトリヤが振り向いてきた。

「カイト様も歌えるんだよね？　宿屋で聞いたのは聞いたというより聞こえてきたって感じだったし、

ちゃんと聞けたのは一度しかない。もっと聞きたいな」

「う〜ん？　タイミングが合えばね」

「約束だよっ？」

トリヤはにこにこしている。

カイトの歌が好きなケビンも、その気持ちが凄くよく分かるので、横で深く頷いていた。

カイトはよく鼻歌を口ずさんでいるが、改まって歌ってくれる事はあまりない。だからケビンは密《ひそ》かに目論《もくろ》んでいる。

辺境の町のように、祭りの時に酒を振る舞おうと。

幸い領地経営は黒字で、税収が驚くほど伸びた。町の人に還元する余裕がある。

何よりケビンは辺境の祭りの雰囲気が好きだった。マイロの真似《まね》をさせて貰おう。カイトも反対しないだろう。

そこでカイトにもちょこっと酒を飲んで貰うのだ。楽しい雰囲気に酒が入れば、きっとカイトは歌ってくれるはず。

ケビンはそう信じて疑わなかった。

そして後の話。

ちょうどトリヤが来た時に祭りが重なったのは偶然。

ほろ酔いのカイトの歌声が気持ちよく夜空に響き渡ったのを、町の人も驚きながら感動しながら聞いた。

タイランもトリヤも聖女も、盛大な拍手を送ったのだ。

会いたい人

祝賀会が終わる頃、カイトとケビンは大広間を後にした。

カイトは厨房《ちゆうぼう》の料理長に会いに行った。

もう料理は出尽くしていたので、後片付けまでの束の間の休憩中だった。

厨房の皆も再会を喜んでくれた。

「まさかあの庭師の坊主が聖人様だったとはなぁ。落ち着いてから王太子殿下に聞いて仰天したよ。聖人様の命の恩人だと聞いても、誰の事だか分からなかった」

「あの時の僕はお腹《なか》ペコペコで死にそうだったから、料理長は命の恩人なんだよ。今日は差し入れを持って来たんだ。受け取って」

ニタカ入りの袋を渡すと、料理長は「果物か！」と喜んだ。

「うん。うちの特産品。美味《おい》しいよ」

「あれ？　これはニタカじゃないか？」

「そうだよ。知っていた？」

「もちろんだとも！　昔は隣町でよく採れたんだが、今はもう……。え？　いま特産品と言ったか？」

「うん。野生のニタカを栽培するのに成功したんだ」

「なんと！」

驚いて料理長は固まった。

カイトが食べて食べてと催促すると、副料理長が果物を切り分けてくれた。皆に配って貰い、美味しいと絶讃《ぜつさん》される。

「これ、定期的にここに納入して貰えないか？」

料理長が恐る恐る切り出すが、カイトの返事はよろしくない。

「ごめんね。数に限りがあるんだ。そういう申し込みがあちこちから殺到していて、どこも断っているんだよね。定期購入されると皆に行き渡らないでしょ？　僕は皆に食べて欲しいんだ」

「そうか。残念……」

肩を落とした料理長の隣で、副料理長が青ざめた。

「もしかしてこれ、王族の方を差し置いて頂いてしまったのでは？　貴重な果実を……」

「そうだけど、そんなの気にしなくていいよ。僕は厨房の皆に食べて貰いたかったんだから。それに王太子殿下にはお土産《みやげ》として、ちょこっと渡しておいたよ？　こっそり食べたんじゃない？　陛下の口に入ったのかまでは知らないけど」

「それならよかったです」

副料理長はホッと胸を撫《な》で下《お》ろした。

厨房の皆に別れを告げて、今度はケビンの会いたい人の元へ向かう。

「おそらくいると思うんだけど……」

ケビンが足を向けたのは騎士団の宿舎がある方向。

昔の同僚かな？　とカイトが首を捻っていると、宿舎とは別の建物だった。見慣れた建物に灯《あか》りが点《つ》いているのが見えた。

カイトも懐かしくなりながら、ケビンの後に続く。

「ガリエル、いるか？」

「ん？」

机に向かっていた姿勢で振り向いたのは、医師のガリエルだ。

ケビンは顔を綻ばせた。

「久しぶり」

「おう？　懐かしい顔だ。聞いたぞ。大出世したんだってな？　廃嫡されて心配していたのに、たまげたもんだ」

「カイトのお陰だよ」

ケビンはカイトを紹介するように前に押し出す。

カイトも笑った。

「一度会ったよね？　健康診断をして貰った」

「ああ。坊主、覚えているぞ。まさか坊主が聖人様だったとはな。ちょっと大きくなったか？」

手が伸びてきてカイトは頭をぐりぐり撫でられた。

ケビンが伯爵なのもカイトが聖人なのも知っていて態度を改めない、この人柄をカイトも気に入った。

「元気そうで何よりだ。祝賀会はもう終わったのか？」

「ガリエルは出席しなかったのか？　でもその衣装……」

ガリエルは伯爵家の三男で独身だ。爵位はないが独立して生活している。祝賀会にも招待されていた筈《はず》だ。

「あんな肩の凝る場所は少し顔を出しとけばいい。すぐに引っ込んで、ここで酒を飲んでいた。さっきまで若い騎士達もいたんだぞ」

「そうか」

ケビンが持っていたニタカ入りの袋を渡す。

「うちの特産品だ。近くに来る事があったら寄ってくれ」

「ん？　おお、ありがたく頂くよ」

カイトはついでに謝罪しておく事にした。

「ごめんなさい。実は謝らなきゃいけない事があって……」

「ん？　坊主が？」

「実は潜伏生活していた時、ここにこっそり忍び込んでベッドで寝ていたんだ」

「え？」

「温かい季節だったから庭で寝ていた時もあるけど、柔らかいベッドで寝たくなって。ごめんね？」

「いや、構わないが。え？　ここに忍び込んで？　確かに夜に具合が悪くなる者がいるから施錠していないし、危ない薬は隠してあるが……」

「物は盗んでいないよ？　薬もね！」

「ああ。さすがに薬が減っていたら気が付く。たまに鎮痛剤を夜中に取りに来る者がいる。騎士団員には持って行くのはいいが、メモを残していくように伝えてあるんだ。よく鉢合わせしなかったな？」

「うん。一度危ない時があったけど、隠蔽魔法で姿を隠していたから大丈夫だった」

「隠蔽魔法……」

「そんな生活をしていたのか。つくづく旅に出てよかったぞ」

「僕もそう思う」

思わずカイトを引き寄せたケビンを見て、ガリエルは軽く目を睥《みは》ったが、ニヤついただけで何も言わなかった。

「また来る事があったら顔を見せろよ」

「ああ」

そう挨拶《あいさつ》して別れた。

「ガリエルさんと仲がよかったの？」

「まあ、それなりに。あの頃は、騎士団に入れたのはいいが、最初はやはり心細くてな。でもあの人柄に救われたんだ。偉い人にも新人にも同じ態度だったから……」

「裏のなさそうな人だもんね。貴族社会では珍しいんじゃない？」

「ああ。とても珍しい。他では見た事ない」

どの職業でも偉い人には遜《へりくだ》るものだが、ガリエルにはそれがない。

優秀な医師だからというのもあるかもしれない。医師を敵に回すと怪我《けが》をした時に痛い目を見るのは自分だ。

騎士団長にすらタメ口なのを見て、最初はとても驚いた。

ケビンはガリエルが変わらないのを見て安心した。

祝賀会の翌日には王都を発《た》った。

移動速度が上がるので、王都で馬を仕入れて帰る事にした。

ケビンは既に乗れるので、訓練が必要なのはカイトだけだった。それも風魔法を駆使すると問題なく乗れたので、すぐに購入したのだ。

途中までマイロ達と一緒だったが、分かれ道で別れた。

また辺境に来いと念を押されて、固く約束させられた。ケビンとカイトは何度も頷《うなず》いた。

そして馬首を自分たちの領地へと向ける。

「さあ、帰ろうか」

「うん。帰ろう」

カイトとケビンは微笑《ほほえ》み合う。

帰る場所があるというのは不思議な安心感があった。

ラデルや領民達が待っている。

終わり

国の中部にある北の寂れた町。

人口は少なく、何十年も前に王家に返還されてから領主もいなかった。国の直轄地といえば聞こえはよいが、実際は放置されている土地だ。

そこは冬は寒く、森に魔獣が出る。

若者は育っても大人になると町を出て行く。

耕す農地は少なく、実入りもほとんどない自給自足の生活。

余所《よそ》で働いて仕送りした方が儲《もう》かるので、年寄りは寂しく思っても引き留めない。

こんな辺鄙《へんぴ》な場所に生まれたのだから仕方ない。

ずっとそう思って諦めてきた。

でもそれが変わった。

新しい領主様が来てくれたのだ。

若い二人組の彼らはとんでもない威力の魔法をバンバン使って、どんどん町を改良していった。

今にも崩れ落ちそうだった外壁はいつの間にか頑丈に建て替えられ、農地も広げられた。

川の流れを変えて、井戸も増やしてくれた。

用水路も整備されて、清潔度も増した。

人の住んでいないぼろぼろの空き家も建て替えられて、きれいになった。

裏通りにたむろしていた連中もいなくなり、気付いたら畑や牧場で働いていた。

いつの間にか建てられた宿舎にどんどん人が移り住んで来て、あっという間に町は様変わりした。

大手の商会の支店も出来て、これまで手に入らなかった珍しい品物が簡単に購入できるようになった。

薬屋には常備薬が増えて、格安で売ってくれるようになった。領主様が自ら材料となる薬草を採ってくれると聞いた。

町の人は急激な変化に困惑したが、概《おおむ》ね歓迎していた。

ある時、余所者が目抜き通りで地元住民に絡み、喧嘩《けんか》になりそうだった。

そこにたまたま領主様が通りかかり、あっという間に狼藉者《ろうぜきもの》を退治してくれた。

領主様は強かった。

その様子を目の当たりにした地元住民も驚いた。

そして直接、領主様の声を聞いた。

「俺が領主になってから人の流入も増えて、急激な変化に戸惑《とまど》う人もいるだろう。でも分かって欲しい。この町を住みやすくしたいだけなんだ。皆で冬を温かく過ごしたい。皆で美味しい物を食べたい。笑って過ごせるようにしたい。それだけだ」

町の人は盛大な拍手を送った。

飾らないその言葉通り、この町で木炭を生産できるようにしてくれた。

昨年までは考えられなかった値段で手に入るようになった。驚くほど格安だ。

「今年の冬は暖かく過ごせそうだ」

と皆で喜んでいる。

その領主様が王都の祝賀会に呼ばれて留守をしているという。

住民達は不安になった。

今ではもう皆が知っている。

領主様は元々貴族の生まれだが、親に廃嫡にされて捨てられたこと。

伴侶《はんりよ》は聖人様で、瘴気《しようき》から救ってくれた人であること。

他に裕福な領地候補があったのに、二人がここを選んでくれたこと。

情報の出所はラデルだ。

館で働く使用人や出入りの商人に訊《き》かれたから答えただけで、広めようと意図した訳ではない。

町の人は新しい領主様と伴侶様に興味津々だったので、結果的に物凄《ものすご》いスピードで広まり、熱烈な支持を集めた。

ここまでしてくれて感謝しない者はいない。


余所の町で働いて仕送りしていた家族も、少しずつ戻って来ている。信じられないほど様変わりした故郷に、別の町と間違えたかと門まで戻って確認する者もいたほどだ。

「領主様、早くお戻りにならないかな……」

「そうだな」

自警団も組織され、冒険者ギルドも出来た。

治安面での不安も解消されたが、それでも領主様の不在は心細い。

何となく町の入口で佇《たたず》む人がぽつぽつと集まり始めた頃、二人は帰って来た。出発時は乗り合い馬車だったのに、帰りは騎馬だった。

予定より早い帰還に、町の人は喜んだ。

思いがけない出迎えに領主様は目を丸くされたが、町の者に歓迎されて笑顔を見せてくれた。

領主様は男前だから、笑うだけで女性の黄色い悲鳴が上がる。目抜き通りはちょっとした騒ぎになった。

集まった人から盛大に手を振られて、伴侶様も嬉《うれ》しそうに振り返してくれた。
冒険者ギルドから発表があった。
領主様と聖人様のチームはS級になったと。
以前から要請していて、ようやく了承してくれたと。
町の人はその知らせにも喜んだ。
領主様がお強いのは知っていたが、それほどとは……と。
寂れていた町は豊かになり、S級のとても強い領主様と伴侶様に守られて幸せだ。
ここに来てくれて本当にありがとうと、心の底から感謝した。

番外編

家紋の入ってない質素な馬車が北の町に到着した。

道端にはまだ溶け残った雪があるが、町の入口には人の列が出来ている。外壁に沿って荷馬車も連なっていて、門番の確認を受けている。

よく晴れた青空の下、馬車の窓から顔を覗《のぞ》かせたのは旅装の中年貴族だ。

細身で中肉中背ながら眼光は鋭い。辺りを見回し、聳《そび》え立《た》つ町の外壁を見上げた。

「鄙《ひな》びた田舎町《いなかまち》だった筈《はず》だが……立派な外壁だな。頑丈そうだ」

「崩れ落ちそうだと聞いていたのだが……」

答えたのは同行者。こちらも中年貴族で簡素な旅装姿だ。

感心するように城壁を見上げ、列をなす人達を眺める。

「あんなに入りたい人がいるのか。こんな田舎町に何があるのだ？」

「それを確かめに来たのだろう？」

「だってどう考えても納税額がおかしいから！」

領地に関わる税金の計算は、基本的に一年単位。しかしマメな領主は三カ月毎や、半年で区切って申告する。税務関係は複雑なので、書類を溜《た》めるのを嫌がる人も多い。

ここの領主は三カ月毎に申告してくる。領主というか元々、ここを任されていた管理人だ。

とても一年も溜めておけないとマメに申告してくるのだが、その数字がどう考えてもおかしい。増え過ぎなのだ。納税額を少なく見積もる者はいても、多くする者はいない。それなのに……。

「ふふ。新しい領主には聖人様がついている。優秀な魔法使いだし、異世界の方だから物の考え方も違うのだろう」

「ううむ……」

唸《うな》る税務管理官に、宰相は目元を緩ませた。

瘴気嵐《しょうきあらし》の後始末が終わり、立太子の祝賀会も終わり、ようやく一息つけた頃合いを見て、宰相は休暇を取った。

旅に出る事にしたのだ。

自分の屋敷に帰り、家令に旅支度をするよう命じていると、たまたま学生時代からの友人である税務管理官が訪ねて来た。

どこに行くのかと訊《き》かれたので正直に答えたら、目を剝《む》いて自分も行くと言い出した。

翌朝には旅支度を終えた税務管理官がやって来て、強引に馬車に乗り込んできた。

気安い友人だからまあいいか……と宰相は同行を許した。

目的地は中部地方の北の町。ヒガシフウジョウ領。

新しい領主が、鄙《ひな》びた田舎町を物凄《ものすご》い勢いで生まれ変わらせているという噂《うわさ》で有名な町。

若い伯爵と聖人様――。

宰相は脳裏に小柄な少年を思い浮かべた。

王城に少年が颯爽《さっそう》と現れて瘴気を散らしてくれた時、蒼白《そうはく》の宰相は膝《ひざ》をついた。己の失策をまざまざと思い知らされて血の気が引いた。

魔法省長官に最初に報告を受けた時、宰相は間違えた。聖女がいるから大丈夫だと過信し、聖人の存在を頭ごなしに否定した。

いま思えば、何であんな風に思い込んでいたのか。

恥ずかしい……悔やんでも悔やみきれない。

歴史書や過去の記録、様々な伝聞を調べ尽くしていた。過去の聖女の偉業がとても素晴らしく、聖女なら誰でも同じような力があると盲目的に信じ込んでしまったのだ。

聖女といっても個人差がある可能性を見落として、

とてつもない圧倒的な力で瘴気を祓《はら》ってくれると信じて疑わなかった。

聖女という存在に頼りすぎず、自分達も備えておかないといけなかったのに……。

それに瘴気嵐があれほど恐ろしいものだと思わなかった。祓っても祓ってもじわじわと忍び寄ってくる黒い靄《もや》に戦慄《せんりつ》した。

本当にもう駄目だと思った。

国王陛下も王妃もお守り出来ず、みんな死んでしまうと覚悟した。

聖人のお陰で救われた。

彼の存在を認めて、迎えに行った第一王子がいてくれなかったら、どうなっていたことか……。

だから宰相はすぐに辞職を申し出た。

国王も同じ気持ちだったのだろう。退位を口にされた。

しかし第一王子はどちらも却下した。

「陛下、まだ退位は早すぎます。宰相もです。まだまだやらなければならない事がたくさんあるのに、とんでもないです」

「しかし……」

「却下です。責任を感じるなら、これからも王室を支えて挽回《ばんかい》して下さい」

にこやかに諭されて、宰相は頭を下げた。

第一王子の言葉通り、瘴気嵐の後始末に追われながら論功行賞を行った。第一王子の立太子の式典も行った。

とても忙しくなり、宰相も文官達も対応に大わらわだった。

そして祝賀会が開催される頃、その町の噂が広まってきたのだ。

第一王子は管理人からの手紙を執務机で開いて、目を丸くしていた。

そしてこめかみを押さえながら苦笑した。

「カイトはもう……どうなっているんだ？　川の流れを変えた？　貯水池を作った？　用水路を巡らせ

た？　土木工事の規模として異常だろう！　どんな魔力量なんだ……」

呆《あき》れながらも嬉《うれ》しそうな口調に、とても親しくなったのだなと、宰相は悟った。

考えてみれば、辺境から出発した旅は半年にも及んだのだ。仲良くなって当然だ。

そして噂を耳にする度に、その町への興味が湧いた。

忙しい時期を乗り越えた部下に半強制的に休暇を取らせた後、自分の番になり、そこへの旅を思いついた。

宰相は王太子に内緒で向かう事にした。絶対に羨《うらや》ましがられるからだ。

王太子は今とても忙しい。

ようやく次期国王としての立場が明確になり、次は結婚だと、貴族達が目の色を変えてお見合いをセッティングしている。

これまで婚約者がいなかったのがおかしいのだ。それは百年毎の瘴気嵐が関係している。誤差があるのでいつ起こるか分からなかったからだ。

華やかな結婚式典を予定しても台無しになる恐れがあった。次の国王の慶事に傷をつける訳にはいかないから、大きな式典や祝い事は瘴気嵐が終わった後と決められていた。

それでも婚約者は決めておいてもよかったが、出来ない事情があった。

第一王子と第二王子。どちらが王太子になるのか、ついこの前まで本当に分からなかった。母親が同じというのも理由だ。

年頃の娘を持つ貴族達は辛抱強く時勢を見守っていた。

娘を王家に嫁がせる気のない親は早々に結婚させていたが、王家に嫁ぐのに相応《ふさわ》しい身分の高位貴族達は早く決めて欲しかったと思われる。

ようやく瘴気嵐の決着がついた。

王太子の結婚は本人の意志が尊重される。でも王太子の求婚を断る令嬢はいないだろう。

王太子に意中の令嬢がいるという話を聞いた事はない。噂も全くなかった。恋愛に関しては本当に謎で、秘密主義なのだ。

ともかく王太子は、この先の数年間忙しくなるだろう。婚約の次は結婚、その次は跡継ぎを期待されるからだ。

本人も王族の義務を心得ているので、お見合いから逃げたりしないはず。

ただ時には息抜きしたくなる時もくるだろう。

そんな状態の王太子に、あの町へ旅行に行ったと知られたらどんな顔をされるか、想像がついてしまう。半眼の王太子の顔……恨みがましい表情が脳裏に浮かんできてしまう。

だから内緒なのだ。バレてはいけないのだ。

宰相と税務管理官の乗る馬車は、荷馬車が通ってから通された。他の町では貴族の馬車を優先するが、ここは違うらしい。

「貴族の馬車なんて、こんな町には滅多に来ないからではないか？」

「そうかもしれないな」

気位の高い貴族を怒らせると面倒だ。別の入口を作って、そこを通らせた方が問題は起こらないかもしれない。

機会があれば忠告しておくことにしよう。

宰相達は無事、町の中へ入れた。

入口近くにあった宿屋にチェックインしたので、馬車と馭者《ぎょしゃ》を置いて護衛を一人連れ、徒歩で町をぶらついてみる事にした。

そしてあちこちで驚き、言葉を失う事になった。

「これは何だ……」

宰相と税務管理官は上を見上げる。

目抜き通りを少し進むと、左側に枝分かれした道が二つあった。そこには何と屋根がついていたのだ。

「通りに屋根……？」

細めの道が斜めに走り、物凄い人が行き交っていた。

通りには商店が並んでいるようで、客引きの声も聞こえる。見通せる範囲まで屋根はずっと続いているようだ。

「なんだこれは……」

宰相と税務管理官が唖然《あぜん》としていると、黒い騎士服を着た男が話し掛けてきた。

「この町は初めてですか？」

「え……？」

宰相も税務管理官も高官なので、まず平民から話し掛けられない。

思わず面食らったが、お忍びなのを思い出して立ち直る。

宰相は口元に笑みを浮かべて情報収集に取りかかった。

「そう、初めてなのだ」

「この町へようこそ」

黒い騎士服の男は愛想よく微笑《ほほえ》んでいる。

「私はこの町の自警団員で、そこの交番に勤務しています」

男は背後の建物を指さした。

通りの入口に小さな建物があるが、十人入れば溢《あふ》れそうなくらい小さい。

「こうばん……？」

聞き慣れない言葉だ。

宰相も税務管理官も首を傾《かし》げた。

「はい。交番は自警団の詰所です。町のあちこちにあるので、何か困った事があったら駆け込んで下さい。道に迷ったら道案内もしますよ」

「あちこちに。憲兵とは違うのだな？」

税務管理官が尋ねると、自警団員は頷《うなず》く。

「自警団は領主様の私兵ですから」

「私兵……そんなにたくさん……？」

通りを見れば、お揃《そろ》いの黒い騎士服を着た男が何人も歩いている。

行き交う人に知り合いを見付けると、気安く声をかけている。

「たくさんいて見回りをしていますが、だから他の町よりは治安がいいと思いますよ」

「なるほど」

確かに町の雰囲気はいい。裏通りは分からないが。

「じゃあちょっと訊いてもよいか？」

「はい。なんでしょう」

「この町の細道にはみんな屋根がついているのか？」

「いえ。商店街だけですよ」

「商店街？」

「はい。カイト様が、降雪しても安全に買い物が出来るように設置されました。あ、カイト様というのはここの領主様の相棒で……ここには二人、領主様がいらっしゃるのです」

「そう、カイト様が……」

やはり……と宰相は小さく呟《つぶや》く。

「この通りは商店街というのだな？」

「はい。こちらの第一商店街は武器屋や防具屋、宝飾品を扱う店が多いです。こちらの第二商店街は食品や生活必需品などを取扱う店が多いですね」

「凄《すご》いな。これだけ長い通りに屋根をつけるとは……」

「カイト様が魔法であっという間に作られたので、気付いたら出来上がっていました。……目撃した者に後で聞いたのですが、店の後ろ側に高めの基礎を作って、用水路を巡らせて……あ、これは三角屋根から落ちた雪が流れて行くようにしたそうです。それから魔法で木材を浮かせて、上で待機していた大工が組み立てていったと。あまりの早さにみんな驚いたのですが、カイト様のなさる事なので、またかと言う人も多く……」

にこやかに笑う自警団員は、その凄さがきちんと理解出来ていないようだ。

宰相と税務管理官は驚愕《きょうがく》のあまり口をぽかんと開けている。

この屋根を……あっという間に……？

カイト様はどれほどの魔法が使えるのだろう……？

「少し歩いてみるよ」

「どうぞ。よい旅を」

「ありがとう」

親切な自警団員と別れて、宰相と税務管理官は商店街をぶらついてみた。

木造の屋根に覆われているから暗いかと思いきや、所々にあえて隙間が作ってあり、そこから空が見えている。

その箇所は段違いの二重天井になっていて、そこに落ちた雪は斜面を流れて店の後ろ側に落ちていく仕組みになっている。

それに店と店の間に隙間があって、建物の後ろ側からも光が差し込んでいる。

加えて横道も結構作ってあって、そこから差し込む光もある。そのお陰で暗くないのだ。

「よく考えられているな」

宰相は感心した。

隣で税務管理官も唸っている。

「聖人様というのは魔法だけじゃなく、異世界の知識も凄いのかね？」

「その可能性はある。通りを屋根で覆うなんてここだけだ。そもそも平民の為にこれだけ大規模な工事を施工しようと、他の領主は思いもしない。貴族はお抱えの商人がいるから、自分の邸宅に呼びつければ済む」

「そうだよな……」

二人で感心しながら第一商店街を歩き、屋根がある終点まで辿《たど》り着《つ》いた。

そこにも交番があって、黒い騎士服の自警団員が立っている。

その先に用はないのでUターンして最初の交番まで戻る。第二次商店街は行き交う人が多いのでやめておいた。

目抜き通りを挟んだ反対側にも横道があったので向かってみた。

こちらの道は商店街ほど人がいない。理由は倉庫が多いからのようだ。

荷物を持った男達がたくさん働いている。

所々に民家があるし、商店もある。きっと古くからある、新しい領主が来る前から存在する建物なのだろう。

少し進むと拓《ひら》けた場所に出た。

ベンチや整然と並んだ樹木が生えていて、隅の方には僅《わず》かに雪が残っている。

この場所の意図が分からない。何の為にこんな広い場所を町中に設けてあるのか。

余分な敷地を外壁で覆うと、それだけ余分な労力と資金が必要になるというのに……？

ここにも交番があったので、暇そうに立ち番をしている自警団員に尋ねてみた。

「ここは何の為の場所かな？」

自警団員は愛想よく笑い、快く応じてくれた。

「住民の為の広場で『公園』と言います。誰でも自由に利用していい場所なのです。今は誰もいませんが、天気のいい日はここで昼寝をしたり、昼食を食べたりしている家族連れがいますよ」

「こうえん……」

聞き慣れない言葉だ。また聖人がもたらした……異世界の物だろうか？

「冬には雪合戦の会場になります。大変盛り上がって楽しいのですよ」

「雪がっせん？　……とは？」

「五人ひとチームになって戦うのです。雪玉をぶつけ合って。自分の陣地の旗を敵に奪われたら終わりというルールなのです」

「それもカイト様が？」

「ええ。最初はカイト様が館の使用人と遊んでいるだけだったのですが、それを見た孤児院の子供達が参戦しまして。これは楽しいと評判になり、戦い方にルールが出来ました。自警団や冒険者ギルド、憲兵達も代表チームを出すようになり、雪合戦大会が開かれるようになりました。他にも同じ地区に住んでいる仲間同士や、職場のチーム、友人達で組んだチームも参戦します」

「……それは凄いな。祭りのように人が集まって観戦するだろう」

「はい。でも冬限定の催しなので、観光客は観戦出来ないですね。乗り合い馬車が運行停止するので」

「地元住民限定か」

「はい。参加者は地元住民限定です。とても盛り上がったので来年は更に参加チームが増えそうで。二日に分けて開催されるようになるかもしれません」

「それは楽しそうだな」

「ええ、とても。その期間は町全体が雪合戦の話題で持ちきりですよ。自警団員もその日ばかりは非番になるよう祈ります。代表チームの応援に行きたいからですね。もちろん家族も一緒に」

思い出して微笑む自警団員に、宰相は質問した。

「優勝したら何か貰《もら》えるのか？」

「領主様から金一封が出ます。でもそれは仲間で割ったら大した額ではないそうです。それよりも副賞がいいので、皆それ目当てですね」

「副賞とは？」

「領主様が魔獣を狩った時に、よい部位を優先的に貰えるのです」

「魔獣……？」

「はい。バッフという魔獣が森の奥に生息していて、その肉がとても美味《おい》しいのですよ。図体も大きくて、ざっと八十人前くらいの肉を一頭で賄えます。大きくて強いので冒険者には手強《てごわ》い魔獣ですが、領主様たちなら斃《たお》せます。なんせS級ですからね」

　自分達の領主が誇らしいのだろう。嬉しそうに微笑む自警団員は我が事のように胸を張った。

「S級……？　領主様が？」

「はい！　とてもお強いのですよ。冒険者の誰も敵《かな》いません」

「それは凄い……」

　宰相は知っていたが、税務管理官は知らなかったようで目を丸くしている。

「その貴重なバッフの肉は言うまでなく高級食材です。王都の高級料理店でも滅多に出回らないとか？　普通なら平民など生涯かけても口に出来ない食材が、雪合戦で優勝したら食べられるのです！　しかも一番美味《うま》いとされる部位を」

「八十人前という事は、二位、三位のチームにも行き渡る？」

「はい。三位までのチームで山分けです。だからみんな必死になるのです」

「もしその魔獣が狩れなかったら、どうなるのだ？」

「その時はバッフではなく別の魔獣になるでしょう。もし領主様がお忙しくて討伐に行けない時は、ニタカを貰えるそうです。ここの特産品の果物です。こちらも高級食材なので平民には垂涎《すいぜん》の的《まと》なのです」

「ニタカ……」

　宰相はその果実を知っていた。

　昔は王都の高級料理店に行けば食べられたが、今はお目にかかれない貴重な食材だ。

「ここでニタカが採れるのか？」

「はい。森に群生していたニタカを領主様が見付けて、栽培に成功したのです。領主館の敷地内で厳重に管理されていて、定期的に生産できるようになりました。この町の特産品なのですよ」

「この町の料理店に行けば食べられるのかな？」

「ええ。高めの金額設定の料理店なら置いてあるでしょう。ニタカには旬がなく、一年中採れる果物ですから、おそらく食べられると思います」

「それは是非とも行かねば」

宰相の心は躍った。

あのニタカが食べられるなんて嬉《うれ》しい誤算だ。それだけでこの町を訪れたくなる理由になる。

「しかし雪玉とはいえ戦いなのだから、冒険者や憲兵が有利じゃないか？」

「それが違うのですよ」

「え？」

自警団員は苦笑した。

「足元が雪なので、体重の重い者ほど深く嵌《は》まります。体格のよい冒険者などは格好の的になってしまうのです。むしろ小柄な子供の方が雪の上をすばしっこく動けて、的も小さいので有利なのです。ちなみに今年の優勝は孤児院チームでした」

「なんと……」

「会場には雪で作られた防壁が何個か設置されるのですが、それに隠れるのも子供の方が有利です。ちなみに魔法は禁止で、雪玉に石を仕込んだりすると反則になります。不正行為が発覚したら未来永劫《みらいえいごう》、参加資格を失うとか。更に悪質だと判断されたら、領主様に罰せられると聞きました」

「なるほどな……」

「それ目当てに移住してくる者もいそうだな」

「さすがにまだ聞きませんが、数年後は分かりませんね。いるかもしれません」

自警団員は不意に遠い目をした。

「この町の住人にとって、冬は寒くて嫌な季節……雪は災いでしかありませんでした。それをカイト様ががらりと意識を変えて下さったのです。不思議ですね。雪にあんな使い道があったとは。……ちょっと前まで冬は生き残るだけで精一杯で、無事に春を迎えられるよう、肩を寄せ合って生きてきたというのに……」

厳しい冬を乗り越えていた過去を語った自警団員

に、宰相も切なくなった。

言われてみればそうだ。前はとても厳しい環境だったに違いない。鄙《ひな》びた田舎《いなか》の小さな町。道端で凍死する者も少なからずいただろう。

そこへ新しい領主が来て様々な変化をもたらした。雪を娯楽にして、今では生活を楽しむ余裕まで出来たのだ。

新しい領主が人気を集めている理由が分かり、宰相も税務管理官もしみじみと頷いた。


にこやかな自警団員に別れを告げて、目抜き通りまで戻って来た。

目抜き通りを真《ま》っ直《す》ぐ奥へ進むと、こぢんまりとした領主館が見えてくる。高い外壁で囲われているから間違いない。

「管理人に直接会って話を聞きたい」

税務管理官が窺《うかが》うように顔を見てくるので、宰相は頷いた。

「最初からそれが目的だったのだろう？」

「ああ」

領主館の門番に目通りを願い出ると、すぐに客間に通された。

税務管理官が身分証明書の代わりになる宝玉を見せたからだ。宝玉は税務査察官が抜き打ち検査の時に使用する。後ろ暗いところを持つ領主には、恐怖の宝玉と呼ばれている。

今回、税務管理官は査察官として訪問してないし、抜き打ち検査をするつもりもないが、宝玉は身分証明書として有効なのだ。

「いらっしゃいませ」

白髪頭の管理人が現れた。

ソファに座る税務管理官と宰相を見て、おやと首を傾《かし》げる。

「宰相様までお越しとは。何事ですかな？」

柔和な管理人は好々爺《こうこうや》然とした風貌《ふうぼう》だが、宰相を見て僅かに目の色を強くした。

管理人は歳《とし》を取ってから隠居するように田舎に赴任したが、元は王城で長く税務管理官として働いていた人だ。宰相がただの文官だった頃から知っている先輩である。

宰相は思わず背筋を伸ばした。

「ご無沙汰《ぶさた》しております、トーワ様」

「様は要《い》りませんよ。ただの管理人ですから」

「いえ」

無意識に背筋が伸びるのは、若い頃の記憶のせいか。歳を取って白髪頭になっても、この人の前では若手に戻ってしまう。

宰相は説明した。

「久しぶりに休暇が取れたので観光に来ただけですよ。こいつがついて来たのはオマケです」

宝玉を見せて査察を匂わせた件は、友人のせいだと仄《ほの》めかす。

税務管理官は顔色を変えた。

「あ、いえ！　宝玉はただの身分証明書で！　私も休暇なので仕事で来たのではありません！　ただちょっと、ここの納税額の多さが気になって！」

慌てて言い訳する税務管理官に、管理人は柔らかく目を細めた。

「ああ、そうですよね？　おかしいですよね？　自分でも目を疑うような数字でしたが、本当なのでどうしようもない。細工などしておりませんよ？」

「ええ、この町を実際に見て理解しました。珍しい物ばかりで、初めて目にする物も多くて……」

「本当に。驚くばかりで……」

「そうでしょう。私もカイト様が物凄《ものすご》いスピードで生活環境を変えていくのを見る度に、何度も真っ白になりましたから。話を聞いて耳を疑い、実際に現地まで足を運んで目を疑い……」

管理人は苦笑した。

牧場を拡張したと聞いた時は「拡張?」と首を捻《ひね》った。現地に足を運んで腰を抜かした。

この間まで細々と……小さな囲いの中で数頭の牛が点々と草を食《は》んでいた。

それがドーンと高い壁で囲われて、とんでもなく増えた牛が放牧されていた。所々に餌と思われる牧草の山が点在していた。

『こ、この牛はどこから……?』

思わず尋ねると、カイトはあっけらかんと答えた。

『森で捕まえてきた』

『森で……?』

『うん。目についた所はこれからどんどん手を入れていくんだ。次は町の外壁だね! ボロボロで今にも崩れそうだから、魔法でちゃちゃっと建て直しておくよ!』

『魔法で? ちゃちゃっと……?』

茫然《ぼうぜん》とする管理人の目の前で、カイトは杖《つえ》を振り回した。

現存する外壁の外側に、新しく頑丈な外壁を物凄い勢いで構築していった。そしてぐるりと一周した後、古い外壁を砂に変えて消滅させた。

本当にちゃちゃっとだった。土魔法を駆使して大胆に……たまたま目撃した住民は皆あんぐりと口を開けた。

「あの時はもう……とても現実とは思えませんでした。立ち直るまでしばらくかかりましたね。長く生きてきてあんな経験は初めてでした。あの衝撃は今でも鮮明に思い出せます……」

胸に手をやり、管理人は目を瞑《つぶ》る。

宰相は話を聞くだけで頭痛がしてくる気がした。その場に立ち合っていたら、自分も同じように動揺しただろう。

「さ、さすが聖人様ですね……」

「ええ。カイト様のなさる事は驚く事ばかりですが、楽しくもあり……」

何やら思い出したらしい税務管理官が、少し身を乗り出して尋ねた。

「自警団はカイト様の案ですか？」

「はい。カイト様というより、領主様お二人の案ですが」

「町を歩いて思ったのですが、自警団員が多いですね。交番とやらも見ましたし、実際に会話もしました。みんな領主様の私兵だとか。そんなにたくさんの私兵を雇うには、かなりのお金がかかりますよね？　負担にならないのですか？」

管理人は「当然の疑問ですね」と頷《うなず》く。

「確かに人件費は多いですが、利点の方が大きいのです。治安がよくなる……これが第一です」

「はあ……」

「あちこちにある交番で自警団員が目を光らせています。裏通りも定期的に巡回します。町の至る所に自警団員の目が届くので、小悪党が悪さをしようと思ってこの町に来ても、ここでは無理だと諦《あきら》めるのだとか」

「なるほど。ここで無理しなくても、余所《よそ》の町の方がやりやすい……となる訳ですな？」

「そうです。治安がよくなれば観光客が増えます。観光客がこの町にお金を落としてくれます。移住者も増えて税収が増します。結果的によい風に循環しているのでマイナスではないのです」

「素晴らしい……」

宰相は心の底から感心した。王都ではとても真似《まね》できない。

王都は豊かだが、治安はよくない。

裏通りにはすねに傷を持つ者が集まり、犯罪集団を作っている。憲兵隊が捕まえても捕まえてもキリがないのだ。

だからといってここの真似は出来そうもない。

憲兵隊員を増員しようとしても予算がない。王都は広いので、裏通りまで目を届かせるのは至難の業だ。

「しかし交番というのは初めて聞きました。カイト様のいた世界にあった物ですか？」

「そのようです。交番の発案はカイト様なので」

「やはり……」

カイト様のいた世界は治安がよかったのか？　だからここでも再現できたのか？

「異世界の知識……やはり侮れませんな。カイト様にはゆっくりとお話する機会を設けて頂きたい」

心の中の声をそのまま漏らした宰相に、管理人は「それはどうでしょう？」と首を傾けた。

「やはりお忙しいですか？」

「ええ、とても。いつも飛び回っておられます。そうそう魔法省の長官もよくお見えでしたよ」

「タイラン殿が？」

「はい」

宰相は魔法省長官の座に返り咲いた若い魔法師の顔を思い浮かべた。

宰相はタイランにも負い目がある。

森の浄化はまだ完全には終わっていなかったので、タイランは第一王子の執務室に度々呼び出されていた。その場で顔を合わせたので、宰相はタイランにも深く謝罪をした。

タイランは恐縮していたが、あの瘴気嵐《しょうきあらし》を目の当たりにした宰相に躊躇《ためら》いはなかった。

自分の過ちで、危うく国中が屍《しかばね》だらけになるところだったからだ。

本当に第一王子とタイランには頭が上がらない。

彼らのお陰で逃亡したカイトの存在が明らかになり、瘴気嵐の際に助力を得られた。

もしカイトが行方不明のまま連絡が取れず、ただの市民に紛れて暮らしていたら……。

そう考えただけで身震いする。

それとカイトが王城の外壁から放った浄化魔法の威力……本物の力は想像以上でとんでもなかった。あの時の光景は衝撃的過ぎて未《いま》だに脳裏に焼き付いている。

宰相としてのプライドや尊厳など、玉座の間で味わった恐怖に比べたら何でもない。

宰相は消え入りたい心地でタイランに謝罪した。

「タイラン殿もまだ浄化の旅は終わっていないはず。それなのに？」

「ええと、たまたま秋頃は浄化の旅の行程で、近くにおられたからでしょうね。魔法師達の魔力の回復に時間がかかるそうで、その合間を縫って頻繁にいらしたようです。浄化の旅は冬の間は中止なので、最近は見掛けませんが……。雪が溶けたので、これから再開されるでしょう」

「そもそもタイラン殿は何をしにここへ？」

「もちろんカイト様の魔法の研究の為ですよ。カイト様は珍しい魔法を感覚で使っておられるそうで、記録に残しておきたいそうです。後世の為に。それとカイト様も魔法操作を学びたいようで、タイラン殿から色々と教わっているそうです」

「聖人様が？　教わっているのですか？」

「はい。カイト様は冒険者ギルドで基本的な魔法授業を受けたそうですが、あくまで基本だけですから。きちんと学んだらもっと役立つ事が出来るかもしれないと、タイラン殿がお見えになった時に色々と教わっているそうです。浄化の旅では長く一緒に過ごしておられましたが、その時は魔力の無駄遣いが出来なかったそうなので」

「なるほど。あれだけの魔法を使えるというのに、カイト様は勤勉ですな」

「町の子供達にも教えてやりたいそうです」

「町の子供達？」

「ええ。孤児院にいる子供達の中に魔法に適性のある者がいたら、将来に役立てる為に操作の仕方を教えてやりたいと。カイト様は感覚で魔法を使われるので、教えるのは不得手だとか。きちんと基本が分かってないと教えられないでしょう？」

「孤児院の子供達ですか」

「ええ。カイト様は熱心に子供達の自立を支援されております。この世界に召喚された当初、孤児院に連れて行かれた事があるそうです。その時とても心細い思いをしたらしく、庇護者《ひごしゃ》のいない子供の気持ちがよく分かると。とても放っておけないそうです」

「孤児院？　そんな事が……？」

宰相と税務管理官は目を瞠《みは》った。その情報は初耳である。

「カイト様は堪えられなくて、たった一日で逃げ出したそうですが。でもその経験があるからこそ、子供達の力になりたいと気に掛けておられます。職業体験という名目で、子供達に様々な体験をさせているのです。この町に領主様の頼みを断る住民はいません。みんな快く協力していますよ」

宰相は瞬いた。また新しい言葉を聞いた。

「職業体験？」

「はい。農業に興味がある子供は農家に赴き、田畑に出て一緒に作業をする。自警団に興味がある子供は交番勤務に同行する。私兵の訓練に参加させる時もあります。ケビン様が参加されるので人気があるのですよ？　女の子も希望すれば断りません。貴族子女の護衛として女性騎士も需要がありますから」

「なんと……斬新な試みですな」

「ええ。私も最初に聞いた時は驚きました。しかしすぐに納得しました。孤児院の子供達はいずれ独立しなければなりません。出来れば興味のある仕事に就かせてやりたい。それに好きな職業なら、積極的に学ぼうと努力するでしょう」

「ふむ」

「ここにも数名おりますよ。数字に強い子供に経理を教えております。行儀見習いの子もいます。貴族に仕えても問題ないよう、今から頑張って礼儀作法を覚えています」

宰相は腕を組み、唸《うな》った。

「凄《すご》いですな」

「読み書きは孤児院で教えます。大人でも学びたいと訪れた者は断りません。親のいる子供でも同じです。一緒に授業を受けます。そのお陰でこの町の識字率は高くなりました。契約書の偽造などで騙《だま》される機会は少なくなったでしょう」

「ううむ……」

聞けば聞くほど素晴らしい。

小さな町だから行き届くのだろうが……王都でも何とか真似出来ないものか……。

基本的に学校というのは貴族の子供しか通わない。でもたまに、市井の教会で優秀だと評判になる子供が現れる。

その時、聞きつけた貴族が面倒をみると判断すれば、屋敷に引き取って教育を施す事がある。

使用人として雇用する場合があるが、跡取りのいない貴族の養子になる場合もある。

その時は貴族籍を得て、貴族として学校へ通うのだ。

男同士で結婚したカップルは似た手続きを踏む。子供が欲しいとまずは親戚筋《しんせき》をあたり、いい子がいなければ優秀な子供を平民から探す。そして見付かれば籍を入れ、跡継ぎとして育てるのだ。

そうじゃない普通の平民の子供達は読み書きが出来ないまま働きに出る。

教会でも読み書きを教える所があるが少数だ。

騙される者も多いだろう。そもそも親が読み書き出来ないので、我が子に教えてやる事も出来ない。

「ここの犯罪率は低そうですな」

「ええ。かなり低いですよ。でもたまに勘違いの冒険者がやって来るので、そうなるとケビン様に叩《たた》き出されます」

「ケビン様……伯爵ですね？」

「ええ」

「元々、王城の第一騎士団に所属していたとか」

宰相が思い出して口にすると、管理人は何故《なぜ》か苦笑した。

「本人のお話では、その頃は大した腕ではなかったらしいです。中くらいの平凡な騎士だったと。カイト様と一緒に旅をして、冒険者として討伐に励んで場数を踏んだ。更にお世話になった辺境で毎日訓練を続けた。辺境伯の私兵は強者揃《つわものぞろ》い。そこで約二年間ですからね。いい経験になったそうです。実際、第一王子の護衛騎士と一緒に魔獣を討伐した時に自信がついたとか」

「なんと……」

税務管理官も感心した。先ほどS級だと胸を張った自警団員を思い出したのだろう。

「ここの領主は二人とも強いのですな」

「ええ。自慢の領主様です」

管理人はにっこりと微笑《ほほえ》んだ。

その笑顔で宰相は知った。

どうやら自慢話に付き合わされていたようだ。

「トーワ様、お忙しそうですが、楽しそうでもありますな」

宰相が素直な感想を述べると、管理人は更に眦《まなじり》を下げた。

「分かりますか？」

「ええ。羨《うらや》ましいです」

ふふふ……とずいぶん和やかな雰囲気になってお茶を頂いていると、急に廊下を慌ただしく走る足音がした。

宰相と税務管理官は何事かと扉を見詰めたが、管理人は慣れた仕草で立ち上がり、薄く扉を開いた。

「どうした？」

「領主様がバッフを討伐したという知らせが！」

「そうですか。三位までのチームに伝令をお願いします。解体組は公園に出発しましたか？」

「はい、既に」

「よろしい。ではそのように」

侍従と思《おぼ》しき男の足音はすぐに遠のいていった。

ソファに戻って来た管理人は「お騒がせしました」と冷静に頭を下げる。

宰相は身を乗り出した。

「バッフとは雪合戦の副賞の？」

「おや、ご存じでしたか」

「自警団員に聞きました。公園で解体をするのですか？」

「そうです。巨体なので」

「見学に行ってもよいですか？」

目を輝かせる宰相と税務管理官に、管理人は少し驚きながらも頷いた。

「それは構いませんが、町の住民が殺到しているので気をつけて下さいね。押されて怪我《けが》などしないように」

「はい。距離を置いて見学する事にします」

宰相と税務管理官は立ち上がる。

管理人に礼を言って館を後にした。


公園まで戻って来ると、既に物凄い人でごった返していた。

領主館の使用人は魔獣の解体に慣れているようで、大振りの剣のような包丁？　で魔獣を切り分けている。

数人がかりで手早く捌《さば》く姿を、町の住民達が少し距離を置いて見守っている。

優勝したという孤児院の子供達も到着していて、興奮してわいわい騒いでいた。ぴょんぴょん飛び跳ねている子もいる。

危ないので、職員が前に出ないように必死に押さえていた。

大人達も同じだ。二位はどのチームか分からないが、頬を上気させて興奮している。

みんな大喜びで、解体が終わるのを今か今かと待っている。前にいる住民のせいで見えないのか、背伸びしている者もいた。

「凄い人だかりですな」

「ああ。チームとは関係ない者まで集まっているようだ」

住民の顔は明るい。とても楽しそうだ。

宰相と税務管理官が人混みから距離を置いて微笑ましそうに喧騒《けんそう》を眺めていると、魔獣の巨体の陰から冒険者の風体の領主二人が現れた。

「カイト様だ！」

「カイト様〜！　ケビン様〜！」

「ありがとう〜！」

「領主様〜！」

住民達も気が付いて、みんな大きく手を振っている。

カイトも笑いながら手を振り返していたが、ふと手を止めた。こちらに気付いたようで、真《ま》っ直《す》ぐ向かって来る。

小柄な少年なのに冒険者の装束だからか、何となく迫力がある。王宮で見かけた時とはどこか雰囲気が違い、宰相は戸惑《とまど》った。

気圧《けお》された宰相と税務管理官は、反射的に身構える。

そこへ呑気《のんき》な声が掛けられた。

「あれぇ〜？　宰相様……だよね？」

「はい。お邪魔しています」

宰相は思わず正式な礼をした。

聖人の公式な身分は公爵と同位だが、カイトの場合は功績が凄すぎて王族と同等になっている。異例だが王太子がそう主張し、国王も認めた。だから宰相よりも格上なのだ。

しかしカイトはそんな作法には無頓着《むとんちゃく》に距離を詰めてきて、不思議そうに尋ねてくる。

「旅行？　こんな辺鄙《へんぴ》な田舎《いなか》に？」

宰相はゆるりと微笑んだ。

「ええ。まとまった休暇が取れたもので。何かと評判の町を見に来たのですよ」

「物好きだねぇ。貴族のお偉いさんが喜びそうなものはここにはないよ？」

「いいえ？　珍しい物がたくさんありましたよ？」

「ええ？」

宰相はこの町に到着してたくさん驚いたこと、他の町では見ない物や感心した事などを説明した。

するとカイトはポンと手を叩き、何か思いついたような顔をした。

「宰相様、今日どこへ泊まる？　宿屋？」

「ええ」

「領主館の方に泊まれないかな？　頼みたい事があるんだ」

「頼みたい事？　私にですか？」

「うん」

宰相の隣で税務管理官が目を丸くしている。

王城で宰相にタメ口なのは王族だけなので、カイトが聖人だと分かっていても困惑するようだ。

しかも童顔で若く見えるから尚更《なおさら》だ。宰相にこんな風に気軽に頼み事をする者も、ほとんどいない。

「何か予定がある？　すぐ帰る？」

「いえ、予定は特にありません。町の様子を見に来たので。今日から数日の間、滞在する予定です」

「じゃあ明日の宿泊から領主館へ移動して貰《もら》っていいかな？」

「構いませんが……」

「やった！　じゃあ明日、領主館に来てね！　待っているよ」

嬉《うれ》しそうに笑ったカイトに、宰相の口元も緩んだ。

何のお願いかさっぱり分からないが、期待で胸が弾んだ。ちょっとわくわくした。


翌朝、宿を引き払って馬車で領主館へ出向いた。

「おはようございます」

カイトとケビンが玄関のアプローチで出迎えた。

カイトは立ったままだが、伯爵位のケビンは深く頭《こうべ》を下げている。

二人の後ろにずらりと並んだ使用人達も同様に頭を下げていた。

宰相はすぐに頭を上げさせて挨拶《あいさつ》を交わした。

お忍び旅のつもりだったので領主館にお世話になるつもりはなかったが、聖人じきじきの頼みは断れない。楽しみでもある。

宰相と税務管理官は案内されるまま、昨日、管理人と話した応接間に移動した。

荷物は護衛と馭者《ぎょしゃ》に任せたので別行動になる。

ソファに向かい合って座ると、カイトが話し始めた。

「あのね、宰相様とお連れさんには子供達の指導をして欲しいんだ」

「子供達の指導？」

「うん。ここで子供達に礼儀作法を教えているんだけど、僕は作法に疎いし、いつも顔を合わせるケビンや執事だけだと緊張感がないでしょ？」

「礼儀作法……」

「だから偉い貴族の人が数日滞在してくれるだけで勉強になるんだ。ちょっと気付いた事があったら遠慮なく指摘してね？　勉強なんで！」

「なるほど」

「食事時のマナーもね。普段、僕たちは使用人達と同じように食べているから、改まった席でのサービスの仕方も練習になるんだ。協力してくれると助かる」

「ふむ……」

「貴族の屋敷じゃなくても、高級料理店に就職できるでしょ？　礼儀作法を身に着けていれば選択肢が多くなる。それの手助けをしたいんだ」

宰相は微笑んだ。

「そのくらいの事なら容易《たやす》いですよ」

「まだ不慣れだから怒らないでね？　子供達だけじゃなく、大人も不慣れなんで。偉い人がここに泊まる事がほとんどなかったから、しょうがないんだけど。……マイロ様くらいだけど、あの人は気安いから練習にならないし」

「承知しました。協力いたしましょう。いずれ王太子殿下をお迎えする事になるでしょうからね」

「は？」

カイトとケビンは目を瞠った。

「何であの人がここに？　用はないよ？」

あの王太子に用はないと言い切るカイトに、宰相は笑った。

言うまでもなく、いま貴族達は王太子の歓心を引こうと躍起になっている。

それなのにカイトは無関心のようだ。

あまりにも新鮮な反応に、宰相は愉快になる。

「王太子殿下はこの町にとても興味を持っておられますから。……数年はお忙しいですが、だからこそ息抜きしたいと望まれるでしょう。王都を出て数日の旅、辺境は遠いですがここは丁度よい距離なので、いずれ必ず言い出されると思います。カイト様にも会いたがるでしょうし」

「ええ〜？　まじで？」

宰相は深く頷《うなず》く。

カイトと目を合わせたケビンも何とも言えない表情をしている。

「う〜ん。マイロ様にもちらっと言われたけど、警備重視の別棟を増築しておいた方がいいかな。ここは元々こぢんまりとした建物だし……。普段使わないから最低限の設備でいいかな。渡り廊下で繋《つな》いで……子供達の練習場も兼ねて……。たくさん引き連れて来そうな侍従達は町の宿屋に行って貰って……高めの金額設定の宿屋を建ててもいいかもしれない。そこでも子供達に練習させて……客がいない時は研修所として使えば……」

独り言をぶつぶつ漏らし出したカイトに、宰相はついでに提案しておくことにした。

「そういえば到着時に思ったのですが、門をもう一カ所、増やした方がいいですよ」

「門？」

「はい。評判を聞いた貴族がこれからここを訪れるようになるでしょう。貴族を待たせるとトラブルになりがちです」

「貴族の馬車か……なるほど盲点だった。ありがとう、宰相様」

「いえ」

「確かに待ち時間が気になっていたんだ。うん、出入口をもう一つ増やすよ」

それから館で自由に過ごしてくれと言われたので、宰相は領主の仕事を見学していいかと尋ねた。

「面白くないと思うけど？　いいよ」

不思議がるカイトに宰相と税務管理官はついて行った。

そして知ったのだが、午前中は書類仕事をしているようだ。

領主の執務室に入ると机が二つ並んでいて、カイトとケビンが横並びで座っている。

執事から差し出された書類の山を二人がかりで目を通して、決裁の署名をしている。

普通、領主は一人なのだが、ここの領主は二人が同等らしく、物凄《ものすご》いスピードで片付けていた。

領地に関わる書類は署名で済ましているようで、領主印を手にしているのはケビンだけだ。時々、ケビンが押印している書類は国に提出するものだろう。

たまに迷うものがあると二人で相談して「これはしばらく様子見ね」とカイトが壁に貼り付けた。

なるほど。二人だから書類仕事も早いのか。

溜《た》める事なく毎日処理していれば、滞る事はなさそうだ。

これだけ急激な町の発展。支える管理人と執事は大変だろうと想像していたが、これなら問題なく回りそうだ。

三カ月毎に申告しなければ、パンクしてしまうかもしれないが。

宰相は近くの席で書類を受け取る管理人を見る。

思えば、この経験豊富なトーワがここにいたのも幸運だったのだろう。


書類仕事はすぐに終わり、カイトとケビンは館から歩いて移動した。

宰相と税務管理官、護衛の一人もついて行く。

町を歩くと、気付いた住民から声をかけられた。

「領主様、昨日はありがとう！」

「バッフ美味《おい》しかったよ！」

「ありがとう〜！」

「満足してくれてよかった！」

ケビンは軽く手を上げただけだが、カイトは嬉しそうに手を振り返していた。

そして辿《たど》り着《つ》いたのは工房のようだった。

一行が中に入ると、職人と思しき壮年の男が目を白黒させた。

「領主様、ぞろぞろと何事だ？」

「町の外壁に入口をもう一つ作ろうと思って。あの大きな扉をまた作って欲しいんだ」

「ああ、入口か。いつも混んでいるもんな」

「そう！　いつ頃になりそう？　木材は足りる？　採って来ようか？」

「材料は……今の在庫でいけそうだ。そうだな……今は暇だから二日……三日後には用意できるだろう」

「じゃあよろしくね！　あと、館に別棟を建てるかもしれないから心の準備をしておいてね！　こっちは急がないから」

「別棟？　また大掛かりな物を……」

呆《あき》れたような表情をした職人だったが、すぐに嬉しそうに目尻《めじり》を下げた。カイトと仕事をするのが楽しいのかもしれない。

工房を後にして次に向かったのは、近くの別の工房だった。

こちらは細工物を得意とする職人のようで、様々な素材が部屋に山積みになっていた。

「昨日のバッフの素材、届いた？」

「あ、領主様。ありがとうございます。ちゃんと届きましたよ。毎回ながら状態のよい物ばかりで、加工しやすくて助かります」

「そう？　よかった」

「何かご入り用ですか？」

「ううん。たまたま近くに来たから寄ってみただけ」

そんな感じで次々と目についた建物に気軽に顔を出したカイトは、昼過ぎに館に戻った。

昼食を食べてから、午後は討伐しに森に行くと言う。

さすがにそれには同行出来ないので、宰相達は館に留まる事にした。

館をぶらぶらし、執事や使用人達と話をし、のんびりと過ごす。

サロンでお茶を頂いていると、まだ幼い男の子が緊張した面持ちで部屋の隅に控えているのが目に入った。

指導役と思われる使用人の挙動を必死になって目で追っている。

健気《けなげ》な姿勢に、宰相の目元が綻《ほころ》ぶ。

あの年頃の子供は可愛いものだな……。

宰相には息子《むすこ》が二人と娘が一人いる。嫡男は既に成人済みで、文官として王城で働いている。

振り返ってみれば、我が子がこれぐらいの頃の記憶がほとんどない。

あの時分は仕事に全力を注いでいたので、子供の事は全て妻任せになっていた。それは落ち着いた今でもそうだ。

宰相はしんみりと肩を落とす。

この年齢になると、ふとした瞬間に思うのだ。

脇目も振らず、突っ走ってきたような感覚だけ残っているが、この生き方でよかったのだろうかと。

あの瘴気嵐《しょうきあらし》の恐怖に晒《さら》された影響も少なからずあるだろう。

あの時期は死が間近に迫っていた。

本気で死ぬかと思った。

だからこそ自分の生きてきた軌跡を、少し感情的になりながら振り返ってしまうのだ。

隣の税務管理官にも尋ねてみる。

「お前はあの年頃の息子と遊んだ事はあるか？」

「ないな。その頃は仕事を覚えるのに必死で、ついていくので精一杯だった……」

「そうか……」

いい歳《とし》をした親父《おやじ》は二人、しばらく暗い表情で黄昏《たそがれ》た。


その後の数日は治安のよい町を散策し、子供達も混じりながら農作業をしているのを見学した。

頬を撫《な》でる風が暖かい。

見晴らしのよい景色はそれだけで心が洗われるようだった。長閑《のどか》な町は時間が流れるのもゆったりしていて、穏やかな気分で過ごせた。

館では、たまに目についた使用人の仕草や言葉を指摘して過ごした。

食事は貴族用の畏《かしこ》まったものにしてあったので、カイトが渋面になっていたのが可笑《おか》しかった。

「僕も見苦しくないように覚えないと。ケビンに恥をかかせる訳にはいかないからね」

ナイフとフォークを握り締めて気合いを入れている。

そんなに気にしなくても大丈夫な所作だったが、領主が頑張る姿を子供達に見せるのも大切なのだろう。

宰相は微笑《ほほえ》んで見守った。

そして門扉が出来たという知らせを受けた日。

書類仕事を終えたカイトとケビンについて行く。

カイトは工房まで来ると、職人に礼を言って門扉を受け取った。

町の入口となる門扉はかなり大きい。

馬車で運ぶのかと思っていた宰相は、カイトが魔法を使ってひょいと持ち上げたのを見て驚いた。

「あぁ、そんな軽々と……？」

驚いているのは宰相と税務管理官と護衛だけだ。ケビンと職人はいつもの事だという風に、黙ってカイトの後について行く。

町で擦れ違う住民達もそうだった。

大きな門扉が宙に浮いているのを見て最初はぎょっとするが、カイトを見付けて腑《ふ》に落ちたような顔をする。カイト様の仕業かと……。

そして入口までやって来ると、カイトは門扉を下ろした。

そして「この辺でいい？」と門番に確認し、おもむろに外壁に穴を空けた。

土魔法を駆使したようで一瞬の事だった。

それにも宰相達は驚いた。

「無詠唱……」

何度も話には聞いていたが、実際に目にするとやはり驚いてしまう。

しかも物凄い練度だ。門扉の大きさピッタリで、目視だけで凄《すご》いと分かる。

隣の税務管理官を見ると、彼もあんぐりと口を開けていた。

「設置は任せていいかな？」

「ああ、大丈夫だ」

一緒について来た工房の職人が道具を取り出した。

カイトが門扉を地面すれすれに浮かせると、慣れた仕草で外壁に打ち付けていく。

あっという間に設置が完了した。

問題なく開閉するのを確かめると、カイトは門番に顔を向ける。

「今日からこっちも使っていいよ。貴族の馬車が来た時はこっちを使って優先して。いない時は人を通してあげてね」

「はい。助かります。ありがとうございます」

いつも行列を待たせていた門番も喜んでいた。


そんな風にゆったりと町を堪能した宰相と税務管理官は、カイトとケビンに別れを告げて王都に戻った。

想像していたよりもリフレッシュ出来た宰相は上機嫌だ。


帰宅した日の夕食時。

食卓に家族が揃《そろ》っていたので口を開いた。

「シュリーシ、お前もまだ婚約者がいないが、そろそろ決めないといけないな」

「え……？」

シュリーシは嫡男だ。いきなり話題を振られて戸《と》惑《まど》っている。

王太子の婚約者候補に、たくさんの令嬢が名乗りを上げている。

しかし選ばれるのは一人だけ。

そろそろ結論が出る頃だ。選ばれなかった令嬢は急いで別の婚約者を探す必要がある。

「好いた令嬢がいるのなら早めに言いなさい。相手の親と交渉するから」

「父上……？」

「私は今回の旅でいろいろ考えた」

宰相は率直に胸の内を語った。

まず妻に感謝の言葉を告げた。

自分が仕事にかかりきりになっていた長い間、子供達を守り、教育し、道を外さないよう真っ直《ます》ぐ育ててくれた。それについて最大の感謝を。

突然の言葉に、妻は目を大きく見開いて絶句したが、宰相が優しく微笑むと目元を潤ませた。

そして次は子供達。

宰相という仕事は拘束時間が長く、家族に気を回す余裕がなくここまできたが、それを反省していること。

これからもっと気に掛けるようにするつもりであること。

何か困った事や、希望があれば聞くこと。

父親として出来る限りのことをするつもりであること。

いきなりの言葉に、子供達は狼狽《うろた》えるだけだった。誰も言葉を発しない。

宰相は構わず家令に顔を向けた。それから執事、使用人達に視線を巡らす。

「屋敷が問題なく回っているのは、君たちの努力の賜物であると改めて思い知った。毎日、私達家族が快適に過ごせるのは君たちのお陰だ。感謝する。これからも励んで貰《もら》いたい」

「勿体《もったい》ないお言葉です」ありがとうございます」

代表して家令が頭を下げた。その所作はとても美しく、どこに出しても恥ずかしくない。

宰相はあの館で見た子供達を思い出した。

まだ小さいのに頑張って、様々な事を覚えようと努力していた。

彼らも頑張り続ければ、家令のような美しい所作を身につけられるだろう。数年後が楽しみだ。

それから宰相は今回の旅で経験したことを話して聞かせた。

屋根がある商店街、交番、公園、雪合戦。魔獣のバッフや、ごちそうなったニタカの美味しさ。

「まあ、ニタカが？　絶滅したのではないのですか？」

「あそこでは人の手によって栽培されていた。少し見学させて貰えたが、領主館の敷地内に専用の区画が設けてあり、高い外壁で守られていた。高級食材だから当然だな」

「まあ、ニタカを食べられるなら是非行ってみたいですね」

宰相は苦笑した。

「カイト様も仰《おつしや》っていたが、あそこにご婦人が楽しめるものはないかもしれん。私は牧歌的な空気に癒やされたが」

「治安のよい田舎町《いなかまち》なのでしょう？　わたくしも癒やされたいですわ」

「そうか。今度まとまった休暇が取れたら一緒に行くか？」

「ええ。いいですわね。楽しみです」

夫婦が和やかに会話していると、遠慮なしに娘が割り込んで来た。

「でもお父様は今回、休暇を取ったばかりでしょう？　お母様、次を待っていたらいつになるか分かりませんよ？　私と一緒に行きましょう」

「は？」

「あらあら、そうね。そう言われてみれば、今度なんていつになるか分かりませんね。そうしましょうか」

「そうしましょう、お母様！」

「いえ！　女の二人旅は危険です。僕も一緒について行きます！」

声を張って参戦したのは次男。

宰相は目を丸くした。

次男と長女はまだ学生だ。学校が長期休暇に入る頃なら時間が取れるだろう。

目の前で着々と計画を詰めていく三人を前に、宰相は念を押した。

「あくまで田舎町だぞ？　王都のように楽しめるようなものはないのだぞ？　若者や女性達が満足できるか分からないのだぞ？」

「大丈夫です。目的はニタカなので！」

旅行の計画で盛り上がる三人を、宰相は止められなかった。

しようがないと諦《あきら》めて嫡男を見遣《みや》れば、彼は彼で何やら考え込んでいる。

「どうした？」

「後で書斎に伺います。お話を」

「分かった」

先ほどの婚約者の件だろう。目当ての令嬢がいるようだ。

宰相は自分の目元が柔らかく綻ぶのを感じた。


次の日。

宰相は足取り軽く登城した。

自分の執務室で溜《た》まった書類に目を通し、ご機嫌で久しぶりとなる仕事をこなしていると、突然の訪問を受けた。

幽鬼のように暗い影を背負った王太子だ。その目は血走り、異様な様相だ。

宰相を目指して真っ直ぐ突進してきたので、思わず怯《ひる》んだ。

「な、何事ですか」

「聞いたぞ。ヒガシフウジョウ領に行って来たらしいな」

「あ……」

家族の口止めをするのを忘れていた。

まさかこんなに早く王太子の耳に入ったのか？

文官をしている嫡男からか？

王妃と友人でお茶会仲間である妻ルートからか？

いやいやいやいや！

いずれにしても早すぎるだろう！

どんな情報網を持っているのだっ？

「私は聞いてないぞ？　黙って出掛けるなんていい

度胸ではないか」

「いえ、その？　それはですね……」

たじたじとなる宰相など珍しい。

同じ部屋にいる部下達が何事かと注目している。

「それで？　カイトとケビンに会ったのだろう？」

「ええ、はい……」

「元気だったか？」

「はい。元気に討伐されていましたよ」

「討伐？　魔獣か？」

「はい。バッフという巨大な魔獣を見ました。解体するのに何人も要《い》る大きさで……凄かったですよ。町の住民が集まって大盛り上がりで……」

「ほう？」

王太子は自分で近くにあった椅子を手繰り寄せると、音を立てて座った。

「じっくりと聞かせて貰おうか」

「あ、いや、その、王太子殿下はお忙し……」

「大丈夫だ。私にも休憩時間は必要だ。それで？」

「ええと……？」

「町の様子はどうだった？」

「町の様子……交番があちこちにあって、自警団員がたくさんいて、治安がかなりよさそうでした」

「こうばん？　それは何だ」

「ええ、ご説明します……」

宰相は昨晩、家でも話した内容を繰り返す羽目になった。

昨日と違うのは、前のめりで食い気味に話を聞きたがる御方が目の前に迫っているところだ。

宰相は何度も何度も王太子の「それで？」を聞いた。

詰問は午後いっぱいかかり、暗くなる頃にようやく解放された。終わり頃になるとほとんど嫌みばかりになったが……。

こんな事になるなら内緒にするんじゃなかったと、宰相は酷《ひど》く後悔した。

二度としないと固く心に誓った。

あとがき

初めまして。さいばら花《はな》と申します。

まさか書籍化のお話を頂けるとは思っておらず、連絡を頂いた時はとても驚きました。

自分が忘れた頃に読み返して、ひと笑いする。それだけが目的で小説を書いていました。

ところがある日、スマホの充電が出来なくなり、パニックになりました。この話ではないですが、百話以上、書き溜《かた》めていたものがあったので。

結局、充電器の故障で本体は無事だったのですが、その時にバックアップの必要性をひしひしと感じました。

そして大慌てで小説投稿サイトに登録し、アップしたのを覚えています。後で冷静になってみれば、バックアップの方法は他にもあったようですが。

誰も知らない著者の小説なんか読む人なんかいないだろうと思っていたのに、すぐにいいね！　を押してくれた人がいて驚きました。

そもそも小説投稿サイトを利用した事があまりなく、使い方もよく知らない完全な初心者だったので、どうやって知ったんだろうと首を捻《ひね》りました。今でも不思議です。

そしてやっぱりいいね！　を押してくれる人が一人でもいてくれると嬉《うれ》しいものだなと、しみじみ実感しました。

それからライフワークのように、一つの話が終わると次の話を書き続けてきました。

今回の話は珍しくオマケがなくきれいに終わったなと、次の話はどんな風にしようかな〜と構想を考えている最中、連絡を頂きました。

めっちゃビックリしました。

続きを書くつもりが全くなかったので、書き下ろしと特典用の小話のネタがあるかなと、一瞬戸惑《とまど》いましたが、考え始めたら何とかなったのでよかったです。

書籍化するという事は、自分の頭の中の存在だったカイトとケビンがイラストになるということ。それはとても光栄でありがたく。何だか不思議な心地です。

最後に。この本を手に取って下さってありがとうございます。

お声がけ下さったルビー文庫編集者様。イラストレーターの凩《こがらし》はとば様。出版にあたり、この本に関わって下さった全ての方にも感謝を。

本当にありがとうございました。

Ruby collection

聖女《せいじょ》のおまけは逃亡《とうぼう》したけど違《ちが》った？　でももう冒険者《ぼうけんしゃ》なんで！

2025年3月1日　初版発行

著者　さいばら花

発行者　山下直久

発行　株式会社KADOKAWA
〒102-8177
東京都千代田区富士見2-13-3
電話：0570-002-301（ナビダイヤル）
https://www.kadokawa.co.jp/

印刷所　株式会社暁印刷

製本所　本間製本株式会社

デザイン　内川たくや（UCHIKAWADESIGN Inc.）

イラスト　凩はとば

初出：本作品は「ムーンライトノベルズ」(https://mnlt.syosetu.com/)
掲載の作品を加筆修正したものです

ISBN：978-4-04-116090-9　C0093　　Printed in Japan